唐代湖湘诗七大家研究

邓田田／著

湘潭大学出版社
XIANGTAN UNIVERSITY PRESS

图书在版编目（CIP）数据

唐代湖湘诗七大家研究 / 邓田田著. -- 湘潭 : 湘潭大学出版社, 2022.11
ISBN 978-7-5687-0919-4

Ⅰ. ①唐… Ⅱ. ①邓… Ⅲ. ①唐诗—诗歌研究 Ⅳ. ①I207.227.42

中国版本图书馆 CIP 数据核字（2022）第 208752 号

唐代湖湘诗七大家研究

TANGDAI HUXIANGSHI QIDAJIA YANJIU

邓田田 著

责任编辑：王亚兰　张宝香
封面设计：李　平
出版发行：湘潭大学出版社
社　　址：湖南省湘潭大学工程训练大楼
电　　话：0731-58298960 0731-58298966（传真）
邮　　编：411105
网　　址：http://press.xtu.edu.cn/
印　　刷：湖南创峰印务有限公司
经　　销：湖南省新华书店
开　　本：710 mm×1000 mm 1/16
印　　张：17.75
字　　数：318 千字
版　　次：2022年11月第1版
印　　次：2023年1月第1次印刷
书　　号：ISBN 978-7-5687-0919-4
定　　价：55.00 元

目　录

绪论

唐代为中华封建历史文化之盛世，其诗章尤著。往来之际，朋友之交，庙堂之答，乃至点滴生活，诗于唐人皆不可阙也。湖湘者，楚辞发源之地也。山水灵秀，文风兴盛，又岂能无诗耶？诗萌于先秦，经于六代，极于唐世，唐诸文学多所阐述。王昌龄《诗格》云“三境”：“一曰物境。二曰情境。三曰意境。物境一。欲为山水之诗，则张泉石云峰之境，极丽绝秀者，神之于心。处身于境，视境于心，莹然掌中，然后用思，了然境象，故得形似。情境二。娱乐愁怨，皆张于意而处于身，然后驰思，深得其情。意境三。亦张之于意，而思之于心，则得其真矣。”深知景物，乃形似耳。而又写情切己，方尽意深，情必发于肺腑，然后可以动人。继昌龄之后，皎然复以“文外之旨”取境。中唐之后权德舆于《右谏议大夫韦君集序》言“意在境会”，而刘禹锡言“境生物外”，至晚唐司空图又云“思与境偕”。唐文士颇重潇湘之作，潇湘之情致，摇曳于笔端，概因潇湘独有之意境也。

湖湘者，大抵洞庭湖、湘江流域地带，常以代指湖南。湖南地居长江之中流，受洞庭湖之孕育，湘江水之滋养，故又名曰“湖湘”。陈家英有诗曰：“湖湘词祖推骚体，江左门才数谢家。”湖湘之诗风浸漫，自屈骚而自成一格，于唐诗之林中亦颇为可观。然，何谓之湖湘诗也？湖湘诗人妙笔生花，发湘人之诗情，吐湘声而作湘韵，此故为湖湘诗之一派。而迁客骚人，或遭贬谪，或为漫游，或逃厄难，流寓盘居于湖湘，身处湖湘之天地，目睹之湖湘山水，感染湖湘之风情，耳闻湖湘之方音，交游湖湘之人物，以湘景湘物为主题，以湘风湘俗为观照，以湘情湘韵为风致，如此而成诗，亦为湖湘诗之一大来源也。由是，凡居湖湘之地而歌咏湖湘之诗，皆可目为湖湘诗。

湖湘诗多取湖湘之意境。湖湘之地，大多湖中有山，山川迤逦，多山多水，水环山绕。湖湘山水，其风光场景千变万化。一曰烟、舟、云、霞，意象偏暖，情韵融融。诗人之诗情弥漫者：云态柔幻，霞彩绚烂，烟水隔望，情意绵绵。水波虚实相生，而情思变幻，或清远或苍茫。常建《湖中晚霁》：“湖广舟自轻，江天欲澄霁……烟虹落镜中，树木生天际。”充满画意，兴致超然。宋之问《自湘源至潭州衡山县》：“赤岸杂云霞，绿竹缘溪涧。”江水弥漫，两岸红叶，霞映弥丽，山峰秀出，翠竹沿江，物象融和，美不可言。二曰猿、月、林、寺。猿、月最为清冷，唐湖湘诗用者甚多。如孟浩然《湖中旅泊寄阎九司户防》：“清猿不可听，沿月下湘流。”戴叔伦《泊湘口》：“露重猿声绝，风清月色多。”张说《岳州别姚司马绍之制许归侍》中月冷猿凄，读之则凄苦心惊也，诗人用以寄愁思，及刘禹锡《洞庭秋月行》等皆此类也。

湖湘审美意意象群在暖调、冷调之外，又多登临、作诗、饮酒、送别之作，以山水为象，人文为趣。如元结《登白云亭》，诗人见山而述情，及登白云亭望湘水、九嶷远景，又俯视近处松竹、水石，角度不一，书尽道州之景。末句“与我一登临，为君安性情”。醉而登亭，益见洒脱。又刘长卿《秋杪江亭有作》、元结《宴湖上亭作》、贾至《西亭春望》等皆其类也。湖湘诗人于诗之国度再现湖湘，情景幽然，诗家各托其情，千变万化，万事更始。湖湘诗之意象于人文一类则多言湘妃、斑竹、舜、屈、贾诸家。湘妃之爱，又系相思之泪，斑竹湘庙，男女之情，忠贞之义，别离之苦。湘妃为诗人之写意，宜幽婉之致。而唐代湖湘诗又以屈贾通悲，抒发内心愤懑，借喻君臣大统。

唐湖湘诗人，将自我之情况融入湖湘山水景物中，以此二类者为多，乃其强烈之性理与人心之本然。或于前代湖湘诗作中化用典故，如渔父、桃源、武陵之类也。渔父出于《庄子》《楚辞》，《渔父》意象于湖湘诗中，屡用不衰，非独湖湘多渔钓之自然，亦儒道共有之文人情结也。韩退之《湘中》，暗用屈原《渔父》：“苹藻满盘无处奠，空闻渔父扣舷歌。”诗人流贬湖湘，欲以吊屈原而无所归，有世虽大，却无处容我之惆怅，怎不让诗人发无端之悲愤。刘长卿之湖湘诗亦用“渔父”之意象：“钓鱼非一岁，终日只如此”。“君问渔人意，沧浪自有歌”，其诗多用垂钓渔夫等意象，诉归隐江湖之想往。桃花源者，乃陶渊明笔下理想国之化身，在湖南武陵桃源县南二十里。大抵唐湖湘诗人取养料于桃花源，其题含桃源者不下二十首，用之者不可胜计。刘禹锡《桃源行》："翻然恐失乡县处，一息不肯桃源住。"诗人恨人生之无常，然亦不赞同一味避世桃源之中。韩退之作《桃源图》，包融作《武陵桃源送人》，皎然作《晚春寻桃源观》、张乔作《寻桃源》，等等，以清新山水，映归隐之向往，达逍遥之趣味。

唐代者，诗歌之世也；湖湘者，诗歌之国也。挥毫当得江山助，不到湖湘岂有诗。湖湘山水之游，多激文人诗意；诗人山水之写，亦增湖湘之传奇。唐代诗人移寓湖湘，其情为诗，尤得湖湘风情之感发也。杜甫《登岳阳楼》，绝唱千古。黔城芙蓉楼，王昌龄送辛渐之楼也，"洛阳亲友如相问，一片冰心在玉壶。"如此深情，几多幽怨，岂非潇湘风情摇曳之致耶？柳子厚《江雪》行于世，而后知独孤高洁之意，亦以诗文成名山水焉。

文字寄情，透彻性灵，诗词之间亦然。《旧唐书》："禹锡在朗州十年，唯以文章吟咏，陶冶情性。……为新辞以教巫祝。"贬谪诗人作诗歌于湖湘，得民歌之神韵浙灌，时以新词教人歌祝，倚声填词而流传于后世，"唱尽新词欢不见"，"新词婉转递相传"。湖湘之民歌风俗于唐代之诗世界亦多有增益也。潇湘之曲，潇湘之诗，气韵流变，诗体创新，旨远情深，独得一性，亦在唐之世也。正以湖湘诗之发挥民歌，丰富其词，始有晚唐五代词之兴起也。

湖湘多深山纡水，诗人寄情山水，曲折之中，亦转细腻。诗格亦变于湖湘，其孤舟扁舟、白云淡淡，思致精巧，意味深远，情景清丽，用法多工白描，而往往带些苍凉凄美，此其特色也。其情不假于感咏，其文不附于意象，简而有味，自然深情，悠远之致。唐湖湘诗人与湖湘本士交涉，及其精神诗风，传布湖湘，皆有远致。按《唐才子传》，湖湘本士诗人唯李群玉、齐己、胡曾等人，其中佼佼者为李群玉也，而得流寓湖湘诗人之精神浸染也。李群玉与唐湖湘诗人多往还，于歌诗中可证，如李君玉在长沙三年，频有唱和，为《寄长沙许侍御》，而杜牧亦有《送李群玉赴举》。唐湖湘诗人与湖湘文人诗酒酬唱，颇有往复，亦颇提携也。

湖湘者，屈原、贾谊之精神故乡也。而唐湖湘诗人亦心系国家命运、百姓疾苦。杜甫末三年流寓湖湘，漂泊孤舟，而所关注者犹是家国民生，其过洞庭而作《岁晏行》云："高马达官厌酒肉，此辈杼轴茅茨空。……况闻处处鬻男女，割慈忍爱还租庸。"达官贵人，酒肉尝厌，剥削殆尽。而民鬻子女以偿租庸。读杜甫之湖湘诗，若有深忧，其余如《宿花石戍》《湘江宴饯裴二端公赴道州》《谴遇》等所言者，皆疾苦之念也。今湖南长沙有杜甫江阁，岳阳有怀甫亭、耒阳墓衣冠冢，平江有杜公墓祠，皆杜甫精神之纪念也。其忧国忧民之心代代相传。诸湖湘文人延屈、杜忧国之心，遂为湖湘宗派。

谈湖湘文化不可不言流寓，湖湘精神所含，若爱国主义，践履经世，创新求变，自强不息，皆由流寓而得也。文有因循，诗有传承，湖湘诗人以诗赋审美与湖湘之山水自然相合，遂使一首首千古绝唱，光耀古今也。

潇湘之文教远离中原。中唐前湖南无出进士。五代王保定尝于《唐摭言》载云："荆南解比号'天荒'"。大中四年，刘蜕舍人以是府解及第。时崔魏公作镇，以破天荒钱七十万资蜕。"然唐世亦贬官最多，"唐五代三百四十余年间，贬官凡人……以地布观，南北殊绝。北方次，南方倍，则天下之方也。"潇湘即南下两广、西蜀之必经地，焉得无诗乎。计唐代湖湘诗之出色者，贬谪流寓为多，若张说、王昌龄、李白、杜甫、刘禹锡、柳宗元者，皆此类也。至唐末而湖湘本土诗人兴起，如李群玉者，岂非此中之佼佼乎？作湖湘诗而最杰出者，以其上七人为代表，本书概以研究之。

第一章　张说湖湘诗研究

唐代湖湘诗第一次高潮在开元三年至六年间，此潮与张说谪岳州相终始。说初唐渐盛之政治家、军旅家及文学家也。其“前后三秉大政”“掌文学之任凡三十年”，礼乐之设、文业之作、提携之进皆有异同，在中国政治之史，并有定位，为开元鼎臣。说于文学标“奇情新拔”“天然壮丽”之旨，体盛唐之通观。诗备诸体，长于五言，多古体、歌行。其“精义探系表之微，英辞鼓天下之动”“喜推藉而后进，于君臣朋友大义甚笃”，故初盛唐之交居领袖之上，旁成力家焉。及左转岳州刺史，群僚由阙下移岳。唐骈文之进，张说之用。与许国公苏颋俱为当时文坛领袖，又俱擅骈文，称“燕许大手笔”。此文史所以家也。至如张说在诗史之位，及其成就于诗歌之间，亦为人所重，《全唐诗》录五卷凡三百五十余首，其妙甚多，佳者亦甚多。好诗多所巴陵之作也。

张说，字道济，一字说之。洛阳人，历仕唐武后、中宗、睿宗，玄宗四朝。唐玄宗之前，内乱不绝。睿宗时，说为太子隆基侍读，力劝睿祖以太子隆本监国，免乱安人。明年李隆基立，太平公主用事。说罢政事，密劝玄宗除太平及其党羽。及玄宗诛太平，诏以为中书令，封燕国公。唐自此之乱，开元之盛，说遂为名相矣。武后时，张说不欲阿易之兄弟，以忤旨配钦州岁余；开元初，坐与宰相姚崇不协，遭其排摈，出为相州刺史，未几，四年贬岳州守。岳州三年，魅岳自然，张说大致慰藉，得志平魂。公事余暇，呼朋唤友，泛洞庭，游君山，多作诗歌，自为岳阳集。方之前诗，所作岳州诗造题多端，清健体备，羁旅行役，留连山水，情率真朴，开盛唐之风气先，呈初盛之过度，体魏晋之合风。羁旅行役、徜徉山水之诗，情率真朴，写细以动，初兴气象，说作最为高平。

在岳州，张说改治其西门谯楼为南楼，后之岳阳楼也。本郡西门谯楼也，在州西南。说以为一代名相，谪居远方岳州，郁悒可知。故常与文人登南楼而赋诗，以纾怀抱之情。唐以岳州为谪地，“迁客骚人，多会于此”，遂为一时之风，而其大渐始于张说。说一居显位，数遭外放，转移其身，莫不失所，而以验时明，得所调度。人生不得意，何以解忧愁？岳州三年，张说视野情动，意求新立，力创属世。魅岳州之风光，慰精神之寂寥，志气平越，神清意舒，公事余暇则呼朋唤友，泛洞庭，游君山，岂非乐哉。多作诗歌，自为岳阳集，惜今已佚。

一、张说岳州湖湘诗年表

开元三年

开元三年，张说以相州刺史、河北道按察使再降为相洲司马，左转岳州，四月到官，作《岳州刺史谢上表》。《旧唐书·张说传》载：“（说）俄而为姚崇所构，出为相州刺史，仍充河北道按察使。俄又坐事左转岳州刺史，仍停所食实封三百户。”张、姚之交恶，当自开元元年始。《通鉴》：“（开元元年）姚崇既为相，紫微令张说惧，乃潜诣岐王申款。……（崇）对曰：‘岐王陛下爱弟，张说为辅臣，而密乘车入王家，恐为所误，故忧之。’癸丑，说左迁相州刺史。”后又贬相州司马，《全唐诗》卷九八尹懋《秋夜陪张丞相赵侍御游灉湖二首》，其序云“燕公以司马初到，赵侍御客焉”可证。张说左转岳州刺史旧以正史不载，《岳州刺史谢上表》：“伏奉四月十有二日制书，除臣岳州刺史。……以月一日至岳州上讫。”可知其状也。说既至岳州，政事殷殷，罕与文人游宴唱和。《岳州刺史谢上表》：“伏以贬官到任，理在速闻，不敢循常，稽缓附使。”九月，张说宴于岳州道观，作作《岳州九日宴道观西阁》，其后，又作《岳州宴姚绍之》。《全唐诗》卷八八张说诗《岳州九日宴道观西阁》，有句“佳此黄花酌，酣余白首吟”，知此当作于重阳也。又姚绍之任岳州司马，张说于山寺宴之，有诗《岳州宴姚绍之》并序，诗有“难兄金作友，媚子玉为人”，可见二人约同时贬；又云“翠斝吹黄菊，雕盘鲙紫鳞。”说与姚绍之为旧识，序云：“姚司马往在柏台，每钦骨鲠。及兹荒服，偶得官联。”姚绍之，湖州武康人，贬岳州司马，正史不载，由张说《岳州别姚司马绍之制许归侍》知其曾有贬所。又《岳州别姚司马绍之制许归侍》作于明年秋，推知岳宴姚绍以本年九月。

秋。张说游洞庭，作《游洞庭湖湘》。又与尹懋游洞庭湖，有诗酬唱。尹懋作《同燕公泛洞庭》，张说以《与尹从事懋泛洞庭》和之。《全唐诗》卷八六有《游洞庭湖湘》，其诗有“靡日不思往，经时始愿克”，诗中以“经时”而未用“经年”，则当作于开元三年。又本年或明年，张说数游洞庭，而自赵冬曦至，文士辐凑，游湖唱和，唱咏颇少，故当先其始。又诗云“寒沙际水平，霜树笼烟直”，知此诗作于秋也。《全唐诗》卷九八尹懋有《同燕公泛洞庭》。张说作《和尹从事懋泛洞庭》以和（《全唐诗》卷八九），诗中有句：“平湖一望上连天，林景千寻下洞泉。”故作于秋。《全唐诗》中此诗后为《送梁六自洞庭山作》，故《梁》诗应作于此时。梁知微，潭州刺史也。秋，北归，会张说，说作《岳州别梁六入朝》《送梁六自洞庭山作》，知微有诗酬答。《全唐诗》卷九八别有梁知微《入朝别张燕公》，当为前诗酬答。梁守潭州，自开元元年至其三年，见于其诗“三年计吏入，路指巴丘城”也。本年秋，赵冬曦自监察御史贬岳州。冬曦贬岳州，见《新唐书》卷二。载：“开元初，迁监察御史，坐事流岳州。”《赵冬曦墓志铭》归其年：“夫人陇西牛氏……开元六年，岳州之还也，在路遇疾，七月癸巳薨背于襄州。”唐制有“考满”法，在任内定期考核，率三载一考也。冬曦开元初，始迁监察御史，其贬岳州也应稍后，又据《赵冬曦墓志铭》，冬曦即“岁满恩召”，则其考为初考，亦即其用事于岳之第三年矣。又《全唐诗》卷九八尹懋《秋夜陪张丞相赵侍御游灉湖二首》，其序云：“燕公以司马初到，赵侍御客焉。”可知，张说为岳州刺史，当与赵冬曦之贬岳同年。又《新唐书》载赵冬曦“坐事流岳州”（据《唐会要》：“流为减死，贬乃降资。”）《新唐书》载赵冬曦坐事流岳州当是笔误，赵应为“坐事贬岳州”。其理如下：一，流人不授官也，而曦“岁满恩召”，与吏考核，当授赵官；二，《全唐诗》卷九八赵冬曦有《和尹懋秋夜游灉湖二首》，“政理常多暇，方舟此溯洄。”《全唐诗》卷八七录诗《翻著葛巾呈赵尹》，赵有职在任，以县尹为时职。由此观之，《新唐书》载其流岳州实误。从赵冬曦至，岳州文士总集。是秋，尹懋、赵冬曦、张均、张说等游洞庭，有诗酬唱。尹懋作《秋夜陪张丞相赵侍御游灉湖二首》，张说、张均、赵冬曦有和诗。又张说有《岳州行郡竹篱》，赵冬曦和诗《陪张燕公行郡竹篱》。《全唐诗》卷九八尹懋《秋夜陪张丞相赵侍御游灉湖二首》，其序云：“燕公以司马初到，赵御客焉。”《全唐诗》卷九八赵冬曦有《和尹懋秋夜游灉湖二首》，张说有《和尹懋秋夜灉湖》，张均有《和尹懋秋夜游灉湖二首》，均为和诗。《全唐诗》卷八六张说《岳州行郡竹篱》:“版筑恐土疏，襄城嫌役重。藩栅聊可固，�近易奉。”《全唐诗》卷九八赵冬曦和诗《陪张燕公行郡竹篱》:“小人投天涯，流落巴丘城”。似新任也。

冬。广州都督萧璇入朝，过岳州，说宴饯之，作《广州萧都督入朝过岳州宴饯得冬字》。《通鉴》卷二一一:“（开元三年正月）御史大夫宋璟坐监朝堂杖人杖轻，贬睦州刺史。”同卷:“（开元四年）十一月，……崇由是忧惧，数请避相位，荐广州都督宋璟自代。……十二月，上将幸东都，以璟为刑部尚书、西京留守，令驰驿诣阙。”《全唐文》卷二九三张九龄《故安南副都护毕公墓志铭并序》:“岭南按察使广州都督兼御史大夫萧璿，彼孝悌之士也，以锡类之故，有嘉德音，于是拔补按察判官，……后按察使广平郡宋璟以公为五府总管，以甲卒戍焉。”则萧都督为萧璿，诗有“京华遥比日，疲老飒如冬。”可知萧璿入朝必在开元三年冬。岁暮，说在岳州，作《岳郡守岁》诗。《全唐诗》卷八七有《岳州守岁》，其诗曰:“今年只如此，来岁知如何。”张说又云:“愁逐前年少，欢迎今岁多”。可知，《岳州守岁》作于开元三年，而《岳州守岁二首》作于开元四年。

是岁，赵彦昭卒于江州别驾。按《唐书》九二:“俄而姚崇入相，甚恶彦昭之为人，由是累贬江州别驾，卒。”二千九百六十八姚入相，以开元二年冬，罢相，开元四年冬。又，说于岳州作《五君咏·赵耿公彦昭》伤悼之。诗作于开元四年冬十一月，则赵卒当以开元三年至四年之间。

开元四年

春。张说为岳州刺史，常与尹懋、赵冬曦及子均等登岳阳楼诗酒唱和。《全唐诗》卷八七，说有《与赵冬曦尹懋子均登南楼》，赵冬曦、尹懋诗见同书卷九八《陪张燕公登南楼》、《奉陪张燕公登南楼》、张均诗见卷九〇《和尹懋登南楼》，又张说《耗磨日饮二首》亦当作于本年春，其日赵冬曦有《和张燕公耗磨日饮》，又《全唐诗》九〇张均有《江上逢春》。《太平寰宇记》卷一一三岳州巴陵县:“岳阳楼，唐开元四年，张说自中书令为岳州刺史，常与才士登此楼，有诗百余篇列于楼壁。”张说作《与赵冬曦尹懋子均登南楼》、赵冬曦作《陪张燕公登东观》，尹懋作《奉侍张宴公升南台》。张说贬岳州三年，前后历二春，五年二月，说迁荆州大都督户长史，故开元四年春多抒贬谪之悲，开元五年春多抒回归之喜。其子均、垍诗亦略同。张说《耗磨日饮二首》云:“不酌他乡酒，惟堪对楚山。”“还将不事事，同醉俗中人。”《江上逢春》有“离忧耿未和，春虑忽蹉跎”二字，可知作于开元四年春。本年春，琚自泽州移守衡，过岳州，与说诗歌酬唱，说有《赠赵公》诗，琚有《奉答燕公》二首。又王琚与张说、赵冬曦等游灉湖上寺，说有《游灉湖中寺》，琚《游灉湖中寺》、冬曦《陪燕公游灉湖上寺》当为和诗也。《旧唐书》卷一〇六载：“（先天）二年七月三日，……琚等从玄宗至楼上，诛萧至忠、岑羲、窦怀贞、常元楷、李慈、李猷等。睿宗逊居百福殿。十日，拜琚银青光禄大夫、户部尚书，封赵国公，食实封五百户。”张说有《赠赵公》，赵公即王琚。又同卷载：“或有上说于玄宗曰：‘彼王琚、麻嗣宗谲诡纵横之士，可与履危，不可得志。天下已定，宜益求纯朴经术之士。’玄宗乃疏之。”“（开元）二年二月回，未及京，便除泽州刺史，削封。历衡、郴、滑、虢、沔、夔、许、润九州刺史，又复其封。”其任衡州，当在泽州后。又，赵冬曦开元三年秋，始至岳州，其《陪燕公游灉湖上寺》必当作于四年春，琚和诗于同时，故知王琚当移守衡州。张说诗云“湘东股肱守，心与帝乡期”，亦可证王琚衡州刺史之任也。

夏。张说观竞渡于岳州南湖，作诗《岳州观竞渡》。张封建《竞渡歌》曰：“五月五日天晴明，杨花绕江啼晓莺。”《隋书·地理志》云：“其迅楫齐驰，棹歌乱响，喧振水陆，观者如云。”张说开元三年四月始到，五月四日已离，此诗当作之以本年五月。又张说诗云：“鼓发南湖溠，标争西驿楼”，可知观竞渡处。

秋。说任岳州，作《岳州夜坐》。《全唐诗》卷八八张说《岳州夜坐》：“炎州苦三伏，永日卧孤城。……五十知天命，吾其达此生。”可知张说本年五十，唐法，立秋后第一庚为末伏，故诗作于夏末秋初。七月，张说及赵冬曦、张珀等唱和于岳州，张说作《岳州山城》，张珀《奉和岳州山城》、赵冬曦《和燕公岳州山城》当为和作。冬曦三年秋始至岳州，张说五年四月去，故三诗必作于开元四年。又前《岳州夜坐》：“炎州苦三伏，永日卧孤城。”可知本年三伏天极炎热。然观此三诗，无一炎热，反多清凉之感：“忽有南风至，吹君堂上琴”“郡馆临清赏，开扃坐白云”“鸣琴有真气，况已沐清风”，多初秋感受，故作于本年七月。八月，孟浩然在岳州，作《望洞庭湖赠张丞相》以投说。《全唐诗》一六〇卷孟浩然《望洞庭湖赠张丞相》有“八月湖水平，涵虚混太清”，可知此诗作于八月，张宰相为张九龄，张说开元三年至五年任岳州，故此诗当作于开元三年或四年，又此词颇有求于功名之志，与孟浩然中后期诗风不同，当为其早年作品，时孟诰然二十七至二十八岁之间。九月，张说、张均等巴丘登高，均有《九日巴陵登高》诗；；张说有《湘州九曰城北亭子》，阴先行有《和张燕公湘中九日登高》，均为和诗。《全唐诗》中张均《九日巴陵登高》后《江上逢春》系于开元四年春，则此诗当作于本年九月矣。又《全唐诗》云："阴行先，开元间，为张说湘州从事。"今人考之，唐无湘州，相州误。又《与张燕公湘中九日登高》有'今日桓公坐，多愧孟嘉才'。又或张说自相州移岳州，张均、张垍等从之，阴先行亦或从事于其间。观《全唐诗》，无"相中"一说，"湘中"数见，又唐无"湘北"一说，故岳州之地皆曰"湘中"。又全唐诗卷八七张说有《湘州九日城北亭子》，阴诗即和此诗，有句云："宁知沅水上，复有菊花杯。"可知，"湘州"可为"湘中"之笔误，以"州""中"音近故，故系此三诗于本月也。本年秋，张说在岳州，作《岳州看黄叶》《岳州作》诸诗。《全唐诗》卷八九张说有《岳州看黄叶》，诗云："空惭棠树下，不见政成歌。"张说开元三年始贬岳州，是秋不当有此感，而开元五年春已去，故当系于此。张说别有《岳州作》，有句"水国生秋草，离居再及瓜"。又张说有《戏题草树》《对酒行巴陵作》《岳州西城》；张均有《岳阳晚景》，并有秋景，当作本年或前年秋。本年秋，琚自衡州入朝，经岳州，张说作《岳州别赵国公王十一琚入朝》，琚有诗和之。《全唐诗》八七张说《岳州别赵国公王十一琚入朝》，诗有"浦树悬秋影，江云烧落辉"，琚有和诗《自荆湖入朝至岳阳奉别张燕公》。琚本年春自泽州移守衡州，说五年春离岳州，故有秋景。《旧唐书》卷一〇六载："（王琚）二年二月回，未及京，便除泽州刺史，削封。历衡、郴、滑、虢、沔、夔、许、润九州刺史。"琚还，再谪远州。

冬。十一月，冬曦游灉湖，有《灉湖作并序》，说有和作。《全唐诗》卷九八赵冬曦《灉湖作并序》，序中有"而此乡炎暑，子月草生"，"子月"即十一月。冬曦与张说同度子月为开元三年和四年，然赵诗曰："暑雨奔流潭正满，微霜及潦水初还。水还波卷溪潭涸，绿草芊芊岸崭岩。"《全唐诗》卷八六张说有《同赵侍御干湖作》，即和此诗，有"暑来寒往运洄洑，潭生水落移陵谷"，亦可证本年也。干湖者，灉湖也，春冬水涸，故谓之干湖。是月，张说于岳州刺史任上，拟颜延之诗以咏五君，分咏魏元忠、苏瓌、李峤、郭震、赵彦昭，以苏瓌忌日献其子苏颋。《明皇杂录》卷下："张说之谪岳州也，常郁郁不乐。……苏颋方当大用，而张说与瓌相善。张因为《五君咏》，致书，封其诗以遗颋，……颋因览诗，呜咽流涕，悲不自胜。翌日，乃上封，大陈说忠贞謇谔，尝勤劳王室，亦人望所属，不宜沦滞于遐方。上乃降玺书劳问，俄而迁荆州长史。”又案《通鉴》卷二一〇：“（景云元年）庚午，许文贞公苏瓌薨。”张说迁荆州长史，以开元五年，献诗当以其年十一月。是月，宋璟自广州入朝，岁暮，经岳州，张说作《岳州赠广平公宋大》以送之。《旧唐书·宋璟传》载：“（璟）坐事出为睦州刺史，转广州都督。”《通鉴》卷二一一载：“（开元四年十一月）崇由是忧惧，数请避相位，荐广州都督宋璟自代。”《全唐诗》卷八七张说《岳州赠广平公宋大》：“宁思江上老，岁晏独无成。”冬，潭州刺史王熊北归长安，过岳州，作《奉别张岳州说二首》，说有《岳州宴别潭州王熊》，韦嗣立亦有和作。《唐代墓志铭汇编》开元一七六《李氏墓志铭》：“熊历官驾部员外郎，库部郎中，洛阳县令，申、郢、光、潭四州刺史。……而熊也不夭，亦既云逝。……（太夫人）粤以开元十年九月十四日薨于阌乡县之官舍。”熊卒于太夫人前，故当以开元十年卒。《全唐诗》卷九一韦嗣立有《奉和张岳州王潭州别诗二首》，序云：“予昔忝省阁，与岳州张使君说、潭州王都督熊同官联事。后承朝谴，各自东西。张公与王都督别诗二首，情颇殷切。余览以叹，因遥申和云。”韦诗序云“遥申和”，当为海州。《册府元龟》载：“（开元）六年二月，以……岳州刺史、燕国公张说为荆州大都督府长史，海州别驾员外置同正员韦嗣立为陈州刺史。”《旧唐书》卷八载：“（开元二年）三月甲辰……太子宾客、逍遥公韦嗣立为岳州别驾”以三年为算，韦去岳二驾当以开元五年春，故时犹得于岳。又诗中云：“一去驰江海，相逢共播迁。”当作于开北三年冬及四载冬，今姑系于此。是年冬，张说于岳州刺史任上，作《闻雨》二首。岁暮，复作《岳州守岁二首》。《全唐诗》卷八六、八八有《闻雨》诗，诗云：“念我劳造化，从来五十年。”又云；“穷冬万花匝，永夜百忧攒。”又《同赵侍御望归舟》：“形影相追高翥鸟，心肠并断北风船。”又《全唐诗》卷八九有《岳州守岁二首》，诗云：“愁逐前年少，欢迎今岁多。”又有“歌舞留今夕，犹言惜旧年。”可知此二诗作于开元四年。

开元五年

春。正月，张说在岳州，与赵冬曦登岳阳楼，说作《岳阳早霁南楼》，赵冬曦和之；本月，张说另作《巴丘春作》《游洞庭湖》等。《全唐诗》卷八六张说《岳阳早霁南楼》：“适临青草湖，再变黄莺曲。”九百三十三张说，在岳州逢春，开元四年和五年，再变可知。《全唐诗》九八赵冬曦《奉和张燕公早霁南楼》，

"物华荡暄气，春景媚晴旭"（四）千五十六亦知作于春也。又《全唐诗》卷八八张说《巴丘春作》："日出洞庭水，春山挂断霞。……自怜心问景，三岁客长沙。"九百五十七说，以三年夏自相左迁岳州，是年二月复迁荆州。又全唐诗卷八八张说有《游洞庭湖》，其后诗即《巴丘春作》也，是以亦系于今月。又从《全唐诗》序说张说《同赵侍御巴陵早春作》《翻著葛巾呈赵尹》，当作于此前后。又《编年》以为《翻著葛巾呈赵尹》，言冬曦也，尹为君之残讹，实误；尹于是诗或曰赵冬晟、尹懋之合号，即岳州某县尹也。唐诗多此称，令弟为县尹，高城汾水隅。《全唐诗》卷八六张说《岳阳早霁南楼》："适临青草湖，再变黄莺曲。"可知此诗作于开元五年春。《全唐诗》卷九八有赵冬曦《奉和张燕公早霁南楼》："物华荡暄气，春景媚晴旭"，可知作于春。张说五年二月，迁荆州长史，与赵冬曦、尹懋等多有唱和，皆贺说北迁，唯此二诗未有所发，故系之于正月。《全唐诗》卷八八张说《巴丘春作》："日出洞庭水，春山挂断霞。……自怜心问景，三岁客长沙。"本诗也未及北迁荆州事，当本年正月作。二月，说迁荆州大都督户长史，说有《赠赵侍御》及《别灉湖》诗。《全唐文》卷二二三张说《荆州谢上表》："臣说言：伏奉二月二十五日制书，除臣荆州大都督府长史。受命荒服，浮舟溘溯，以今月十七日到州上讫。……及一辞庭阙，已涉五年。"张说自开元元年谪为相州刺史，至是岁方五载。故《册府元龟》以开元六年为荆州长史误，具见开元四年十一月条。《全唐诗》卷八六张说《赠赵侍御》："不知岸阴谢，再见春露泫。"开元四年和五年，张说在岳州逢春。冬曦《奉答燕公》二首当为和作，有"语别意凄凄，零陵湘水西。佳人金谷返，爱子洞庭迷。"又有"友僚同省阁，昆弟接荆州"，可知说已得北迁之消息，故系此月。《全唐诗》卷八八张说有《别灉湖》，"露花香欲醉，时鸟啭余音"，为春景，故当作于春。《全唐诗》卷九八赵冬曦《和燕公别灉湖》，诗中有"郢路委分竹，湘滨拥去麾"，可知作于此期。《全唐诗》卷九八赵冬曦有《奉酬燕公见归田赋垂赠之作》，诗中有"楚云何掩郁，湘水亦回遭"，楚云或喻荆州，故系于此。春三月，张说赴荆州长史任，过华容、石首，游禅堂观，有《石门墨山二山相连有禅庭观天下绝境》诗；又作《出湖寄赵冬曦二首》。《全唐诗》卷八六张说有《石门墨山二山相连有禅堂观天下绝境》："常涉巴丘首，天晴遥可见。……及此符守移，欢言临道便。""符守移"谓移荆州长史，石门山、墨山在华容、石首间，故知说之荆土也。又《全唐诗》卷八六有张说《出湖寄赵冬曦》："湘浦未赐环，荆门犹主诺。”《全唐诗》卷九八赵冬曦《酬燕公出湖见寄》乃上诗和诗：“湘川朝目断，荆阙夕波还。”由张说四月一日渡江，当作三月末。本年春，张说有诗别子均。《全唐诗》卷八七张说《岳州别子均》：“离筵非燕喜，别酒正销魂。念汝犹童孺，嗟予隔远藩。”其四也。知张说一人独赴荆州。四月，张说渡江之荆州，有《四月一日过江赴荆州》。《全唐诗》卷八七张说有《四月一日过江赴荆州》，云“春色沅湘尽，三年客始回”。

张说在岳州三年，其诗颇多，《全唐文》卷二九四王泠然《论荐书》：相公昔在南中，自为《岳阳集》。张说之岳州诗，格调高标，《唐才子传》赞曰：“（张说）睿宗时，兵部侍郎、同平章事，开元十八年终左丞相、燕国公。……诗法特妙，晚谪岳阳，诗益凄惋，人谓得江山之助。”

二、湖湘之贬与岳州诗

张说今存岳州诗凡五十五首，篇目云：《赠赵侍御》《送梁知微渡海东》《岳州作二首》《岳州行郡竹篱》《游洞庭湖湘》《晦日》《灉湖山寺》《出湖寄赵冬曦》《岳阳早霁南楼》《和尹懋秋夜游灉湖》《五君咏》《岳阳石门墨山二山相连有禅堂观天下绝境》《赠赵公》《同赵侍御乾湖作》《岳州宴别潭州王熊二首》《广州萧都督入朝过岳州宴饯得冬字》《岳州山城》《岳州别姚司马绍之制许归侍》《送岳州李十从军桂州》《岳州别赵国公王十一琚入朝》《岳州别子均》《和尹懋秋夜游灉湖》《与赵冬曦尹懋子均登南楼》《游灉湖上寺》《戏题草树》《岳州赠广平公宋大夫》《岳州守岁三首》《同赵侍御巴陵早春作》《游灉湖上寺》《岳州别梁六入朝》《岳州西城》《岳州观竞渡》《对酒行巴陵作》《岳州宴姚绍之》《岳州九日宴道观西阁》《游洞庭湖》《巴丘春作》《岳州夜坐》《别灉湖》《伯奴边见归田赋因投赵侍御》《岳州看黄叶》《和尹从事懋泛洞庭》《送梁六自洞庭山作》《同赵侍御望归舟》《闻雨二首》《翻着葛巾呈赵尹》。

论体，岳州诗有五古七古、五律七律、五绝七绝。五古如《岳州行郡竹篱》《游洞庭湖湘》《游洞庭湖》等；七古如《同赵侍御乾湖作》等；五律有《灉湖山寺》《出湖寄赵冬曦》《岳州赠广平公宋大夫》《岳州作》等；七律如《游灉湖上寺》《同赵侍御巴陵早春作》等；五绝有《晦日》《岳州看黄叶》《岳州守岁二首》等；七绝如《送梁六自洞庭山作》《同赵侍御望归舟》等；五言排律如《赠赵公》《岳州作》《岳阳早霁南楼》《岳州别梁六入朝》等。可谓如唐诗之制，张说岳州诗几遍染矣，比唐初盛诗人所罕有也。

以题材视之，张说岳州诗及甚广，既有山水游观登临抒情，亦有咏史赠答送别宴题。若送别题材如《送岳州李十从军桂州》《岳州别赵国公王十一琚入朝》《岳州别姚司马绍之制许归侍》《岳州别梁六入朝》《送梁六自洞庭山作》等；游历题材如《游洞庭湖湘》《灉湖山寺》《和尹懋秋夜游灉湖》《游灉湖山寺》等；抒感题材如《岳州作》《岳州行郡竹篱》《同赵侍御巴陵早春作》《对酒行巴陵作》《巴丘春作》等；赠答题材如有《赠赵公》《岳州赠广平公宋大夫》等；咏史题材如《五君咏》等；登临题材如《岳阳石门墨山二山相连有禅堂观天下绝境》《与赵冬曦尹懋子均登南楼》等；宴饮题材如《岳州宴别潭州王熊二首》《广州萧都督入朝过岳州宴饯得冬字》《岳州别姚司马绍之制许归侍》《岳州宴姚绍之》《岳州九日宴道观西阁》等；山水题材如《出湖寄赵冬曦》《岳阳早霁南楼》及《岳州山城》《岳州西城》等。其最大者为山水游题，半其岳州诗也。

张说岳州诗，皆有为而作，有感而发，优游旨趣，叙事写景，或咏史抒怀，意旨俱深。其大略曰：一曰发怀乡恋阙之思，凄怆孤寂之情，弃臣荒土之孤独，苦闷于帝都。如《岳州作》虽处岳州，日夜不忘而长安、朝廷。《岳州九日宴道观西阁》，颇悲穷通。“大道由中悟，逍遥匪外寻”。两句虽开朗，实凄寂之自解。《对酒行·巴陵作》感书荣枯，直言其治才比留侯张良，词赋比司马，然被外贬，耳闻“鸟哭”“猿啼”，梦天阙，空对杯，沦落江湖，心念庙堂，莫之能晓。二曰绘岳阳之秀风，模山范水之寄性。《岳阳早霁南楼》，写空室之秀媚，以入其间。《游洞庭湖》以淡墨染水光山色，又以轻灵触空丛之邃交，相映成趣，而诗人由水达天，由秋阴抵光华之转换，亦见诗者昂扬其上之精状。三曰实录岳州之俗，且感通一新。岳州极有风俗，莫过五月端午画龙舟，即现岳阳龙船竞渡之状。《岳州夜坐》云：“息心观有欲，弃知返无名。五十知天命，吾其达此生”诗人与大自然同息共终，身与心俱无限，旷达境界。

张说岳州诗有“凄婉”之风。一诗情调哀。凄怆谪境，挥之恋阙，张说岳诗，暗怀愤懑。因沉沦恋阙之悲，说以荆蛮之恐怖，曰：“日昏闻怪鸟，地热见修蛇。”频用晋赋云：“春色沅湘尽，三年客始回”“去国逾三岁，兹山老二年”。二多以婉情为主者。若“近洲朝鹭集，古戍夜猿哀”（《岳州别梁六入朝》）、“津亭拔心草，江路断肠猿”。又或“凉云霾楚望，濛雨蔽荆岑”“古木无生意，寒云若死灰”，托风雨阴霾、古木寒云，抒孤愤感情。

三、张说岳州诗之艺术手法

出岳州三年，张说失政期，亦其诗之盛产期也。张说岳州量多题广，为初唐诗人所罕。张说岳州诗不特其艺至于高峰，而唐本时诗坛最为高平，盛唐文学之大势也。清人丁仪《诗学渊源》云："（张说）初尚宫体，谪岳州后，颇为比兴，感物写怀，已入盛唐，苏不及也。"明人胡应麟《诗薮·内编》卷六云：初唐七绝"音律未谐，韵度尚乏"，"至张说'巴陵'之什……句格成就，渐入盛唐"。说以岳州诗实初唐之功，富于唐之用，重于初、盛，为盛唐文学之开拓也。笔者不辞愚钝，试析张说岳州诗艺，略而言之。

其一，宴饮送别。陈怀乡恋阙之思，发凄怆之情；悲弃臣荒裔之苦，忍失志之痛。

说乃心存高远，虽贬远处逆，烈功进取，未尝有所改易。《岳州作》云："夜梦云阙间，从容簪履列。朝游洞庭上，缅望京华绝。潦收江未清，火退山更热。重欷视欲醉，懵满气如噎。器留鱼鳖腥，衣点蚊虻血。发白思益壮，心玄用弥拙。冠剑日苔藓，琴书坐废撤。唯有报恩字，刻意长不灭。"意谓吾虽处岳州，日夜不忘者，乃长安、朝廷也。既无心鼓琴，亦无志剑，以一腔热血唯愿自效！张说时刻思归长安立功立业也。然其为酷，半其不能复还京师。心殊苦之张说，惟惶恐待谪。《对酒行·巴陵作》就形象写出了他当时的心境："留侯封万户，园令寿千金。本为成王业，初由赋上林。繁荣安足恃，霜露递相寻。鸟哭楚山外，猿啼湘水阴。梦中城阙近，天畔海云深。空对忘忧酌，离忧不去心。"荣枯浮沉之感，直言留侯之才，文赋相如于司马，身被外贬，耳闻鸟哭、猿啼，梦想天阙，空对酒杯，处江湖，心念庙堂，莫之能解。首句用典，《留侯世家》云：《史记·留侯世家》云：汉六年正月，封功臣。良未尝有战斗功，高帝曰："运筹策帷帐中，决胜千里外，子房功也，自择齐三万户"。三、四两句：作张良或相如，初以文学入宫，皆冀有为，以成王业。五、六两句：书事无常，盛日不可久依，凄寒终当续至。七八两句云：直写寄愁岳州苦，终日闻鸟鸣猿鸣。九、十二句：前为虚，后为实，梦阙在近。末两句，作原指望借酒浇愁，然黄汤下肚，离忧依旧。鸟鸣猿啼，自然而已，固无可言，而处于湘、楚之间人，必慨于无限矣。说怀其仕途，虽屡挫折，决不弃报国之志，是以离忧不去心，其志执之。

谪人送客，看征帆远去，心必凄婉。及送友还都，常恋洞庭之胜，于说眼中添愁人之色。《送梁六自洞庭山作》云："巴陵一望洞庭秋，日见孤峰水上浮。闻道神仙不可接，心随湖水共悠悠。"诗首二句营构送别友之氛，笔墨简净；末句写别情以幽默调出之，颇致别致。二人至湖，梁六上舟，说不知所言，但见载友舟渐远，心浮洞庭萧瑟之意，明携无可奈何花落之情。君山在浩然洞庭中，平见之不觉，而送他今则突兀。将君山作"孤峰"，亦作者谪居岳州孤寂之化，深含诗人孤独之感。浮一字，湖水动人之实，扑朔迷离之感也。传言君山为神仙窟宅，不可近，然所露莫名怅，亦不复关别情微妙耶？意者，梁六入朝犹登仙也，自是心慕之，不得成实。心随湖水共悠悠，言有尽而意无穷。既神不可寻，诗人放心随湖荡。此诗之妙，因景与言，婉出孤望，而不陷离愁绪之沼，终淡娓娓之谈，于不经之间"染"出心之所系。

忠而被放，又以相位遭谪，说颇悲穷通，此情一感，尤见风格。《岳州九日宴道观西阁》："摇落长年叹，蹉跎远宦心。北风嘶代马，南浦宿阳禽。佳此黄花酌，酣余白首吟。凉云霾楚望，濛雨蔽荆岑。登眺思清景，谁将眷浊阴。钓歌出江雾，樵唱入山林。鱼以嘉名采，木为美材侵。大道由中悟，逍遥匪外寻。参佐多君子，词华妙赏音。留题洞庭观，望古意何深。"时姚绍之贬岳州司马，与张说宴赋诗于岳。诗有贬谪之失，发其恋阙之情。望楚阴霾，蒙耸荆山，登高远眺，欲看清朗，谁将浊云卷离？江雾中为渔歌，樵者亦歌山林。鱼以名获，木以材伐。大道体悟，逍遥无须外求。与此宴者，多君子之德文，文章之美音。留题洞庭，望古困士之所见，作文叹何深焉！"大道由中悟，逍遥匪外寻"二句，以示达观开朗之态，亦言凄寂不得已之自嘲也。

说再贬，历载数载，尝尽壮志未遂之苦，不恨世用之恨，其宦游生涯、羁旅悲怀，每牵引自然之变。如《巴丘春作》云："日出洞庭水，春山挂断霞。江涔相映发，卉木共纷华。湘戍南浮阔，荆关北望赊。湖阴窥魍魉，丘势辨巴蛇。岛户巢为馆，渔人艇作家。自怜心问景，三岁客长沙。"晨日出洞庭，春山见霞雾，江湖相映，湘南之戍，南眺浮豁，其北北望远。阴处似有魍魉窥伺，山势伏处如蛇攀蜒。岛民巢为家，渔者居小舟。对景自怜，客已三年。诗前半力作巴丘春日景，自旦迄暮，南北江陆，草木纷华，光辉相映；后半由景至人，景虽美，而曲屈变化，似有鬼魅、大蛇潜伏，令人不安。时岳州尚零落，人以艇为家者众，虽野趣横生，而谪不顾影以自怜乎？其诗亦见张说贬岳已三年。

其二，山水游赏。说以惊风雨之笔，绘岳州秀媚湖光山色，寄之模山范水中。

岳阳楼巍峙西门之城，东倚巴陵，西望洞庭，南望三湘，北枕万里。岳阳楼，本西门谯楼也，张说至岳阳改筑南楼，常与冬曦、尹懋诸僚登楼赋诗，多留咏其风致。

如《岳阳早霁南楼》："山水佳新霁，南楼玩初旭。夜来枝半红，雨后洲全绿。四运相终始，万形纷代续。适临青草湖，再变黄莺曲。地穴穿东武，江流下西蜀。歌闻枉渚遭，舞见长沙促。心阻意徒驰，神和生自足。白发悲上春，知常谢先欲。"雨后新晴，山水清美；旭日东升，南楼玩景。昨夜风雨，打枝头红花尽半；雨后沙洲，清秀一派。四时连气，行运不息；万物杂沓，代见更始。会至青草湖畔，又闻黄莺婉转轻啼。其处可穿而抵东武，江流径趣西蜀。南楼上歌声悠扬，江渚间赏；旋舞盈盈，长沙狭狭，不足以展才。悲心欲阻，徒使意驰；神清意平，自有足气。时光荏苒，两鬓斑白，宜守常道，不宜复有多欲。汉长沙王刘发为武帝称寿歌舞，以"臣国小地狭，不足回旋"喻之，景帝"乃以武陵、零陵、桂阳益焉"。屈子不遇自沉，岳州不足回旋，连用二典，而寓意颇深。书写自然山水之秀媚，以平己心。

岳州，洞庭与长江交会处，其港回互有山，湖外有湖，渔帆点点，芦叶青青，鸥鹭翔集，烟波浩然，景色甚迷。说尝数与冬曦、尹懋泛舟洞庭，多留嘉作。《游洞庭湖》："平湖晓望分，仙峤气氛氲。鼓栧乘清渚，寻峰弄白云。江寒天一色，日静水重纹。树坐参猿啸，沙行入鹭群。缘源斑筱密，冒径绿萝纷。洞穴传虚应，枫林觉自熏。双童有灵药，愿取献明君。"

洞庭碧波万顷，浩汤泛湖，心旷神怡。雾气笼桥，白云萦峰。江天一色，水波不惊。古树猿啸，沙汀鹭集。斑竹细密，绿萝纷披。洞穴回响，枫林飘红。诗人以淡墨水彩，一染洞庭水光山色，又以轻灵笔触空旷宁丛密融成趣。醉于自然山水无限乐者，说此刻似全忘已之谪也。复如七绝《和尹从事懋泛洞庭》："平湖一望上连天，秋景千寻下洞泉。忽惊水上光华满，疑是乘舟到日边。"诗前二句由"平湖"泛溢"秋景"垂构成洞庭自然之架，并"上连天""下洞泉"之荡气中蒸合成水天。后二句新察理感，正是水天换功浑豁，随日突霾，并为华溢，凡湖泛舟，变为日边灿烂。由水至天，秋阴光华，亦诗人扬其情貌。譬《送梁六自洞庭山作》，即此佳作不可胜数。

洞庭浩浩，风光无限，文人墨客，多颂美之辞。唐孟浩然"气蒸云梦泽，波撼岳阳城”，杜甫“吴楚东南坼，乾坤日夜浮”，魏允贞更以“洞庭天下水，岳阴天子楼”之誉，令其驰名海内外。遍观洞庭名作，以初盛唐之交兼朝臣及文坛翘楚重身张说所撰《送梁六自洞庭山作》，名虽不及诸作。然于波澜壮阔中涵冷约之美，列于千古之间亦无逊色焉。

巴陵一望洞庭秋，日见孤峰水上浮。闻道神仙不可接，心随湖水共悠悠。

“信而见疑、忠而被谤”，险山恶水，不平者鸣为心曲。屈平被逐沅湘，幽愤交构，而《离骚》《九歌》集忠君之情，身世之叹；贾谊贬居长沙，感忧而作《吊屈原之赋》《鹏鸟赋》，情状相承，以为后世谪取之式。追溯屈、贾所作流放文学，张说云：“远莅长沙渚，欣逢贾谊才”“自怜心问景，三岁客长沙”“空对忘忧酌，离忧不去心”抒失意之悲，感迷途之忧，岁月迟暮，壮志难酬。

首句“巴陵一望洞庭秋”，开门见山，送友于洞庭之畔，“袅袅兮秋风，洞庭波兮木叶下。”远绍屈原《湘夫人》之秋思，遥恻寒心，浸入纸背，为一诗定其浓浓、沉沉之情。然诗意未囿于秋怅孤寂而陷入逼仄格调，接之以次句“日见孤峰水上浮”，托首句潜涵洞庭烟波荡肆之势。洞庭一望无际，波光皎皎，沾染氤氲，水轮新日，循君山上空，挥一日下耀。摇曳生姿，波微波荡，君山若浮天一色，碧翠浅深。又较刘禹锡“遥望洞庭山水翠，白银盘里一青螺”。洞庭之水，秋波浩渺，友人将征帆渐远，直上朝廷，而诗人谪居岳州，遥无归期，洞庭如镜，镜尽心难。以秋色隐不，孤峰双关，既指湖上君山独立，又寓作者孤独难耐之心，失意渐上心头，顿生扑朔迷离之感，峰浮于水，人浮乎世。张说采捕自然之杂沓，足以表心言之神韵。其所呈净化情思，甚有鉴焉。

后二句“闻道神仙不可接，心随湖水共悠悠”，说深藏已心，蓄助以为惜别云：湖岸送客，客帆已远，而身不能随，目之所及，其心动矣。前句由实转虚，由景及情，后句以景言情，不言送别，而送别之神情透露。“神仙不可接”，明书君山之神，传言未可复见，暗指九重宫阙之情；其字言中神不宜接，实喻友人不得接。“心随湖水共悠悠”，心潮随水翻伏，暗喻送友人入朝之思阙怀乡之复，非徒单挂其渐远，乃叹息不能如友，无限谪居自怨艾耳。不言愁而愁意弥漫，幻化为秋心，奈何仕途命运与湖水并转。象意在诗，锤炼凝精，洞庭荡荡，情韵共鸣。沈德潜谓之曰：“此洞庭为神仙窟宅，然身不至，惟送人之心与湖水俱远耳”。

说谪湘岳之作，诗益凄婉。《新唐书·张说传》评论他似有以“天下之至柔驰骋至坚”之意，以道家任自然、无欲无名之思，为安身立命之道。是时之作，盈虚难保，人间倚伏何须道。“五十知天命，吾其达此生”，以老庄达观为慰，与大自然同息共生，达于身心，致澹明之致。此诗云“闻道神仙不可接，心随湖水共悠悠”，似与南岳道教之长盛不衰相关，若关于洞庭之奇说，又似关乎屈原之幻境，而皆无定指，不拘空观于俗，意求道寄于自然山水之中，引比兴入山之水，为盛唐山川诗人融情而开之也。

《送梁六自洞庭山作》，体制精短，洁练以气运字，情感充塞，极言水诗之清丽，与气势相合之特，见说于山水之上，唱高朗之弘阔，取其广大。胡应麟称之于《诗薮》，曰“句格成就，渐入盛唐”。此诗乃洞庭山水之名，实则送别，说将往国之思、遭谤之冤寄寓其间，发用隐喻、象征诸艺术抒情达意，言在此意在彼，使诗意蕴藉，宛然宛转。发抒幽愤，陈情苦蕴，尽其淡郁，闲中见哀风。

“唐三百年以绝句擅长。”其言近情远、含吐情韵、意味隽永，而为诗人所仪。说此绝句者，凄暗无穷，诗人凄婉之情；弘朗之貌，洞庭呼之而出，故诗评家赞之曰：“唐初五言绝，子安诸作已入妙境。七言初变梁、陈，音律未谐，韵度尚乏。……至张说《巴陵》之什，王翰《出塞》之吟，句格成就，渐入盛唐矣。”其绝韵婉转，情味深长，有力于创意，用为盛唐绝句之荣，为写洞庭无限风光之千古妙作也。

岳阳楼上观洞庭，别有风光。张说《岳州西城》即合作岳阳楼及洞庭二胜。诗曰：“水国何辽旷，风波遂极天。西江三纪合，南浦二湖连。危堞临清境，烦忧暂豁然。九围观掌内，万象阅眸前。日去长沙渚，山横云梦田。汀葭变秋色，津树入寒烟。潜穴探灵诡，浮生揖圣仙。至今人不见，迹灭事空传。”首四句描写洞庭烟波浩渺、江湖连浑之壮观景象，五六句登高楼而醉于美景，贬失一时抛掷脑后。“九围”以下八句，诗人远眺，日渐西落，湖边树树隐隐中藏烟，水陆洲之茂苇，不觉间作苍茫秋色。幽美入我两忘之境，神思与自然为一。结句云“至今人不见，迹灭事空传”，以为淡然而豁然之所在。

其三，民俗风情，观之以慧眼，通之以喜爱，录之以妙笔。录岳州之民俗，发诗心之感悟。

岳州风俗，莫过五月端午划龙舟。起于何时，尚未可定，而汉末已为江南风俗。唐开元四年五月，张说观岳州龙舟竞渡，有《岳郡观竞渡》云：“画作飞凫艇，双双竞拂流。低装山色变，急棹水华浮。士尚三闾俗，江传二女游。齐歌迎孟姥，独舞送阳侯。鼓发南湖溠，标争西驿楼。并驱常诧速，非畏日光遒。”此至今作岳阳龙舟竞渡诗众最早者也。自初句看，时岳州以龙舟竞渡之舟，尚不曰龙船，舟亦止画野鸭。1973 年，长沙城东子弹库出楚墓，有《人物御龙帛画》。夫船绘鸟龙，古之传者，必有经也。今所见最早竞渡题材，当推云南晋宁石寨山出土铜鼓船图。其船首即鸟头形，长喙圆眼。尾饰为鸟尾，尾施为扇。古人谓船为“鹢首”，后犹有其名焉。龙舟似亦可谓鸟舟。“土尚三闾俗”者，言其竞渡风俗，土俗也。《隋书·地理志》云：“屈原以五月望日赴汨罗，土人追至洞庭不见，湖大船小，莫得济者，乃歌曰：‘何由得渡湖?’因尔鼓棹争归，竞会亭上。习以相传，为竞渡之戏。其迅楫齐驰，棹歌乱响，喧振水陆，观者如云，诸郡率然。”竞渡以怀屈原，竞渡之舟，是时犹不名龙舟、龙船，而名亦不谓此也。次句“江传二女游”，相传洞庭为娥皇、女英二妃所在也。孟姥为风神，阳侯为水神。《汉书·扬雄传》应劭注：“阳侯，古之诸侯也，有罪自投江，其神为大波。”首二句点题，写飞鸭如低空彩鸟，竞速江中。继而，写疾桨迅速，波光闪烁。五六句道岳州竞渡风俗之由。七八句写竞渡者，迎风破浪。孟姥，孟婆也。相传孟婆为幽冥之神，能采药物为酒醴之汤，使鬼魂饮之，忘前生事。“齐歌迎孟姥”者，迎屈原之魂魄也。“独舞送阳侯”，送伤人之波也。阳侯，古阳陵国侯。《淮南子·览冥训》曰：“武王伐纣，渡于孟津，阳侯之波，逆流而击，疾风晦冥，人马不相见，于是武王左操黄钺，右秉白旄，瞋目而㧑之，曰：‘余任天下，谁敢害吾意者!’于是风济而波罢。”此句阳陵国，其国近水，阳侯溺水而死，其神能为大波，有所妨害。竞渡之激，两船一组，参校者，不惮烈日，务在速夺。

岳阳一带，腊月三十夜，举家聚火而坐，通宵达旦，谓之守岁。其俗不知起何时，至唐遂成风俗。张说贬岳，有吟及守岁者。开元四年，说作《岳州守岁》五律：“除夜清樽满，寒庭燎火多。舞衣连臂拂，醉坐合笙歌。至乐都忘我，冥心自委和。今年只如此，来岁知如何。”“除夜”，除夕之夜也。樽，杯也。燎火，柴火也。岳阳有俗“三十晚上火，元宵晚上灯”。前六句，述除夕饮酒欢乐之守岁，后二句则发诗人自用其夕情：今年只如此，来岁更如何？醉坐歌舞，有如无可奈何者，亦有殷殷之望焉。

开元五年除夕，又作五绝《岳州守岁》二首。其一云：“夜风吹醉舞，庭户对酣歌。愁逐前年少，欢迎今岁多。”此次除夕，寒风仍吹。诗人不与众围庭篝火为庆，酣歌于其庭。未言火而自暖，未说酒而人自醉，愁是去年，迎以今岁，祈福来年。比之以少为多，心异也。少不经事，故愁烦多闷，又经岁年，历练既多，愈趋沉圆，即今年多苦难，亦能调心勇迎。此诗巧思自然，以岁月之变，增欢醉之欢，嘉谋未发，有积极扬精者也。其二云："桃枝堪辟恶，竹爆好惊眠。歌舞留今夕，犹言惜旧年。"其诗以迎新自宽。首二句写岳阳岁暮祈祥俗。宗懔《荆楚岁时记》载："桃者五行之精，能制百鬼。"又云："鸡鸣而起，先于庭前爆竹，以辟山臊恶鬼。以火烧竹，毕剥有声，火花并裂，用以驱鬼。"门之挂桃梗，战国之遗俗也，是以挂春联之滥觞也。桃梗者，桃木之偶也，云以驱邪保安也。后化为挂桃符，镌"神荼、郁垒"字样，以求降魔。燃爆竹，唐世烧竹以爆，亦驱恶也。人既守岁，亦有惊眠之用，留歌舞于今夕。守旧岁，实须惜日，少愁而多乐，诚得其情。

岳州夏大暑，民有夜纳凉之俗，张说《岳州夜坐》录其风俗。诗云："炎洲苦三伏，永日卧孤城。赖此闲庭夜，萧条夜月明。独歌还太息，幽感见余声。江近鹤时叫，山深猿屡鸣。息心观有欲，弃知返无名。五十知天命，吾其达此生。"岳州立秋炎暑不调，诗人终日卧孤城，心绪不佳，赖此月夜闲立庭中，观寂月色，独吟独叹，百感交集，闻万籁之音，近江有鹤鸣，深山多猿鸣。停心运转，观欲动作，反知无名。孔子谓五十知天命，历尽波折，至于岳州，余渐通焉，有达于人者焉。其心虽以儒为主，而能与天地同始终，达于身心无限，通于旷达，澹然明志。

第四，谪居苦闷，心怀宫阙。观古贤哲，必知诗人之心，所谓知人论世者也。张说其人，《唐书传》谓之：

始玄宗在东宫，说已蒙礼遇。及太平用事，储位颇危，说独排其党，请太子监国，深谋密画，竟清内难，遂为开元宗臣。前后三秉大政，掌文学之任凡三十年。为文俊丽，用思精密，朝廷大手笔，皆特承中旨撰述，天下词人，咸讽诵之。

《新唐书·张说传》云：

说敦气节，立然诺，喜推藉后进，于君臣朋友大义甚笃。帝在东宫，所与秘谋密计甚众，后卒为宗臣。朝廷大述作多出其手，帝好文辞，有所为必使视草。善用人之长，多引天下知名士，以佐佑王化，粉泽典章，成一王法。天子尊尚经术，开馆置学士，修太宗之政，皆说倡之。为文属思精壮，长于碑志，世所不逮。既谪岳州，而诗益凄婉，人谓得江山助云。

执文坛牛耳之元辅，谪远政岳州，不问平达大度，心常有垒，难以平衡。《送梁六自洞庭山作》中。一孤一浮，寂然泊情，因目前君山，抒其含蓄，不露其迹。“今年只如此，来岁更如何”一首亦然。且举目思乡，亦言“迁客骚人”之“去国怀乡”也，亦出隐隐凄婉之情也。

如《灉湖山寺》：

空山寂历道心生，虚谷迢遥野鸟声。禅室从来尘外赏，香台岂是世中情。
云间东岭千寻出，树里南湖一片明。若使巢由同知意，不将萝薜易簪缨。

第三联，写南湖风景之名句也。南湖乃岳阳之内湖也，由一堤，与洞庭别。诗前四句，写山寺静穆。尾联结之以山水之秀美与禅宗之空灵，诗意豁然，淡然名利，若与《送梁六自洞庭作》诸诗联句读之，则自觉其中隐身贬后无可奈何，但不用发牢骚耳。再读《岳州夜坐》：

炎洲苦三伏，永日卧孤城。赖此闲庭夜，萧条夜月明。
独歌还太息，幽感见余声。江近鹤时叫，山深猿屡鸣。
息心观有欲，弃知返无名。五十知天命，吾其达此生。

此诗书三伏乘凉也。夫三伏炎热，说生于北地，而心益烦躁。第三联明写其心，第四联书身在荒野，与猿鹤为伍。首句不书“炎州”而书“炎洲”，乃言岳郡对洞庭，恰似身在荒洲，遭谪孤独，凄婉无奈。四句发于莫可奈何，唯有自宽以慰凄凉！

张说好诗，多在岳州，何也？前人谓之“既谪岳州，而诗益凄婉，人谓得江山助云。”夫“江山助”者，以其迁谪之遇也。说于京师，处台阁之中，为宗臣，君上礼之，士大夫莫不仰望。待其谪岳州，朝游洞庭，遥望京华，意可平乎？出岳州三年，张说失政期，亦其诗之盛也。

其五，张说与唐宋诸迁客诗，为湖湘所兴，渐成湖湘诗风。古者湖南之政，经济文化，至于唐、宋，皆逊于北地也。至宋时荆湖南北两路，人犹视之蛮夷。荆湖南路，于宋时犹“岁计所入甚少，比江西才十之三四，曾不足以支本司（转运司）一年之经用”。至于湖湘文化，观其所出，盖可谓萌于唐宋，成于清代，盛于近代而至今者也。湖湘之成，盖中原之所孕也。唐宋二代，特此两代迁谪文人，播之中原，以育其因子，当不争之实也。有唐一代，湖湘文风自张说始，其后又有李白、杜甫、王昌龄、刘长卿、张谓、顾况、张志和、韩愈、柳宗元、刘禹锡、白居易、元稹、马戴。宋有吕蒙正、寇准、滕子京、范仲淹、欧阳修、尹洙、苏轼、黄庭坚、陈与义、张元干、杨孝祥、辛弃疾、陆游等。文坛巨擘，迁谪湘楚，而浸润湖湘之文化，开其风气之先者，张说也。

附一：张说生平史料

《旧唐书》

张说，字道济，其先范阳人，代居河东，近又徙家河南之洛阳。弱冠应诏举，对策乙第，授太子校书，累转右补阙，预修《三教珠英》。久视年，则天幸三阳宫，自夏涉秋，不时还都，说上疏谏曰：

陛下屯万乘，幸离宫，暑退凉归，未降还旨。愚臣固陋，恐非良策，请为陛下陈其不可。

三阳宫去洛城一百六十里，有伊水之隔，崿坂之峻，过夏涉秋，水潦方积，道坏山险，不通转运，河广无梁，咫尺千里。扈从兵马，日费资给，连雨弥旬，即难周济。陛下太仓、武库，并在都邑，红粟利器，蕴若山丘。奈何去宗庙之上都，安山谷之僻处？是犹倒持剑戟，示人鐏柄，臣窃为陛下不取。夫祸变之生，在人所忽，故曰："安乐必诫，无行所悔。"此不可止之理一也。

告成褊小，万方辐凑，填城溢郭，并锸无所。排斥居人，蓬宿草次，风雨暴至，不知庇托，孤茕老病，流转衢巷。陛下作人父母，将若之何？此不可止之理二也。

池亭奇巧，诱掖上心，削峦起观，竭流涨海，俯贯地脉，仰出云路，易山川之气，夺农桑之土，延木石，运斧斤，山谷连声，春夏不辍。劝陛下作此者，岂正人耶？《诗》云："人亦劳止，汔可小康。"此不可止之理三也。

御苑东西二十里，所出入来往，杂人甚多，外无墙垣局禁，内有榛藂溪谷，猛兽所伏，暴慝是凭。陛下往往轻行，警跸不肃，历蒙密，乘崄巇，卒然有逸兽狂夫，惊犯左右，岂不殆哉！虽万全无疑，然人主之动，不宜易也。《易》曰："思患预防。"愿陛下为万姓持重。此不可止之理四也。

今国家北有胡寇觑边，南有夷獠骚徼。关西小旱，耕稼是忧；安东近平，输漕方始。臣愿陛下及时旋轸，深居上京，息人以展农，修德以来远，罢不急之役，省无用之费。澄心澹怀，惟亿万年，苍苍群生，莫不幸甚。臣自度刍议，十不一从。何者？沮盘游之娱，间林泏之玩，规远图而替近适，要后利而弃前欢，未沃明主之心，已戾贵臣之意。然臣血诚密奏而不爱死者，不愿负陛下言责之职耳。轻触天威，伏地待罪。

疏奏不省。

长安初，修《三教珠英》毕，迁右史、内供奉，兼知考功贡举事，擢拜凤阁舍人。时临台监张易之与其弟昌宗构陷御史大夫魏元忠，称其谋反，引说令证其事。说至御前，扬言元忠实不反，此是易之诬构耳。元忠由是免诛，说坐忤旨配流钦州。在岭外岁余。中宗即位，召拜兵部员外郎，累转工部侍郎。景龙中，丁母忧去职，起复授黄门侍郎，累表固辞，言甚切至，优诏方许之。是时风教紊类，多以起复为荣，而说固节恳辞，竟终其丧制，大为识者所称。服终，复为工部侍郎，俄拜兵部侍郎，加弘文馆学士。

睿宗即位，迁中书侍郎，兼雍州长史。景云元年秋，谯王重福于东都构逆而死，留守捕系枝党数百人，考讯结构之状，经时不决。睿宗令说往按其狱，一宿捕获重福谋主张灵均、郑愔等，尽得其情状，自余枉被系禁者，一切释放。睿宗劳之曰："知卿按此狱，不枉良善，又不漏罪人。非卿忠正，岂能如此？"

玄宗在东宫，说与国子司业褚无量俱为侍读，深见亲敬。明年，同中书门下平章事，监修国史。是岁二月，睿宗谓侍臣曰："有术者上言，五日内有急兵入宫，卿等为朕备之。"左右相顾莫能对，说进曰："此是谗人设计，拟摇动东宫耳。陛下若使太子监国，则君臣分定，自然窥觎路绝，灾难不生。"睿宗大悦，即日下制皇太子监国。明年，又制皇太子即帝位。俄而太平公主引萧至忠、崔湜等为宰相，以说为不附己，转为尚书左丞，罢知政事，仍令往东都留司。说既知太平等阴怀异计，乃因使献佩刀于玄宗，请先事讨之，玄宗深嘉纳焉。及至忠等伏诛，征拜中书令，封燕国公，赐实封二百户。其冬，改易官名，拜紫微令。

自则天末年，季冬为泼寒胡戏，中宗尝御楼以观之。至是，因蕃夷入朝，又作此戏。说上疏谏曰："臣闻韩宣适鲁，见周礼而叹；孔子会齐，数倡优之罪。列国如此，况天朝乎。今外蕃请和，选使朝谒，所望接以礼乐，示以兵威。虽曰戎夷，不可轻易，焉知无驹支之辩，由余之贤哉？且泼寒胡未闻典故，裸体跳足，盛德何观；挥水投泥，失容斯甚。法殊鲁礼，亵比齐优，恐非干羽柔远之义，樽俎折冲之礼。”自是此戏乃绝。

俄而为姚崇所构，出为相州刺史，仍充河北道按察使。俄又坐事左转岳州刺史，仍停所食实封三百户，迁右羽林将军，兼检校幽州都督。开元七年，检校并州大都督府长史，兼天兵军大使，摄御史大夫，兼修国史，仍赍史本随军修撰。八年秋，朔方大使王晙诛河曲降虏阿布思等千余人。时并州大同、横野等军有九姓同罗、拔曳固等部落，皆怀震惧。说率轻骑二十人，持旌节直诣其部落，宿于帐下，召酋帅以慰抚之。副使李宪以为夷虏难信，不宜轻涉不测，驰状以谏，说报书曰：“吾肉非黄羊，必不畏吃；血非野马，必不畏刺。士见危致命，是吾效死之秋也。”于是九姓感义，其心乃安。

九年四月，胡贼康待宾率众反，据长泉县，自称叶护，攻陷兰池等六州。诏王晙率兵讨之，仍令说相知经略。时叛胡与党项连结，攻银城、连谷，以据仓粮，说统马步万人出合河关掩击，大破之。追至骆驼堰，胡及党项自相杀。阻夜，胡乃西遁入铁建山，余党溃散。说招集党项，复其居业。副使史献请因此诛党项，绝其翻动之计，说曰：“先王之道，推亡固存，如尽诛之，是逆天道也。”因奏置麟州，以安置党项余烬。其年，拜兵部尚书、同中书门下三品，仍依旧修国史。

明年，又敕说为朔方军节度大使，往巡五城，处置兵马。时有康待宾余党庆州方渠降胡康愿子自立为可汗，举兵反，谋掠监牧马，西涉河出塞。说进兵讨擒之，并获其家属于木盘山，送都斩之，其党悉平，获男女三千余人。于是移河曲六州残胡五万余口配许、汝、唐、邓、仙、豫等州，始空河南逆方千里之地。说以讨贼功，复赐实封二百户。先是，缘边镇兵常六十余万，说以时无强寇，不假师众，奏罢二十余万，勒还营农。玄宗颇以为疑，说奏曰：“臣久在疆场，具悉边事，军将但欲自卫及杂使营私。若御敌制胜，不在多拥闲冗，以妨农务。陛下若以为疑，臣请以阖门百口为保。以陛下之明，四夷畏伏，必不虑减兵而招寇也。”上乃从之。

时当番卫士，浸以贫弱，逃亡略尽。说又建策，请一切罢之，别召募强壮，令其宿卫，不简色役，优为条例，逋逃者必争来应募。上从之。旬日，得精兵一十三万人，分系诸卫，更番上下，以实京师，其后彍骑是也。

是岁，玄宗将还京，而便幸并州，说进言曰：“太原是国家王业所起，陛下行幸，振威耀武，并建碑纪德，以申永思之意。若便入京，路由河东，有汉武脽上后土之祀，此礼久阙，历代莫能行之。愿陛下绍斯坠典，以为三农祈谷，此诚万姓之福也。”上从其言。及祀后土礼毕，说代张嘉贞为中书令。夏四月，玄宗亲为诏曰：“动惟直道，累闻献替之诚；言则不谀，自得谋猷之体。政令必俟其增损，图书又藉其刊削，才望兼著，理合褒升。考中上。”

说又首建封禅之议。十三年，受诏与右散骑常侍徐坚、太常少卿韦縚等撰东封仪注。旧仪不便者，说多所裁正，语在《礼志》。玄宗寻召说及礼官学士等赐宴于集仙殿，谓说曰：“今与卿等贤才同宴于此，宜改名为集贤殿。”因下制改丽正书院为集贤殿书院，授说集贤院学士，知院事。

及将东封，授说为右丞相兼中书令，源乾曜为左丞相兼侍中，盖勒成岱宗，以明宰相佐成王化也。说又撰《封禅坛颂》以纪圣德。初，源乾曜本意不欲封禅，而说因赞其事，由是颇不相平。及登山，说引所亲摄供奉官及主事等从升，加阶超入五品，其余官多不得上。又行从兵士，惟加勋，不得赐物，由是颇为内外所怨。先是，御史中丞宇文融献策，请括天下逃户及籍外剩田，置十道劝农使，分往检察。说嫌其扰人不便，数建议违之。及东封还，融又密奏分吏部置十铨，融与礼部尚书苏颋等分掌选事。融等每有奏请，皆为说所抑，由是铨综失叙。融乃与御史大夫崔隐甫、中丞李林甫奏弹说引术士夜解及受赃等状，敕宰臣源乾曜、刑部尚书韦抗、大理少卿胡珪、御史大夫崔隐甫就尚书省鞫问。说兄左庶子光诣朝堂割耳称冤。时中书主事张观、左卫长史范尧臣并依倚说势，诈假纳赂，又私度僧王庆则往来与说占卜吉凶，为隐甫等所鞫伏罪。说经两宿，玄宗使中官高力士视之，回奏：“说坐于草上，于瓦器中食，蓬首垢面，自罚忧惧之甚。”玄宗悯之。力士奏曰：“说曾为侍读，又于国有功。”玄宗然其奏，由是停兼中书令，观及庆则决杖而死，连坐迁贬者十余人。隐甫及融等恐说复用为己患，又密奏毁之。明年，诏说致仕，仍令在家修史。

初，说为相时，玄宗意欲讨吐蕃，说密奏许其通和，以息边境，玄宗不从。及瓜州失守，王君㚟死，说因获巂州斗羊，上表献之，以申讽谕。其表：“臣闻勇士冠鸡，武夫戴鹖，推情举类，获此斗羊。远生越巂，蓄性刚决，敌不避强，战不顾死，虽为微物，志不可挫。伏惟陛下选良家于六郡，求猛士于四方，鸟不遁才，兽不藏伎。如蒙效奇灵囿，角力天场，却鼓怒以作气，前踯躅以奋击。趹若奔云之交触，碎如转石之相叩，裂骨赌胜，溅血争雄，敢毅见而冲冠，鸷狠闻而击节。冀将少助明主市骏骨、揖怒蛙之意也。若使羊能言，必将曰‘若斗不解，立有死者’。

所赖至仁无残，量力取劝焉。臣缘损足，未堪履地，谨遣男诣金明门奉进。”玄宗深悟其意，赐绢及杂彩一千匹。

十七年，复拜尚书左丞相、集贤院学士，寻代源乾曜为尚书左丞相。视事之日，上敕所司供帐，设音乐，内出酒食，御制诗一篇以叙其事。寻以修谒陵仪注功，加开府仪同三司。时长子均为中书舍人，次子垍尚宁亲公主，拜驸马都尉，又特授说兄庆王傅光为银青光禄大夫。当时荣宠，莫与为比。

十八年，遇疾，玄宗每日令中使问疾，并手写药方赐之。十二月薨，时年六十四。上惨恻久之，遽于光顺门举哀，因罢十九年元正朝会，诏曰：

弘济艰难，参其功者时杰；经纬礼乐，赞其道者人师。式瞻而百度允厘，既往而千载贻范。台衡轩鼎，垂黼藻于当今；徽策宠章，播芳蕤于后叶。故开府仪同三司、尚书左丞相、集贤院学士知院事、上柱国、燕国公张说，辰象降灵，云龙合契。元和体其冲粹，妙有释其至赜。挹而莫测，仰之弥高。精义探系表之微，英辞鼓天下之动。昔侍春诵，绸缪岁华。含春容之声，叩而尽应；蕴泉源之智，启而斯沃。授命兴国，则天衢以通；济用和民，则朝政惟允。司钧总六官之纪，端揆为万邦之式。方弘风纬俗，返本于上古之初；而迈德振仁，不臻于中寿之福。于嗟不慭，既丧斯文。宣室余谈，泠然在耳；王殿遗草，宛留其迹。言念忠贤，良深震悼。是使当宁抚几，临乐彻悬，罢称觞之仪，遵往禭之礼。可赠太师，赐物五百段。

始玄宗在东宫，说已蒙礼遇。及太平用事，储位颇危，说独排其党，请太子监国，深谋密画，竟清内难，遂为开元宗臣。前后三秉大政，掌文学之任凡三十年。为文俊丽，用思精密，朝廷大手笔，皆特承中旨撰述，天下词人，咸讽诵之。尤长于碑文、墓志，当代无能及者。喜延纳后进，善用己长，引文儒之士，佐佑王化，当承平岁久，志在粉饰盛时。其封泰山，祠脽上，谒五陵，开集贤，修太宗之政，皆说为倡首。而又敦气义，重然诺，于君臣朋友之际，大义甚笃。时中书舍人徐坚自负文学，常以集贤院学士多非其人，所司供膳太厚，尝谓朝列曰：“此辈于国家何益，如此虚费。”将建议罢之。说曰：“自古帝王功成，则有奢纵之失，或兴池台，或玩声色。今圣上崇儒重道，亲自讲论，刊正图书，详延学者。今丽正书院，天子礼乐之司，永代规模，不易之道也。所费者细，所益者大。徐子之言，何其隘哉！”玄宗知之，由是薄坚。说既遭讪铄，罢知政事，专集贤文史之任，每军国大事，帝遣中使先访其可否。说尝自制其父《赠丹州刺史鹭碑文》，玄宗闻之而御书其碑额赐之曰“呜呼，积善之墓”。有文集三十卷。太常谥议曰“文贞”，左司郎中阳伯诚驳议，以为不称，工部侍郎张九龄立议，请依太常为定，纷纶未决。玄宗为说自制神道碑文，御笔赐谥曰“文贞”，由是方定。

均、垍皆能文。说在中书，兄弟已掌纶翰之任。居父忧服阕，均除户部侍郎，转兵部。二十六年，坐累贬饶州刺史，以太子左庶子征，复为户部侍郎。九载，迁刑部尚书。自以才名当为宰辅，常为李林甫所抑。及林甫卒，依附权臣陈希烈，期于必取。既而杨国忠用事，心颇恶之，罢希烈知政事，引文部侍郎韦见素代之，仍以均为大理卿。均大失望，意常郁郁。禄山之乱，受伪命为中书令，掌贼枢衡。李岘、吕諲条疏陷贼官，均当大辟。肃宗于说有旧恩，特免死，长流合浦郡。

垍，以主婿，玄宗特深恩宠，许于禁中置内宅，侍为文章，尝赐珍玩，不可胜数。时兄均亦供奉翰林院，常以所赐示均，均戏谓垍曰：“此妇翁与女婿，非天子赐学士也。”天宝中，玄宗尝幸垍内宅，谓垍曰：“希烈累辞机务，朕择其代者，孰可？”垍错愕未对，帝即曰：“无逾吾爱婿矣。”垍降阶陈谢。杨国忠闻而恶之，及希烈罢相，举韦见素代，垍深觖望。天宝十三年正月，范阳节度使安禄山入朝。时禄山立破奚、契丹功，尤加宠异。禄山求带平章事，下中书拟议。国忠进言曰：“禄山诚立军功，然眼不识字，制命若行，臣恐四夷轻国。”玄宗乃止，加左仆射而已。及禄山还镇，命中官高力士饯于浐坡。既还，帝曰：“禄山慰意否？”力士曰：“观其深心郁郁，必伺知宰相之命不行故也。”帝告国忠，国忠曰：“此议他人不知，必张垍所告。”帝怒，尽逐张垍兄弟。出均为建安太守，垍为卢溪郡司马，埱为宜春郡司马。岁中召还，再迁为太常卿。

禄山之乱，玄宗幸蜀，宰相韦见素、杨国忠、御史大夫魏方进等从，朝臣多不至。次咸阳，帝谓高力士曰：“昨日苍黄离京，朝官不知所诣，今日谁当至者？”力士曰：“张垍兄弟世受国恩，又连戚属，必当先至。房琯素有宰相望，深为禄山所器，必不此来。”帝曰：“事未可料。”是日，琯至，帝大悦，因问均、垍，琯曰：“臣离京时，亦过其舍，比约同行，均报云‘已于城南取马’。观其趣向，来意不切。”既而均弟兄果受禄山伪命，垍与陈希烈为贼宰相，垍死于贼中。

陈希烈者，宋州人也。精玄学，书无不览。开元中，玄宗留意经义，自褚无量、元行冲卒后，得希烈与凤翔人冯朝隐，常于禁中讲《老》《易》。累迁至秘书少监，代张九龄专判集贤院事。玄宗凡有撰述，必经希烈之手。李林甫知上睠待深异，又以和裕易制，乃引为宰相，同知政事，相行甚欢。而林甫居位日久，虽阴谋奸画足以自固，亦希烈佐佑唱和之力也。累迁兼兵部尚书、左相，封颍川郡开国公，宠遇侔于林甫。及林甫死，杨国忠用事，素忌嫉之。乃引韦见素同列，罢希烈知政事，守太子太师。希烈失恩，心颇怏怏。禄山之乱，与张垍、达奚珣同掌贼之机衡。六等定罪，希烈当斩，肃宗以上皇素遇，赐死于家。

史臣曰：刘徐公负不羁之材，逢抵巇之运，遂能奋命决策，扶力中兴，朝为徒步之人，夕据公侯之位，苟非轻死重利，不耻不义之富，安及此哉！郭代公、张燕公解逢掖而登将坛，驱貔虎之师，断獯戎之臂，暨居衡轴，克致隆平，可谓武纬文经，惟申与甫而已。惜乎均、垍务速，失节贼廷。自武德已来，称贤相者，房、杜、姚、宋四公，皆遭无赖子弟污圮先业，非独燕国之不幸也。希烈柔而多智，长于名理，竟死于名。所谓离娄不见其眉睫，与夫平叔、太初，同膏肓耳。

赞曰：箕、微去纣，闳、散扶昌。谋不近义，旋踵而亡。幽求不令，道济允臧。伟哉郭侯，勋德煌煌。

《新唐书》

张说，字道济，或字说之，其先自范阳徙河南，更为洛阳人。永昌中，武后策贤良方正，诏吏部尚书李景谌糊名较覆，说所对第一，后署乙等，授太子校书郎，迁左补阙。

后尝问："诸儒言氏族皆本炎、黄之裔，则上古乃无百姓乎？若为朕言之。"说曰："古未有姓，若夷狄然。自炎帝之姜、黄帝之姬，始因所生地而为之姓。其后天下建德，因生以赐姓，黄帝二十五子，而得姓者十四。德同者姓同，德异者姓殊。其后或以官，或以国，或以王父之字，始为赐族，久乃为姓。降唐、虞，抵战国，姓族渐广。周衰，列国既灭，其民各以旧国为之氏，下及两汉，人皆有姓。故姓之以国者，韩、陈、许、郑、鲁、卫、赵、魏为多。"后曰："善。"

久视中，后逭暑三阳宫，汔秋未还。说上疏曰：

宫距洛城百六十里，有伊水之隔，崿坂之峻，过夏涉秋，水潦方积，道坏山险，不通转运，河广无梁，咫尺千里，扈从兵马，日费资饟。太仓、武库，并在都邑，红粟、利器，蕴若山丘，奈何去宗朝之上都，安山谷之僻处？是犹倒持剑戟，示人樽柄，臣窃为陛下不取。夫祸变之生，在人所忽，故曰：“安乐必戒，无行所悔。”不可一也。宫城褊小，万方辐凑，填郛溢郭，并锸无所。排斥居人，蓬宿草次，风雨暴至，不知庇托，孤惸老病，流转衢巷。陛下作人父母，将若之何？不可二也。池亭奇巧，荡诱上心。削峦起观，竭流涨海，俯贯地脉，仰出云路，易山川之气，夺农桑之土。延木石，运斧斤，山谷连声，春夏不辍。劝陛下作此者，岂正人邪？《诗》云：“人亦劳止，迄可小康。”不可三也。御苑东西二十里，外无墙垣扃禁，内有榛业谿谷，猛毅所伏，暴慝所凭。陛下往往轻行，警跸不肃，历蒙密，乘险巇，卒有逸兽狂夫，惊犯左右，岂不殆哉？《易》曰：“思患豫防。”愿为万姓持重。不可四也。

今北有胡寇觎边，南有夷獠骚徼，关西小旱，耕稼是忧，安东近平，输漕方始。臣愿及时旋轸，深居上京，息人以展农，修德以来远，罢不急之役，省无用之费。澄心澹怀，惟亿万年，苍苍群生，莫不幸甚。臣度刍议，十不从一，何者？沮盘游之娱，间林沚之玩，规远图，替近适，要后利，弃前欢，未沃明主之心，已掠贵臣之意。然不爱死者，惧言责不职耳。

后不省。

擢凤阁舍人。张易之诬陷魏元忠也，援说为助。说廷对“元忠无不顺言”，忤后旨，流钦州。中宗立，召为兵部员外郎，累迁工部、兵部二侍郎，以母丧免。既期，诏起为黄门侍郎，固请终制，祈陈哀到。时礼俗衰薄，士以夺服为荣，而说独以礼终，天下高之。除丧，复为兵部，兼修文馆学士。

睿宗即位，擢中书侍郎兼雍州长史。谯王重福死，东都支党数百人，狱久不决，诏说往按，一昔而罪人得，乃诛张灵均、郑愔，余诖误悉原。帝嘉其不枉直，不漏恶，慰劳之。玄宗为太子，说与褚无量侍读，尤见亲礼。逾年，进同中书门下平章事，监修国史。

景云二年，帝谓侍臣曰：“术家言五日内有急兵入宫，为我备之。”左右莫对。说进曰：“此谗人谋动东宫耳，陛下若以太子监国，则名分定，奸胆破，蜚祸塞矣。”帝悟，下制如说言。明年，皇太子即皇帝位，太平公主引萧至忠、崔湜等为宰相，以说不附己，授尚书左丞，罢政事，为东都留守。说知太平等怀逆，乃因使以佩刀献玄宗，请先决策，帝纳之。至忠等已诛，召为中书令，封燕国公，实封二百户。

始，武后末年，为泼寒胡戏，中宗尝乘楼从观。至是，因四夷来朝，复为之。

说上疏曰："韩宣适鲁，见周礼而叹，孔子会齐，数倡优之罪。列国如此，况天朝乎？今四夷请和，使者入谒，当按以礼乐，示以兵威，虽曰戎夷，不可轻也。焉知无驹支之辩，由余之贤哉？且乞寒泼胡，未闻典故，裸体跳足，汩泥挥水，盛德何观焉？恐非干羽柔远，樽俎折冲之道。"纳之，自是遂绝。

素与姚元崇不平，罢为相州刺史、河北道按察使。坐累徙岳州，停实封。说既失执政意，内自惧。雅与苏瑰善，时瑰子颋为宰相，因作《五君咏》献颋，其一纪瑰也，候瑰忌日致之。颋览诗呜咽，未几，见帝陈说忠謇有勋，不宜弃外，遂迁荆州长史。

俄以右羽林将军检校幽州都督，入朝以戎服见。帝大喜，授检校并州长史，兼天兵军大使，修国史，敕赍稿即军中论譔。朔方军大使王晙诛河曲降虏阿布思也，九姓同罗、拔野固等皆疑惧。说持节从轻骑二十，直诣其部，宿帐下，召见酋豪慰安之。副使李宪以虏难信，不宜涉不测。说报曰："吾肉非黄羊，不畏其食；血非野马，不畏其刺。士当见危致命，亦吾效死秋也。"由是九姓遂安。晙后讨兰池叛胡康待宾，诏说相闻经略。时党项羌亦连兵攻银城，说将步骑万人出合河关掩击，破之，追北骆驼堰。羌、胡自相猜，夜斗，待宾遁入铁建山，余众奔溃。说招纳党项，使复故处。副使史献请尽诛之，说不从，奏置麟州以安羌众。

召拜兵部尚书、同中书门下三品，让宋璟、陆象先，不许。明年，诏为朔方节度大使，亲行五城，督士马。时庆州方渠降胡康愿子反，自为可汗，掠牧马，西涉河出塞。说进讨，至木槃山禽之，俘获三千。乃议徙河曲六州残胡五万于唐、邓仙、豫间，空河南朔方地。以功赐实封三百户。故时，边镇兵赢六十万，说以时平无所事，请罢二十万还农。天子以为疑，说曰："边兵虽广，诸将自卫、营私尔，所以制敌，不在众也。以陛下之明，四夷畏威，不虑减兵而招寇，臣请以阖门百口为保。"帝乃可。时卫兵贫弱，番休者亡命略尽，说建请一切募勇强士，优其科条，简色役。不旬日，得胜兵十三万，分补诸卫，以强京师，后所谓"彍骑"者也。

帝自东都将还京，因幸并州。说见帝曰："太原王业所基，陛下巡幸，振耀威武，以申永思。繇河东入京师，有汉武脽上祠，此礼废阔，历代莫举，愿为三农祈穀，诚四海之福。"帝纳其言，过祠后土乃还。进中书令。

说又倡封禅议，受诏与诸儒草仪，多所裁正。帝召说与礼官学士置酒集仙殿，曰："朕今与贤者乐于此，当遂为集贤殿。"乃下制改丽正书院为集贤殿书院，而授说院学士，知院事。东封还，为尚书右丞相兼中书令。诏说撰《封禅坛颂》，刻之泰山，以夸成功。初，源乾曜不欲封禅，说固请，乃不相平。及升山，执事官当从者，说皆引所厚超阶入五品，从兵唯加勋而不赐，众怨其专。

宇文融先献策，括天下游户及籍外田，署十道劝农使，分行郡县。说畏其扰，数沮格之。至是，融请吏部置十铨，与苏颋等分治选事，有所论请，说颇抑之，于是铨综失叙。融恨恚，乃与崔隐甫、李林甫共劾奏说"引术士王庆则夜祠祷解，而奏表其闾；引僧道岸窥诇时事，冒署右职；所亲吏张观、范尧臣依据说势，市权招赂，擅给太原九姓羊钱千万。"其言丑惨。帝怒，诏乾曜、隐甫、刑部尚书韦抗即尚书省鞫之，发金吾兵围其第。说兄左庶子光诣朝堂刑耳列冤，帝遣高力士往视，见说蓬首垢面，席藁，家人以瓦器馈脱粟盐疏，为自罚忧惧者。力士还奏，且言："说往纳忠，于国有功。"帝怃然，乃停说中书令，诛庆则等，坐者犹十余人。说既罢政事，在集贤院专脩国史。又乞停右丞相，不许。然每军国大务，帝辄访焉。隐甫等恐说复用，巧文诋毁，素忿说者又著《疾邪篇》，帝闻，因令致仕。

始为相时，帝欲事吐蕃，说密请讲和以休息郛塞，帝曰："朕待王君㚟计之。"说出告源乾曜曰："君㚟好兵以求利，彼入，吾言不用矣。"后君㚟破吐蕃于青海西，说策其且败，因上巂州斗羊于帝，以申讽谕，曰："使羊能言，必将曰'斗而不解，立有死者'。所赖至仁无残，量力取欢焉。"帝识其意，纳之，赐彩千匹。后瓜州失守，君㚟死。

十七年，复为右丞相，迁左丞相。上日，敕所司供帐设乐，内出醪馔，帝为赋诗。俄授开府仪同三司。十八年卒，年六十四，为停正会，赠太师，谥曰文贞，群臣驳异未决，帝为制碑，谥如太常，繇是定。

说敦气节，立然诺，喜推藉后进，于君臣朋友大义甚笃。帝在东宫，所与秘谋密计甚众，后卒为宗臣。朝廷大述作多出其手，帝好文辞，有所为必使视草。善用人之长，多引天下知名士，以佐佑王化，粉泽典章，成一王法。天子尊尚经术，开馆置学士，脩太宗之政，皆说倡之。为文属思精壮，长于碑志，世所不逮。既谪岳州，而诗益凄婉，人谓得江山助云。常典集贤图书之任，间虽致仕一岁，亦修史于家。

始，帝欲授说大学士，辞曰："学士本无大称，中宗崇宠大臣，乃有之，臣不敢以为称。”固辞乃免。后宴集贤院，故事，官重者先饮，说曰：“吾闻儒以道相高，不以官阀为先后。太宗时修史十九人，长孙无忌以元舅，每宴不肯先举爵。长安中，与修《珠英》，当时学士亦不以品秩为限。”于是引觞同饮，时伏其有体。中书舍人陆坚以学士或非其人，而供拟太厚，无益国家者，议白罢之。说闻曰：“古帝王功成，则有奢满之失，或兴池观，或尚声色。今陛下崇儒向道，躬自讲论，详延豪俊，则丽正乃天子礼乐之司，所费细而所益者大。陆生之言，盖未达邪。”帝知，遂薄坚。

说尝自为其父碑，帝为书其额曰：“呜呼，积善之墓。”说殁后，帝使就家录其文，行于世。开元后，宰相不以姓著者，曰燕公云。大历中，诏配享玄宗庙廷。子均、垍、埱。

均亦能文。自太子通事舍人累迁主爵郎中、中书舍人。开元十七年，说授左丞相，校京官考，注均考曰：“父教子忠，古之善训，王言帝载，尤难以任。庸以嫌疑，而挠纪纲？考上下。”当时亦不以为私。后袭燕国公，累迁兵部侍郎，以累贬饶、苏二州刺史。久之，复为兵部侍郎。

自以己才当辅相，为李林甫所抑，林甫卒，倚陈希烈，冀得其处。既而杨国忠用事，希烈罢，而均为刑部尚书。坐垍，贬建安太守。还，授大理卿，居常觖望不平。禄山盗国，为伪中书令。肃宗反正，兄弟皆论死。房琯闻之，惊曰：“张氏灭矣。”乃见苗晋卿，营解之。帝亦顾说有旧，诏免死，流合浦。建宫初，赠太子少傅。子濛，事德宗，为中书舍人。

垍尚宁亲公主。时说居中秉政，均为舍人，诸父光为银青光禄大夫，荣盛冠时。玄宗眷垍厚，即禁中置内宅，侍为文章，珍赐不可数。均供奉翰林，而垍以所赐夸均，均曰：“此妇翁遗婿，非天子赐学士也。”垍尝为帝赞礼，举止都雅，帝悦之。因幸内宅，顾垍曰：“希烈辞宰相，孰可代者？”垍错愕，未得对。帝曰：“无易吾婿。”垍顿首谢。会贵妃闻，以语国忠，国忠恶之，及希烈罢，荐韦见素代之，垍始怨上。

天宝十三载，禄山入朝，以破奚、契丹功，求平章事，国忠曰：“禄山有军功，然不识字，与之，恐四夷轻汉。”乃止。及还范阳，诏高力士饯浐坡，力士归曰：“禄山内郁郁，若知欲相而不行者。”帝以语国忠，国忠曰：“所告者必张垍。”帝怒，尽逐其兄弟，以均守建安，而垍为卢溪郡司马，埱自给事中为宜春郡司马。岁中，还，垍为太常卿。

帝西狩至咸阳，唯韦见素、杨国忠、魏方进从。帝谓力士曰：“若计朝臣当孰至者?”力士曰：“张垍兄弟世以恩戚贵，其当即来。房琯有宰相望，而陛下久不用，又为禄山所器，此不来矣。”帝曰：“未可知也。”后琯至，召见流涕。帝抚劳，且问：“均、垍安在?”琯曰：‘臣之西，亦尝过其家，将与偕来。均曰：“马不善驰，后当继行。’然臣观之，恐不能从陛下矣。”帝嗟怅，顾力士曰：“吾岂欲诬人哉？均等自谓才器亡双，恨不大用，吾向欲始全之，今非若所料也。”垍遂与希烈皆相禄山，垍死贼中。

赞曰：说于玄宗最有德，及太平用事，纳忠惓惓，又图封禅，发明典章，开元文物彬彬，说力居多。中为奸人排摈，几不免，自古功名始终亦几希，何独说哉！至子以利遽败其家。若瑰、璵再世称贤宰相，盛矣！

《唐才子传》

说，字道济，洛阳人。垂拱四年，举学综古今科，中第三等，考策日封进，授太子校书。令曰：“张说文思清新，艺能优洽。金门对策，已居高科之首；银榜效官，宜申一命之秩。”后累迁凤阁舍人。睿宗时，兵部侍郎、同平章事。开元十八年，终左丞相、燕国公。说敦气节，重然诺。为文精壮，长于碑志。朝廷大述作，多出其手。诗法特妙，晚谪岳阳，诗益凄婉，人谓得江山之助。今有集三十卷，行于世。子均，开元四年进士，亦以诗鸣。

附二：张说湖湘诗

《赠赵侍御》

禄放迹异端，偏荒事同蹇。苟忘风波累，俱会云壑践。
险式压西湖，侨庐对南岘。夜楼江月入，朝幌山云卷。
山势远涛连，江途斜汉转。坐啸予多暇，行吟子独善。
并辔躔郊郭，方舟玩游演。虚声万籁分，水色千里辨。
不知岸阴谢，再见春露泫。绿壤发欣颜，华年助虫篆。
上世时难接，古人情可选。泊渚烦为媒，多才怨成褊。
长沙鹏作赋，任道可知浅。请从三已心，荣辱两都遣。

《送梁知微渡海东》

今日此相送，明年此相待。天上客星回，知君渡东海。

《岳州作》其一

夜梦云阙间，从容簪履列。朝游洞庭上，缅望京华绝。
潦收江未清，火退山更热。重欷视欲醉，懵满气如噎。
器留鱼鳖腥，衣点蚊虻血。发白思益壮，心玄用弥拙。
冠剑日苔藓，琴书坐废撤。唯有报恩字，刻意长不灭。

《岳州作》其二

水国生秋草，离居再及瓜。山川临洞穴，风日望长沙。
物土南州异，关河北信赊。日昏闻怪鸟，地热见修蛇。
远人梦归路，瘦马嘶去家。正有江潭月，徘徊恋九华。

《岳州行郡竹篱》

山郡不沟郭，荒居无翳壅。爱人忠主利，善守闭为勇。
苟非小勤瘁，安得期逸宠。版筑恐土疏，襄城嫌役重。
藩栅聊可固，筠篁近易奉。差池截浦沙，缭绕缘隈垄。
矗似长云亘，森如高戟耸。预绝豺狼忧，知免牛羊恐。
闾里宽矫步，榛丛恣踏踵。始果游处心，终日成闲拱。

《游洞庭湖湘》

缅邈洞庭岫，葱蒙水雾色。宛在太湖中，可望不可即。
剖竹守穷渚，开门对奇域。城池自萦笼，缨绶为徽缠.
靡日不思往，经时始愿克。飞棹越溟波，维舟恣攀陟。
窈窕入云步，崎岖倚松息。岩坛有鹤过，壁字无人识。
滴石香乳溜，垂崖灵草植。玩幽轻雾阻，讨异忘曛逼。
寒沙际水平，霜树笼烟直。空宫闻莫睹，地道窥难测。
此处学金丹，何人生羽翼。谁传九光要，几拜三仙职。

紫气徒想像，清潭长眇默。霓裳若有来，觏我云峰侧。

《灉湖山寺》

空山寂历道心生，虚谷迢遥野鸟声。禅室从来尘外赏，
香台岂是世中情。云间东岭千寻出，树里南湖一片明。
若使巢由知此意，不将萝薜易簪缨。

《出湖寄赵冬曦》

西泛平湖尽，参差入乱山。东瞻岳阳郡，汗漫太虚间。
窘步同行乐，道文互屡看。山戌上云桂，江亭临水关。
川途倏忽间，风景依如昨。湘浦未赐环，荆门犹主诺。
何时与美人，载酒游宛洛。

《岳阳早霁南楼》

山水佳新霁，南楼玩初旭。夜来枝半红，雨后洲全绿。
四运相终始，万形纷代续。适临青草湖，再变黄莺曲。
地穴穿东武，江流下西蜀。歌闻枉渚邅，舞见长沙促。
心阻意徒驰，神和生自足。白发悲上春，知常谢先欲。

《和尹懋秋夜游灉湖》

其一
坐啸人事闲，佳游野情发。山门送落照，湖口升微月。
林寻猿狖居，水戏鼋鼍穴。朔风吹飞雁，芳草亦云歇。
其二
灉湖佳可游，既近复能幽。林里栖精舍，山间转去舟。
雁飞江月冷，猿啸野风秋。不是迷乡客，寻奇处处留。

《岳阳石门墨山二山相连有禅堂观天下绝境》

困轮江上山，近在华容县。常涉巴丘首，天晴遥可见。
佳游屡前诺，芳月愆幽眷。及此符守移，欢言临道便。

既携赏心客，复有送行掾。竹径入阴窅，松萝上空蒨.
草共林一色，云与峰万变。探窥石门断，缘越沙涧转。
两山势争雄，峰巇相顾眄。药妙灵仙宝，境华岩壑选。
清都西渊绝，金地东敞宴。池果接园畦，风烟迩台殿。
高寻去石顶，旷览天宇遍。千山纷满目，百川豁对面。
骑来云气迎，人去鸟声恋。长揖桃源士，举世同企羡。

《岳州宴别潭州王熊二首》

其一
丝管清且哀，一曲倾一杯。气将然诺重，心向友朋开。
古木无生意，寒云若死灰。赠君芳杜草，为植建章台。
其二
缙云连省阁，沟水遽西东。然诺心犹在，荣华岁不同。
孤城临楚塞，远树入秦宫。谁念三千里，江潭一老翁。

《广州萧都督入朝过岳州宴饯得冬字》

孤城抱大江，节使往朝宗。果是台中旧，依然水上逢。
京华遥比日，疲老飒如冬。窃羡能言鸟，衔恩向九重。

《岳州山城》

山城丰日暇，闭户见天心。东旷迎朝色，西楼引夕阴。
书观千载近，学静二毛深。忽有南风至，吹君堂上琴。

《岳州别姚司马绍之制许归侍》

和玉悲无已，长沙宦不成。天从扇枕愿，人遂倚门情。
方外怀司马，江东忆步兵。问君栖泊处，空岭夜猿惊。

《送岳州李十从军桂州》

送客之江上，其人美且才。风波万里阔，故旧十年来。
剑拔蛟随断，弓张鸟自摧。阳桥书落落，驿马定先回。

《岳州别赵国公王十一琚入朝》

昔滥貂蝉长，同承雨露霏。今参鱼鳖守，望美洞庭归。
浦树悬秋影，江云烧落辉。离魂似征帆，恒往帝乡飞。

《岳州别子均》

离筵非燕喜，别酒正销魂。念汝犹童孺，嗟予隔远藩。
津亭拔心草，江路断肠猿。他日将何见，愁来独倚门。

《和尹懋秋夜游灉湖》

坐啸人事闲，佳游野情发。山门送落照，湖口升微月。
林寻猿狖居，水戏鼋鼍穴。朔风吹飞雁，芳草亦云歇。

《岳州赠广平公宋大夫》

亚相本时英，归来复国桢。朝推长孺直，野慕隐之清。
传节还闽嶂，皇华入汉京。宁思江上老，岁晏独无成。

《同赵侍御巴陵早春作》

江上春来早可观，巧将春物妒余寒。水苔共绕留乌石，
花鸟争开斗鸭栏。佩胜芳辰日渐暖，然灯美夜月初圆。
意随北雁云飞去，直待南州蕙草残。

《游灉湖上寺》

湖上奇峰积，山中芳树春。何知绝世境，来遇赏心人。
清旧岩前乐，呦嘤鸟兽驯。静言观听里，万法自成轮。

《岳州别梁六入朝》

远莅长沙渚，欣逢贾谊才。江山疲应接，风日复晴开。
江树云间断，湘山水上来。近洲朝鹭集，古戍夜猿哀。
岸杼含苍棣，河蒲秀紫台。月余偏地赏，心尽故人杯。

自我违京洛，嗟君此溯洄。容华因别老，交旧与年颓。
梦见长安陌，朝宗实盛哉。

《岳州西城》

水国何辽旷，风波遂极天。西江三纪合，南浦二湖连。
危堞临清境，烦忧暂豁然。九围观掌内，万象阅眸前。
日去长沙渚，山横云梦田。汀葭变秋色，津树入寒烟。
潜穴探灵诡，浮生揖圣仙。至今人不见，迹灭事空传。

《岳州观竞渡》

画作飞凫艇，双双竞拂流。低装山色变，急棹水华浮。
土尚三闾俗，江传二女游。齐歌迎孟姥，独舞送阳侯。
鼓发南湖溠，标争西驿楼。并驱常诧速，非畏日光遒。

《对酒行巴陵作》

留侯封万户，园令寿千金。本为成王业，初由赋上林。
繁荣安足恃，霜露递相寻。鸟哭楚山外，猿啼湘水阴。
梦中城阙近，天畔海云深。空对忘忧酌，离忧不去心。

《岳州宴姚绍之》

杞梓滞江滨，光华向日新。难兄金作友，媚子玉为人。
山水含秋兴，池亭借善邻。檐松风送静，院竹鸟来驯。
翠斝吹黄菊，雕盘鲙紫鳞。缓歌将醉舞，为拂绣衣尘。

《岳州九日宴道观西阁》

摇落长年叹，蹉跎远宦心。北风嘶代马，南浦宿阳禽。
佳此黄花酌，酣余白首吟。凉云霾楚望，濛雨蔽荆岑。
登眺思清景，谁将眷浊阴。钓歌出江雾，樵唱入山林。
鱼以嘉名采，木为美材侵。大道由中悟，逍遥匪外寻。
参佐多君子，词华妙赏音。留题洞庭观，望古意何深。

《巴丘春作》

日出洞庭水，春山挂断霞。江涔相映发，卉木共纷华。
湘戍南浮阔，荆关北望赊。湖阴窥魍魉，丘势辨巴蛇。
岛户巢为馆，渔人艇作家。自怜心问景，三岁客长沙。

《岳州夜坐》

炎洲苦三伏，永日卧孤城。赖此闲庭夜，萧条夜月明。
独歌还太息，幽感见余声。江近鹤时叫，山深猿屡鸣。
息心观有欲，弃知返无名。五十知天命，吾其达此生。

《别灉湖》

念别灉湖去，浮舟更一临。千峰出浪险，万木抱烟深。
南郡延恩渥，东山恋宿心。露花香欲醉，时鸟哢余音。
涉趣皆留赏，无奇不遍寻。莫言山水间，幽意在鸣琴。

《伯奴边见归田赋因投赵侍御》

尔家叹穷鸟，吾族赋归曰。莫道荣枯异，同嗟世网牵。
黄陵浮汩渚，青草会湘川。去国逾三岁，兹山老二年。
寒鸦鸣舍下，昏虎卧篱前。客泪堪斑竹，离亭欲赠荃。
放言久无次，触兴感成篇。

第二章　王昌龄湖湘诗研究

王昌龄，字少伯，唐代诗人，以七言绝句独步天下。王世贞《艺苑卮言》曰："七言绝句少伯与太白争胜毫厘，俱是神品。"故有七绝圣手及诗家天子江宁之美。

王昌龄以开元十五年举进士，解褐秘书郎，迁河南汜水尉，由是致仕。开元十九年，又举博学宏词，擢秘书省校书郎。开元二十六年，先后获罪，远谪岭南。自岳阳入湖南境，历长沙、衡阳过郴州，由北至南始过湖阳。数年后，始得"量移近处"之会，移于江宁今省南京市郊。江宁县丞任之无几，即天宝六载也，又以"不护细行，贬龙标"尉。李白闻之，故作《闻王昌龄左迁龙标遥有此寄送之》。王自江宁丞为上远谪湖南龙标县。溯江而上，自岳阳入湖南境，泛涛过洞庭，至秋末至武陵常德市。至明年春，始舍沅而赴龙标，迁延数月，东西再过其南。标居湘西，属巫州潭阳郡，其沿革如《统志》云："梁置龙标县，因山为名，标为林柱之属，盖其山势也。"其标路远僻，自古遐荒，李吉甫《元和郡县志》引《荆州记》谓之"溪山阻隔，非人迹所履"。

开元二十六年，王昌龄被贬，自岭南自河南汜水入湖北襄阳、新野，所善孟浩然小住荆州南下，遂过洞庭，自岳州至湖南，寻由长沙、衡、郴，竟至贬所南。天宝七年再贬，王昌龄自江宁发南京，经芜湖、宣州、今安徽宣城、南陵、江州，溯江而达岳，横跨洞庭，约以七载冬至朗州治武陵。八年，去武陵，溯沅水而上，历辰溪、溆浦而至龙标者千余里。诗人复与湖南相接。王昌龄以龙标尉居之。垂八年，于湖南日书传作。昌龄谪标为尉，主"分判众曹，收率课调"，即催租税、判狱缉盗。昌龄清贫，"惟琴书一肩，命苍头拾败叶为炊"。虽位卑职微，而存百姓之疾苦，处逆境而尽其职，“为政宽，政善民安”。龙标苗汉杂处，民族杂沓，昌龄重以大唐社稷之利，欲以安辑苗人。迄今尚传“筑岩坝防洪保龙标城”“苗女听歌”及“蛮洞乞诗”“补靴”等动人传说。虽口耳相传，未尝见诸载籍，而昌龄为官清民节度。诚如所谕黄本骥言：“唐诗人王少伯由江宁丞谪龙标尉，小说家载其以琴书自随，命苍头拾败叶供爨及洞蛮长跪乞诗数事，仅与旗亭画壁，同为风雅之宗，若无意于政事者。然以琴书自随，其嗜好可知；拾叶供爨，其清操可知。洞蛮乞诗，则邑中文秀之士其翕然向化又可知。盖子厚所谓‘清宁平夷，恒若有余；乱虑滞志，无所容入’。吾于少伯征之矣，岂仅以诗人目之哉!”

昌龄长于吟赋。龙标虽遐荒，山峻水流，风景秀美，动怀诗兴。案记政事，王昌龄常“琴书自随”，萧然自得，吟咏诗赋，多遗离情，咏山川之动人诗。王昌龄在湖南，除龙标八年外，其余最久者即朗州武陵。天宝六年秋，至湖东岳阳。《岳阳别李十七越宾》曰：“杉上秋雨声，悲切蒹葭夕。弹琴收余响，来送千里客。平明孤帆心，岁晚济代策。”秋风零雨，别岳阳之友，迎萧瑟泠风。由是观之，王昌龄贬龙标，秋起江宁，至岳阳过洞庭犹秋，路无所误。而过洞庭，至朗州武陵，则春在明年，遂有《留别武阳袁丞》“桃花遗古岸，金涧流春水”之说。去武陵时，水流桃落时矣。按今武陵桃花公历三月初发、四月末极盛者推之，王昌龄在武陵留日至四旬已上。

湖湘者，唐诗贬谪文学所出也。湖湘风雅，人文景观，山川形胜、神言传说、风俗人情、史料掌故，谪者由此所获多矣。宋陆游乃大叹曰：“挥毫当得江山助，不到潇湘岂有诗?”谪之于古人，宜其人生至大不幸，而作文学于时，则又一幸也。以此观之，往往丰富身世，激发灵感，多作佳作，或谪期亦诗人之艺术高峰也。王昌龄即此中代表也。

一、王昌龄与“宦楚诗”

王昌龄谪龙标时所作诗歌散见《全唐诗》等典籍，清代道光十九年，黔阳县知县龙光甸与其子启瑞建名胜芙蓉楼，所以“存一邑之风骚，更助千秋之凭吊”者，集昌龄于楚地之诗二十有九首，名曰《王少伯宦楚诗》，撰跋立碑，今碑刻尚存。

龙氏父子所搜“宦楚诗”多为谪龙标诗，少作于谪岭南。龙氏父子所集

“宦楚诗”，不可谓王昌龄于楚所作诗者尽矣，然略见昌龄楚地迁客累臣之心矣。“宦楚诗”多为送别，计有《芙蓉楼送辛渐》《送程六》《送柴御史》《送吴十九往沅陵》《别皇甫五》《送崔参军往龙溪》《送李擢游江东》《留别司马太守》《卢溪别人》《武陵田太守席送司马卢溪》《留别武陵刘丞》《别刘谞》《送胡大》《送谭八之桂林》《送魏二》《送薛大赴安陆》《送万大归长沙》《送高三之桂林》《岳阳别李十七越宾》《巴陵别刘处士》《送姚司法归吴》等。

宦楚诗以送崔参军往龙溪、送李擢游江东、留别司马太守、卢溪别人、武陵田大守席送司《送程六》、酬送者多同为谪臣。

王昌龄诗，诉“天下沦落人”，为人所宝。《送柴御史》：“流水通波接武冈，送君不觉有离伤。青山一道同云雨，明月何曾是两乡。”此诗为谪武冈柴御史所作。武冈为唐邵州属县，虽去王昌龄贬所龙标不远，而中亘雪峰山险峻，路险曲折，别去非易。离别之际，难免离愁别绪。然昌龄不浸愁思，宕开一笔，别开生面写道：“青山一道同云雨，明月何曾是两乡。”此二诗即景抒情，藉“青山、明月”之喻，妙发情趣：虽将分离，共感一山之云雨，浴一月之清辉，何尝复离？

自叙友情外，诸诗殷勤劝励，诚挚期待，诫友曰“倚伏不可测，悲欢岂易寻”勿终日愁怀，宜忍以待之，终得沐浴恩泽，罢谪而归。《送吴十九往沅陵》曰：“远谪唯知望雷雨，明年春水共还乡。”《别皇甫五》中，昌龄愿友人“离尊不用起愁颜”，祈求“明祠灵响期昭应，天泽俱从此路还”。

昌龄送别崔参军往龙溪，慰喻之曰：“龙溪只在龙标上，秋月孤山两相向。谴谪离心是丈夫，鸿恩共待春江涨。”《岳阳别李十七越宾》戒临别之友曰：“鱼鳖自有性，龟龙无能易。谴黜同所安，风土任所适。闭门观玄化，携手遗损益。”

又有诗歌虽流贬惆怅，更多寓“身在江海上”“行当务功业”“策马何骎骎”之意。若《留别司马太守》，诗曰：“辰阳太守念王孙，远谪沅溪何可论。黄鹤青云当一举，明珠吐著报君恩。”诗作昌龄贬龙标尉，司马太守指卢溪郡守司徒氏也。“宦楚诗”又有《武陵田太守席送司马卢溪》诗，二诗所称司马者同人，即庐溪郡守史马氏也，用《搜神记》“灵蛇吐珠”之典，自思立功报恩之雄心。《留别武陵刘丞》作于天宝六载，诗人自江宁丞谪龙标尉，首四句叙路逢知己而不得不怅怅而别，所谓“皇恩暂迁谪，待罪逢知己。从此武陵溪，孤舟二千里”。末句“谁识马将军，忠贞抱生死”，为汉将马遭谗援鸣不平，其中虽曲折自若，然犹欲效援，虽被谗贬，而犹怀忠贞。

宦楚诗中，收长诗《箜篌引》，昌龄采其故事，借夜月弹箜篌，泣叙良将“家藏铁券特承优”“为君百战如过稠”，以被谗贬，沦落“九族分离作楚囚”“颜面饥枯掩面羞，眼眶泪滴深两眸”境地。将军虽南冠楚囚，犹忧社稷，“仆本东山为国忧”，期待有朝一日“明光殿前论九畴”“为君掌上施权谋”。且言“怀柔”以治边民，曰“便令海内休戈矛，何用班超定远侯”。昌龄笔下之将军忍辱负重而不忘家国社稷，此又何尝非其自谓哉。

此类送别诗情调昂扬，稀见迁谪之怨天尤人与孤寂悲愁，洋溢以乐观主义。按《唐诗纪事》，王昌龄“孤洁恬淡，与物无伤”，其性自守而孤高者，亦以是故而复见贬。同贬龙标实遭谗贬，于是友人多有愤激不平者。诗友常建叹曰：“谪居未为叹，谗枉何由分”。殷璠《河岳英灵集》亦曰：“晚节谤议沸腾，言行相背，及沦落窜谪，竟未减才名。固知善毁者不能毁西施之美也。”李白闻知王昌龄谪贬龙标，即赋《闻王昌龄左迁龙标遥有此寄》一诗，诗云：“杨花落尽子规啼，闻道龙标过五溪。我寄愁心与明月，随君直到夜郎西。”深以谗贬见怜。乃所遇不平，昌龄以诗诉愤慨，亦非平人情，尤所贬处湘西腹地，土广人稀，易生落寞，所谓“从来迁客，不废啸歌。自古逐臣，偏工怨诽”。然逐臣王昌龄犹慰同命之人，脱于穷愁之绪。自王昌龄宦楚诗中，益感其博大开襟，及报国之情。

此外，王昌龄诗中又有楚风之作，知土风之情有大义，亦使其“宦楚诗”益富。若《武陵开元观黄炼师院三首》，以其清虚静谧，免于役扰尘喧之状，感言“尘忝何堪武陵郡”，示民不堪赋敛困扰之实也。次首后句“闻道秦时避地人，至今不与人通问”，借避秦人不欲与事实相触以批评时事。

昌龄诗有高致。殷璠《河岳英灵集》云：“元嘉以还，四百年内，曹、刘、陆、谢，风骨顿尽，顷有太原王昌龄、鲁国储光羲颇从厥游，且两贤气同体别。而王声稍峻。”论其诗为“元嘉以还”“中兴高作”。钟惺《唐诗归》赞其七绝“妙在全不说出，读未毕而言外目前可思可见矣，然亦终说不出”，谓其五言律“音节多似古诗，清骨闲情，时见其奥”。

其诗，在雅擅设意，往往结之以情，以景托情，妙合无垠。《送李擢游江东》抒离后愁，有“楚橙橘暗，吴门烟雨愁”之句，作者巧用拟人手法。以荆国鲜橙之黯淡，烘托心中离愁别绪，情景交融，不露痕迹。《送柴御史》诗“青山一道同云雨，明月何曾是两乡”，以眼前之景托心中之情，亦佳句也。

构意之中，王昌龄尤修景物，每切中人物之情感。猿猴、橙橘皆为土风，王昌龄巧为诗意，能致情达，又富有浓郁之色。《送魏二》云："醉别江楼橘柚香，江风引雨入舟凉。忆君遥在潇湘月，愁听清猿梦里长。"一二句写置酒饯行，首以橘柚之香反衬心中之醉，然后以"江风引雨"托之以"凉"。三四句写别去之后，友人沐浴明月于异地，梦听猿啸，清妙无垠。诗从彼着笔，自彼反此，怀离别之思，极其精巧。此诗构于场景，取橘柚、潇湘、清猿之意，构图凄美，切致情怀，颇有巧思。

龙光甸父子所集之二十九首"宦楚诗"，体制多端，有五七言绝句、五七话律诗，又有四六言古诗。其词凝练，造辞工稳，内涵丰富，佳句甚多。《送谭八之桂林》诗云："客心仍在楚，江馆复临湘。别意猿鸟外，天寒桂水长。"后句以猿鸟衬别情，以桂水喻离愁，化抽象为具体，情绪丰富。又如"山月空霁时，江明高楼晓""竹映秋馆深，月寒江风起"等亦为"宦楚诗"之佳句也。

二、送别、纪行与访道

王昌龄于湖湘界中造此诗，绝多与贬谪相似。若因所见不同，略可分为三：

一曰送别诗。其所造湖湘谪诗颇重。昌龄仕三十年间，三分有一在谪过者，故送别为常，而为居处之要。而传悟最为宝贵之友情。昌龄送答者三：一为乡曲文人诗友，若谪岭南，与荆州长史张九龄、与同游岳州者李白相善，即有《奉赠张荆洲》《巴陵送李十二》诸诗以酬之。二为与厄运故人交，或以罪赴贬，若窘迫奔波。若《送柴侍御》《芙蓉楼送辛渐》《送魏二》及《卢溪别人》等诗，则殷勤嘱友也。三为新地之士，王昌龄于武陵所造《答武陵田太守》《武陵田太守席送司马泸溪》《留别武陵袁丞》，即诗人所贬龙标，谢新友恩酬之意也。

如《武陵田太守席送司马泸溪》：

诸侯分楚郡，饮饯五溪春。山水清晖远，俱怜一逐臣。

又如《答武陵田太守》：

仗剑行千里，微躯敢一言。曾为大梁客，不负信陵恩。

答，《文苑英华》作"留答"，《万首唐人绝句》作"留别"，"田太守"者，武陵长官，昌龄新友也，王颇与之交通。清同治《武陵县志》卷二十八第六："田席，元和时。"谓田太守即田席也。

又《留别武陵袁丞》曰：

皇恩暂迁谪，待罪逢知己。从此武陵溪，孤舟二千里。

桃花遗古岸，金涧流春水。谁识马将军，忠贞抱生死。

此诗为次年春离开朗州赴龙标，王昌龄为袁县丞所作。

二曰纪行。贬岭南途，犹贬龙标行，或在贬途中，昌龄犹作纪行游咏。一时亦录其人既感落寞，又壮心不已，试东山再起，为国立功之怀。其首贬岭南，过郴州所作《出彬山口至叠石湾野人室中寄张十一》，诗曰："旦夕望吾友，如何迅孤舟。""永与世人远，气还草木收。"虽南贬孤寂，诗人未尽绝望，心尚和平："盈缩理无余，今往何必忧。""寒月波荡漾，羁鸿去悠悠。"昌龄在贬途作《江上闻笛》《途中作》等诗，亦如此情，而不伤感于未信，再贬龙标于中途，所作《九江口作》《箜篌引》，为落魄之迁客，犹愿为国立功之志："鸷鸟立寒木，丈夫佩吴钩。何当报君恩，却系单于头。""为君百战如过筹，静扫阴山无鸟投。""明光殿前论九畴，麓读兵书尽冥搜。"及贬地龙标，王昌龄吟友人野宴诗曰："沅溪夏晚足凉风，春酒相携就竹丛。莫道弦歌愁远谪，青山明月不曾空。"豁达向上，情调积极。

三曰访僧问道诗。昌龄作此访僧问道之作，近十许首。贬龙标时，武陵留居，因作访道诗四首，即《武陵开元观黄炼师院》（三首）、《武陵龙兴观黄道士房问易因题》，此四题，乃王昌龄访二黄道士之录也。诗人于理体虽一无生，实假佛消愁，求一心精神之自由也。又《岳阳别刘处士》《斋心》《静法师东斋》《谒焦炼师》等，亦此类也。

如《武陵开元观黄炼师院》（三首）：

其一

松间白发黄尊师，童子烧香禹步时。欲访桃源入溪路，忽闻鸡犬使人疑。

其二

先贤盛说桃花源，尘忝何堪武陵郡。闻道秦时避地人，至今不与人通问。

其三

山观空虚清静门，从官役吏扰尘喧。暂因问俗到真境，便欲投诚依道源。

又如《武陵龙兴观黄道士房问易因题》：

斋心问易太阳宫，八卦真形一气中。仙老言余鹤飞去，玉清坛上雨濛濛。

后一首诗《王少伯宦楚诗》未收。此四诗，乃王昌龄在武陵留居日，访二黄道士实录。

道教所发，经史所传，地理所系，始有善卷，昌龄隐于龙标，初虽未必同道教有所直接，然慕其因缘退隐、洁己自持也。道教于常德亦可追及东汉，时浮邱子居太浮山，即今临澧县。晋太康中，又武陵人黄道真弃俗隐于高吾山，乃修宫观。今其有史可考者，先有东汉武陵阳山观、桃源桃川万寿观，桃源真源观、黄龙观等。隋唐以后，道教益隆，道徒络绎，宫观相望。唐开元天宝前后名道士即有黄洞源、瞿柏庭等。

三、思想主题及艺术特色

按诸儒考，昌龄之诗散逸最多，其在武陵亦必然。虽然，王昌龄在武陵，亦非直见其动静之本，兼可窥其心理于此也。试归其诗所发之意特征于以下：

一曰忧时爱民、心向平政。

此理见其《武陵开元观黄炼师院三首》。其第一首，因陶渊明《桃花源诗并记》所述世外桃源，心向未有剥削、人人平等之良好社会也。其二曰“闻秦避人，至今不通”，重论时政，批判天宝奸相李林甫用权之奸。其三明言“便欲依道”，达乎仁者之心也。昌少时已思仁政，唐殷璠《河岳英灵集》云：“余常睹王公《长平伏冤文》《吊轵道赋》，仁有余也。”其谪途武陵诗，所以倾慕桃花源者，以其仁政之所加也。但以问俗求真，以道合情，未能易以入世也。

二曰乐观豁达，积极向上。

昌龄贬龙标故，《新唐书》《文苑传》皆云“不护细行”，言不谨小节也。仕不谨小节，古来多有，而以贬谪之罪实稀见。昌龄被谗贬，时刻不讳曰逐臣。于《武陵田太守席送司马泸溪》称“山水清晖远，俱怜一逐臣”。《留别武陵袁丞》亦云“皇恩暂迁谪，待罪逢知己。”诗末曰：“谁识马将军，忠贞抱生死。”以为虽马援不免被诬，况臣小县丞乎！此皆坦然自贬所居也。王不拘小节，自长安赴江宁，在洛尝半岁。此贬龙标在武陵亦少四月。又其别诗也，留饮必醉，未有以小人之陷贬而畏沮者也。故答武陵田太守，虽云微躯，自为侠客。“曾为大梁客，不负信陵恩。”

三曰思索人生，探求真理。

昌龄远离京城，游历武陵，览此秀山佳水，感此醇厚人情，兼察幽隐道教，心绪渐开，思索人生而求其秘奥，领会真理。颜回见孔子曰：“回之家贫，唯不饮酒、不茹荤者数月矣，如此则可以为斋乎？”曰：“是祭祀之斋，非心斋也。”回曰：“敢问心斋？”仲尼曰：“若一志，无听之以耳，而听之以心；无听之以心，而听之以气。听止于耳，心止于符。气也者，虚而待物者也。唯道集虚。虚者，心斋也。”所谓心斋者，一心正视听、绝嗜欲、离外物而绝对自由之精神境界。人道之逆顺，在天地万物之中。昌龄欲从《易》变易中，求为人行事者生哲理。

昌龄诗歌高准，以诗显世。《河岳英灵集》曰：“元嘉以还，四百年内，曹、刘、陆、谢，风骨顿尽，顷有太原王昌龄、鲁国储光羲颇从厥游，且两贤气同体别，而王声稍峻。”胡应麟曰：“太白诸绝句，信口而成，所谓无意于工而无不工者。少伯浓厚有余，优柔不迫，怨而不怒，丽而不淫。……《国风》《离骚》后，惟少伯诸绝近之。”昌龄匠心独运，独树一帜，自有独风。观昌龄之湖湘诗，笔者以为其艺术要道有以下数种。

其一，敦立意，务在立心新颖，自然天成。王昌龄本著诗论，尤调重之，以意极出凡为格，声为律，意高则声辨则律清。格律全然后有调。”昌龄曰：“意须出万人之境，望古人于格下，攒天海于方寸。诗人之心，当于此也。”作诗新颖高远，必有绝伦古人宇宙之气。如《留别司马太守》，诗曰：“辰阳太守念王孙，远谪沅溪何可论。黄鹤青云当一举，明珠吐著报君恩。”初句以“王孙”自许，处变不惊，从容自若。后二句用《搜神记》“灵蛇吐珠”之典，自谓思立功报恩之壮志也。

其二，取象寓意，含蕴幽微。昌龄独以为深择所由，曰：“搜求于象，心入于境，神会于物，因心而得。”其谪湖湘间所作送别诗，亦正如此，其所择意特殊，略皆萧索凄凉，意类相杂，自然、世间、空间数种。意象犹为含深内联之意，诗中共致情达之用也。昌龄谪诗，尤好孤舟明月水等自然之意。昌龄尤长意象。湖湘所制诸送别诗，王昌龄殆尽其意，造象成功。如于龙标所创《泸溪别人》：“武陵溪口驻扁舟，溪水随君向北流。行到荆门上三峡，莫将孤月对猿愁。”全诗四句，而具扁舟、溪水、孤月、猿愁之属，并带阴凉凄怆之色，致其深致者，离愁绝绪，深牵故主人情也。而《送吴十九往沅陵》所择又别调云：“沅江流水到辰阳，溪口逢君驿路长。远谪谁知望雷雨，明年春水共还乡。”诗人以慰穷交，冀与共振精神，静待东山再起。故诗之所择“雷雨”“春水”之象，皆有明色，使人有一振之感。又如《巴陵送李十二》：“摇曳巴陵洲渚分，清江传语便风闻。山长不见秋城色，日暮蒹葭空水云。”所欲者同别绪离愁，而诗人未明言直写，借之于洲渚、清江、山长、秋城、日暮、云葭，萧荒孤独。别心裁地，前后对笔，物变离愁渐郁，心绪细致入微。

其三，善以主人公入诗。诗中有“我”，诗人诉情理于艺术。譬若孤舟之意，在王昌龄湖湘谪诗中，用频极高。“青山隐隐孤舟微，白鹤双飞忽相见。”“从此武陵溪，孤舟二千里。”“袅袅清夜猿，孤舟坐如此。”“楚客醉孤舟，越水将引棹。”“旦夕望吾友，如何迅孤舟。”此类意象不胜枚举。何故？孤舟隐隐，诗人感之。舟之孤实人心之孤，亦为诗人自处之孤。以此观昌龄谪诗，犹悟昌龄孤傲之心性。

其四，格调昂扬，意气振奋。王昌龄湖湘谪诗虽低谷之作，然犹求慷慨旷达之气格，被贬不失志，未尝消沉，益无呜咽者。《送柴侍御》即此类也，“沅水通波接武冈，送君不觉有离伤。青山一道同云雨，明月何曾是两乡。”而诗中昌龄送友不觉有离别之感，何也？三四句诗借景抒情，巧妙答曰：别后虽身处两地，而江河云雨，青山明月，俱系你我以相思。如此送友，不见凄风苦雨，反见青山明月，高洁旷达，可谓豪迈绝伦者矣！《留别武陵袁丞》，王昌龄贬龙标道中作。诗后句曰：“谁识马将军，忠贞抱生死。”复见盛唐博大豁达之胸襟气魄，实唐之精神也。又如《送崔参军往龙溪》：“谴谪离心是丈夫，鸿恩共待春江涨。”情景交融，俱有同异，以景结情，情寓有尽，而意无穷也。

昌龄一生再贬，至今所传谪诗 80 余首。然考其平生可知，其谪居湖湘至当七八年以上。昌龄湖湘之诗，传于今不及五十首，不可不谓之大恨。贬谪湖湘之于王昌龄，乃有唐一代文士之悲，然湖湘幸得昌龄之诗歌创作，蕴生湖湘文化，培育湖湘文风，亦湘人之幸也。

附一：王昌龄生平史料

《旧唐书》

开元、天宝间，文士知名者，汴州崔颢、京兆王昌龄、高适、襄阳孟浩然，皆名位不振，唯高适官达，自有传。

王昌龄者，进士登第，补秘书省校书郎。又以博学宏词登科，再迁汜水县尉。不护细行，屡见贬斥，卒。昌龄为文，绪微而思清。有集五卷。

《新唐书》

昌龄，字少伯，江宁人。第进士，补秘书郎。又中宏辞，迁汜水尉。不护细行，贬龙标尉。以世乱还乡里，为刺史闾丘晓所杀。张镐按军河南，兵大集，晓最后期，将戮之，辞曰："有亲，乞贷余命。"镐曰："王昌龄之亲，欲与谁养?"晓默然。

昌龄工诗，绪密而思清，时谓王江宁云。

《唐才子传》

昌龄，字少伯，太原人。开元十五年李嶷榜进士，授汜水尉。又中宏辞，迁校书郎。后以不护细行，贬龙标尉。以刀火之际，归乡里，为刺史闾丘晓所忌而杀。后张镐按军河南，晓愆期，将戮之，辞以亲老，乞恕，镐曰："王昌龄之亲欲与谁养乎"晓大惭沮。昌龄工诗，缜密而思清，时称"诗家夫子王江宁"，盖尝为江宁令。与文士王之涣、辛渐交友至深，皆出模范，其名重如此。有诗集五卷，又述作诗格律、境思、体例，共十四篇，为《诗格》一卷，又，《诗中密旨》一卷，及《古乐府解题》一卷，今并传。自元嘉以还，四百年之内，曹、刘、陆、谢，风骨顿尽。逮储光羲、王昌龄，颇从厥迹，两贤气同而体别也。王稍声峻，奇句俊格，惊耳骇目。奈何晚途不矜小节，谤议腾沸，两窜遐荒，使知音者喟然长叹，至归全之道，不亦痛哉。

附二：王昌龄湖湘诗

《采莲曲》

荷叶罗裙一色裁，芙蓉向脸两边开。乱入池中看不见，闻歌始觉有人来。

《送柴侍御》

沅水通波接武冈，送君不觉有离伤。(沅水一作流水)

青山一道同云雨，明月何曾是两乡。

《闺怨》

闺中少妇不知愁，春日凝妆上翠楼。（不知一作不曾）
忽见陌头杨柳色，悔教夫婿觅封侯。

《芙蓉楼送辛渐》二首

其一
寒雨连江夜入吴，平明送客楚山孤。（连江一作连天）
洛阳亲友如相问，一片冰心在玉壶。
其二
丹阳城南秋海阴，丹阳城北楚云深。高楼送客不能醉，寂寂寒江明月心。

《采莲曲》二首

其一
吴姬越艳楚王妃，争弄莲舟水湿衣。来时浦口花迎入，采罢江头月送归。
其二
荷叶罗裙一色裁，芙蓉向脸两边开。乱入池中看不见，闻歌始觉有人来。

《送魏二》

醉别江楼橘柚香，江风引雨入舟凉。忆君遥在潇湘月，愁听清猿梦里长。

《长信怨》

金井梧桐秋叶黄，珠帘不卷夜来霜。熏笼玉枕无颜色，卧听南宫清漏长。
高殿秋砧响夜阑，霜深犹忆御衣寒。银灯青琐裁缝歇，还向金城明主看。
奉帚平明金殿开，暂将团扇共徘徊。玉颜不及寒鸦色，犹带昭阳日影来。
真成薄命久寻思，梦见君王觉后疑。火照西宫知夜饮，分明复道奉恩时。
长信宫中秋月明，昭阳殿下捣衣声。白露堂中细草迹，红罗帐里不胜情。

《同从弟南斋玩月忆山阴崔少府》

高卧南斋时，开帷月初吐。清辉澹水木，演漾在窗户。

冉冉（冉冉一作荏苒）几盈虚，澄澄变今古。美人清江畔，是夜越吟苦。千里共如何，微风吹兰杜。

《龙标野宴》

沅溪夏晚足凉风，春酒相携就竹丛。莫道弦歌愁远谪，青山明月不曾空。

《长信秋词五首》

其一
金井梧桐秋叶黄，珠帘不卷夜来霜。熏笼玉枕无颜色，卧听南宫清漏长。
其二
高殿秋砧响夜阑，霜深犹忆御衣寒。银灯青琐裁缝歇，还向金城明主看。
其三
奉帚平明金殿开，且将团扇共徘徊。玉颜不及寒鸦色，犹带昭阳日影来。
其四
真成薄命久寻思，梦见君王觉后疑。火照西宫知夜饮，分明复道奉恩时。
其五
长信宫中秋月明，昭阳殿下捣衣声。白露堂中细草迹，红罗帐里不胜情。

《重别李评事》

莫道秋江离别难，舟船明日是长安。吴姬缓舞留君醉，随意青枫白露寒。

《答武陵太守》

仗剑行千里，微躯敢一言。曾为大梁客，不负信陵恩。

《听流人水调子》

孤舟微月对枫林，分付鸣筝与客心。岭色千重万重雨，断弦收与泪痕深。

《送郭司仓》

映门淮水绿，留骑主人心。明月随良掾，春潮夜夜深。

《巴陵送李十二》

摇曳巴陵洲渚分，清江传语便风闻。山长不见秋城色，日暮蒹葭空水云。

《何九于客舍集》

客有住桂阳，亦如巢林鸟。罍觞且终宴，功业会未了。
山月空霁时，江明高楼晓。门前泊舟楫，行次入松筱。
此意投赠君，沧波风袅袅。

《卢溪别人》

武陵溪口驻扁舟，溪水随君向北流。行到荆门上三峡，莫将孤月对猿愁。

《少年行二首》

其一
西陵侠少年，送客短长亭。青槐夹两道，白马如流星。
闻道羽书急，单于寇井陉。气高轻赴难，谁顾燕山铭。
其二
走马远相寻，西楼下夕阴。结交期一剑，留意赠千金。
高阁歌声远，重门柳色深。夜阑须尽饮，莫负百年心。

《行路难》

双丝作绠系银瓶，百尺寒泉辘轳上。悬丝一绝不可望，似妾倾心在君掌。
人生意气好迁捐，只重狂花不重贤。宴罢调筝奏离鹤，回娇转盼泣君前。
君不见，眼前事，岂保须臾心勿异。
西山日下雨足稀，侧有浮云无所寄。但愿莫忘前者言，锉骨黄尘亦无愧。
行路难，劝君酒，莫辞烦，美酒千钟犹可尽，心中片愧何可论。
一闻汉主思故剑，使妾长嗟万古魂。

《旅望/出塞行》

白花原头望京师，黄河水流无尽时。穷秋旷野行人绝，马首东来知是谁。

《送张四》

枫林已愁暮，楚水复堪悲。别后冷山月，清猿无断时。

《送高三之桂林》

留君夜饮对潇湘，从此归舟客梦长。岭上梅花侵雪暗，归时还拂桂花香。

《送窦七》

清江月色傍林秋，波上荧荧望一舟。鄂渚轻帆须早发，江边明月为君留。

《琴》

孤桐秘虚鸣，朴素传幽真。仿佛弦指外，遂见初古人。
意远风雪苦，时来江山春。高宴未终曲，谁能辨经纶。

《就道士问周易参同契》

仙人骑白鹿，发短耳何长。时余采菖蒲，忽见嵩之阳。
稽首求丹经，乃出怀中方。披读了不悟，归来问嵇康。
嗟余无道骨，发我入太行。

《九日登高》

青山远近带皇州，霁景重阳上北楼。雨歇亭皋仙菊润，霜飞天苑御梨秋。
茱萸插鬓花宜寿，翡翠横钗舞作愁。谩说陶潜篱下醉，何曾得见此风流。

《万岁楼》

江上巍巍万岁楼，不知经历几千秋。年年喜见山长在，
日日悲看水独流。猿狖何曾离暮岭，鸬鹚空自泛寒洲。
谁堪登望云烟里，向晚茫茫发旅愁。

《送十五舅》

深林秋水近日空，归棹演漾清阴中。夕浦离觞意何已，草根寒露悲鸣虫。

《箜篌引》

卢溪郡南夜泊舟，夜闻两岸羌戎讴，其时月黑猿啾啾。
微雨沾衣令人愁，有一迁客登高楼，不言不寐弹箜篌。
弹作蓟门桑叶秋，风沙飒飒青冢头，将军铁骢汗血流。
深入匈奴战未休，黄旗一点兵马收，乱杀胡人积如丘。
疮病驱来配边州，仍披漠北羔羊裘，颜色饥枯掩面羞。
眼眶泪滴深两眸，思还本乡食牦牛，欲语不得指咽喉。
或有强壮能咿嚘，意说被他边将雠，五世属藩汉主留。
碧毛毡帐河曲游，橐驼五万部落稠，敕赐飞凤金兜鍪。
为君百战如过筹，静扫阴山无鸟投，家藏铁券特承优。
黄金千斤不称求，九族分离作楚囚，深溪寂寞弦苦幽。
草木悲感声飕飗，仆本东山为国忧，明光殿前论九畴。
簏读兵书尽冥搜，为君掌上施权谋，洞晓山川无与俦。
紫宸诏发远怀柔，摇笔飞霜如夺钩，鬼神不得知其由。
怜爱苍生比蚍蜉，朔河屯兵须渐抽，尽遣降来拜御沟。
便令海内休戈矛，何用班超定远侯，史臣书之得已不。

《斋心》

女萝覆石壁，溪水幽濛胧。紫葛蔓黄花，娟娟寒露中。
朝饮花上露，夜卧松下风。云英化为水，光采与我同。
日月荡精魄，寥寥天宇空。

《送谭八之桂林》

客心仍在楚，江馆复临湘。别意猿鸟外，天寒桂水长。

《送胡大》

荆门不堪别，况乃潇湘秋。何处遥望君，江边明月楼。

《初日》

初日净金闺，先照床前暖。斜光入罗幕，稍稍亲丝管。
云发不能梳，杨花更吹满。

《古意》

桃花四面发，桃叶一枝开。欲暮黄鹂啭，伤心玉镜台。
清筝向明月，半夜春风来。

《秋兴》

日暮西北堂，凉风洗修木。著书在南窗，门馆常肃肃。
苔草延古意，视听转幽独。或问余所营，刈黍就寒谷。

《别辛渐》

别馆萧条风雨寒，扁舟月色渡江看。酒酣不识关西道，却望春江云尚残。

《代扶风主人答》

杀气凝不流，风悲日彩寒。浮埃起四远，游子弥不欢。
依然宿扶风，沽酒聊自宽。寸心亦未理，长铗谁能弹。
主人就我饮，对我还慨叹。便泣数行泪，因歌行路难。
十五役边地，三四讨楼兰。连年不解甲，积日无所餐。
将军降匈奴，国使没桑干。去时三十万，独自还长安。
不信沙场苦，君看刀箭瘢。乡亲悉零落，冢墓亦摧残。
仰攀青松枝，恸绝伤心肝。禽兽悲不去，路旁谁忍看。
幸逢休明代，寰宇静波澜。老马思伏枥，长鸣力已殚。
少年与运会，何事发悲端。天子初封禅，贤良刷羽翰。
三边悉如此，否泰亦须观。

《悲哉行》

勿听白头吟，人间易忧怨。若非沧浪子，安得从所愿。

北上太行山，临风阅吹万。长云数千里，倏忽还肤寸。
观其微灭时，精意莫能论。百年不容息，是处生意蔓。
始悟海上人，辞君永飞遁。

《相和歌辞·放歌行》

南渡洛阳津，西望十二楼。明堂坐天子，月朔朝诸侯。
清乐动千门，皇风被九州。庆云从东来，泱漭抱日流。
升平贵论道，文墨将何求。有诏征草泽，微臣献谋猷。
冠冕如星罗，拜揖曹与周。望尘非吾事，入赋且迟留。
幸蒙国士识，因脱负薪裘。今者放歌行，以慰梁父愁。
但营数斗禄，奉养毋丰羞。若得金膏遂，飞云亦可俦。

《送朱越》

远别舟中蒋山暮，君行举首燕城路。蓟门秋月隐黄云，期向金陵醉江树。

《赠宇文中丞·本畅当诗》

仆本濩落人，辱当州郡使。量力颇及早，谢归今即已。
萧萧若凌虚，衿带顷消靡。车服卒然来，涔阳作游子。
郁郁寡开颜，默默独行李。忽逢平生友，一笑方在此。
秋清宁风日，楚思浩云水。为语弋林者，冥冥鸿远矣。

《别皇甫五》

溆浦潭阳隔楚山，离尊不用起愁颜。明祠灵响期昭应，天泽俱从此路还。

《送李擢游江东》

清洛日夜涨，微风引孤舟。离肠便千里，远梦生江楼。
楚国橙橘暗，吴门烟雨愁。东南具今古，归望山云秋。

《武陵田太守席送司马卢溪》

诸侯分楚郡，饮饯五溪春。山水清晖远，俱怜一逐臣。

《留别武陵袁丞》

皇恩暂迁谪，待罪逢知己。从此武陵溪，孤舟二千里。
桃花遗古岸，金涧流春水。谁识马将军，忠贞抱生死。

《别刘谞》

天地寒更雨，苍茫楚城阴。一尊广陵酒，十载衡阳心。
倚仗不可料，悲欢岂易寻。相逢成远别，后会何如今。
身在江海上，云连京国深。行当务功业，策马何駸駸。

《送薛大赴安陆》

津头云雨暗湘山，迁客离忧楚地颜。遥送扁舟安陆郡，天边何处穆陵关。

《送万大归长沙》

桂阳秋水长沙县，楚竹离声为君变。青山隐隐孤舟微，白鹤双飞忽相见。

《岳阳别李十七越宾》

相逢楚水寒，舟在洞庭驿。具陈江波事，不异沧弃迹。
杉上秋雨声，悲切蒹葭夕。弹琴收余响，来送千里客。
平明孤帆心，岁晚济代策。时在身未充，潇湘不盈画。
湖小洲渚联，澹淡烟景碧。鱼鳖自有性，龟龙无能易。
谴黜同所安，风土任所适。闭门观玄化，携手遗损益。

《巴陵别刘处士》

刘生隐岳阳，心远洞庭水。偃帆入山郭，一宿楚云里。
竹映秋馆深，月寒江风起。烟波桂阳接，日夕数千里。
袅袅清夜猿，孤舟坐如此。湘中有来雁，雨雪候音旨。

《送姚司法归吴》

吴掾留觞楚郡心，洞庭秋雨海门阴。但令意远扁舟近，不道沧江百丈深。

第三章　李白湖湘诗研究

李白湖湘诗，既含仙情，又蕴南楚殊致。湖湘逆境苦厄，包容万象，与中原文章迥别，南楚血气，敢为人先、敢作敢当。湖湘文化，葆有好生之意，又执性坚忍，予流寓湘湘之失意者之精神家园。

李白湖湘诗歌，主忧愤。《荆州贼平临洞庭言怀作》诗云：“思归阴丧乱，去国伤怀抱。”《门有车马客行》云；“恻怆竟何道？存亡为大钧。”史载：乾元二年，“八月，乙巳，襄州将康楚元、张嘉延据州作乱……荆南节度使杜鸿渐弃城走，澧、郎、郢、峡、归等州官吏闻之，争窜山谷。”临尸素餐者无能吏，黎元之民无望，李白暮年弃一身之得失，“处江湖之远”而怀天下，以忧黎元。实则启宋“处江湖之远而忧其君”之范仲淹情感模式，广为后士所同，且为天下士之主流，而白当即此文之启蒙先驱与衷行者也。

一、李白之湖湘行迹

李白往来湖湘，有文字可考者六。

开元十三年，诗仙怀抱四方之志，“仗剑去国，辞亲远游，南穷苍梧”“与蜀中友人吴指南同游于楚”。诗人于洞庭湖畔武陵、岳阳间居留，溯湘江而上，历长沙、湘潭、衡阳，至零陵、九疑。《答高山人兼呈顾权二侯》云：“明晨往潇湘，共谒苍梧帝。”自零陵还，同伴“（吴）指南死于洞庭之上，白禫服恸哭，……遂权殡于湖侧，便之金陵”。此始历湖湘之自述。

开元十六年，李白自扬州还湘，葬指南，至洞庭湖。《上安州裴长史书》：“数年来观，筋骨尚在。白雪泣持刃，躬申洗削。裹骨徒步，负之而趋。寝兴携持，无辍身手。遂丐贷营葬于鄂城之东。”白存交重义，轻财好施，“东游维扬，不逾一年，散金三十余万”，故贷而得终其葬事。

开元二十七年，李白与王昌龄酬歌于岳州。集中无征歌之验，而昌龄留《巴陵送李十二》云：“天长不见秋城色，日暮蒹葭空水云。”

四行稍杂，天宝六至十一年。白时来时往，或居停，或取道往来鄂、皖诸地，见《寄从弟宣州长史昭》：“五落洞庭叶，三江游未还。”此“三江”指湘水、澧水与岷水（即长江），其地属岳阳。天宝十载夏，与权昭夷采药于秋浦，“恨丹液未就，白龙来迟”。《春滞沅湘有怀山中》，疑亦此时也。

至德三年，李白长流夜郎至临湘鸭栏矶，与裴隐酬和。《长沙市志》：“裴隐，字逸人，长沙人。官侍御，后谪岳州，寓居白马矶，鼓琴自娱。李白流放夜郎时遇之，曾相与唱和游宴。”《湖南通志·流寓人物传》：“裴隐官侍御，谪居岳州，与岫道人鼓琴自娱，李白流夜郎过之，相与唱和游宴。”

乾元二年，暮秋至次年春，白遇赦放还，流连江夏、岳阳。“独弃长沙国，三年未许回。”复溯湘江而上，至长沙、衡岳。劫后余生，惊魂甫定，诗多身世飘摇之感：“因为洞庭叶，飘落之潇湘。”“客居烟波寄湘吴”。

詹锳先生考证，乾元元年至三年李白作湖湘诗三十一首。言怀诗六首，咏物一首。李白诗情艺术之杰作也。

诗仙以帝师为人生之望：“申管、晏之谈，谋帝王之术。奋其智能，愿为辅弼，使寰区大定，海县清一。”大唐盛世与无限憬然，几成其实。诗人平交王侯，隐居养望，终充翰林供奉。惜乎前后仅三载，政抱未尽。明湖秋波倒映诗人华发，韶华易逝，壮心难已，寄情山水，求慰山色，此自然之选也，为李白湖湘诗之大旨。《陪族叔刑部侍郎晔及中书贾舍人至游洞庭五首》中，白弥望秋夜湖光山月，如丹青绘出，宜人醉人，霜露侵衣无妨；念凄美帝子，慰船中醉客，自抱易醉浊酒一壶。南楚灵山秀水荡胸中块垒，湖湘自然抚诗人无处安魂，诗酒精神得无比宣泄。

浪骸乐短，诗人终难忘忧，终不掩落魄。《秋登巴陵望洞庭》，前作湖光山色，后作悲声。乐境遽转哀曰：“瞻光惜颓发，阅水悲徂年。……听此更肠断，凭崖泪如泉。”《校注》云：“此诗语意颓唐，为李集中所少见。”《门有车马客行》：“雄剑藏玉匣，阴符生素尘。廓落无所合，流离湘水滨。”悲情不同于悲观，宜有谴于时局，而诗人终报国无门。咏物诗《鸣雁行》以雁喻人，人之命亦如之。言怀诗《荆州贼乱临洞庭言怀作》先陈目前处境，更申心迹云："关河望已绝，氛雾行当扫。长叫天可闻，吾将问苍昊。""天问"者，失志之所露，理想破灭之悲歌也。

诗仙居江湖之远，心忧京阙，以其志性自信，或致立功之意，若在朝廷，未尝无美意于时政也。《早春寄王汉阳》或解读酬赠，夫美人非汉阳也，亦非自谓也。此诗乃屈宋以美人芳草喻君臣之荆楚文章，实为情志，达诗人之失落心，而望其友之前途。梅入春柳，契合遇赦放还，浪迹湖湘，劫后余生希冀犹存。碧水浩浩，云天茫茫，美人不来，空自断肠。此诗仙不懈于政理之实录，诗行伤于前途之未卜也。《送别》主题相似而相对乐观：乘轻舟送友人于湖上，映映夕晖，左右归鸟。诗人信"圣朝思贾谊，应降紫泥书"，故表东山复起之信。《临江王节士歌》对洞庭萧秋叶，忍风寒，仰苍穹，含泣曰"照之可以事明主"，发"安得倚天剑，跨海斩长鲸"。《司马将军歌》："功成献凯见明主，丹青画像麒麟台。"《九日登巴陵置酒望洞庭水军》对乱不欲归田园，愿建功业："龌龊东篱下，渊明不足群。"

其归隐之情结、佛道之心篇，可谓曲折矣。如《秋夕书怀》前半言潇湘之凄清，后半转而写澹然之态。诗人冀有净土一方："桃花有源水，可以保吾生。"《春滞沅湘有怀山中》以"所愿归东山，寸心于此足"作结。入世是诗人主流之观，归隐是独情之择。屈贾伤心断肠之地，吟谣《采菱曲》似觉生灵之真。

诗人亦咏湖湘。《草书歌行》复见一代狂草怀素之盛，详写艺术之始，种种笔势之变，疾以迅雷，浓淡枯湿而已。《登巴陵开元寺西阁赠衡岳僧方外》则言阐士仙风道骨，令人心仰。

"水天一色，风月无边"。诗仙作于岳阳之联语，既写清风，亦融情绪。

李白善学先代诗人，善取民间营养，以致湖湘文章魅力之极。白频引楚竹、清湘、湘娥、芙蓉，自然入诗，多引湖湘地理语。李太白全集中，用湖湘典故最高词，洞庭三十五，余次苍梧二十一，潇湘十七，巴陵十二，桃源八，湘水十，三湘、九疑、武陵各六，衡岳、桃花源各五，沅湘三，岳阳、岳阴楼、衡阳各二。李白湖湘诗篇播其自然之景，以传其化。李白之后，湖湘山水声名日著。"挥毫当得江山助，不到潇湘岂有诗。"湖湘山川以诗仙而传名。潇湘风情，入诗仙之笔墨，湖湘为艺苑文坛最雅。

叶嘉莹先生言诗，重"感发"二字。诗家外感于物，形诸歌咏。即刘勰所云："登山则情满于山，观海则意溢于海。"钟嵘以"物感说"曰："气之动物，物之感人，故摇荡性情，形诸舞咏。"刘、钟发明情感，风物内系，责默契自然，具有形象，以成山水诗，《文心雕龙》云："自近代以来，文贵形似。"李白湖湘诗继之。《夜泛洞庭寻裴侍御清酌》，夕映无涯渌水，独泛扁舟。"明湖涨秋月"，此乃自然之秋，亦是人生的秋也。自然画卷，亦人生感慨。行淡淡以忧伤，故明人评此"淡语写景自佳"。李白对湖湘山川形势、浩浩南天、漫天秋色、皎月、清露、秋草，莫不描摹形于临境。"淡扫明湖开玉镜，丹青画出是君山。"

湖湘山水灵动。《陪族叔刑部侍郎晔及中书贾舍人至游洞庭五首》二句云："南湖秋水夜无烟。"弃精入微，雕饰天然，兼时泛洞。夜泛洞庭无烟，湖上光明可知。夜明，不书月而月色见。清秋时节，月照南湖，境界澄澈，读之闭目可接，心旷神怡，忘怀尘得失，起羽化登仙之想，其次句云"耐可乘流而直上青天"。诗人天真异想，接以月景迷人。又如"雨洗秋山净，林光澹碧滋。水闲明镜转，云绕画屏移。""明湖涨秋月，独泛巴陵西。"《与诸公送陈郎将归衡阳》《洞庭醉后送绛州吕使君果流澧州》写湖湘鸟，写鸥雁，写竹梧，写花卉，则继以写桃之夭夭。

白爱自然，以为道教之结，有自来矣。乾元中，更有劫后余生。湖湘风神秀丽，况高朋邀集，自然诗酒相佐。其湖湘诗中，"酒"字九见，"醉"亦九起。酒者，诗仙风物之间所不可阙也。酒、诗、人，三者合为一体，令人读之忘俗。

《陪侍郎叔游洞庭醉后三首》，以时序开三章。诗人长流夜郎，而幸遇赦。去江夏，游湘中。岳州偶遇由刑部侍郎贬岭南族叔晔，乃同游洞庭，其心可知。第一乐章，叔侄今洞庭之游，宛若昔竹林之宴，三杯而下，已醉矣而狂发。幸吾叔天伦至性，容人雅量，不责小节之失，而陶然乐矣。第二乐章，乘醉泛舟，月映水中，舟齐桡拨水，如荡月而归。白鸥闲而近人，争拂酒筵而飞，与我舟人情若狎而不测，乐更一重。第三乐章，游湖之乐达于高潮，历观经作。李白素怀帝师抱负，惜乎朝政暗昧，一生难遇，大道如青天，我独不得出。数十载愤懑，涌上心头。故当两人扁舟一叶，藉酒浇愁，举目遥望，兀立洞庭君山，似欲障湘江，犹其坎坷之折也。此奇想也，扣人心弦。诗人醉，醉眼朦胧，探洞庭之波，俨然一湖烈酒，而君山红叶亦宛如洞庭之秋绯，遂发巴陵之无限之醉，成洞庭之绝唱。既是湖湘自然之妙写照，亦即其情绪之所致也。

《与夏十二登岳阳楼》，画楼四周宏丽之观，发诗人遇赦后之喜心。首联取视，俯瞰远景。三江口湖广浩瀚，江湖门洞开，一泻无垠，复突岳阳楼峻。颔联突出，鸿雁北归，当是季夏初诗人放无穷愁绪，今已冰释，愿此愁雁外乡，洁白明媚，增喜气也。“云间连下榻，天上接行杯”。楼上下榻，达旦。巴陵美酒款知交，自然一醉方休。“醉后凉风起，吹人舞袖回。”尾联中，诗人至不能自制者，复极妙映其欢心。收笔韵动而情豪。纵观全诗，潇洒仪表，舒舒情态，荡漾诗行，自然浑成，不露斧凿。

又，《陪族叔刑部侍郎晔及中书贾舍人至游洞庭五首》，有二首及酒醉云：“且就洞庭赊月色，将船买酒白云边。”其四“醉客满船歌白苎，不知霜露入秋衣”，皆古今名句。《夜泛洞庭寻裴侍御清酌》：“曲尽酒亦倾，北窗醉如泥。人生且行乐，何必组与珪。”《洞庭醉后送绛州吕使君果流澧州》：“洞庭破秋月，纵酒开愁容。”《九日登巴陵置酒望洞庭水军》曰：“白羽落酒樽，洞庭罗三军。”《草书歌行》则为人之醉，“酒徒词客满高堂”“吾师醉后倚绳床”。

《礼记外传》云：“五齐三酒，皆祭祀之用。”《尚书·酒诰》曰：“祀兹酒，惟天降命，肇我民，唯元祀。”先民主酒或祭先神，以通三界。夫士之于言也，酒之多系于人者，疾苦之效，承载之文，精化之附也。汉文士将饮以解苦短曰：“何以忘忧，弹筝酒歌。”夫荡荡之世与人生，魏晋之文人则变酒以入神，或以为暗昧之具，饮者避治，避世之效也，非徒文士之情绪人文也。白处盛衰之际，乾元初所作湖湘诗，既盈大理，难以成“不遇”之悲，又终始充奋，《门有车马客行》曰：“对酒两不饮，停觞泪盈巾。叹我万里游，飘飘三十春。空谈帝王略，紫绶不挂身。”李白诗酒精神，渗郁忧思，笔巨力张，不可否认。

乾元中湖湘诗坛裴隐，先迎李白，后迎贾至、李晔。群公迁客驿人，久别重逢，患难真情，回首往事，感叹唏嘘。群朋邀集，且游且饮且吟且惜。李白与贾至游宴湖湘诗篇见九首，与裴隐酬诗见六首。

贾至为房琯旧党，与玄宗相亲，而肃宗嫉之，由中书舍人初贬汝州刺史，再贬后岳州司马。白与之为长安故交，意外逢湘湖，情是复然：既有惺惺相惜，同是天涯沦人之慨，又有善慰庆幸。“湘浦南迁莫怨嗟”“怜君不遣到长沙”“千古风流事，名贤共此时”。

与裴隐酬赠诗多纯，意以感隐之义，慕隐高行也。及裴隐身，为湖湘文化尚侠之格。李白以戴罪之身，推诚延游，非俗可知。“情亲不避马，为我解霜威。”“瑶草绿未衰，攀翻寄情亲。”“君同鲍明远，邀彼休上人。”

湖湘入诗，殆始屈原氏。经历宋玉、陶潜、阴铿、张说、孟浩然诸名家，南楚湖湘秀丽自然风光独异者，渐入文士视野。而贡献至伟者，诚为诗仙李太白。李白益彰重湖湘文化，相涵养以成其辉煌。

二、李白之岳州诗

岳州者，唐制巴陵、华容、沅江、湘阴四县，地居要害，为南来北往之地，而境内岳阳楼、洞庭风光壮丽，“屈贾伤心”益留文人千古遗恨，自唐谪守中书令张说因此重修“岳阳楼”之后，更名闻遐迩，时骄子李白亦留迹于此，永不磨灭。李白游岳州可分三次：一曰开元二次游，十二年，白初出蜀之首标，即潇湘、洞庭也。于《上安州裴长史书》云：“乃仗剑去国，辞亲远游。南穷苍梧，东涉溟海。”“南穷苍梧”者，即是潇湘之间，亦即到今湖南九嶷，初到洞庭，遇事也，吴指南暴亡。白“禫服恸哭，若丧天伦。炎月伏尸，泣尽而继之以血。行路闻者，悉皆伤心。猛虎前临，坚守不动”悲痛万分泣血，感天动地。然死不可复生，料理之后，李白复始征行而东。历庐山、江陵、扬州、淮南、姑苏而还，再至洞庭，以故人吴指南骸骨葬于江夏。开元再游，于上安州裴长史书中，详忆非常，诚乘兴而来，败兴以归也。然洞庭乃留诗人心记，永不磨灭。三至洞庭，其文无征。然王昌龄《巴陵别李十二》，可得其实。开元二十七年前后，洞庭湖畔，摇落草木。洞箫吹萧秋，谪居蛮荒。一怀不遇，天涯沦别，李白匆匆不停，故不留片言。四游之后累年。乾元二年，历平步青云、赐金放还、寻仙访道、流夜郎、赦还后，疮痍满目，安史不聊生者，实由沧桑，晚暮诗人李白复至洞庭，复泛赏月于其上，思古幽情，赋诗抒怀。

前三游岳州虽重致之情，并后诸诗皆诵而不忘，然不留其作，而止四征始有诗若干首。自乾元二年秋七月至岳州，与族叔李晔相遇，鼓楫洞庭，吟咏作赋，作诗二十首。至上元元年春，犹在沅湘之间，有《春滞沅湘有怀山中》诗可证，宜是自初秋至暮秋。九月又破荆州，左右州郡多出奔走，岳州亦不得不备御，故白有《九日登巴陵置酒望洞庭水军诗》。

李白游潇湘于遇赦放还之前，是自乾元二年至上元元年也。《留别贾舍人至》云“君为长沙客，我独之夜郎”，言其即将往也，前与贾舍人赠别之作，则李白游潇湘当是遇赦前也。然知至德二年冬论罪，乾元元年春定刑，流徙之旅，长放夜郎，案《新唐书·肃宗纪》，其间，大赦乾元二月丁未，以改元赦天下。

四月乙卯，以有事南郊，大赦。十月甲辰，以立太子，大赦。二年三月丁亥，以旱降死罪，流以下原之。则乾元二年三月赦，白自赦及行，蹉跌累月，江夏复顿日，再至岳州，已是初秋，自辰推算，合情合理。而至又乾元二年始贬岳州司马，至是与初贬贾至相要游湖，岁时吻合，故当在赦后。《留别贾舍人》尤多是惺惺相惜宽慰的。然则乾元元年秋不能并游湖湘，故岳州作，在赦后二年，至上元中。时为国危，生死一线，初遇赦，惊魂未定，欣然若狂。湖边风月正宜秋，初贬至此。

在岳州，李白游湖颇盛，诗亦最多，且不乏名篇。若《陪族叔刑部侍郎晔及中书贾舍人至游洞庭湖五首》：

其一

洞庭西望楚江分，水尽南天不见云。日落长沙秋色远，不知何处吊湘君。

其二

南湖秋水夜无烟，耐可乘流直上天。且就洞庭赊月色，将船买酒白云边。

其三

洛阳才子谪湘川，元礼同舟月下仙。记得长安还欲笑，不知何处是西天。

其四

洞庭湖西秋月辉，潇湘江北早鸿飞。醉客满船歌白苎，不知霜露入秋衣。

其五

帝子潇湘去不还，空余秋草洞庭间。淡扫明湖开玉镜，丹青画出是君山。

此五绝纪事诗一首，自夕至旦，每首丰富妙溢，情韵悠悠。方泛舟浩瀚八百里，其豪放难制。而李白又潇洒诗人也，如此最宜，使忘尘世得失而浮想联翩。时赊月色，时歌白苎，以此闲情，狂放不羁，独有李白。当此之“洞庭秋月”，月色皎然，诗人兴致，岂少酒之点缀哉?《陪侍郎叔游洞庭醉后三首》：

其一

今日竹林宴，我家贤侍郎。三杯容小阮，醉后发清狂。

其二

船上齐桡乐，湖心泛月归。白鸥闲不去，争拂酒筵飞。

其三

划却君山好，平铺湘水流。巴陵无限酒，醉杀洞庭秋。

其纪事五绝，首首皆不离酒。酒不醉人自醉，然比之上五夜游洞庭者，此三首似有潜抑之情。前五首作日落、月夜、霜露、晨清，现流畅自然之美。而后三首，以酒买醉，或喜或忧，平铺湘流，如平湖投石，激浪千层，兀立洞庭，当湘不能一泻千里趋江海，譬其生路坎坷，破其远近，愤懑不平，“何以解忧，唯有杜康”，已而当醉方休矣。于是诗人情为之起伏，与友宴会，必有轻易之意，乘兴泛舟，欢宴悠闲，忽然思急转愁，情到愤中，欲指点江山，激扬文字，而今独尽情一醉，忿之无奈也。

前言白应邀而来，则必有友在此，自诗中观之，岳州与贾至、李晔、裴侍御、夏十二此数人交从甚密，至是初贬为岳郡司马，晔直贬岭南经岳阳，裴侍御未必明其资也，然自白《流夜郎至西塞驿寄裴隐》、至之《初至巴陵，与李十二白、裴九同泛洞庭湖三首》，可测裴侍御即裴九，甚可知矣，而于隐亦知之甚少，夏十二，亦未审谓何人，实唐朝洞庭诗歌之多此行称，若李十三、裴九、梁六、赵二、李十七、韦七也。

在卑湿之远郡岳州，彼乡遇故知，有无限之感。然友人之前，李白所感亦异。《巴陵赠贾舍人》：

贾生西望忆京华，湘浦南迁莫怨嗟。圣主恩深汉文帝，怜君不遣到长沙。

贾至，洛阳才子谪湘川，生长官僚之家，平步青云，仕途坦荡，一帆风顺，而此贬灼隐痛于心，君山、秋风、扁舟多情于白，贾至乃至“不堪愁”，其愁可想也，故李白之诗，必与之同情也；“圣主恩深汉文帝，怜君不遣到长沙”，慰安之也。“千古风流事，名贤共此时。”知与才子同，故曰：“君为长沙客，我独之夜郎。劝此一杯酒，岂唯道路长。割珠两分赠，寸心贵不忘。何必儿女仁，相看泪成行”

白与裴侍御交多，诗亦多，若《答裴侍御，先行至石头驿，以书见招，月满泛洞庭》《至鸭栏驿上白马矶赠裴侍御》《酬裴侍御对雨感时见赠》《酬裴侍御留岫师弹琴见寄》《夜泛洞庭寻裴侍御清酌》。裴更是岳州佳侣，可并鼓琴为乐，同酌夜游，虽有逸情闲雅，白情更切，“情亲不避马，为我解霜威”“瑶草绿未衰，攀翻寄情亲。相思两不见，流涕空盈巾。”李白结金兰之信，思心如义。

李白岳州诗除游湖湘之乐、知友之交外，又有一部分写临湖而抒怀者。乾元二年，安史之乱方如火如荼，湖南江阳而犹免侵扰，当时之势，八月以襄州将康楚元、张嘉延据州作乱。九月又破荆州，近岳州亦为前拒，至是白忧心忡忡，赋诗之中，其情沉重，此已非壮志未酬而不平，盖为国家前途深忧也。《九日登巴陵置酒望洞庭水军》，其诗势甚壮，“今兹讨鲸鲵，旌旆何缤纷！白羽落酒樽，洞庭罗三军。黄花不掇手，战鼓遥相闻。剑舞转颓阳，当时日停曛。酣歌激壮士，可以摧妖氛。”又《临江王节士歌》云：“安得倚天剑，跨海斩长鲸”明诗人欲共赴难、斩劲敌之志，《司马将军歌》也云：“狂风吹古月，窃弄章华台。北落明星动光彩，南征猛将如云雷。”咸御寇难，热血男子在国危难之际，皆思挺身，曰“瞻光惜颓发，阅水悲徂年”。白已为风烛残年，必难为矣。虽曰“天生我才必有用”，然则任侠之子，存亡之际，不能为也。

岳州诗乃李白诗歌缩影，而寓其热爱国家、逍遥友情之意。白豪迈，怀潇湘之情，自朝至暮，以心怀天下之美，亦挚图之以笔。虽遇金戈铁马，不弃人生之精彩。

三、李白湖湘诗之南楚风致

夫楚文之重，湖湘之文，粲然成章，又神化之厚者也。前则考古成功，后则千古流文。受染于南楚，诗仙李白数游于湖湘，思造既深，又成反哺。

南楚湖湘，此为李白游第一站。开元十三年，李白怀四方之志，“发清溪”“下三峡”。径川择策，李白以荆楚为游第一。原其势，巴、蜀四塞之国也。巴蜀文化据有上流，横断山东，信有“尔来四万八千岁，不与秦塞通人烟”之不便。然巴、蜀之民，沿江谷可通东西文化，缘岷峡可为南北相应，路滇缅可与南、中亚、西亚相联。于此三者，若白循岷峡北上，是择李氏西域还故道，循此故北复折东循丝绸之路，达于政治文化者为长安。然白择沿江东下，虽亦自然，然后不赴安、洛，谒司马承祯于江陵，首择游湘楚。盖有二，其一基于南楚湖湘绮丽神奇自然之致，即如其文云：“见乡人相如大夸云梦之事，云楚有七泽，遂来观焉”。清代王夫之在《楚辞通释序例》云：“楚，泽国也。其南沅湘之处，抑山国也。迭波旷宇，以荡遥情，而迫以崟嵚戌削之幽菀，故推宕无涯，而天采矗发，江山光怪之气，莫能掩抑。”山川迤逦，风物灵秀，潇湘变幻，李白滔滔化为诗篇，尽享湖湘“山水之乐”。其二，则血性浮浪湖湘文化。此一源同于内驱，湘楚文化，与巴蜀同南风，义固通性。少年李白深为纵横所感，游道侠间。《旧唐书·李白列传》云：“少有逸才，志气宏放，飘然有超世之心。”自谓“仗剑去国，辞亲远游”。白素所择装束非文士羽扇纶巾，乃游侠剑也，青少年李白，任侠气远多于儒生气。其“十五好剑，遍干诸侯”也。“结发未识事，所交尽豪雄。……托身白刃里，杀人红尘中。”“少任侠，手刃数人。”“不事产业”“而门多长者车”。李白少任侠，方与湖湘血气相缘，白长有傲岸之性，自然留湖湘文化之影矣。

湖湘血性，吴楚游侠，嗜酒使气，不守细行。”推湖湘血性文传之原，宜上南方三苗始祖、九黎酋帅之身。“（轩辕）……与炎帝战于阪泉之野，三战然后得其志。蚩尤作乱，不用帝命，于是黄帝乃征师诸候与蚩尤战于涿鹿之野，遂禽杀蚩尤。而诸侯咸尊轩辕为天子，代神农氏为黄帝。……东至于海、登丸山；西至于空桐，登鸡头；南至于江，登熊湘。”南北兼并之实，炎帝与蚩尤相距，黄帝既征，又禽杀之。与炎帝异者，黄帝为蚩尤穷追猛击，斩草除根之术也。黄帝既禽蚩尤于涿郡，而南至“熊湘”，今湘中之大熊山，即今之通志也。

蚩尤继炎帝之后而逆黄帝，遇血腥之击，征其骠悍，坚神固志。蚩尤有兄弟八十一人，以金为兵，能致风雨，三角倒毛，足下生铁钉，铜头铁额，熊掌虎腰，状貌丑陋，其帅高强，斩首犹压得煞也。此土师公中口耳传民间所传，正三苗之集也，亦宜视其血脉之源。后世湖湘子弟性犷悍，“衅生毫发，则操戈相仇”。虽重兵压境，剿抚兼施，无屈死之志，见血性之传。以一义言之，“血性”者，生命之谓也。后世湖湘健儿准之真理，则坚执不移，不调不曲，一息犹存，便是至底。此文虽不免霸蛮逞匹夫之勇，九死犹不悔。虽历代沿边不绝其化，而殊域文化之基，犹顽延不已也。近年内外学者，因论史实，审中华所造与华夷相形势，初均炎、黄、蚩尤三部之众，议蚩黄之与同列，以为炎黄子孙之说既不合于古，亦不利于今世。

白以其侠少年变兼儒、道、释、纵横之思，西域、巴、蜀、荆楚、吴越、中国、齐鲁、燕赵之地文化所由生也。其中湖湘文章，并占一席之地。

湖湘文化，以“经世济用”为宗旨，盖兼收而蓄成之也。亦儒亦道，湖湘士人之大体之意；亦道亦佛，湘湘民间之符号也。士民尚信符，“经世济用”之质，皆以生为内核。论其渊源，宜上至炎帝神农氏。唐司马贞《补史记·三皇本纪》：“（神农）斫木为耜，揉木为耒，耜耒之用，以教万人，始教耕，故号神农氏。”“（神农）始尝百草，始有医药；又作五弦之瑟；教人日中为市，交易而退，各得其所。遂亘八卦为六十四爻。……立一百二十年崩，葬长沙。”今株洲市炎陵县，为中华炎帝先祖圣地。湖湘仰农、工、商、医、文之开创，拥辉煌于古文，亦示执政承其利民之体统，且湖湘之俗郁然巫风与道教相感，若亦渊于神农济苍生也。湖湘所在，常有求长生、扶助四方，其民间符号所共信者，生于俗世而致福焉，化则受方香火焉。或为药师、水师，甚或亦道亦僧，死则肉不腐矣。臣等以为仰符炎帝神农之行也。由此言之，神农一脉，亦为道机，强为湖湘群理可得而知也。故炎帝神农氏实湖湘经济之化，道教之源也。

炎黄之后，尧舜为儒主流，言勤政爱民圣君。虞舜以德为禅尧，以功为李白追慕圣迹矣。舜南巡苍梧，终以命世，遗李白潇湘之胜。作传世乐府诗《远别离》：

远别离，古有皇英之二女，乃在洞庭之南，潇湘之浦。海水直下万里深，谁人不言此离苦？日惨惨兮云冥冥，猩猩啼烟兮鬼啸雨。我纵言之将何补？皇穹窃恐不照余之忠诚，雷凭凭兮欲吼怒。尧舜当之亦禅禹。君失臣兮龙为鱼，权归臣兮鼠变虎。或云：尧幽囚，舜野死。九疑联绵皆相似，重瞳孤坟竟何是？帝子泣兮绿云间，随风波兮去无还。恸哭兮远望，见苍梧之深山。苍梧山崩湘水绝，竹上之泪乃可灭。

诗自皇英二女失夫之痛，取象沉痛，九嶷孤坟，君山斑竹，寓白慕舜君为民仰圣。后世湖湘政治，自屈原革弊至于永州“以兴尧舜孔子之道”，及喻为“洞庭湖精神”之“忧乐观”，以“利安元元为务”之民本理念为历代资政之借鉴。对李白而言，此亦促其早游侠游，兼以道家之朦胧济苍生也。益觉为苍生忧。“暂因苍生起，谈笑安黎元。”白生终始著唐政命，恶暗不经之实，愿国家强大，治安社稷，冀以为政。屈原者，湖湘人所仰之政治家、文学者也，其忧患之意识、爱国之精神、亦为李白所继承也。白游湖湘，与临湘沅吊屈原亦无不相涉也。“屈平辞赋悬日月，楚王台榭空山丘”。可谓屈子精魂激厉侠骨，又存李白之意，深感其意矣。“昨夜秋声阊阖来，洞庭木落骚人哀”。遥居山东，望见落木，李白思洞庭及屈原，因极言湖湘也。若以屈原较炎帝神农蚩尤，则屈平亦南楚血性，济苍生民本文学之后也。宜尊以为湖湘文化之一，而不可与同源。如李白功成不居，而寓陶渊明之净土，是武陵桃花源，之隐想是也。南楚、湖湘之源，一出于炎帝神农，而繁衍于资沅之间湘腹者，文化始祖蚩尤也。炎帝、神农、蚩尤共造湖湘之文化，大得华夏之传。神农氏经世致用，蚩尤血气反叛，生民之死神，为湖湘文化二元之耦。此湖湘文化之所定也。

李白深被湖湘熏陶，反哺后世湖湘文化。湖湘以久视荒土，历世以谪吏处之："过洞庭，上湘江，非有罪左迁者罕至。"湖湘之缘，缘中心之共鸣，同文化之共致。既而李白等文师传播，湖湘秀风自然日出深闺。文人"为江山风物所荡，往往指事成歌"。至陆游时已为"挥毫当得江山助，不到潇湘岂有诗?"

湖湘自然山水影响李白诗歌，郁郁殊文。"南湖秋水夜无烟，耐可乘流直上天。且就洞庭赊月色，将船买酒白云边"实写洞庭，夜景暗示清净之美，曰"洞廷寥廓幻杳"之境。"帝子潇湘去不还，空余秋草洞庭间。淡扫明湖开玉镜，丹青画出是君山"诗人以生花妙笔见洞庭湖君山娟静之妙空灵境。而"楚山秦山皆白云，白云处处长随君。长随君，君入楚山里，云亦随君渡湘水。湘水上，女萝衣，白云堪卧君早归"，则白云愁色，失意湖湘景色别调也。"代马不思越，越禽不恋燕。情性有所习，土风固其然。"湖湘流幻瑰奇，秀壮虚实，动静刚柔，李白天人，审理欲深受其情性，"扫魏、晋之陋，起骚人之废，……笔力翩翩，如行云流水，出乎自然"。是故湖湘山水不独为白作绝意，富其作题，多获奇灵，尤为秀异，其内化为诗人之心与审美风格。

楚之高者，青铜铸工、丝绣、漆器、绘画、乐舞也。几代南楚湖湘文化，李白多受影响。自然山水外形，湖湘文化之巨阔，尤蕴勃然之意。沈从文先生亦数言及其身崇蓬勃之命，自标"乡人"之作，将湘西野蛮美质、原始瑰丽之异、敢恨之儿女热血与都市虚伪、孱弱之生灵相比。则南楚湖湘文化之特出者，乃其人文之自强不息精神也。又湖湘文化亦为李白所受。湖湘文化，经世致用，天道自然，佛家之果，相似非冲突，故湘湘人间往往三教合流。此即李白"并庄屈以为心"，与近世湖湘文士魏源"师夷长技以制夷"相类也。其在李白之意，自蜀前之纯道教徒、纵横之气，至湖湘为儒道释庄多家兼收并蓄，渐有兼济之志。

诗人李白既染于南楚，又是湖湘大器。李白与湖湘诗赋，多非今时书之游途，因忆为文。李白忆之，湖湘始终温暖一隅。湖湘子弟坦然自信之风度，士皆有用世之志、敢为天下先、衷政事、属民生者，至于虚骄之气，皆与李白相果。"洞庭西望楚江分，水尽南天不见云。日落长沙秋色远，不知何处吊湘君。"于湖湘而言，湘君又未尝不可以指白也。

四、宗法屈原与湖湘诗风

屈原是我文学第一浪漫主义，深远古文，衣被词人，非一代也。李白咏《江上吟》云："屈平辞赋悬日月。"白流崇屈原，自觉汲汲于骚雅，作浪漫主义诗者之又一高峰也。

一时之杰必沾于前代，因鉴以开天地。李白之渊，前人已多论矣。陈绎曾在《诗谱》中云："李白诗祖《风》《骚》，宗汉、魏，下至鲍照、徐、庾，亦时用之。善掉弄，造出奇怪，惊动心目，忽然撇出，妙入无声。其诗家之仙者乎?"吴乔《围炉诗话》言："太白远宪《诗》《骚》，近法鲍明远，而恢廓变化过之，云蒸霞蔚，千载以来莫能逮矣。辞多风刺，《小雅》《离骚》之流也。"《四库全书总目提要·御选唐宋诗醇》评太白诗曰："盖李白源出《离骚》，而才华超妙，为唐人第一。"白亦自陈其诗之起于《离骚》，诗曰：

大雅久不作，吾衰竟谁陈？王风委蔓草，战国多荆榛。
龙虎相啖食，兵戈逮狂秦。正声何微茫，哀怨起骚人。
扬马激颓波，开流荡无垠。废兴虽万变，宪章亦已沦。
自从建安来，绮丽不足珍。圣代复元古，垂衣贵清真。
群才属休明，乘运共跃鳞。文质相炳焕，众星罗秋旻。
我志在删述，垂辉映千春。希圣如有立，绝笔于获麟。

正议此三者：先是，为唐初以来浮靡狭隘之宫掖之风，李白复古《诗》《骚》比兴怨刺之传统，求文质炳焕之理。虽自初唐四杰始务刚健，至陈子昂举"兴寄""风骨"之革弊，然其来久之强颓未易制也。太白受陈子昂革弊浮华之帜，终除柔艳之风，使入文质半取，风骚两挟。次则陈辞赋于相如、扬雄，及建安以来绮学讥之，非尽定汉魏诸文学之遗也。李阳冰《唐李翰林草堂集序》曰："卢黄门云：陈拾遗横制颓波，天下质文翕然一变，至今朝诗体，尚有梁陈宫掖之风，至公大变，扫地并尽。""正声何微茫，哀怨起骚人"，非崇《诗》抑《骚》也。或王勃等屈骚梁陈以来柔靡其源，其意当如刘熙载《艺概》所解，其曰："李太白《古风》云：'正声何微茫，哀怨起骚人'，盖有《诗》亡《春秋》作之意，非抑《骚》也。"屈骚，继《诗》之后者，复文学巅峰，并无轩轾之分，与刘勰《辨骚》言"自风雅寝声，莫或抽绪，奇文郁起，其离骚哉"，大意一也。然于白之全体观之，而实屈赋之影响多于《诗经》。故刘熙载《诗概》云："太白诗以庄、骚为大源，而于嗣宗之渊放，景纯之俊上，明远之驱迈，玄晖之奇秀，亦各有所取，无遗美焉。"李白诗歌，本自庄屈，太白受前代文学之实也。

然其背景、各身及思虑不同，白择人生与屈原不同。太白主处世应移，淡于节禄，守神独立。若其《行路难三首》其三云："有耳莫洗颍川水，有口莫食首阳蕨。含光混世贵无名。何用孤高比云月。"其《沐浴子》诗言："沐芳莫弹冠，浴兰莫振衣。处世忌太洁，至人贵藏晖。沧浪有钓叟，吾与尔同归。"及其《观鱼潭》云："何必沧浪去，兹焉可濯缨。"此诗与屈子相反者也。以为处世不必太洁，而与沧浪钓叟同伍。至怨沉江之壮举，亦执一如之，其《笑歌行》曰："笑矣乎，笑矣乎！赵有豫让楚屈平，卖身买得千年名。巢、由洗耳有何益？夷、齐饿死终无成。君爱身后名，我爱眼前酒。饮酒眼前乐，虚名何处有？"诗人讥屈原、豫让、巢父、许由、伯夷、叔齐之士，执着高节，而不能变通也。

然太白非寡欲无为也，尚功成身退之志也。如其《古风》其十八言："功成身不退，自古多愆尤。"其《翰林读书言怀，呈集贤诸学士》云："功成谢人间，从此一投钓。"又其《悲歌行》云："范子何曾爱五湖，功成名遂身自退。"反复自表愿先立功业，名遂隐于江湖林泉，太白将张良、范蠡等前代贤者自以为法。以屈子之悲命，乃其不谙成功退智之所致，故多致恨惜于屈原之自沉汨罗也。其《行路难三首》其三言："吾观自古贤达人，功成不退皆殒身：子胥既弃吴江上，屈原终投湘水滨。陆机雄才岂自保，李斯税驾苦不早。"其《书情题蔡舍人雄》云："投汨笑古人，临濠得天和。"又其《春滞沅湘，有怀山中》中言："予非怀沙客，但美采菱曲。所愿归东山，寸心于此足。"白归屈原、伍子胥、陆机、李斯等徒之不幸于不能功成不退，讥屈子以投汨罗，明自之志则非矣，隐于东山，亦足慰寸心。故当其叹仕不得意之际，李白作《宣州谢朓楼饯别校书叔云》，仍浩然高歌，"人生在世不称意，明朝散发弄扁舟"。诗人不以人失意而绝望弃己，择浮海归宿，超旷潇洒。

李白之为人也，与其所受儒道合庄、屈人生为一身，如龚自珍《最录李白集》所言："庄、屈实二，不可以并，并之以为心，自白始。儒、仙、侠实三，不可以合，合之以为气，又自白始也。"所以李白功成身退者，九死不悔也。然未可以非屈子之伟，择死殉之壮，非太白之功，退而可避也，以其世有本也。白生之鼎盛，士主三选：要极入世，进取功名；欲归山林，遁迹江湖；要二者兼之，功遂身退。李白求退者三：屈原之战国也，群士虽朝秦暮楚，三谏不从而更明主，以其同姓亦，怀王之左徒也，不可轻去。钱钟书先生道出屈子之二难："弃置而复依恋，无可忍而又不忍，欲去还留，难留而亦不易去。即身离故都而去矣，一息尚存，此心安放？"洪兴祖《离骚后序》言："同姓无可去之义，有死而已。《离骚》曰：阽余身而危死兮，览余初其犹未悔。则原之自审处矣。或曰：原用智于无道之邦，亏明哲保身之义，可乎？曰：愚如武子，全身远害可也。有官守言责，斯用智矣。山甫明哲，固保身之道。然不曰夙夜匪解，以事一人乎？士见危致命，况同姓，兼恩与义，而可以不死乎？且比干之死，微子之去，皆是也。屈原其不可去乎？有比干以任责，微子去之可也。"

故屈子非不知明哲保身、全身远害之道，而纣叔父比干也，以为宗臣于国无可去之理，白安得同哉？白与君则唯君臣之义，无宗族血脉之亲，所谓际遇则合而从事，不合则退而独善其身，故进而可退，未必死忠也。

太白虽不取屈原之愤沉江之生，而以类相经历，故其于屈子之不幸，悲剧之命运，实有深切之情。屈子初为怀王左徒时，委任内外，甚见信任，被谗见疏，至昏襄王徙逐。白初入翰林，玄宗甚爱其才，寻赐金遣还，至晚以永王璘事下浔阳狱，长流夜郎不幸遭际。故太白常以己及人，或触景生情，凭吊屈子，《同友人舟行》云："楚臣伤江枫，谢客拾海月。怀沙去潇湘，挂席泛溟渤。"《留别曹南群官之江南》云："范蠡脱勾践，屈平去怀王。飘飘紫霞心，流浪忆江乡。"《单父东楼，秋夜送族弟沈之秦》云："屈平憔悴滞江潭，亭伯流离放辽海。折翮翻飞随转蓬，闻弦坠虚下霜空。圣朝久弃青云士，他日谁怜张长公？"如《赠崔秋浦三首》其三云："应念金门客，投沙吊楚臣。又如《赠汉阳辅录事二首》其一言："应念投沙客，空余吊屈悲。"按，长沙者，贾谊所贬之地长沙也。白或直陈胸臆，悲悯已甚，若其《古风》五十一云："比干谏而死，屈平窜湘源。"其《悲歌行》云："汉帝不忆李将军，楚王放却屈大夫。"其《拟恨赋》云："昔者屈原既放，迁于湘流；心死旧楚，魂飞长楸。听江风之袅袅，闻岭狖之啾啾。永埋骨于绿水，怨怀王之不收。"总之，多致屈子之命，怨王斥逐贤者之怨，自照其影。

李白常鉴屈子之发愤以舒情，发怀才之不遇、无罪之怨愤。在开元时，诗人满自信远大进取，思立丰功。如以人生当"申管、晏之谈，谋帝王之术。奋其智能，愿为辅弼，使寰区大定，海县清一"。然酷迹穷摧其梦想，仅封待诏翰林，非徒未尝获升，反以前后再被放逐，终生郁郁不得志者，惟藉诗歌直陈胸中之怨愤，《雪谗诗赠友人》云："人生实难，逢此织罗。积毁销金，沉忧作歌。"其《赠从弟宣州长史昭》云："才将圣不偶，命与时俱背。独立山海间，空老圣明代。知音不易得，抚剑增感慨。"诗人时或拔剑击柱，痛哭高歌，如《南奔书怀》云："拔剑击前柱，悲歌难重论。"王琦评此诗曰："拔剑击柱，慷慨悲歌，出处之难，太白盖自嗟其不幸矣。”又如其《万愤词投魏郎中》中言“南冠君子，呼天而啼。恋高堂而掩泣，泪血地而成泥”深自悲愤！时或无奈，诗人不得不以己被谗怒遭难，如其《古风》三十七云：“而我竟何辜，远身金殿旁。”与屈子《九章》所言“患何罪以遇罚兮，亦非余心之所志也”“信非吾罪而弃逐兮，何日夜而忘之”“何贞臣之无罪兮，被离谤而见尤”等绝似。

白不但创作精神继屈子之骚怨，而于作法亦全鉴屈骚之艺文，要表于兴象之多用、浪漫瑰奇、骚体、化动诗意于笔端。

先是李白诗极鉴屈骚比兴象征手法。王逸《离骚序》云：“《离骚》之文，依《诗》取兴，引类譬喻，故善鸟香草，以配忠贞；恶禽臭物，以比谗佞；灵修美人，以媲于君；宓妃佚女，以譬贤臣；虬龙鸾凤，以托君子；飘风云霓，以为小人。”太白诗歌广用此一手法，如其《古风》二十六云：“碧荷生幽泉，朝日艳且鲜。秋花冒绿水，密叶罗青烟。秀色空绝世，馨香谁为传。坐看飞霜满，凋此红芳年。结根未得所，愿托华池边。”《古风》其三十八云：“孤兰生幽园，众草共芜没。”诗人以兰荷喻高致，以众草俗草喻小人。又如《古风》其三十九云：“梧桐巢燕雀，枳棘栖鸳鸾。”王琦评此诗曰：“梧桐之木本凤凰所止，而燕雀得巢其上，喻小人得志。枳棘之树本燕雀所萃，而鹓鸾反栖其间，喻君子失所。”其《效古二首》其二云：“自古有秀色，西施与东邻。蛾眉不可妒，况乃效其矉。”其《鸣皋歌送岑征君》云：“嫫母衣锦，西施负薪。”又如其《蜀道难》云：“所守或匪亲，化为狼与豺。朝避猛虎，夕避长蛇。”其《答王十二寒夜独酌有怀》云：“骅骝拳跼不能食，蹇驴得志鸣春风。”又如其《古风》三十七云：“浮云蔽紫闼，白日难回光。”萧士赟评此诗曰：“浮云以比力士，紫闼比中宫，白日比明皇。”其《登金陵凤凰台》云：“总为浮云能蔽日，长安不见使人愁。”其以“白日”喻君王，以“浮云”譬高力士之流。又如其《古风》三十七云：“群沙秽明珠，众草凌孤芳。”其《雪谗诗赠友人》云“泥沙聚埃，珠玉不鲜”，“白璧何辜，青蝇屡前”等，诗人则以“白璧”“珠玉”譬高洁之君子，以“泥沙”“青蝇”喻卑鄙狭隘、结党害贤之小人。

凡太白多用《诗经》屈子发扬光象，白用玉、龙、剑、松、凤、鸡、琴、白日、浮云、兰，而屈骚之意象于群类者，含草木、沙石、良玉、琴刀、美人、丑女、鹏鸾、骐骥、飞禽、猛兽、蛇蝇之属，尤为丰富。白诗承屈子之意，美假丑之迹，高下实虚，善邪美丑，辨立成明，而寓诗人之烈憎，甚则举篇成篇，如其《于五松山赠南陵常赞府》云："为草当作兰，为木当作松。兰秋香风远，松寒不改容。松兰相因依，萧艾徒丰茸。鸡与鸡并食，鸾与鸾同枝。拣珠去沙砾，但有珠相随。"可谓得屈原之比兴术也。

其次，李白扬屈原之浪漫作法，主言瑰怪之鉴也。鲁迅《屈原与宋玉》论屈骚云："较之于《诗》，则其言甚长，其思甚幻，其文甚丽，其旨甚明，凭心而言，不遵矩度。故后儒之服膺诗教者，或訾而绌之，然其影响于后来之文章，乃甚或在三百篇以上。"以为屈骚感后世文学于《诗》，言"思甚幻""不遵矩度"，实定其奇幻浪想，观唐之诗人，可谓率性倜傥者李白也。驿中大盈秘彩之言，光怪陆离之天堂地狱，龙凤之群飞，皆在李白之诗。《蜀道难》："所守或匪亲，化为狼与豺。朝避猛虎，夕避长蛇。磨牙吮血，杀人如麻"恐怖凶恶，毛骨悚然。屈子《招魂》曰："雕题黑齿，得人肉以祀，以其骨为醢些。蝮蛇蓁蓁，封狐千里些。雄虺九首，往来倏忽，吞人以益其心些"十二年，南方之险，可惧有如之者，终以"不如早还"戒行人，与《招魂》"归"同。"魂兮归来，南方不可以止些。"其《梦游天姥吟留别》拟屈子《远游》之法，欲奇迷烂，尤云"霓为衣兮风为马，云之君兮纷纷而来下。虎鼓瑟兮鸾回车，仙之人兮列如麻"与仙升相袭，进屈骚不辨其雌雄。《唐宋诗醇》谓此诗云："以语而梦，以梦而悟，用悟而别。"《鸣皋歌》《梁甫吟》等莫不由此。屈、李之意有别也；屈子欲结怨愤之情，与巫楚文化所致也。太白多受卓绝之才，不羁之迹，其自言乎！"俱怀逸兴壮思飞，欲上青天揽明月。"杜甫《春日忆李白》云："白也诗无敌，飘然思不群"殷璠云："白性嗜酒，志不拘俭，常林栖十数载，故其为文章，率皆纵逸，至如《蜀道难》等篇，可谓奇之又奇。然自骚人以还，鲜有此体调也。"李白之奇，亦性情所感，比肩屈原。

复次，白之受于屈原，形于骚始。李白颇好屈原骚诗，且刻意有楚辞命体，乃《《代寄情楚词体》，乐府歌行、古赋皆假骚体以述之，如其《鸣皋歌送岑征君》几乎通篇骚体焉。晁补之评之："至《鸣皋歌》一篇，本末《楚辞》也。"朱熹以为"此篇近《楚辞》"将其收入《楚辞后语》，《唐宋诗醇》谓太白此诗曰："作骚体便觉屈原、宋玉去人不远。"其《寄远十一首》通用骚体抒发相思愁怨，屈大均《采石题太白祠》之四称其《远别离》《梁甫吟》等诗"乐府篇篇是楚辞"。其他如《大鹏赋》《惜余春赋》《愁阳春赋》《悲清秋赋》《拟恨赋》等赋，亦多用骚句。

最后，李白颇有屈骚诗意，为正用反用。正用如《古风》其五十二云：“青春流惊湍，朱明骤回薄。不忍看秋蓬，飘扬竟何托。光风灭兰蕙，白露洒葵藿。”化用《离骚》“日月忽其不淹兮，春与秋其代序。惟草木之零落兮，恐美人之迟暮。”以发壮年不遇之悲愁。其他如《远别离》化《湘夫人》《山鬼》之意，范椁评之云：“所贵乎楚言者，断如复断，乱如复乱，而辞意实复屈折行乎其间者，实未尝断而乱也。”其《梦游天姥吟留别》用《远游》诗意，以仙游托幽隐之怀才不遇、政失怨愤。陈沆《诗比兴笺》谓此诗：“即屈子《远游》之旨。”其《相逢行》用《离骚》诗意，以男女相近而不亲象君臣隔阂之怨，正如萧士贇所言：“太白此篇，诗题虽取之乐府，而诗意实本诸《离骚》，盖有已近君而终不得近之怨焉。”李白亦有反用屈词，如其《沐浴子》云：云：“沐芳莫弹冠，浴兰莫振衣。处世忌太洁，至人贵藏晖。沧浪有钓叟，吾与尔同归。”反用屈原《渔父》篇诗意，诗人道与时推移，与鱼父同伍，其《笑歌行》亦类此。

综其所述，李白乃盛唐接受屈原影响最大之诗人，时与性气相别，虽不取终身，同生异类。其稚赞屈骚，极通屈原之才，又以率性自由，不乐体缚而多用乐府歌行之体，此易受屈辞以生句发情，继屈原之浪漫主义诗派也。此其本与屈原有似也。

附一：李白生平史料

《旧唐书》

李白，字太白，山东人。少有逸才，志气宏放，飘然有超世之心。父为任城尉，因家焉。少与鲁中诸生孔巢父、韩沔、裴政、张叔明、陶沔等隐于徂徕山，酣歌纵酒，时号“竹溪六逸”。

天宝初，客游会稽，与道士吴筠隐于剡中。既而玄宗诏筠赴京师，筠荐之于朝，遣使召之，与筠俱待诏翰林。白既嗜酒，日与饮徒醉于酒肆。玄宗度曲，欲造乐府新词，亟召白，白已卧于酒肆矣。召入，以水洒面，即令秉笔，顷之成十余章，帝颇嘉之。尝沉醉殿上，引足令高力士脱靴，由是斥去。乃浪迹江湖，终日沉饮。时侍御史崔宗之谪官金陵，与白诗酒唱和。尝月夜乘舟，自采石达金陵。白衣宫锦袍，于舟中顾瞻笑傲，旁若无人。初，贺知章见白，赏之曰：“此天上谪仙人也。”禄山之乱，玄宗幸蜀，在途以永王璘为江淮兵马都督、扬州节度大使。白在宣州谒见，遂辟从事。永王谋乱，兵败。白坐，长流夜郎。后遇赦，得还，竟以饮酒过度，醉死于宣城（按：教材引文漏一“醉”字，今补）。有文集二十卷行于时。

《新唐书》

李白，字太白，兴圣皇帝九世孙。其先隋末以罪徙西域，神龙初，循还，客巴西。白之生，母梦长庚星，因以命之。十岁通诗书，既长，隐岷山。州举有道，不应，苏颋为益州长史，见白异之，曰：“是子天才英特，少益以学，可比相如。”然喜纵横术，击剑，为任侠，轻财重施，更客任城，与孔巢父、韩准、裴政、张叔明、陶沔居徂来山，日沈饮，号“竹溪六逸”。

天宝初，南入会稽，与吴筠善，筠被召，故白亦至长安。往见贺知章，知章见其文，叹曰：“子，谪仙人也！”言于玄宗，召见金銮殿，论当世事，奏颂一篇。帝赐食，亲为调羹，有诏供奉翰林。白犹与饮徒醉于市。帝坐沈香亭，意有所感，欲得白为乐章，召入，而白已醉，左右以水颒面，稍解，授笔成文，婉丽精切无留思。帝爱其才，数宴见。白尝侍帝，醉，使高力士脱靴，力士素贵，耻之，擿其诗以激杨贵妃，帝欲官白，妃辄沮止。白自知不为亲近所容，益骜放不自修，与知章、李适之、汝阳王李琎、崔宗之、苏晋、张旭、焦遂为“酒八仙人”。恳求还山，帝赐金放还。白浮游四方，尝乘舟与崔宗之自采石至金陵，著宫锦袍坐舟中，旁若无人。

安禄山反，转侧宿松、匡庐间，永王璘辟为府僚佐，璘起兵，逃还彭泽；璘败，当诛。初，白游并州，见郭子仪，奇之。子仪尝犯法，白为救免。至是，子仪请解官以赎，有诏长流夜郎。会赦，还寻阳，坐事下狱。时宋若思将吴兵三千赴河南，道寻阳，释囚辟为参谋，未几辞职。李阳冰为当涂令，白依之。代宗位，以左拾遗召，而白已卒，年六十余。白晚好黄老，度牛渚矶至姑孰，悦谢家青山，欲终焉。及卒，葬东麓，元和末，宣歙观察使范传正祭其冢，禁樵采。访后裔，惟二孙女嫁为民妻，进止仍有风范，因泣曰：“先祖志在青山，顷葬东麓，非本意。”传正为改葬，立二碑焉。告二女，将改妻士族，辞以孤穷失身，命也，不愿更嫁。传正嘉叹，复其夫徭役。

文宗时，诏以白歌诗、裴旻剑舞、张旭草书为“三绝”。

《唐才子传》

白，字太白，山东人。母梦长庚星而诞，因以命之。十岁通五经。自梦笔头生花，后天才赡逸。喜纵横，击剑为任侠，轻财好施。更客任城，与孔巢父、韩准、裴政、张叔明、陶沔居徂徕山中，日沉饮，号“竹溪六逸”。

天宝初，自蜀至长安，道未振，以所业投贺知章，读至《蜀道难》，叹曰：“子，谪仙人也。”乃解金龟换酒，终日相乐。遂荐于玄宗。召见金銮殿，论时事。因奏颂一篇。帝喜，赐食，亲为调羹，诏供奉翰林。尝大醉上前，草诏，使高力士脱靴。力士耻之，摘其《清平调》中飞燕事，以激怒贵妃。帝每欲与官，妃辄阻之。白益傲放，与贺之章、李适之、汝阳王琎、崔宗之、苏晋、张旭、焦遂为“饮酒八仙人”。恳求还山。赐黄金，诏放归。

白浮游四方，欲登华山，乘醉跨驴经县治，宰不知，怒，引至庭下曰：“汝何人，敢无礼?”白供状不书姓名，曰：“曾令龙巾拭吐，御手调羹，贵妃捧砚，力士脱靴。天子门前，尚容走马；华阴县里，不得骑驴?”宰惊愧，拜谢曰：“不知翰林至此。”白长笑而去。尝乘舟与崔宗之自采石至金陵著宫锦袍坐旁若无人。禄山反，明皇在蜀，永王璘节度东南。白时卧庐山，辟为僚佐。璘起兵反，白逃还彭泽。璘败，累系浔阳狱。初，白游并洲，见郭子仪，奇之，曾救其死罪。至是，郭子仪请官以赎，诏长流夜郎。

白晚节好黄、老，度牛渚矶，乘酒捉月，沉水中。初，悦谢家青山，今墓在焉。

附二：李白湖湘诗

《登巴陵开元寺西阁，赠衡岳僧方外》

衡岳有闻士，五峰秀真骨。见君万里心，海水照秋月。
大臣南溟去，问道皆请谒。洒以甘露言，清凉润肌发。
明湖落天镜，香阁凌银阙。登眺餐惠风，新花期启发。

《留别贾舍人至二首》

其一

大梁白云起，飘摇来南洲。徘徊苍梧野，十见罗浮秋。
鳌抃山海倾，四溟扬洪流。意欲托孤凤，从之摩天游。
凤苦道路难，翱翔还昆丘。不肯衔我去，哀鸣惭不周。
远客谢主人，明珠难暗投。拂拭倚天剑，西登岳阳楼。
长啸万里风，扫清胸中忧。谁念刘越石，化为绕指柔。

其二

秋风吹胡霜，凋此檐下芳。折芳怨岁晚，离别凄以伤。
谬攀青琐贤，延我于北堂。君为长沙客，我独之夜郎。
劝此一杯酒，岂惟道路长。割珠两分赠，寸心贵不忘。
何必儿女仁，相看泪成行。

《与夏十二登岳阳楼》

楼观岳阳尽，川迥洞庭开。雁引愁心去，山衔好月来。
云间连下榻，天上接行杯。醉后凉风起，吹人舞袖回。

《答裴侍御先行至石头驿以书见招，期月满泛洞庭》

君至石头驿，寄书黄鹤楼。开缄识远意，速此南行舟。
风水无定准，湍波或滞留。忆昨新月生，西檐若琼钩。
今来何所似，破镜悬清秋。恨不三五明，平湖泛澄流。
此欢竟莫遂，狂杀王子猷。巴陵定遥远，持赠解人忧。

《至鸭栏驿上白马矶赠裴侍御》

侧叠万古石，横为白马矶。乱流若电转，举掉扬珠辉。
临驿卷缇幕，升堂接绣衣。情亲不避马，为我解霜威。

《酬裴侍御对雨感时见赠》

雨色秋来寒，风严清江爽。孤高绣衣人，潇洒青霞赏。

平生多感激，忠义非外奖。祸连积怨生，事及徂川往。
楚邦有壮士，鄢郢翻扫荡。申包哭秦庭，泣血将安仰。
鞭尸辱已及，堂上罗宿莽。颇似今之人，蟊贼陷忠谠。
渺然一水隔，何由税归鞅。日夕听猿怨，怀贤盈梦想。

《酬裴侍御留岫师弹琴见寄》

君同鲍明远，邀彼休上人。鼓琴乱白雪，秋变江上春。
瑶草绿未衰，攀翻寄情亲。相思两不见，流泪空盈巾。

《夜泛洞庭寻裴侍御清酌》

日晚湘水绿，孤舟无端倪。明湖涨秋月，独泛巴陵西。
过憩裴逸人，岩居陵丹梯。抱琴出深竹，为我弹鹍鸡。
曲尽酒亦倾，北窗醉如泥。人生且行乐，何必组与珪？

《巴陵赠贾舍人》

贾生西望忆京华，湘浦南迁莫怨嗟。圣主恩深汉文帝，怜君不遣到长沙。

《与贾至舍人于龙兴寺剪落梧桐枝望灉湖》

剪落青梧枝，灉湖坐可窥。雨洗秋山净，林光澹碧滋。
水闲明镜转，云绕画屏移。千古风流事，名贤共此时。

《陪族叔刑部侍郎晔及中书贾舍人至游洞庭五首》

其一
洞庭西望楚江分，水尽南天不见云。日落长沙秋色远，不知何处吊湘君。
其二
南湖秋水夜无烟，耐可乘流直上天。且就洞庭赊月色，将船买酒白云边。
其三
洛阳才子谪湘川，元礼同舟月下仙。记得长安还欲笑，不知何处是西天。
其四
洞庭湖西秋月辉，潇湘江北早鸿飞。醉客满船歌白苎，不知霜露入秋衣。

其五
帝子潇湘去不还，空余秋草洞庭间。淡扫明湖开玉镜，丹青画出是君山。

《陪侍郎叔游洞庭醉后三首》

其一
今日竹林宴，我家贤侍郎。三杯容小阮，醉后发清狂。
其二
船上齐桡乐，湖心泛月归。白鸥闲不去，争拂酒筵飞。
其三
刬却君山好，平铺湘水流。巴陵无限酒，醉杀洞庭秋。

《洞庭醉後送绛州吕使君果流澧州》（果一作杲）

昔别若梦中，天涯忽相逢。洞庭破秋月，纵酒开愁容。
赠剑刻玉字，延平两蛟龙。送君不尽意，书及雁回峰。

《九日登巴陵置酒望洞庭水军》

九日天气清，登高无秋云。造化辟川岳，了然楚汉分。
长风鼓横波，合沓蹙龙文。忆昔传游豫，楼船壮横汾。
今兹讨鲸鲵，旌旆何缤纷。白羽落酒樽，洞庭罗三军。
黄花不掇手，战鼓遥相闻。剑舞转颓阳，当时日停曛。
酣歌激壮士，可以摧妖氛。龌龊东篱下，渊明不足群

《临江王节士歌》

洞庭白波木叶稀，燕鸿始入吴云飞。吴云寒，燕鸿苦。
风号沙宿潇湘浦，节士悲秋泪如雨。白日当天心，照之可以事明主。
壮士愤，雄风生。安得倚天剑，跨海斩长鲸。

《司马将军歌》

狂风吹古月，窃弄章华台。北落明星动光彩，南征猛将如云雷。
手中电曳倚天剑，直斩长鲸海水开。我见楼船壮心目，颇似龙骧下三蜀。

扬兵习战张虎旗，江中白浪如银屋。身居玉帐临河魁，紫髯若戟冠崔嵬，
细柳开营揖天子，始知灞上为婴孩。羌笛横吹阿亸回，向月楼中吹落梅。
将军自起舞长剑，壮士呼声动九垓。功成献凯见明主，丹青画像麒麟台。

《秋登巴陵望洞庭》

清晨登巴陵，周览无不极。明湖映天光，彻底见秋色。
秋色何苍然，际海俱澄鲜。山青灭远树，水绿无寒烟。
来帆出江中，去鸟向日边。风清长沙浦，山空云梦田。
瞻光惜颓发，阅水悲徂年。北渚既荡漾，东流自潺湲。
郢人唱白雪，越女歌采莲。听此更肠断，凭崖泪如泉。

《荆州贼平临洞庭言怀作》

修蛇横洞庭，吞象临江岛。积骨成巴陵，遗言闻楚老。
水穷三苗国，地窄三湘道。岁晏天峥嵘，时危人枯槁。
思归阴丧乱，去国伤怀抱。郢路方丘墟，章华亦倾倒。
风悲猿啸苦，木落鸿飞早。日隐西赤沙，月明东城草。
关河望已绝，氛雾行当扫。长叫天可闻，吾将问苍旻。

第四章　杜甫湖湘诗研究

杜甫湖湘诗爱国忧民，经世致意，于湖湘文化之源有非常之功也。湖湘文章“爱国忧民”“经世致用”之大体，于杜甫湘诗中极有所见，尤宜注意。

杜甫自大历三年冬入湖南岳阳，至大历五年冬崩于长沙北道中小舟，度其终始，当此三年，诗人老病孤舟，流移极艰。然诗人又为幸矣，所谓“赋到沧桑句便工”，其遗诗近百首，非特诗艺趋圆，而益以忧民之苦心彰显，可珍可观。而杜甫之忧国之情、经世之思，弥彰于文。

漂泊荆湘之间，杜甫之情，乐与忧俱。大历三年正月，杜甫去夔至江陵，荆湘流泊。其间作诗百五十三首。768 年冬，杜甫离湖北公安，至湖南。“战血流依旧，军声动至今”。此其于祖国与民之怀思也。忧民疾苦，难仁可贵，其诗在湖南者，为万人服膺之至也。

一、杜甫湘行诗纪

大历三年，子美去公安，岁暮至湖南岳阳，往来岳衡之间，多在舟中。以大历五年冬卒于舟中，年五十九。唐大历三年冬十二月，杜甫自公安泛岳阳，得冰炭置中肠之《登岳阳楼》，作《岁晏行》，哀怨绵绵。春，出岳阳南，见春色美，而心黯然作《南征》。自岳阳沿流赴潭洲，见闻愤慨，为《遣遇》一诗。大历四年，杜甫又作排律《清明二首》。流潭洲而作《客从》。杜甫在湖北、湖南，舟为之家，每风餐江柳之下，傍驿楼雨卧，行旅苦楚，不胜其苦。其诗《舟中》《苏大侍御访江甫，赋八韵记异》及《小寒食舟中作》，皆其江舟中作也。按《新唐书》：“大历年（杜甫）出瞿塘，下江陵、沂沅湘以登衡山，因客耒阳，游岳祠。”唐大历四五年间，杜甫再入衡州。自潭州溯湘江而上，过衡山，瞻谒县文庙。唐大历五年春，杜公遇玄宗朝李龟年于潭洲。大历五年，杜甫漂泊西南十余年，赋《逃难》，其卒句云“归路从此迷，涕尽湘江岸”，既而得验。其年仲冬，杜甫卒于岳阳舟中，竟不得北归。大历五年冬，杜甫携家自潭州泛舟岳阳，过洞庭湖，杜公风疾发，伏枕寝疾，作《风病舟中伏卧书怀三十六韵奉呈湖南亲友》，叙其病情，忆半生疏离，伤天下时务，属以后事，血泪迸流，哀思无限。诗成而杜甫卒。

杜甫湖湘纪行诗始于大历四年春，杜甫欲由岳阳往游南岳，复往衡州投故人韦之晋。其出岳州巴陵，由洞庭湖、青草湖入湘江，过湘阴、长沙至潭州。而后出潭州，经长沙、湘潭、衡山至衡州。以岁月观之，杜公寓湖南二年矣；以地理观焉，杜甫足迹遍三湘，谙熟湖湘风土，存诗九十九首。诗人历经沧桑而创作尤丰。《登岳阳楼》)《望岳》《暮秋枉裴道州手札率尔遣兴寄递呈苏涣侍御》《潭州送韦员外迢牧韶州》《燕子来舟中作》《小寒食舟中作》《岁宴行》《客从》《地隅》《逃难》《入衡州》《送卢十四弟侍御护韦尚书灵榇归上都二十四韵》，杜甫流寓湖湘，感三湘之怀，作愁苦之叹，发生命之感，极其悲愤。杜甫生逢全盛之时，窥开元之际，而后颠沛流离，亲受矢石，饱受流离之苦。及其暮年，杜公流寓西南、荆楚，犹一饭不忘君、一日未思朝。诗人独怜哀吟，篇中有恻隐之意，仁民爱物之情，亦有自悯悲叹。杜甫之寓湘诗，既是血泪之歌吟，又是时局之写照。以杜甫诗叙之，知其自大历三年，出夔州，三月至江陵，秋至公安，暮冬至岳阳，拟去襄阳隐居。明年春，变道南赴衡州依韦之晋。夏末秋初，出衡返潭，拟向襄阳，作《回棹》诗。至潭欲急北归，有《登舟将适汉阳》《暮秋将归秦留别湖南幕府亲友》二诗。暮冬罢北归之计，大历五年春杜甫犹在潭州，有终焉之志，中作《长沙送李十一（衔)》《风疾，舟中伏枕书怀三十六韵，奉呈湖南亲友》等诗。夏四月，臧玠反。杜甫虽欲长居长沙而不可得，遂道衡州赴郴，奔其舅崔伟；夏至耒阳，以不测事卒，年五十九。

初，杜甫客蜀积年，欲去北归，尝苦言“此身那老蜀，不死会归秦!”（《奉送严公入朝十韵》）或想沿江东下，再游吴越，即所谓“厌蜀交游冷，思吴盛事繁。应须理舟楫，长啸下荆门。”（《春日梓州登楼》二首之二）。惟诗人且贫且病，言易行难，谋而不遂。大历三年，杜公离夔州奉节，买舟东下，是年三月至江陵，留数月，不得意，秋末移居公安。但“苦摇求食尾”（《秋日荆南述怀三十韵》），终非久远之计，故杜甫别求出路。杜甫所欲则还京、洛，所谓“便下襄阳向洛阳”（《闻官军收河南北》）。而商於路绝，长安有警，北归之计不可行。既而公安失守，于是杜公沿江东下，以其冬抵岳州，作《登岳阳楼》。杜甫于岳州一拟往江州访亲，不果。又拟向襄阳隐居，其诗曰：“老夫缆亦解，脱粟朝未餐。飘荡兵甲际，几时怀抱宽。汉阳颇宁静，岘首试考槃。当念著白帽，采薇青云端。”（《别董颋》）又南下潭州，即赴岳州，作《陪裴使君登岳阳楼》：

湖阔兼云雾，楼孤属晚晴。礼加徐孺子，诗接谢宣城。

雪岸丛梅发，春泥百草生。敢违渔父问，从此更南征。

仇兆鳌《杜诗详注》（卷二十二）释其末句云：“屈原至江滨，渔父劝其与世推移。公旅况依人，故不敢违渔父之问，而更欲南征。南征，指潭州。”此言近而未尽，若改潭为衡则更佳。衡乃道之圣地，杜公久向往之，其《忆昔行》有云：“秘诀隐文须内教，晚岁何功使愿果？更讨衡阳董炼师，南游早鼓潇湘舵。”既有韦之晋在彼，杜甫遂决意南行。

大历四年三月，韦公移潭州，杜甫送诗云：“王室仍多故，苍生倚大臣。还将徐孺榻，处处待高人。”（《奉送韦中丞之晋赴湖南》）冀他日复得此故人也。俄而韦之晋暴卒，杜甫一无所依，悲恸犹甚，诗曰：“贡喜音容间，冯招病疾缠。南过骇仓卒，北思悄联绵。鹏鸟长沙讳，犀牛蜀郡怜。素车犹恸哭，宝剑谷高悬。”左思《咏史》诗云：“冯公岂不伟，白首不见招”。自今临事虽有招者，疾病而不能往。南下衡州，遽与之晋别，北望潭州，而之晋暴卒，诗人其自痛绝也。其诗显然作于衡州。大历四年，杜甫病困，求援于幕中，有诗曰：“客子庖厨薄，江楼枕席清。衰年病只瘦，长夏想为情。滑忆雕胡饭，香闻锦带羹。溜匙兼暖腹，谁欲致杯罂？”（《江阁卧病走笔寄呈崔卢两侍御》）。明年，杜甫作《江阁对雨有怀行营裴二端公》，再至衡州，仍居江阁。杜公在衡州之诗又有《衡州送李大夫七丈（勉）赴广州》，据《新唐书·代宗纪》：李勉以大历三年十月任广州刺史兼岭南东道节度使，至四年春夏，方由衡州赴任。

韦之晋死而杜甫无所依，乃欲往襄阳。其时作《回棹》：

宿昔试安命，自私犹畏天。劳生系一物，为客费多年。

衡岳江湖大，蒸池疫疠偏。散才婴薄俗，有迹负前贤。

巾拂那关眼，瓶罂易满船。火云滋垢腻，冻雨裛沉绵。

强饭莼添滑，端居茗续煎。清思汉水上，凉忆岘山颠。
顺浪翻堪倚，回帆又省牵。吾家碑不昧，王氏井依然。
几杖将衰齿，茅茨寄短椽。灌园曾取适，游寺可终焉。
遂性同渔父，成名异鲁连。篙师烦尔送，朱夏及寒泉。

前此八句，自言系命于人，远来此州，实非所宜；不善归咎于恶。十三、十四句当与《江阁卧病走笔寄呈崔卢两侍御》同读，多获资助也。十一、一十二、二十五、四十六句云，衡阳盛暑，又多大雨。冻雨，谓夏之暴雨也，见《尔雅》。诗人所以向襄阳者，岘山清凉耳。杜甫今欲顺流，行之襄阳，以其景物甚美。“几杖”者意自隐襄阳也。“遂性同渔父”，则与前《陪裴使君登岳阳楼》诗相应。此不免有解嘲之意。杜子美晚景凄凉，只行一步看一步，不能周密。杜甫自衡州回棹北返，先至潭州，欲遂北行，至襄阳而进还三秦。在潭州作诗《登舟将适汉阳》《暮秋将归秦留别湖南幕府亲友》，皆欲亟去。“江汉思归客，乾坤一腐儒。片云天共远，永夜月同孤。落日心犹壮，秋风病欲苏。古来存老马，不必取长途。”大历四年秋，杜公一心思归。至此年岁暮难行，则留潭州。重阳后，杜甫作《重送刘十弟判官》，诗云：“他日临江待，长沙旧驿楼。”盖欲留之意也。《晚秋长沙蔡五侍御饮筵送殷六参军归澧觐省》云：“湖南冬不雪，吾病得淹留”，老诗人身体不佳，不能远涉，兼以“洞庭秋欲雪”“大雪夜纷纷”“北雪犯长沙，胡云冷万家”，无计可归。

大历五年春，杜甫犹不言北归，但咏归雁云：“伤弓流落羽，行断不堪闻!”（《归雁二首》其二）诗人情绪悲凉，自思不回。又有《奉赠寇十侍御锡见寄四韵复寄寇》一篇，其二句云：“南瞻按百越，黄帽待君偏。”黄帽乃杜甫自称，其别公安诗云“黄冠青鞋归去来”。杜公急于北归，乃去年夏秋间事，暮秋初冬以来至今春不言归北，盖有终于此者，虽出于不得已也。杜甫不言北归，非不为也，是不能也。身体甚不佳者，一也；“书信中原阔，干戈北斗深。”（《风疾，舟中伏枕书怀三十六韵，奉呈湖南亲友》）兵荒马乱，归无所归，更深一层。杜公亲友在长沙者，尚可维持，亦其要也。

大历五年四月，湖南兵马使臧玠作乱，杀崔瓘，长沙大乱。杜甫乃南奔，复入衡州。杜甫虽欲长居长沙而不得，遂取道衡州，欲往郴州投舅崔伟。伟时为郴州录事参军。杜甫自衡往郴，夏抵耒阳，不幸暴卒。郑处诲《明皇杂录》载：“杜甫后漂寓湘潭间，旅于衡州耒阳县，颇为令长所厌。甫投诗于宰，宰遂置牛炙白酒以遗。甫饮过多，一夕而卒。《集》中犹有《赠聂耒阳》诗也。”元稹《杜君墓志铭》谓杜甫“扁舟下荆楚，竟以寓卒，旅殡岳阳，享年五十九岁。”

二、杜甫对湘楚文学之接受

湘楚文学，开中国文学浪漫一派之源，意远情真，而诗笔流宛灵动。元稹评老杜曰：“上薄风骚，下该沈宋，言夺苏李，气吞曹刘，掩颜谢之孤高，杂徐庾之流丽，尽得古今之体势，而兼人人之所独专矣。”（《唐故工部员外郎君墓系铭序》）即对湘楚文学之继承与发扬也。作为唐代承前启后之诗人，杜子美鉴前代风流，总为一体。取人之要，先知其情。杜甫诗怀湘楚文学之高尚云：“有才继骚雅，哲匠不比肩。”（《陈拾遗故宅》）；“迟迟恋屈宋，渺渺卧荆衡。”（《送覃二判官》）；“不必伊周地，皆知屈宋才。”（《秋日荆南述怀三十韵》）杜甫诗工各体而意新真切，有湘楚文学之风也。楚辞放浪，多引神仙奇伟之图，独树一帜。《九歌》艳辞人物，《离骚》变化神祇，皆与众异。而杜甫留心楚辞，其为诗必有湘楚文学浪漫主义之法。其辞兴也，盈溢其体，神明其用，深见其理，非徒诗史喻君臣，香草美人，文学之意，兴而言臣也。木兰芙蓉杜衡幽兰，杜甫诗亦多用之，而物皆可入，以营其意。若“新松恨不高千尺，恶竹应须斩万竿”，即以天地之自然为灵，爱憎分明也。又以凤皇之属寄美鸟以自寄，作《朱凤行》。杜诗多托花鸟禽兽为言好恶，抒诗人之意气，发泄抑扬之旨，与楚辞一脉而通。

杜诗以骨鲠之气见长，忧国之心，有似屈原。屈子以义行忧国，贞洁之质，心中磊落光明，此即屈平之精神。杜甫亦学于屈原，见于终身。

屈原爱国忧君，忠贞不渝。平生所为诗，好讴歌死事之士，如《国殇》一篇，美刚强之性也。

> 操吴戈兮被犀甲，车错毂兮短兵接。旌蔽日兮敌若云，矢交坠兮士争先。
> 凌余阵兮躐余行，左骖殪兮右刃伤。霾两轮兮絷四马，援玉枹兮击鸣鼓。
> 天时怼兮威灵怒，严杀尽兮弃原野。出不入兮往不反，平原忽兮路超远。
> 带长剑兮挟秦弓，身首离兮心不惩。诚既勇兮又以武，终刚强兮不可凌。
> 身既死兮神以灵，子魂魄兮为鬼雄。

悲壮之句，赞英雄气概，兼寄情思。又有《橘颂》，亦言诗人忠于楚国，至死不渝之义也。

后皇嘉树，橘徕服兮。受命不迁，生南国兮。深固难徙，更壹志兮。
绿叶素荣，纷其可喜兮。曾枝剡棘，圆果抟兮。青黄杂糅，文章烂兮。
精色内白，类任道兮。纷缊宜修，姱而不丑兮。嗟尔幼志，有以异兮。
独立不迁，岂不可喜兮？深固难徙，廓其无求兮。苏世独立，横而不流兮。
闭心自慎，终不失过兮。秉德无私，参天地兮。愿岁并谢，与长友兮。
淑离不淫，梗其有理兮。年岁虽少，可师长兮。行比伯夷，置以为像兮。

杜甫出自“奉儒守官”之家，承先君忠君爱国之意，“致君尧舜上，再使风俗淳。”其爱国之志，足与屈原比美。天宝十四载安史之乱，士大夫自顾其身，脱身远害，至降膝贼庭。杜甫当大乱之际，不顾得失，以天宝十五载七月，闻肃宗即位，遽置家属，仅以身远赴灵武，欲辅翼太子，遂被囚于长安。明年，诗人睹陷城之惨，感春望而赋诗曰：

国破山河在，城春草木深。感时花溅泪，恨别鸟惊心。
烽火连三月，家书抵万金。白头搔更短，浑欲不胜簪。

杜甫后逃归长安，备历艰辛，麻鞋见天子，涕泣受拾遗，足见忠爱之情。其后虽再贬，弃官远赴秦、楚，而无日不忧国事。如《闻官军收河南河北》一首，更见其爱国之情：

剑外忽传收蓟北，初闻涕泪满衣裳。却看妻子愁何在，漫卷诗书喜欲狂。
白日放歌须纵酒，青春作伴好还乡。即从巴峡穿巫峡，便下襄阳向洛阳。

屈原处战国之时，明于治世，然众人皆醉而己独醒，时事危急，而楚国君臣犹醉于管弦犬马。诗人忧之，冀以诗醒悟于楚国之君，励精图治，以民为本，重贤远佞，推行美政，此楚辞之本也。杜甫以儒道为主，终身“穷年忧黎元，叹息肠内热”，重民生之本而推崇仁政也。初，杜甫在长安，已有忧国之义，天宝十四载作《自京赴奉先县咏怀五百字》，即言忧国之本意。

杜陵有布衣，老大意转拙。许身一何愚，窃比稷与契。
居然成濩落，白首甘契阔。盖棺事则已，此志常觊豁。
穷年忧黎元，叹息肠内热。取笑同学翁，浩歌弥激烈。
非无江海志，潇洒送日月。生逢尧舜君，不忍便永诀。
当今廊庙具，构厦岂云缺。葵藿倾太阳，物性固难夺。

顾惟蝼蚁辈，但自求其穴。胡为慕大鲸，辄拟偃溟渤。
以兹悟生理，独耻事干谒。兀兀遂至今，忍为尘埃没。
终愧巢与由，未能易其节。沈饮聊自遣，放歌破愁绝。
岁暮百草零，疾风高冈裂。天衢阴峥嵘，客子中夜发。
霜严衣带断，指直不得结。凌晨过骊山，御榻在嵽嵲。
蚩尤塞寒空，蹴蹋崖谷滑。瑶池气郁律，羽林相摩戛。
君臣留欢娱，乐动殷胶葛。赐浴皆长缨，与宴非短褐。
彤庭所分帛，本自寒女出。鞭挞其夫家，聚敛贡城阙。
圣人筐篚恩，实欲邦国活。臣如忽至理，君岂弃此物。
多士盈朝廷，仁者宜战栗。况闻内金盘，尽在卫霍室。
中堂有神仙，烟雾蒙玉质。煖客貂鼠裘，悲管逐清瑟。
劝客驼蹄羹，霜橙压香橘。朱门酒肉臭，路有冻死骨。
荣枯咫尺异，惆怅难再述。北辕就泾渭，官渡又改辙。
群冰从西下，极目高崒兀。疑是崆峒来，恐触天柱折。
河梁幸未坼，枝撑声窸窣。行李相攀援，川广不可越。
老妻寄异县，十口隔风雪。谁能久不顾，庶往共饥渴。
入门闻号咷，幼子饿已卒。吾宁舍一哀，里巷亦呜咽。
所愧为人父，无食致夭折。岂知秋禾登，贫窭有仓卒。
生常免租税，名不隶征伐。抚迹犹酸辛，平人固骚屑。
默思失业徒，因念远戍卒。忧端齐终南，澒洞不可掇。

杜子美忧国忧民之意，精神实在屈原。

杜甫亦尝以直道获谴。至德二载，左拾遗杜甫以忧社稷，触肃宗怒，出为华州掾。杜甫亲睹君上之不明，使百姓涂炭，遂弃官去。流寓秦州，赋《佳人》诗曰：

绝代有佳人，幽居在空谷。自云良家子，零落依草木。
关中昔丧乱，兄弟遭杀戮。官高何足论，不得收骨肉。
世情恶衰歇，万事随转烛。夫婿轻薄儿，新人美如玉。
合昏尚知时，鸳鸯不独宿。但见新人笑，那闻旧人哭！
在山泉水清，出山泉水浊。侍婢卖珠回，牵萝补茅屋。
摘花不插发，采柏动盈掬。天寒翠袖薄，日暮倚修竹。

杜子美以居空谷之佳人比兴，喻以男女君臣，寓于不遇于肃宗也。末两句“天寒翠袖薄，日暮倚修竹”，谓不肯苟屈于昏主，终怀贤以退，独善之志，足见继之于屈原矣。

宋玉赋名家于屈原之后，始自史迁《史记》八十四卷，以为湘楚文学之源头人物。王勃《上吏部裴侍郎启》曰：“夫文章之道，自古称难。圣人以开物成务，君子以立言见志。遗雅背训，孟子不为；劝百讽一，扬雄所耻……自微言既绝，斯文不振。屈宋导浇源於前，枚马张淫风於後。”又李白《古风》诗云：“大雅久不作，吾衰竟谁陈。”又《感遇四首》其四曰：“宋玉事楚王，立身本高洁。巫山赋彩云，郢路歌白雪。举国莫能和，巴人皆卷舌。一感登徒言，恩情遂中绝。”杜诗之文采辞赋，多有袭于宋玉之处，而道义之坚，则与宋玉迥然有别。

湘楚文学以为悲秋为文，始于宋玉。“垂白冯唐老，清秋宋玉悲。”屈宋开中国文学之悲秋母题，意感时迁，叹老嗟卑，久客思归，俯拾于杜氏之诗。而杜诗亦不乏赏秋、写秋佳作。《秋野五首》可为代表：

其一

秋野日疏芜，寒江动碧虚。系舟蛮井络，卜宅楚村墟。

枣熟从人打，葵荒欲自锄。盘餐老夫食，分减及溪鱼。

其二

易识浮生理，难教一物违。水深鱼极乐，林茂鸟知归。

吾老甘贫病，荣华有是非。秋风吹几杖，不厌此山薇。

其三

礼乐攻吾短，山林引兴长。掉头纱帽仄，曝背竹书光。

风落收松子，天寒割蜜房。稀疏小红翠，驻屐近微香。

其四

远岸秋沙白，连山晚照红。潜鳞输骇浪，归翼会高风。

砧响家家发，樵声个个同。飞霜任青女，赐被隔南宫。

其五

身许麒麟画，年衰鸳鹭群。大江秋易盛，空峡夜多闻。

径隐千重石，帆留一片云。儿童解蛮语，不必作参军。

老杜以秋野自娱，山林自适，一反悲秋苦调。此诗亦清拔独到，如“风落收松子，天寒割蜜房。稀疏小红翠，驻屐近微香。”“远岸秋沙白，连山晚照红。

潜鳞输骇浪，归翼会高风。”秋之衰瑟亦无痕迹。此外《季秋江村》一诗，亦可见老杜爱秋之意。杜甫早染肺疾，高秋之爽气正可暂缓，故老杜每诗中多爱秋也。

三、杜甫对湖湘文化之影响

杜子美流寓湖湘所作诗，盖诗之要体，亦杜甫晚节实录也。杜甫湖湘诗中爱国恤民之情，经世致用之意，既为光大，益为深远。杜甫自大历三年冬入湖南岳阳，至五年，卒于长沙北渚。诗人老病孤舟，流离转徙，极人间之艰难。诗人又幸矣，“赋到沧桑句便工”，所谓“留题近于湖湘”者，非惟艺益圆熟，而弥彰忧国之心，诚诗之所留，可珍可敬。

湖湘文化者，湖，洞庭湖也，湘则湘江也，始于五代马楚之周行逢，其后渐为湖南之称。而湖湘之风，为爱国忧民，经世致用，以示天下。大率湖湘文化有二重源头。其一曰爱国忧民也。屈原为其源头。屈子“博闻强志，明于治乱，闲于辞令。入则与王图议国事，以出号令，出则接遇宾客，应对诸侯。王甚任之。”以小人之谄，屈平失楚君之心，再加贬斥。身绝郢阙，迹遍湘干。憔悴行吟，三湘四水。吟咏反复，以为国忧。“若长太息以掩涕兮，哀生民之多艰。”“皇天之不纯命也，何百姓之震愆。”其二曰经世致用也。宋大儒张载讲学于岳麓书院，首重“力行”，尝论当时学者好尚浮躁。湖湘由元明二代，加以清初大旨，衡阳王夫之波助，经世用心，弥复极矣。诗人杜甫，虽非湖南人，亦尝流寓约三年，其诗歌思想，无疑亦为湖湘文化之源。

杜湖湘诗之最可言者，忧国爱民之意也。杜甫深广古今，罕有其比。诗人少则郁郁不得志，老则遭安史之乱，遂使其诗有深致。流寓湖湘前，诗人乃有《自京赴奉先县咏怀五百字》《北征》，“三吏”“三别”，《茅屋为秋风所破歌》诸篇。诗人暮年，则老病相侵，北归无望，而未尝释手，以爱国忧民为诗。

大历三年冬，诗人由湖北入岳阳，即而登岳阴楼，为《登岳阳楼》诗曰：

昔闻洞庭水，今上岳阳楼。吴楚东南坼，乾坤日夜浮。
亲朋无一字，老病有孤舟。戎马关山北，凭轩涕泗流。

诗人既登岳阳楼，念己之不幸，思国家人民之生灵涂炭，虽在兵革之中，犹涕泗横流。诗人又于岳阳作《岁晏行》云：

岁云暮矣多北风，潇湘洞庭白雪中。渔父天寒网罟冻，莫徭射雁鸣桑弓。
去年米贵阙军食，今年米贱大伤农。高马达官厌酒肉，此辈杼柚茅茨空。
楚人重鱼不重鸟，汝休枉杀南飞鸿。况闻处处鬻男女，割慈忍受还租庸。
往日用钱捉私铸，今许铅铁和青铜。刻泥为之最易得，好恶不合长相蒙！
万国城头吹画角，此曲哀怨何时终？

诗人虽老病相侵，衣食不给，犹念布衣之艰苦，其心可谓先后辉映，熠熠然也。杜甫湖湘之诗多为国计，高尚情怀者犹多。

湖湘文化之另一源头，即经世致用也。杜甫世家子奉儒守官，其致用之意，由来尚矣。此盖《进雕赋表》所以略梗概也。曰："臣幸赖先臣绪业，自七岁所缀诗笔，向四十载矣，约有千余篇。今贾马之徒，得排金门、上至堂者甚众矣。唯臣衣不盖体，常寓食于人，奔走不暇，只恐转死沟壑，安敢望仕进乎？伏惟明主哀怜之，倘使执先祖之故事，拔泥涂之久辱，则臣之述作，虽不足以鼓吹六经，先鸣数子，至于沉郁顿挫，随时敏捷，而扬雄、枚皋之流，庶可跂及也。有臣如此，陛下其舍诸?"

此言甚分明，意在陛下假臣一机，臣之所成，终不减扬雄枚皋之徒。杜诗亦见其经世用心之迹。如《望岳》"会当凌绝顶，一览众山小"，"致君尧舜上，再使风俗淳。""许身一何愚，窃比稷与契"。子美寓湖湘，已入暮年，"虚负凌云万丈才，一生襟袍未曾开"。是以作者不免多贫病老语，无壮时意气丰采，何等沉痛，而心犹热，寄之于人。《湖南送敬十使君适广陵》云："遭乱实漂泊，济时曾琢磨。形容吾校老，胆力尔谁过。……骞腾访知己，淮海莫蹉跎。"可见杜子美经世致用之心。

杜为湖湘诗多以爱国忧民为事，承其风者自是世有人出。

鲍防，襄阳人也，天宝十二载进士。鲍防，天下之重臣也，其在外官，"人自安业至于移风，政无阙而至有典"，代宗嘉叹，图写公形列于别殿。非徒致福一方，甚有政绩，而直言极谏，讥刺时政。穆员《鲍防碑》载"（防）赋《感遇》十七章，以古之正法，刺讥时病，丽而有则，属诗者宗而诵之"。虽鲍氏之感遇，今不可见，然其诗风近于杜甫则可知也，如《杂感》："汉家海内承平久，万国戎王皆稽首。天马常衔苜蓿花，胡人岁献葡萄酒。五月荔枝初破颜，朝离象郡夕函关。雁飞不到桂阳岭，马走先过林邑山。甘泉御果垂仙阁，日暮无人香自落。远物皆重近皆轻，鸡虽有德不如鹤。"其立意颇近杜甫之《丽人行》也。

皮日休，襄阳人，晚唐进士、文学大家，其诗文多诋切时弊，作《隐书》六十篇，以古见今，讥刺残暴："古杀人也怒，今之杀人也笑；古之用贤也为国，今之用贤也为家；古之酗也为酒，今之酗也为人；古之置吏也将以逐盗，今之置吏也将以为盗。""古之为官人也，以天下为己累，故己忧之；今之为官人也，以己为天下累，故人忧之。"皮日休诗，感于哀乐，因事而发，深得杜子美"即事名篇，无复依傍"之意也。皮日休尝自述其所制赋曰："赋者，古诗之流也。伤前王太佚作《忧赋》；虑民道难济作《河桥赋》；念下情不达作《霍山赋》；怜寒士道尘，作《桃花赋》。"即承杜子美哀民疾苦之心也。

李东阳，茶陵人，明中叶重臣，茶陵诗派核心人物。李东阳诗集乐府百余篇，皆新题，《筑城怨》《树中饿》，言民疾苦、褒贬古今。其诗十余篇，承杜甫忧国之歌。如《次韵杨应宁久旱三首》其三："骄阳五月渐生阴，病渴人方起上林。周稼有风还自熟，商郊虽旱不妨霖。贫赠贾客时时价，苦尽农家粒粒心。杜甫不胜忧国愿，向来真与海波深。"久旱之忧，物价腾踊，伏惟杜公忧国之情，通于己心。李东阳谒杜子美之故居，为《笔架明星》诗曰："笔架山形奇且牢，上与列宿如相遭。光华照地夜初白，苍翠插空秋正高。大年登楼手可摘，杜甫上天诗更豪。乡人翘首望山斗，我亦念之心孔劳。"李东阳又游长沙岳麓寺，于杜甫作诗曰："衡岳地蟠三百里，群峰将断复崔嵬。岩间古刹依山转，谷口晴云满树来。北海书存谁问价？少陵诗罢独怜才。扁舟已谢长江险，又是匆匆一度回。"

附一：杜甫生平史料

《旧唐书》

杜甫，字子美，本襄阳人，后徙河南巩县。曾祖依艺，位终巩令。祖审言，位终膳部员外郎，自有传。父闲，终奉天令。

甫天宝初应进士不第。天宝末，献《三大礼赋》。玄宗奇之，召试文章，授京兆府兵曹参军。十五载，禄山陷京师，肃宗征兵灵武。甫自京师宵遁赴河西，谒肃宗于彭原郡，拜右拾遗。房琯布衣时与甫善，时琯为宰相，请自帅师讨贼，帝许之。其年十月，琯兵败于陈涛斜。明年春，琯罢相。甫上疏言琯有才，不宜罢免。肃宗怒，贬琯为刺史，出甫为华州司功参军。时关畿乱离，谷食踊贵，甫寓居成州同谷县，自负薪采梠，儿女饿殍者数人。久之，召补京兆府功曹。

上元二年冬，黄门侍郎、郑国公严武镇成都，奏为节度参谋、检校尚书工部员外郎，赐绯鱼袋。武与甫世旧，待遇甚隆。甫性褊躁，无器度，恃恩放恣。尝凭醉登武之床，瞪视武曰："严挺之乃有此儿！"武虽急暴，不以为忤。甫于成都浣花里种竹植树，结庐枕江，纵酒啸咏，与田畯野老相狎荡，无拘检。严武过之，有时不冠，其傲诞如此。永泰元年夏，武卒，甫无所依。及郭英乂代武镇成都，英乂武人粗暴，无能刺谒，乃游东蜀依高适。既至而适卒。是岁，崔宁杀英乂，杨子琳攻西川，蜀中大乱。甫以其家避乱荆、楚，扁舟下峡，未维舟而江陵乱，乃溯沿湘流，游衡山，寓居耒阳。甫尝游岳庙，为暴水所阻，旬日不得食。耒阳聂令知之，自棹舟迎甫而还。永泰二年，啖牛肉白酒，一夕而卒于耒阳，时年五十九。

子宗武，流落湖、湘而卒。元和中，宗武子嗣业，自耒阳迁甫之柩，归葬于偃师县西北首阳山之前。

《新唐书》

杜审言，字必简，襄州襄阳人，晋征南将军预远裔。擢进士，为隰城尉。恃才高，以傲世见疾。苏味道为天官侍郎，审言集判，出谓人曰："味道必死。"人惊问故，答曰："彼见吾判，且羞死。"又尝语人曰："吾文章当得屈、宋作衙官，吾笔当得王羲之北面。"其矜诞类此。

累迁洛阳丞，坐事贬吉州司户参军。司马周季重、司户郭若讷构其罪，系狱，将杀之。季重等酒酣，审言子并年十三，袖刃刺季重于坐，左右杀并。季重将死，曰："审言有孝子，吾不知，若讷故误我。"审言免官，还东都。苏颋伤并孝烈，志其墓，刘允济祭以文。

后武后召审言，将用之，问曰："卿喜否？"审言蹈舞谢，后令赋《欢喜诗》，叹重其文，授著作佐郎，迁膳部员外郎。神龙初，坐交通张易之，流峰州。入为国子监主簿、修文馆直学士，卒。大学士李峤等奏请加赠，诏赠著作郎。

初，审言病甚，宋之问、武平一等省候何如，答曰"甚为造化小儿相苦，尚何言？然吾在，久压公等，今且死，固大慰，但恨不见替人"云。少与李峤、崔融、苏味道为文章四友，世号"崔、李、苏、杜"。融之亡，审言为服缌云。

从祖兄易简，九岁能属文，长博学，为岑文本所器。擢进士，补渭南尉。咸亨初，历殿中侍御史。尝道遇吏部尚书李敬玄，不避，敬玄恨，召为考功员外郎屈之。而侍郎裴行俭与敬玄不平，故易简上书言敬玄罪，敬玄曰：“襄阳儿轻薄乃尔。”因奏易简险躁，高宗怒，贬开州司马。

审言生子闲，闲生甫。

甫，字子美，少贫不自振，客吴越、齐赵间。李邕奇其材，先往见之。举进士不中第，困长安。

天宝十三载，玄宗朝献太清宫，飨庙及郊，甫奏赋三篇。帝奇之，使待制集贤院，命宰相试文章，擢河西尉，不拜，改右卫率府胄曹参军。数上赋颂，因高自称道，且言：“先臣恕、预以来，承儒守官十一世，迨审言，以文章显中宗时。臣赖绪业，自七岁属辞，且四十年，然衣不盖体，常寄食于人，窃恐转死沟壑，伏惟天子哀怜之。若令执先臣故事，拔泥涂之久辱，则臣之述作虽不足鼓吹《六经》，至沈郁顿挫，随时敏给，扬雄、枚皋可企及也。有臣如此，陛下其忍弃之?”

会禄山乱，天子入蜀，甫避走三川。肃宗立，自鄜州羸服欲奔行在，为贼所得。至德二年，亡走凤翔上谒，拜右拾遗。与房琯为布衣交，琯时败陈涛斜，又以客董廷兰，罢宰相。甫上疏言：“罪细，不宜免大臣。”帝怒，诏三司亲问。宰相张镐曰：“甫若抵罪，绝言者路。”帝乃解。甫谢，且称：“琯宰相子，少自树立为醇儒，有大臣体，时论许琯才堪公辅，陛下果委而相之。观其深念主忧，义形于色，然性失于简。酷嗜鼓琴，廷兰托琯门下，贫疾昏老，依倚为非，琯爱惜人情，一至玷污。臣叹其功名未就，志气挫衄，觊陛下弃细录大，所以冒死称述，涉近讦激，违忤圣心。陛下赦臣百死，再赐骸骨，天下之幸，非臣独蒙。”然帝自是不甚省录。

时所在寇夺，甫家寓鄜，弥年艰窭，孺弱至饿死，因许甫自往省视。从还京师，出为华州司功参军。关辅饥，辄弃官去，客秦州，负薪采橡栗自给。流落剑南，结庐成都西郭。召补京兆功曹参军，不至。会严武节度剑南东、西川，往依焉。武再帅剑南，表为参谋，检校工部员外郎。武以世旧，待甫甚善，亲至其家。甫见之，或时不巾，而性褊躁傲诞，尝醉登武床，瞪视曰：“严挺之乃有此儿!”武亦暴猛，外若不为忤，中衔之。一日欲杀甫及梓州刺史章彝，集吏于门。武将出，冠钩于帘三，左右白其母，奔救得止，独杀彝。武卒，崔旰等乱，甫往来梓、夔间。

大历中，出瞿唐，下江陵，溯沅、湘以登衡山，因客耒阳。游岳祠，大水遽至，涉旬不得食，县令具舟迎之，乃得还。令尝馈牛炙白酒，大醉，一昔卒，年五十九。

甫旷放不自检，好论天下大事，高而不切。少与李白齐名，时号“李杜”。尝从白及高适过汴州，酒酣登吹台，慷慨怀古，人莫测也。数尝寇乱，挺节无所污，为歌诗，伤时桡弱，情不忘君，人怜其忠云。

赞曰：唐兴，诗人承陈、隋风流，浮靡相矜。至宋之问、沈佺期等，研揣声音，浮切不差，而号“律诗”，竞相袭沿。逮开元间，稍裁以雅正，然恃华者质反，好丽者壮违，人得一概，皆自名所长。至甫，浑涵汪茫，千汇万状，兼古今而有之，它人不足，甫乃厌余，残膏賸馥，沾丐后人多矣。故元稹谓：“诗人以来，未有如子美者。”甫又善陈时事，律切精深，至千言不少衰，世号“诗史”。昌黎韩愈于文章慎许可，至歌诗，独推曰：“李、杜文章在，光焰万丈长。”诚可信云。

《唐才子传》

甫，字子美，京兆人。审言生闲，闲生甫。少贫不自振，客吴、越、齐、赵间。李邕奇其材，先往见之。举进士不中第，困长安。天宝十载，玄宗朝献太清宫、飨庙及郊，甫奏赋三篇。帝奇之，使待诏集贤院，命宰相试文章。擢河西尉，不拜，改右卫率府胄曹参军。数上赋颂，高自称道，且言：“先臣恕、预以来，承儒守官十一世，迨审言以文章显。臣赖绪业，自七岁属辞，且四十年，然衣不盖体，常寄食于人。窃恐转死沟壑，伏惟天子哀怜之。若令执先臣故事，拔泥涂久辱，则臣之述作，虽不足鼓吹六经，先鸣数子，至沉郁顿挫，随时敏给，扬雄、枚皋，可企及也。有臣如此，陛下其忍弃之！”

会禄山乱，天子入蜀，甫避走三川。肃宗立，自鄜州羸服欲奔行在，为贼所得。至德二年，亡走凤翔，上谒，拜左拾遗。与房琯为布衣交，琯时败兵，又以琴客董廷兰之故罢相，甫上疏言：“罪细，不宜免大臣。”帝怒，诏三司杂问。宰相张镐曰：“甫若抵罪，绝言者路。”帝解，不复问。

时所在寇夺，甫家寓鄜，弥年艰窭，孺弱至饿死，因许甫自往省视。从还京师，出为华州司功参军。关辅饥，辄弃官去。客秦州，负薪拾橡栗自给。流落剑南，营草堂成都西郭浣花溪。召补京兆功曹参军，不至。会严武节度剑南西川，往依焉。武再帅剑南，表为参谋、检校工部员外郎。武以世旧，待甫甚善，亲诣其家，甫见之，或时不巾。而性褊躁傲诞，常醉登武床。瞪视曰：“严挺之乃有此儿！”武中衔之。一日，欲杀甫，集吏于门，武将出，冠钩于帘者三。左右走报其母，为救得止。

崔旰等乱，甫往来梓、夔间。大历中，出瞿塘，溯沅、湘以登衡山。因客耒阳，游岳祠。大水暴至，涉旬不得食。县令具舟迎之，乃得还。为设牛炙白酒，大醉，一昔卒，年五十九。

甫放旷不自检，好论天下大事，高而不切也。与李白齐名，时号“李杜”。数尝寇乱，挺节无所污。为诗歌，伤时挠弱，情不忘君，人皆怜之。坟在岳阳。有集六十卷，及润州刺史樊晃纂《小集》，今传。

附二：杜甫湖湘诗

《舟月对驿近寺》

更深不假烛，月朗自明船。金刹青枫外，朱楼白水边。
城乌啼眇眇，野鹭宿娟娟。皓首江湖客，钩帘独未眠。

《舟中》

风餐江柳下，雨卧驿楼边。结缆排鱼网，连樯并米船。
今朝云细薄，昨夜月清圆。飘泊南庭老，只应学水仙。

《移居公安敬赠卫大郎钧》

卫侯不易得，余病汝知之。雅量涵高远，清襟照等夷。
平生感意气，少小爱文辞。河海由来合，风云若有期。
形容劳宇宙，质朴谢轩墀。自古幽人泣，流年壮士悲。
水烟通径草，秋露接园葵。入邑豺狼斗，伤弓鸟雀饥。
白头供宴语，乌几伴栖迟。交态遭轻薄，今朝豁所思。

《岁晏行》

岁云暮矣多北风，潇湘洞庭白雪中。渔父天寒网罟冻，莫徭射雁鸣桑弓。
去年米贵阙军食，今年米贱大伤农。高马达官厌酒肉，此辈杼轴茅茨空。

楚人重鱼不重鸟，汝休枉杀南飞鸿。况闻处处鬻男女，割慈忍爱还租庸。
往日用钱捉私铸，今许铅锡和青铜。刻泥为之最易得，好恶不合长相蒙。
万国城头吹画角，此曲哀怨何时终？

《登岳阳楼》

昔闻洞庭水，今上岳阳楼。吴楚东南坼，乾坤日夜浮。
亲朋无一字，老病有孤舟。戎马关山北，凭轩涕泗流。

《野望》

西山白雪三城戍，南浦清江万里桥。
海内风尘诸弟隔，天涯涕泪一身遥。
惟将迟暮供多病，未有涓埃答圣朝。（惟通唯）
跨马出郊时极目，不堪人事日萧条。

《苏大侍御访江浦赋八韵记异》

庞公不浪出，苏氏今有之。再闻诵新作，突过黄初诗。
乾坤几反覆，扬马宜同时。今晨清镜中，胜食斋房芝。
余发喜却变，白间生黑丝。昨夜舟火灭，湘娥帘外悲。
百灵未敢散，风破寒江迟。

《蚕谷行》

天下郡国向万城，无有一城无甲兵！焉得铸甲作农器，一寸荒田牛得耕？
牛尽耕，蚕亦成。不劳烈士泪滂沱，男谷女丝行复歌。

《江南逢李龟年》

岐王宅里寻常见，崔九堂前几度闻。正是江南好风景，落花时节又逢君。

《风疾舟中伏枕书杯三十六韵奉呈湖南亲友》

轩辕休制律，虞舜罢弹琴。尚错雄鸣管，犹伤半死心。
圣贤名古邈，羁旅病年侵。舟泊常依震，湖平早见参。

如闻马融笛，若倚仲宣襟。故国悲寒望，群云惨岁阴。
水乡霾白屋，枫岸叠青岑。郁郁冬炎瘴，濛濛雨滞淫。
鼓迎非祭鬼，弹落似鸮禽。兴尽才无闷，愁来遽不禁。
生涯相汩没，时物自萧森。疑惑尊中弩，淹留冠上簪。
牵裾惊魏帝，投阁为刘歆。狂走终奚适，微才谢所钦。
吾安藜不糁，汝贵玉为琛。乌几重重缚，鹑衣寸寸针。
哀伤同庾信，述作异陈琳。十暑岷山葛，三霜楚户砧。
叨陪锦帐座，久放白头吟。反朴时难遇，忘机陆易沈。
应过数粒食，得近四知金。春草封归恨，源花费独寻。
转蓬忧悄悄，行药病涔涔。瘗夭追潘岳，持危觅邓林。
蹉跎翻学步，感激在知音。却假苏张舌，高夸周宋镡。
纳流迷浩汗，峻址得嶔崟。城府开清旭，松筠起碧浔。
披颜争倩倩，逸足竞骎骎。朗鉴存愚直，皇天实照临。
公孙仍恃险，侯景未生擒。书信中原阔，干戈北斗深。
畏人千里井，问俗九州箴。战血流依旧，军声动至今。
葛洪尸定解，许靖力还任。家事丹砂诀，无成涕作霖。

《湘夫人祠》（即黄陵庙）

肃肃湘妃庙，空墙碧水春。虫书玉佩藓，燕舞翠帷尘。
晚泊登汀树，微馨借渚苹. 苍梧恨不尽，染泪在丛筠。

《长江二首》其二

浩浩终不息，乃知东极临（一作深）。众流归海意，万国奉君心。
色借潇湘阔，声驱滟滪深（一作沈）。未辞添雾雨，接上遇（一作过）衣襟。

《秋日寄题郑监湖上亭三首》其一

碧草逢（一作违）春意，沅湘万里秋。池要山简马，月净（一作静）庾公楼。
磨灭余篇翰，平生一钓舟。高唐寒浪减（一作灭），仿佛识昭丘。

《送王十六判官》

客下荆南尽，君今复入舟。买薪犹白帝，鸣橹少（一作已）沙头。
衡霍生春早，潇湘共海浮。荒林庾信宅，为仗主人留。

《祠南夕望》

百丈牵江色，孤舟泛日斜。兴来犹杖屦，目断更云沙。
山鬼迷春竹，湘娥倚暮花。湖南清绝地，万古一长嗟。

《铜官渚守风》（渚在宁乡县）

不（一作亦）夜楚帆落，避风湘渚间。水耕先浸草，春火更烧山。
早泊云物晦，逆行波浪悭。飞来双白鹤，过去杳难攀。

《楼上》

天地空搔首，频抽白玉簪。皇舆三极北，身事五湖南。
恋阙劳肝肺，论（一作抡）材愧杞楠。乱离难自救，终是老湘潭。

《发潭州（时自潭之衡）》

夜醉长沙酒，晓行湘水春。岸花飞送客，樯燕语留人。
贾傅才未有，褚公书绝伦。高名前后事，回首一伤神。

《去蜀》

五载客蜀郡，一年居梓州。如何关塞阻，转作潇湘游。
世（一作万）事已黄发，残生随白鸥。安危大臣在，不（一作何）必泪长流。

《奉寄章十侍御》

淮海维扬一俊人，金章紫绶照青春。指麾能事回天地，训练强兵动鬼神。
湘西不得归关羽，河内犹宜借寇恂。
朝觐从容问幽仄，勿云江汉有（一作老）垂纶。

《即事》

暮春三月巫峡长，皛皛（胡了切）行云浮（一作无）日光。
雷声忽送千峰雨，花气浑如百和香。
黄莺过水翻回去，燕子衔泥湿不妨。飞阁卷帘图画里，虚无只少对潇湘。

《寄张十二山人彪三十韵》

独卧嵩阳（一作云）客，三违颍水春。艰难随老母，惨澹向时人。
谢氏寻山屐，陶公漉酒巾。群凶弥宇宙，此物在风尘。
历下辞姜被，关西得孟邻。早通交契密，晚接道流新。
静者心多妙（一作好），先生艺绝伦。草书何太（一作应甚）苦，诗兴不无神。
曹植休前辈，张芝更后身。数篇吟可老，一字买堪贫。
将恐曾防寇，深潜（一作情）托所亲。宁闻倚门夕，尽力洁飧晨。
疏懒为名误，驱驰丧我真。
索居犹（一作尤）寂寞，相遇益悲（一作酸，一作愁）辛。
流转（一作转徙）依边徼，逢迎念席珍。时来故旧少，乱后别离频。
世祖修高庙，文公赏从臣。
商山犹入楚，源（一作湍）水不离（一作知，一作流）秦。
存想青龙秘，骑行白鹿驯。耕岩非谷口，结草即（一作欲）河滨。
肘后符应验，囊中药未陈。旅（一作放）怀殊不惬，良觌渺无因。
自古皆悲恨，浮生有屈伸。此邦今（一作全）尚武，何处且依仁。
鼓角凌天籁，关山信（一作倚）月轮。
官场（一作壕）罗镇（一作锦）碛，贼火近洮岷。
萧索论兵（一作功）地，苍茫斗将辰。大军多处所，余孽尚纷纶。
高兴知笼鸟，斯文起（一作岂）获麟。穷秋正摇落，回首望松（一作湘）筠。

《秋日荆南述怀三十韵》

昔承推奖分，愧匪挺生材。迟暮宫臣忝，艰危衮职陪。
扬镳（一作鞭）随日驭，折槛出云台。罪戾宽犹活，干戈塞未开。
星霜玄鸟变，身世白驹催。伏枕因超忽，扁舟任往来。

九钻巴噀火，三蛰楚祠雷。望帝传应实，昭王问不回。
蛟螭深作横，豺虎乱雄猜。素业行已矣，浮名安在哉？
琴乌曲怨愤，庭鹤舞摧颓。秋雨（一作水）漫湘水（一作竹），阴风过岭梅。
苦摇求食尾，常曝报恩腮。结舌防谗柄，探肠有祸胎。
苍茫步兵哭，展转仲宣哀。饥籍（入声，一作藉）家家米，愁征处处杯。
休为贫士叹，任受众人咍。得丧初难识，荣枯划易该。
差池分组冕，合沓起蒿莱。不必伊周地，皆知（一作登）屈宋才。
汉庭和异域，晋史坼中台。霸业寻常体，忠臣忌讳灾。
群公纷戮力，圣虑窅（一作睿）裴回。数见铭钟鼎，真宜法斗魁。
愿闻锋镝铸，莫使栋梁摧。盘石圭多翦，凶门毂少推。
垂旒资穆穆，祝网但恢恢。赤雀翻然至，黄龙讵（一作不）假媒。
贤非梦傅野，隐类凿颜坯。自古江湖客，冥心若死灰。

《千秋节有感二首（八月二日为明皇千秋节）》其一

自罢千秋节，频伤八月来。先朝常宴会，壮观已尘埃。
凤纪编生日，龙池堑劫灰。湘川新涕泪，秦树远楼台。
宝镜群臣得，金吾万国回。衢尊不重饮，白首独余哀。

《冬晚送长孙渐舍人归州》

参卿（参谋也）休坐幄，荡子不还乡。南客潇湘外，西戎鄠杜旁。
衰年倾盖晚，费日系舟长。会面思来札，销魂逐去樯。
云晴鸥更舞，风逆雁无行。匣里雌雄剑，吹毛任选将。

《送魏二十四司直充岭南掌选崔郎中判官兼寄韦韶州》

选曹分五岭，使者历三湘。才美膺推荐，君行佐纪纲。
佳声斯（一作期）共（一作不）远，雅节在周防。明白山涛鉴，嫌疑陆贾装。
故人湖外少，春日岭南长。凭报韶州牧，新诗昨寄（一作夜）将。

《渼陂行（陂在鄠县西五里，周一十四里）》

岑参兄弟皆好奇，携我远来游渼陂。天地黤惨忽异色，波涛万顷堆琉璃。

琉璃汗漫泛舟入，事殊兴极忧思集。鼍作鲸吞不复知，恶风白浪何嗟及。

主人锦帆相为开，舟子喜甚无氛埃。凫鹥散乱棹讴发，丝管啁啾空翠来。

沈竿续蔓（一作缦）深莫测，菱（一作芰）叶荷花静（一作净）如拭。

宛在中流渤澥清，下归无极（一作临无地）终南黑。

半陂已南纯浸山，动影袅窕冲融间。

船舷暝戛云际寺（云际山有大安寺），水面月出蓝田关（即秦峣关，在蓝田县南六十里）。

此时骊龙亦吐珠，冯夷击鼓群龙趋。湘妃汉女出歌舞，金支翠旗光有无。

咫尺但愁雷雨至，苍茫不晓神灵意。少壮几时奈老何，向来哀乐何其多。

《奉先刘少府新画山水障歌》

堂上不合生枫树，怪底江山（一作山川）起烟雾。

闻君埽却赤县图，乘兴谴画沧洲趣。

画师亦无数，好手不可遇。对此融心神，知君重毫素。

岂但祁岳与郑虔，笔迹远过杨契丹（隋参军杨契丹，山东人，六法兼修）。

得非悬圃裂（一作坼），无乃潇湘翻。

悄然坐我天姥下，耳边已似闻清猿。

反思前夜风雨急，乃（一作恐）是蒲（一作满）城鬼神入。

元气淋漓障犹湿，真宰上诉天应泣。野亭春还杂花远，渔翁暝蹋孤舟立。

沧浪水深青溟阔（一作沧浪之水深且阔），攲岸（一作峰）侧岛（一作岸）秋毫末。不见湘妃鼓瑟时，至今斑竹临江活。

刘侯天机精，爱画入骨髓。自有两儿郎，挥洒亦莫比。

大儿聪明到，能添老树巅崖里。小儿心孔开，貌（音邈）得山僧及童子。

若耶溪，云门寺（俱在会稽）。吾独胡为在泥滓，青鞋布袜从此始。

《病橘》

群（一作伊）橘少生意，虽多亦奚为。惜哉结实小（一作少），酸涩如棠梨。

剖（一作割）之尽蠹虫（一作蚀），采掇爽其（一作所）宜。

纷然不适口，岂只存其皮。

萧萧半死叶，未忍（一作匆匆）别故枝。玄冬霜雪积，况乃回风吹。

尝闻蓬莱殿，罗列潇湘姿。此物岁不稔，玉食失（一作少）光辉。
寇盗尚凭陵，当君减膳时。汝病是天意，吾谂（一作愁，一作敢）罪有司。
忆昔南（一作闻）海使，奔腾献荔支。百马死山谷，到今耆旧悲。

《寄韩谏议》

今我不乐思岳阳，身欲奋飞病在床。美人娟娟隔秋水，濯足洞庭望八荒。
鸿飞冥冥日月白，青枫叶赤天雨（一作飞）霜。
玉京群帝集北斗，或骑骐驎翳凤皇。
芙蓉旌旗（一作旄）烟雾乐（一作落），影动倒景摇潇湘。
星宫之君醉琼浆，羽人稀少不在旁。
似闻昨者（一作夜）赤松子，恐是汉代韩张良。
昔随刘氏定长安，帷幄未改神惨伤。
国家成败吾岂敢，色难腥腐餐风（一作枫）香。
周南留滞古所（一作莫）惜，南极老人应寿昌。
美人胡为隔秋水，焉得置之贡玉堂。

《赠别贺兰铦》

黄雀饱野粟，群飞动荆榛。今君（一作吾）抱何恨，寂寞向时人。
老骥倦骧首，苍（一作饥）鹰愁易驯。高贤世未识，固合婴饥贫。
国步初返正（代宗幸陕初还），乾坤尚风尘。悲歌鬓发白，远赴湘吴春。
我恋岷下芋，君思千里（千里湖在溧阳县）莼。生离与死别，自古鼻酸辛。

《雨》

山雨不作泥，江云薄为雾。晴飞半岭鹤，风乱平沙树。
明灭洲景微，隐见岩姿露。拘闷出门游，旷绝经目趣。
消中日伏枕，卧久尘及屦。岂无平肩舆，莫辨望乡路。
兵戈浩未息，蛇虺反相顾。悠悠边月破，郁郁流年度。
针灸阻朋曹，糠籺对童孺。一命须屈色，新知渐成故。
穷荒益自卑，飘泊欲谁诉。尫羸愁应接，俄顷恐违（一作危）迕。
浮俗何万端，幽人有独（一作高）步。庞公竟独往，尚子终罕遇。

宿留洞庭秋，天寒潇湘素。杖策可入舟，送此齿发暮。

《忆昔行》

忆昔北寻小有洞，洪河怒涛过轻舸。辛勤不见华盖君，艮岑青辉惨么么。
千崖无人万壑静，三步回头五步坐。秋山眼冷魂未归，仙赏心违泪交堕。
弟子谁依白茅（一作石）室，卢老独启青铜锁。
巾拂香余捣药尘，阶（一作前）除灰死烧丹火。
悬圃沧洲莽空阔，金节羽衣飘婀娜。落日初霞闪余映，倏忽东西无不可。
松风涧水声合时，青兕黄熊啼向我。
徒然咨嗟抚遗迹，至今梦想仍犹佐（一作左）。
秘诀隐文须内教，晚岁何功使（一作收）愿果。
更讨（一作觅）衡阳董錬师，南浮（一作游）早鼓潇湘柁。

《朱凤行》

君不见潇湘之山衡山高，山巅（一作岩）朱凤声（一作鸣）嗷嗷。
侧身长顾求其群（一作曹），翅垂口噤心甚劳（一作劳劳）。
下悯百鸟在罗网，黄雀最小犹难逃。
愿分竹实及蝼蚁，尽（一作忍）使鸱枭相怒号。

《夜闻觱篥》

夜闻觱篥沧江上，衰年侧耳情所向。邻舟一听多感伤，塞曲三更欻悲壮。
积雪飞霜此夜寒，孤灯急管复风（一作奔）湍。
君知天地（一作下）干戈满，不见江湖（一作湘）行路难。

《上水遣怀》

我衰太平时，身病戎马后。蹭蹬多拙为，安得不皓首。
驱驰四海内，童稚日糊口。但遇新少年，少逢旧亲友。
低颜下色地，故人知善诱。后生血气豪，举动见老丑。
穷迫挫曩怀，常如中风走。一纪出西蜀，于今向南斗。
孤舟乱春华（一作草），暮齿依蒲柳。冥冥九疑葬，圣者骨亦（一作已）朽。

蹉跎陶唐人，鞭挞日月久。中间屈贾辈，谗毁竟自取。
郁没（一作悒）二悲魂，萧条犹在否。崷崒清湘石，逆行杂林薮。
篙工密逞巧，气若酣杯酒。歌讴互激远（一作越），回斡明受（一作相）授。
善（一作盖）知应触类，各藉颖脱手。古来经济才，何事独罕有。
苍苍众色晚，熊挂玄蛇吼。黄罴在树颠，正为群虎守。
羸骸将何适，履险颜益厚。庶与达者论，吞声混瑕垢。

《过津口》

南岳自兹近，湘流东逝深。和风引桂楫，春日涨云岑。
回首（一作道）过津口，而多枫树林。白鱼困密网，黄鸟喧嘉音。
物微限通塞，恻隐仁者心。瓮余不尽酒，膝有无声琴。
圣贤两寂寞，眇眇独开襟。

《望岳》

南岳配朱鸟，秩礼自百王。欻吸领地灵，鸿（一作澒）洞半炎方。
邦家用祀典，在德非馨香。巡守何寂寥，有虞今则亡。
洎（一作汩）吾隘世网，行迈越潇湘。渴日绝壁出，漾舟清光旁。
祝融五（一作三）峰尊，峰峰次低昂。紫盖独不朝，争长業相望。
恭闻魏夫人，群仙夹翱翔。有时五峰气，散风如飞霜。
牵迫限（一作恨）修途，未暇杖崇冈。归来觊命驾，沐浴休玉堂。
三叹问府主（即岳神仙府洞府之主也），曷以赞我皇。
牲璧忍（一作感）衰俗，神其思降祥。

《湘江宴饯裴二端公（裴虬）赴道州》

白日照舟师，朱旗散广川。群公饯南伯，肃肃秩初筵。
鄙人奉末眷，佩服自早年。义均骨肉地，怀抱罄所宣。
盛名富事业，无取愧高贤。不以丧乱婴，保爱金石坚。
计拙百僚下，气苏君子前。会合苦不久，哀乐本相缠。
交游飒向尽，宿昔浩茫然。促觞激百虑，掩抑泪潺湲。
热云集曛（一作初集）黑，缺月未生天。白团为我破，华烛蟠长烟。

鸹鹖催明星，解袂从此旋。上请减兵甲，下请安井田。
永念病渴老，附书远山巅。

《清明》

著处繁花务（一作华矜）是（一作足）日，长沙千人万人出。
渡头翠柳艳明眉，争道朱蹄骄齧膝。
此都好游湘西寺，诸将亦（一作远，一作方）自军中至。
马援征行在眼前，葛强亲近同心事。
金镫下山红粉（一作日）晚，牙樯捩柁青楼远。
古时丧乱皆可知，人世悲欢暂相遣。
弟侄虽存不得书，干戈未息苦离（一作难）居。
逢迎少壮非吾道，况乃今朝更祓除。

《追酬故高蜀州人日见寄》

序：开文书帙中，检所遗忘，因得故高常侍适。往居在成都时，高任蜀州刺史人日相忆见寄诗，泪洒行间，读终篇末，自枉诗已十余年，莫记存殁又六七年矣，老病怀旧，生意可知。今海内忘形故人，独汉中王瑀与昭州敬使君超先在（独汉郡王瑀与昭州敬使君超先在），爱而不见，情见乎辞。大历五年正月二十一日，却追酬高公此作，因寄王及敬弟。

自蒙（一作枉）蜀州人日作，不意清诗久零落。
今晨散帙眼忽开（一作明），迸泪幽吟事如昨。
呜呼壮士多慷慨，合沓高名动寥廓。
叹我悽悽求友篇，感时（一作君）郁郁匡君（一作时）略。
锦里春光空烂熳，瑶墀侍臣已冥莫。
潇湘水国傍鼋鼍，鄠杜秋天失雕鹗。
东西南北更谁（一作堪）论，白首扁舟病独存。
遥（一作犹）拱北辰缠寇盗，欲倾东海洗乾坤。
边塞西蕃最（一作羌）充斥，衣冠南渡多崩奔。
鼓瑟至今悲帝子，曳裾何处觅王门。
文章曹植波澜阔，服食刘安德业尊。

长笛谁能（一作邻家）乱愁思，昭州词翰与招魂。

《入衡州》

兵革自久远，兴衰看帝王。汉仪甚照耀，胡马何猖狂。
老将一失律，清边生战场。君臣忍瑕垢，河岳空金汤。
重镇如割据，轻权绝纪纲。军州体不一，宽猛性所将。
嗟彼苦节士（谓潭州刺史崔瓘为臧玠所杀），素于圆凿方。
寡妻从为郡，兀者安堵（一作短）墙。
凋弊惜邦本，哀矜存事常。旌麾非其任，府库实过防。
恕（一作怒）已独在此，多忧增内伤。偏裨限酒肉，卒伍单衣裳。
元恶（谓臧玠）迷是似，聚谋（一作谍）泄康庄。竟流帐下血，大降湖南殃。
烈火发中夜，高烟焦上苍。至今分粟帛，杀气吹沅湘。
福善理颠倒，明征天莽茫。销魂避飞镝，累足穿豺狼。
隐忍枳棘刺，迁延胝趼疮。远归儿侍侧，犹乳女在旁。
久客幸脱免，暮年惭激昂。萧条向水陆，汩没随鱼商。
报主身已老，入朝病见妨。悠悠委薄俗，郁郁回刚肠。
参错走洲渚，舂容转林篁。片帆左（一作在）郴岸，通郭前衡阳。
华表云鸟埤（一作阵），名园花草香。旗亭壮邑屋，烽橹蟠（一作卧）城隍。
中有古刺史（谓阳济也），盛才冠岩廊。扶颠待柱石，独坐飞风霜。
昨者间琼树，高谈随羽觞。无论再缱绻，已是安苍黄。
剧孟七国畏，马卿四赋良。门阑苏生在（苏生，侍御涣），勇锐白起强。
问罪富形势，凯歌悬否臧。氛埃期必埽，蚊蚋焉能当。
橘（一作繘）井旧地宅，仙山引舟航。此行厌暑雨，厥土闻清凉。
诸舅剖符近，开缄书札光。频繁命屡及，磊落字百行。
江总外家养，谢安乘兴长。下流匪珠玉，择木羞鸾皇。
我师嵇叔夜，世贤张子房（原注：彼掾张劝）。柴荆寄乐土，鹏路观翱翔。

《舟中苦热遣怀奉呈阳中丞通简台省储公》

愧为湖外客，看此戎马乱。中夜混黎氓，脱身亦奔窜。
平生方寸心，反掌（一作当）帐下难。呜呼杀贤良，不叱白刃散。

吾非丈夫特，没齿埋冰炭。耻以风病辞，胡然泊湘岸。
入舟虽苦热，垢腻可溉灌。痛彼道边人，形骸改昏旦。
中丞连帅职，封内权得按。身当问罪先，县实诸侯半。
士卒既辑睦，启行促精悍。似闻上游兵，稍逼长沙馆。
邻好彼克修，天机自明断。南图卷云水，北拱戴霄汉。
美名光史臣，长策何壮观。驱驰数公子，咸愿同伐叛。
声节哀有余，夫何激衰懦（叶煖去声）。偏裨表三上，卤莽同一贯。
始谋谁其间，回首增愤惋。宗英李端公，守职甚昭焕。
变通迫胁地，谋画焉得算。王室不肯微，凶徒略无惮。
此流须卒斩，神器资强干。扣寂豁烦襟，皇天照嗟叹

《建都十二韵》

苍生未苏息，胡马半乾坤。议在云台上，谁扶黄屋尊。
建都分魏阙，下诏辟荆门。恐失东人望，其如西极存。
时危当雪耻，计大岂轻论。虽倚三阶正，终愁万国翻。
牵裾恨不死，漏网荷殊恩。永负汉庭哭，遥怜湘水魂。
穷冬客江剑（一作剑外），随事有田园。风断青蒲节，霜埋翠竹根。
衣冠空穰穰，关辅久（一作远）昏昏。愿枉长安日，光辉照北原。

《暮春》

卧病拥塞在峡中，潇湘洞庭虚映空。楚天不断四时雨，巫峡常吹千里风。
沙上草阁柳新闇（一作暗），城边野池莲欲红。
暮春鸳鹭立洲渚，挟子翻飞还一丛。

《逃难》

五十头白翁，南北逃世难。疏布缠枯骨，奔走苦不暖（叶去声）。
已衰病方入，四海一涂炭。乾坤万里内，莫见容身畔。
妻孥复随我，回首共悲欢。故国莽丘墟，邻里各分散。
归路从此迷，涕尽湘江岸。

第五章　刘禹锡湖湘诗研究

永贞革新失败，刘禹锡遭贬远州司马。唐世政斗繁，败官多谪。唐代官吏谪有定限，限满移与近地州县。唐中叶以后，左降官移以五年为断。元和十二年七月敕："自今以后，左降官及责授正员官等，并从到任后，经五考满，许量移。今日以前左降官等，及量移未复资官，亦宜准此处分。"量移者近则数月，远则数年，谪者不过十年。与刘禹锡同贬者八司马，其三死贬所，余五人皆十年量移。虽其复由司马升为刺史，而任所则远于贬谪。禹锡度十三年，贬谪最久，打击最深。刘禹锡在八司马中，与柳宗元既为政友，又为中唐名儒。既被谴，则不平而鸣："巴山楚水凄凉地，二十三年弃置身。"亦刘禹锡湖湘诗之创作心态也。

一、刘禹锡之朗州心态

禹锡幼从儒教，以经国济世为本。少有大志，自言"少年负志气，信道不从时""今道未施于人，所蓄者志"也。道者，诗人之所以文也。少为歌诗，因高山先贤之颂，以致其意。少作《华山歌》，盛称其美。"吾观苏令绰，朱墨一何工?"苏绰者，西魏改革家也。诗虽不直赞苏绰政绩，但叹其尺牍，而诗人景仰，溢于言表。"龙象界中成宝盖，鸳鸯瓦上出高枝"。扬州法云寺谢镇西宅，晋谢安宅也，门前二桧为安所植。诗人赞寺前桧树之高挺，仰慕谢安之功。既仕，志在改政行道，与叔文更始。革弊之后，其理想愈坚。《咏史二首》云："世道剧颓波，我心如砥柱。"刘禹锡之在文章，各以所执为意。《咏史二首》云："世道剧波颓，我心如砥柱。"诗人以水流疾下，比言改革之失败。而己心若中流砥柱，终将不移也。《酬元九侍御赠壁州鞭长句》咏马鞭："多节本怀端直性，露青犹有岁寒心。”勉友人自持于逆境。作者以为物极则反，遂守心愈专，待时愈笃。诗人自比宝刀、骥、苍鹰，托物写意。赋《砥石赋》，自谓“遭土卑而慝”“雄芒潜晦”之刀，既加砥砺，必将“拭寒焰以破眦，击清音而振耳”。

刘禹锡犹愤顺宗、叔文之死。既至朗州，闻帝崩，叔文赐死，恸甚。此又不能直诉，遂借古讽今。学者或指刘禹锡朗州次年所作《武陵书怀五十韵》为哀顺宗见害。《诗》序中，诗人以楚、汉争时，义帝为项籍所杀，宛转悼顺宗被杀。因诘之曰：“今君何罪乃见杀？”《华陀论》中，刘禹锡讥宪宗杀王叔文，又直书云：“吾观自曹魏以来，执死生之柄者，用一恚而杀材能众矣。又乌用书佗之事为？”顺宗之崩，无革政之君；叔文之弑，失难得之人。待其死，执政所残益甚，禹锡深愤之。

七月，禹锡至朗州，思谋量移。数投书宰相，希冀为之缓颊。既至，上书杜佑，愿颁赦量移澧州。“伏读赦令，许移近郊……如或官谤未塞，私欲未从，虽为裔民，乃有善地。则北距澧浦，资宿舂而可行，无道途之勤，蠲仆赁之费。重以镇南，用和辅理，扇仁风于上游，霁严施惠，得以自遂，斯便家之愿也。”终不偿愿。诗人望赦还之意，于致书宰相请量移之外，有眷恋于歌诗之中。刘禹锡在道作《荆门道怀古》诗云：“徒使词臣庾开府，咸阻终日苦思归。”诗人去长安而望归也。既至贬所，诸诗有想归之意。《武陵书怀五十韵》，诗人叙顺宗被害无限悲愤之后，叙己遭贬之苦，谓长安曰：“就日秦京远，临风楚奏烦。南登无灞岸，旦夕上高原。”诗人思长安以旦夕北望。诗人云：“望如何其望且欢！登灞岸兮见长安，“望如何其望最伤！俟环玦兮思帝乡。龙门不见兮，云雾苍苍。乔木何许兮，山高水长。”诗人以为见长安为最乐，而最伤者，山高水长不见长安也。诗人在谪所而盼望还都。如“一曲南音此地闻，北望长安三千里”。诗人观采菱歌笑之景，而望数千里外之长安。“何时策马同归去，关树扶疏敲镫吟。”诗人以此明思归之切也。禹锡怀恋阙之心，既系永贞之党，亦系屈原之流。史称永贞革新人物有“二王刘柳”，禹锡为其重也。以革新为务，颇参与焉。革新虽败，而禹锡不轻弃辅济之意。“民生各有所乐兮，余独好修以为长。虽体解吾犹未变兮，岂余心之可惩？”

刘平生操守，疾恶如仇。先是贞元革新前，于《武夫词》中，斥骄兵悍将飞扬跋扈。又于小引中求除此世患。革新失败之后，诗人将怀愤之手，以著歌诗。刘禹锡在朗州作寓言诗数首，以寄物讽。故其寓言多与刺诗合，以寓为文，刺为义也。如《聚蚊谣》《百舌吟》之类。《聚蚊谣》："沉沉夏夜闲堂开，飞蚊伺暗声如雷。嘈然欻起初骇听，殷殷若自南山来，喧腾鼓舞喜昏黑，昧者不分聪者惑。露花滴沥月上天，利嘴迎人看不得。我躯七尺尔如芒，我孤尔众能我伤。天生有时不可遏，为尔设幄潜匡床。清商一来秋日晓，羞尔微形饲丹鸟。"如《谢门下武相公启》："某一坐飞语，废固十年。"《上杜司徒书》："飞语一发，胪言四驰。萌芽始奋，枝叶俄茂。方谓语怪，终成祸梯。"《上淮南李相公启》："骇机一发，浮谤如川。"《谢门下武相王启云："某一坐飞语，废固十年。萌芽始奋，枝叶俄茂。方谓语怪，终成祸梯。"《汉书》中山靖王胜以聚蚊成雷喻谣。诗人亦用夸诞，作飞蚊声如雷，殷若自南山来，喻新人之贵，宣腾鼓舞，利口迎人，攻击中伤革新之人。结尾嘲人虫者，可悲也。刘禹锡《百舌吟》讽谣者曰："笙簧百转""舌端万变""摇动繁英坠红雨"，"迎风弄景如自矜"。诗人蔑视百舌"天生羽族尔何微"，极言其害，曰："南方朱鸟一朝见，索漠无言蒿下飞。"《凄兮吟》旨类聚蚊谣，而手法不同。凄兮吟之，伤其怀矣。诗中用连珠之喻，曲尽作者悲愤之情。若以浮云喻宦官与臣，兰蕙喻革新之群。

唐时官吏贬谪，多荒远州郡。如柳宗元《送李渭赴京师序》云："过洞庭，上湘水，非有罪左迁者罕至。"如韩愈《八月十五夜赠张功曹》："十生九死到官所，幽居默默如藏逃。下床畏蛇食畏药，海气湿蛰熏腥臊。"诗人诉所知之艰苦："宦情羁思共凄凄，春半如秋意转迷。"刘禹锡谪地朗州，"地居西南夷，土风僻陋"，蛮貊之地也。《上门下武相公启》诉贬后境况："当万类咸悦之辰，抱穷途终之恸苦。"《谪九年赋》曰："何吾道之一穷兮，贯九年而犹尔。"自宋玉《九辩》："悲哉，秋之为气也"，累代士大夫多以悲秋为失意焉。至有举柳句如前者。刘禹锡在朗州作《秋词二首》，反"逢秋寂寥"之旧调，唱"予言秋日胜春朝"。抒旷达之怀、奋扬之意。"百胜难虑敌，三折乃良医。"诗人以百战百胜为难戒，而屡折臂以为良医。"不因感衰节，安能激壮心。"诗人托物，写之百折，激扬之怀。禹锡自喻《砥石赋》云："既赋形而终用，一蒙垢焉何耻！感利纯之有时兮，寄雄心于瞪视。"诗人自谓已铸之刀，终有一日之用，今被一点污物，不足耻也。《白鹭儿》诗："毛衣新成雪不敌"，正待"前山正无云，飞去入遥碧"。诗人失意而不消沉，待展抱负之时。

二、刘禹锡之朗州诗创作

永贞元年，王叔文、王伾等人革新失败，大臣皆远贬，史称“二王八司马事件”。刘禹锡遭革新之败，而贬朗州十年。人生方壮，而理想破灭，“淹留郢南鄙，摧颓羽翰碎”。朗州在今湖南省境内，唐代不毛之乡也。湖南文风征湘楚之象，风格独特。刘禹锡在朗州作之诗，颇有新变。

刘禹锡少年学诗于僧皎然、灵澈，贞元九年入长安中第，才高志壮，颇类白鹭儿“毛衣新成雪不敌”之句。贞元十七年，刘任节度使掌书记，平居无事，未尝有大变。贞元十八年，刘禹锡出扬州为京兆府渭南县主簿。十九年擢监察御史。二十年正月，顺宗即位，刘为屯田员外郎。其间刘禹锡多作律诗，典丽清正，若其于江南所作新乐府《淮阴行》则清爰可爱也。居朗州，刘禹锡览天地人物之迥异，感慨人生，别有幽怀，使其诗风与之前迥异。朗州自然湿霾，天若惨阴，自春至秋，霁雾昏昏。“南国异气候，火旻尚昏霾”“瘴烟跕飞羽，沴气伤百骸”“高岸朝霞合，惊湍激箭奔”。气候之变难以适应。而朗州之产亦颇异北方，“户算资渔猎，乡豪恃子孙。照山畲火动，踏月俚歌喧”。朗州民生税课皆仰渔猎，以“畲田”耕之。畲田，仇兆鳌《杜诗详注》引《农书》曰：“荆楚多畲田，先纵火熂炉，候经雨下种。历三岁土脉竭，不可复树艺，但生草木，复熂旁山。熂，爇火燎草。炉，火烧山界也。”耕作之余，朗人歌舞娱之，有“踏月”之风。“踏月”又名踏歌，《宣和书谱》云：“南方风俗，中秋夜妇人相持踏歌，婆娑月影中，最为盛集。”禹锡诗中多写“踏歌”之美，如“春江月出大堤平，堤上女郎连袂行”，“桃蹊柳陌好经过，灯下妆成月下歌”。朗人亦多祭，“禹锡在朗州十年，惟以文章吟咏，陶冶性情。蛮俗好巫，每淫辞鼓舞，必歌俚辞。”如《梁国祠》之“女巫萧鼓走乡村”，《阳山庙观赛神》之“洞箫愁绝翠屏间”“荆巫脉脉传神语”等。

朗州历史悠久，颇有可纪念之人物，如后汉马援、梁松等。刘禹锡多作诗述土人祭祀之事，如《经伏波神祠》：

蒙蒙篁竹下，有路上壶头。汉垒麏鼯斗，蛮溪雾雨愁。
怀人敬遗像，阅世指东流。自负霸王略，安知恩泽侯。
乡园辞石柱，筋力尽炎洲。一以功名累，翻思马少游。

伏波祠，所供马援是也。马援军功赫赫，以建武十八年平交趾。建武二十四年，“武威将军刘尚击武陵五溪蛮夷，深入，军没”，援自请征之，行至壶头山，“贼乘高守隘，水疾，船不得上”，马援染疫，死于壶头山，犹见谗枉，遂不得归葬，悲夫！刘禹锡登壶头山，闻马援故事，立于祠前，心潮难平，深有所感。“一以功名累，翻思马少游”，此二句亦自谓也。少游，援之从弟，《后汉书》云：“吾从弟少游，常哀吾慷慨多大志，曰：‘士生一世，但取衣食裁足，乘下泽车，御款段马，为郡掾吏，守坟墓，乡里称善人，斯可矣。致求盈余，但自苦耳。’当吾在浪泊西里间，虏未灭之时，下潦上雾，毒气熏蒸，仰视飞鸢跕跕坠水中，卧念少游平生时语，何可得也！”少游似不认同马援之志，以为有求当止，高则自苦。刘禹锡与援命相似，“自负霸王略，安知恩泽侯”，皆负其才，唯欲摧锋陷阵，不顾凡肩，卒皆以功名自累。悲剧英雄，殊途同归矣。

祭祀之外，朗州之民亦多为历史人物祭奠，《竞渡曲》之所记朗州民众祭奠屈原曰：

沅江五月平堤流，邑人相将浮彩舟。灵均何年歌已矣，哀谣振楫从此起。
杨桴击节雷阗阗，乱流齐进声轰然。蛟龙得雨鬐鬣动，螮蝀饮河形影联。
刺史临流褰翠帏，揭竿命爵分雄雌。先鸣余勇争鼓舞，未至衔枚颜色沮。
百胜本自有前期，一飞由来无定所。风俗如狂重此时，纵观云委江之湄。
彩旗夹岸照蛟室，罗袜凌波呈水嬉。曲终人散空愁暮，招屈亭前水东注。

题下刘禹锡自注曰：“竞渡始于武陵，及今举楫而相和之，其音咸呼云‘何在’，斯招屈之意。”“灵均何年歌已矣，哀谣振楫从此起”。时惟五月，沅江水盛，彩舟竞渡，观者如云，下至吏民，莫不兴起。竞渡既毕，人有余兴，戏于水中，至暮方散。刘禹锡以迁客流落至此，昔屈原之流地今为禹赐之贬所，怎不为此感慨万千？

朗州僻远，其民服言语及土俗皆与中原不同，禹锡刻画其土人形象，多以作诗，如《蛮子歌》：

蛮语钩辀音，蛮衣斑斓布。熏狸掘沙鼠，时节祠盘瓠。
忽逢乘马客，恍若惊麏顾。腰斧上高山，意行无旧路。

在长安时，刘禹锡笔下多是名胜，如《戏赠崔千牛》有“劝君多买西京酒，南陌东城占取春”，又如“前时送君去，挥手青门桥。”至朗州，景观复更变，禹锡流连山水，立武陵古城之上，怅然怀远。临司马错之城，舒兴衰之叹；赴伏波将军之祠，慨英雄而失路；枉山善卷坛之下，遥想幽人之归；行至洞庭之上，静观仙境之月。“春江千里草，暮雨一声猿”，“荡桨巴童歌竹枝，连樯估客吹羌笛”，比之长安、扬州，朗州尤近自然，而禹锡之朗州诗境界亦愈发清冷。芳荪兰芷，蓼葭枫梅，频繁见于禹锡之朗州诗。

刘禹锡朗州诗颇异于长安，与其江南文学亦颇不同。刘禹锡至朗州，所见天文人物交游，皆已变化，诗咏必变。文学者，凡可为文者，必资文以变，取象以化。仍以桃花源为例，朗州诗《游桃源一百韵》与《桃原行》之创作心态大相径庭。作《桃源行》时，禹锡仕方上升，居权势之中，为时人所重，固当选归尘世。而永贞之后，禹锡壮志难酬，羁縻卑湿，尽失抱负之际，至于绝望而不肯受方寸之纷、蜗角之累，是以诗人之观桃源与人世，以清爽自在为妙，而厌俗世之羁。禹锡之所以寄情山水，感悟自然，亦永贞革新之败之必然结果也。

刘禹锡创作由长安至朗州，异域之文，而格调殊变。朗州土风人物皆有可观，禹锡亦渐开怀。又自习朗州歌，故其诗印其风格。先是其民歌诗，自序之曰：“古有《采菱曲》，罕传其词，故赋之以俟采诗者。”故其作民歌诗自有所为，感于哀乐，缘事而发，知情之薄厚之义也。刘禹锡朗州诗刻画颇广，皆属于实，不限天地，无怨无艾，多妙乐之辞，如《采菱曲》《踏歌词》《龙阳县歌》，云云。禹锡之朗州诗经沅湘之涤荡，文句有清灵之音，如《踏歌词》《潇湘神》等，皆清婉灵动，若“新词宛转递相传，振袖倾鬟风露前。月落乌啼云雨散，游童陌上拾花钿”，又若“斑竹枝，斑竹枝，泪痕点点寄相思。楚客欲听瑶瑟怨，潇湘深夜月明时。”雅俗相生，如谣咏朗朗上口而不落俗。

三、刘禹锡朗州诗之影响

刘禹锡谪居朗州十年，倾身文学，大著篇章，为后人所宝。宋苏坚被苏轼称为“君才如梦得”。梦得者，刘禹锡也。《归朝欢·赠苏伯固》词云：

我梦扁舟浮震泽，雪浪摇空千顷白。觉来满眼是庐山，倚天无数开青壁。
此生长接淅。与君同是江南客，梦中游，觉来清赏，同作飞梭掷。
明日西风还挂席，唱我新词泪沾臆。灵均去后楚山空，澧阳兰芷无颜色。
君才如梦得，武陵更在西南极，竹枝词，莫傜新唱，谁谓古今隔。

明末肱股臣杨嗣昌者，武陵文学，多以山水文章受知于刘禹锡。其《武陵竞渡略》，多引刘之词。至武陵东门外招屈亭，乃用“昔居”“曲终人散空愁暮，招枉亭前水东注”之句。至竞渡又引刘禹锡《竞渡曲》云：“风俗如狂重此时，纵观云委江之湄。”及其始也，亦引其注为证。其诗风亦有学禹锡者，《同李长叔袁小修饮江中散宅》诗：

桃花绕屋胜蓬蒿，未得成仙也自豪。缓押新诗消蜡烛，椊传艳曲送春醪。
山深漏鼓听全暗，水激鱼梁夜独号。兴发一时狂与酒，不曾燕市让荆高。

轻谐之韵，与刘、白近之。

嗣昌次子杨山梓，尝从军幕中，授兵部职方司主事。倜傥有才名，父丧罢归，遍游里巷山水，时记刘诗。《怡望山》诗曰：

中流孤竦独称尊，只有金焦可共论。惜以遐方成割据，自非好事莫攀援。
吾家题赏经三世，前代风流记二袁。此外径从驰道返，我于梦得有遗言。

怡望山之“怡”又作“彝”或“夷”，或以其“昔有蛮民避寇居之，曰夷望”。光绪《桃源县志》云：“彝望山在壶头北十里”，“耸峙沅水，盛则宛在中流，四面峻绝”，故又曰“水心岩”。嗣昌年二十六，侍袁中道游沅水十余日，作夷望山记。壶头、水心皆马援昔征五溪之战所在也。后刘禹锡来游，为“一以功名累，翻思马少游”之诗。杨山梓以罢归，亦有马伏波、刘禹锡之愤，故以梦得遗言发愤。

武陵在晚唐之后，人才辈出，原其所以，不可不言传播。刘禹锡诗传于武陵人间，一代及一代。宋天圣中，出武陵第一状元柳拱辰，拱辰弟应辰，子柳平、柳猷皆有文名。延及明清，则神州之茂才，横空出世于武陵矣。如蒋信、龙膺、江盈科，杨嗣昌、杨鹤、冀元亨，唐绍尧、罗人琮，杨超曾、陈长镇、黄道让、杨彝珍、朱景英等。武陵人胡焯，道光进士也，为广西学政，“性肫挚，事二亲孝，与人交，未尝有忤色，亦不可干以私。尤嗜学，书无弗读”。性行多与禹锡为近，题诗有学禹锡之明迹。其《武陵土风一百六十八韵》，起于此地，蚕纺渔猎，菜蔬果茶，历史名胜，兵革戎备，民俗敷陈，皆以入诗也。“武陵为荆楚之大邑，山川景物之秀，载在史乘。其清秀磅礴，蜿蜒之气，郁积坌起，发而为伟人奇士。灵均以来，不可更仆。”奇士之所成，出乎武陵之造化。

刘禹锡以竹枝词成，小大成就，本自民间，篇幅短小，又托声乐，易知易记，为万姓喜乐歌曲，流播久远。非唯当时“武陵溪洞间夷歌，率多禹锡之辞”，乃至宋诗人胡仔夜过苕溪，尤于舟中闻乡民吴声云“杨柳青青江水平”之诗。清初，瞿中溶《武陵杂咏》诗首章云：“武陵之南去即峒，风物江山此处多。闻道刘郎诗句好，至今蛮女尽能歌。”乃至清代，刘禹锡竹枝之歌，犹传于武陵人间。明清二代，武陵人“竹枝词”，盛极一时。按方志，惟古朗州境有沅江竹枝词、武陵竹枝词，仙家竹枝词。在澧州，则有孱陵竹枝词、澧阳竹枝辞等。“竹枝词”，已变为乐府民歌矣。然童礼盛《柳城港竹枝词》已大变：

柳城男儿惯打网，柳城女儿惯荡桨。男坐船头女船梢，朝朝只有柳城港。得鱼换米煮夕阳，不知东方新月上。饭罢船移浅水滩，梦枕清波魂俱爽。笑渠悠游天地间，翻叹城市空劳攘。

其歌风味与竹枝同，章句全异，七言十六韵。韵变平声为仄声。“竹枝词”在此非特指七言四句，大约合律、韵押平声拗绝体民歌，乃乐府也。如明人张凤翼《竹枝词》云：“妾从湘江归，君向湘江宿。欲识泪痕多，请看湘江竹”。

然朗州自柳城港竹枝词外，皆遵刘禹锡以七言四句土俗之体，如《武陵竹枝词》六首：

其一

福地参差泡沫间，绿萝传说是仙山。三休不向中峰住，仅抵湘娥镜一鬟。

其二

曲曲千回峡水清，笛声哀怨寄空舲。武陵深浅知多少，只畏南山毒雾腥。

其三

渔网矶长水拍天，红鳞簇簇柳条穿。沽人但说鲥鱼美，不识鲟蝗大似船。

其四

洞口神仙信有无，缆船重到便模糊。而今一样桃花岸，黄册丝毫入版图。

其五

石壁藤花四岸明，伏波遗窟尚精英。村村画鼓浇春酒，百尺灵蛇解护身。

其六

六角亭南胜画图，焦林沙白映寒芦。好溪处处行皆得，莫向桐阴讯鹧鸪。

此词比禹锡为格，大合七绝之声。唯第五韵，明、英、身通押，见武陵人不分鼻韵。又言语浅近，雅俗并用，以俗为主，及土风人情，皆与作一体也。又如向光谦《沅江竹枝词》之二："五月杨梅九月柑，八月银鱼网深潭。一般风味谁领略，就中土物冠江南。"不避迭字，重重叠叠之效，亦与刘禹锡诗有异曲同工之妙也。

附一：刘禹锡生平史料

《旧唐书》

贞元末，王叔文于东宫用事，后辈务进，多附丽之。禹锡尤为叔文知奖，以宰相器待之。顺宗即位，久疾不任政事，禁中文诰，皆出于叔文。引禹锡及柳宗元入禁中，与之图议，言无不从。转屯田员外郎、判度支盐铁案，兼崇陵使判官。颇怙威权，中伤端士。宗元素不悦武元衡，时武元衡为御史中丞，乃左授右庶子。侍御史窦群奏禹锡挟邪乱政，不宜在朝。群即日罢官。韩皋凭藉贵门，不附叔文党，出为湖南观察使。既任喜怒凌人，京师人士不敢指名，道路以目，时号"二王、刘、柳。"

叔文败，坐贬连州刺史。在道，贬朗州司马。地居西南夷，士风僻陋，举目殊俗，无可与言者。禹锡在朗州十年，唯以文章吟咏，陶冶情性。蛮俗好巫，每淫祠鼓舞，必歌俚辞。禹锡或从事于其间，乃依骚人之作，为新辞以教巫祝。故武陵溪洞间夷歌，率多禹锡之辞也。

初，禹锡、宗元等八人犯众怒，宪宗亦怒，故再贬。制有"逢恩不原"之令。然执政惜其才，欲洗涤痕累，渐序用之。会程异复掌转运，有诏以韩皋及禹锡等为远郡刺史。属武元衡在中书，谏官十余人论列，言不可复用而止。

禹锡积岁在湘、澧间，郁悒不怡，因读《张九龄文集》，乃叙其意曰："世称曲江为相，建言放臣不宜于善地，多徙五溪不毛之乡。今读其文章，自内职牧始，安有瘴疠之叹，自退相守荆州，有拘囚之思。托讽禽鸟，寄辞草树，郁然与骚人同风。嗟夫，身出于遐陬，一失意而不能堪，矧华人士族，而必致丑地，然后快意哉！议者以曲江为良臣，识胡雏有反相，羞与凡器同列，密启廷诤，虽古哲人不及。而燕翼无似，终为馁魂。岂忮心失恕，阴谪最大，虽二美莫赎耶？不然，何袁公一言明楚狱而钟祉四叶。以是相较，神可诬乎？"

元和十年，自武陵召还，宰相复欲置之郎署。时禹锡作《游玄都观咏看花君子诗》，语涉讥刺，执政不悦，复出为播州刺史。诏下，御史中丞裴度奏曰："刘禹锡有母，年八十余。今播州西南极远，猿狖所居，人迹罕至。禹锡诚合得罪，然其老母必去不得，则与此子为死别，臣恐伤陛下孝理之风。伏请屈法，稍移近处。”宪宗曰：“夫为人子，每事尤须谨慎，常恐贻亲之忧。今禹锡所坐，更合重于他人，卿岂可以此论之?”度无以对。良久，帝改容而言曰：“朕所言，是责人子之事，然终不欲伤其所亲之心。”乃改授连州刺史。去京师又十余年。连刺数郡。

太和二年，自和州刺史征还，拜主客郎中。禹锡衔前事未已，复作《游玄都观诗序》曰：“予贞元二十一年为尚书屯田员外郎，时此观中未有花木。是岁出牧连州，寻贬朗州司马。居十年，召还京师，人人皆言有道士手植红桃满观，如烁晨霞，遂有诗以志一时之事。旋又出牧，于今十有四年，得为主客郎中。重游兹观，荡然无复一树，唯兔葵燕麦动摇于春风，因再题二十八字，以俟后游。”其前篇有“玄都观里桃千树，总是刘郎去后栽”之句，后篇有“种桃道士今何在，前度刘郎又到来”之句，人嘉其才而薄其行。禹锡甚怒武元衡、李逢吉，而裴度稍知之。太和中，度在中书，欲令知制诰。执政又闻《诗序》，滋不悦。累转礼部郎中、集贤院学士。度罢知政事，禹锡求分司东都。终以恃才褊心，不得久处朝列。六月，授苏州刺史，就赐金紫。秩满入朝，授汝州刺史，迁太子宾客，分司东都。

禹锡晚年与少傅白居易友善，诗笔文章，时无在其右者。常与禹锡唱和往来，因集其诗而序之曰：“彭城刘梦得，诗豪者也。其锋森然，少敢当者。予不量力，往往犯之。夫合应者声同，交争者力敌。一往一复，欲罢不能。由是每制一篇，先于视草，视竟则兴作，兴作则文成。一二年来，日寻笔砚，同和赠答，不觉滋多。太和三年春以前，纸墨所存者，凡一百三十八首。其余乘兴仗醉，率然口号者，不在此数。因命小侄龟儿编勒成两轴。仍写二本，一付龟儿，一授梦得小男仑郎，各令收藏，附两家文集。予顷与元微之唱和颇多，或在人口。尝戏微之云：‘仆与足下二十年来为文友诗敌，幸也！亦不幸也。吟咏情性，播扬名声，其适遗形，其乐忘老，幸也！然江南士女语才子者，多云元、白，以子之故，使仆不得独步于吴、越间，此亦不幸也！今垂老复遇梦得，非重不幸耶?’梦得梦得，文之神妙，莫先于诗。若妙与神，则吾岂敢?如梦得‘雪里高山头白早，海中仙果子生迟’，‘沉舟侧畔千帆过，病树前头万木春’之句之类，真谓神妙矣！在在处处，应有灵物护持，岂止两家子弟秘藏而已！”其为名流许与如此。梦得尝为《西塞怀古》《金陵五题》等诗，江南文士称为佳作，虽名位不达，公卿大僚多与之交。

开成初，复为太子宾客分司，俄授同州刺史。秩满，检校礼部尚书、太子宾客分司。会昌二年七月卒，时年七十一，赠户部尚书。

子承雍，登进士第，亦有才藻。

《新唐书》

刘禹锡，字梦得，自言系出中山。世为儒。擢进士第，登博学宏辞科，工文章。淮南杜佑表管书记，入为监察御史。素善韦执谊。时王叔文得幸太子，禹锡以名重一时，与之交，叔文每称有宰相器。太子即位，朝廷大议秘策多出叔文，引禹锡及柳宗元与议禁中，所言必从。擢屯田员外郎，判度支、盐铁案，颇冯藉其势，多中伤士。若武元衡不为柳宗元所喜，自御史中丞下除太子右庶子；御史窦群劾禹锡挟邪乱政，群即日罢；韩皋素贵，不肯亲叔文等，斥为湖南观察使。凡所进退，视爱怒重轻，人不敢指其名，号“二王、刘、柳”。

宪宗立，叔文等败，禹锡贬连州刺史，未至，斥朗州司马。州接夜郎诸夷，风俗陋甚，家喜巫鬼，每祠，歌《竹枝》，鼓吹裴回，其声伧伫。禹锡谓屈原居沅、湘间作《九歌》，使楚人以迎送神，乃倚其声，作《竹枝辞》十余篇。于是武陵夷俚悉歌之。

始，坐叔文贬者八人，宪宗欲终斥不复，乃诏虽后更赦令不得原。然宰相哀其才且困，将澡濯用之，会程异复起领运务，乃诏禹锡等悉补远州刺史。而元衡方执政，谏官颇言不可用，遂罢。

禹锡久落魄，郁郁不自聊，其吐辞多讽托幽远，作《问大钧》《谪九年》等赋数篇。又叙：“张九龄为宰相，建言放臣不宜与善地，悉徙五溪不毛处。然九龄自内职出始安，有瘴疠之叹；罢政事守荆州，有拘囚之思。身出遐陬，一失意不能堪，矧华人士族必致丑地，然后快意哉！议者以为开元良臣，而卒无嗣，岂忮心失恕，阴责最大，虽它美莫赎邪！”欲感讽权近，而憾不释。久之，召还。宰相欲任南省郎，而禹锡作《玄都观看花君子》诗，语讥忿，当路者不喜，出为播州刺史。诏下，御史中丞裴度为言：“播极远，猿狖所宅，禹锡母八十余，不能往，当与其子死诀，恐伤陛下孝治，请稍内迁。”帝曰：“为人子者宜慎事，不贻亲忧。若禹锡望它人，尤不可赦。”度不敢对，帝改容曰：“朕所言，责人子事，终不欲伤其亲。”乃易连州，又徙夔州刺史。

禹锡尝叹天下学校废，乃奏记宰相曰：

言者谓天下少士，而不知养材之道，郁堙不扬，非天不生材也。是不耕而叹廪庾之无余，可乎？贞观时，学舍千二百区，生徒三千余，外夷遣子弟入附者五国。今室庐圮废，生徒衰少，非学官不振，病无赀以给也。

凡学官，春秋释奠于先师，斯止辟雍、宫，非及天下。今州县咸以春秋上丁有事孔子庙，其礼不应古，甚非孔子意。汉初群臣起屠贩，故孝惠、高后间置原庙于郡国，逮元帝时，韦玄成遂议罢之。夫子孙尚不敢违礼飨其祖，况后学师先圣道而欲违之。《传》曰：“祭不欲数。”又曰：“祭神如神在。”与其烦于荐飨，孰若行其教？今教颓靡，而以非礼之祀媚之，儒者所宜疾。窃观历代无有是事。

武德初，诏国学立周公、孔子庙，四时祭。贞观中，诏修孔子庙兖州。后许敬宗等奏天下州县置三献官，其他如立社。玄宗与儒臣议，罢释奠牲牢，荐酒脯。时王孙林甫为宰相，不涉学，使御史中丞王敬从以明衣牲牢著为令，遂无有非之者。今夔四县岁释奠费十六万，举天下州县岁凡费四千万，适资三献官饰衣裳，饴妻子，于学无补也。

请下礼官博士议，罢天下州县牲牢衣币，春秋祭如开元时，籍其资半畀所隶州，使增学校，举半归太学，犹不下万计，可以营学室，具器用，丰馔食，增掌故，以备使令，儒官各加稍食，州县进士皆立程督，则贞观之风，粲然可复。

当时不用其言。

由和州刺史入为主客郎中，复作《游玄都》诗，且言：“始谪十年，还京师，道士植桃，其盛若霞。又十四年过之，无复一存，唯兔葵、燕麦动摇春风耳。”以诋权近，闻者益薄其行。俄分司东都。宰相裴度兼集贤殿大学士，雅知禹锡，荐为礼部郎中、集贤直学士。度罢，出为苏州刺史。以政最，赐金紫服。徙汝、同二州。迁太子宾客，复分司。

禹锡恃才而废，褊心不能无怨望，年益晏，偃蹇寡所合，乃以文章自适。素善诗，晚节尤精，与白居易酬复颇多。居易以诗自名者，尝推为“诗豪”，又言：“其诗在处，应有神物护持。”

会昌时，加检校礼部尚书。卒，年七十二，赠户部尚书。始疾病，自为《子刘子传》，称：“汉景帝子胜，封中山，子孙为中山人。七代祖亮，元魏冀州刺史，迁洛阳，为北部都昌人，坟墓在洛北山，后其地狭不可依，乃葬荥阳檀山原。德宗弃天下，太子立，时王叔文以善弈得通籍，因间言事，积久，众未知。至起苏州掾，超拜起居舍人、翰林学士，阴荐丞相杜佑为度支、盐铁使。翌日，自为副，贵震一时。叔文，北海人，自言猛之后，有远祖风，东平吕温、陇西李景俭、河东柳宗元以为信然。三子者皆予厚善，日夕过，言其能。叔文实工言治道，能以口辩移人，既得用，所施为人不以为当。太上久疾，宰臣及用事者不得对，宫掖事秘，建桓立顺，功归贵臣，由是及贬。”其自辩解大略如此。

《唐才子传》

禹锡，字梦得，中山人。贞元九年进士。又中博学宏辞科，工文章。时王叔文得幸，禹锡与之交，尝称其有宰相器。朝廷大议，多引禹锡及柳宗元与议禁中。判度支盐铁案，凭藉其势，多中伤人。御史窦群劾云：“挟邪乱政。”即日罢。宪宗立，叔文败，斥朗州司马。州接夜郎，俗信巫鬼，每祠，歌《竹枝》，鼓吹俄延，其声伧伫。禹锡谓屈原居沅、湘间，作《九歌》，使楚人以迎送神。乃倚声作《竹枝辞》十篇，武陵人悉歌之。始，坐叔文贬者，虽赦不原。宰相哀其才且困，将澡用之，乃悉诏补远州刺史，谏官奏罢之。时久落魄，郁郁不自抑，其吐辞多讽托远，意感权臣，而憾不释。久之，召还，欲任南省郎，而作《玄都观看花君子》诗，语讥忿，当路不喜，又谪守播州。中丞裴度言：“播，猿狖所宅，且其母年八十余，与子死决，恐伤陛下孝治，请稍内迁。”乃易连州，又徙夔州。后由和州刺史入为主客郎中。至京后，游玄都咏诗，且言：“始谪十年，还辇下，道士种桃，其盛苦霞。又十四年而来，无复一存，唯兔葵燕麦动摇春风耳。”权近闻者，益薄其行。裴度荐为翰林学士，俄分司东都，迁太子宾客。会昌时，加检校礼部尚书，卒。公恃才而放，心不能平，行年益晏，偃蹇寡合，乃以文章自适。善诗，精绝，与白居易酬唱颇多，尝推为“诗豪”，曰：“刘君诗在处，有神物护持。”有集四十卷，今传。

附二：刘禹锡湖湘诗文

《武陵观火诗》

楚乡祝融分，炎火常为虞。是时直突烟，发自晨炊徒。

盲风扇其威，白昼曛阳乌。操绠不暇汲，循墙还（一作宁）避踰。

怒如列缺光，迅与芬（一作棼）轮俱。联延掩四远（一作达），赫奕成洪炉。

汹疑云涛翻，飒若鬼神趋。当前迎焮郝，是物同膏腴。
金乌入梵天，赤龙游玄都。腾烟透窗户，飞焰生栾栌。
火山摧半空，星雨洒中衢。瑶坛被髹漆，宝树攒珊瑚。
光（一作花）县与琴焦（一作焦琴），旗亭无酒濡。市人委百货，邑令遗双凫。
余势下隈隩，长熛烘舳舻。吹焚（一作荧）照水府，炙浪愁天吴。
灾罢云日晚，心惊视听殊。高灰辨廪庾，黑土连闉阇。
众烬合星罗，游氛铄人肤。厚地藏宿热，遥林呈骤枯。
火德资生人，庸可一日无。御之失其道，敲石弥天隅。
晋库走龙剑，吴宫伤燕雏。五行有沴气，先哲垂訏谟。
宋郑同日起，时当贤大夫。无苛自可乐，弭患非所图。
贤守恤人瘼，临烟驻骊驹。
吊场（一作伤）色惨怛（一作怛），颜（一作啬）失词劬愉。
下令蠲里布，指期轻市租。闬垣适未立，苫盖自相娱。
山木行剪伐，江泥宜墐途（一作涂）。
邑（一作鲁）臣不必曾（一作葺），何用征越巫。

《桃源行》

渔舟何招招，浮在武陵水。拖（一作垂）纶掷饵信流去，误入桃源行数里。
清源寻尽花绵绵，踏花觅径至洞前。洞门苍黑烟雾生，暗行数步逢虚明。
俗人毛骨惊仙子，争来致词何至此。
须臾皆破冰雪颜，笑言（一作语）委曲问人（一作世）间。
因嗟隐身来种玉，不知人世（一作间）如风烛。
筵羞石髓劝客餐，灯爇松脂留客宿。
鸡声犬声遥相闻，晓色葱茏开五云。渔人振衣起出户，满庭无路花纷纷。
翻然恐失（一作迷）乡县处，一息不肯桃源住。
桃花满溪水似镜，尘心如垢洗不去。
仙家一出寻无踪，至今流水（一作水流）山重重。

《步出武陵东亭临江寓望》

鹰至感风候，霜余变林麓。孤帆带日来，寒江转沙曲。

戍摇旗影动，津晚橹声促。月上彩霞收，渔歌远相续。

《晚岁登武陵城顾望水陆怅然有作》

星象承乌翼，蛮陬想犬牙。俚人祠竹节，仙洞闭桃花。
城基（一作塞）历汉魏，江源自賨巴。华表廖王墓（一作冢），菜地黄琼家。
霜轻菊秀晚，石浅水纹斜。樵音绕故垒，汲路明寒沙。
清风稍改叶，卢橘始含葩。野桥过驿骑，丛祠发迥笳。
跳鳞避举网，倦鸟寄行楂。路尘高出树，山火远连霞。
夕曛转赤岸，浮霭起苍葭。轧轧渡水桨，连连赴林鸦。
叫阍道非远，赐环期自赊。孤臣本危涕，乔木在天涯。

《朗州窦员外见示与澧州元郎中郡斋赠答长句二篇因以继和》

鸳鹭差池出建章，彩旗朱户蔚（一作郁）相望。
新恩共理犬牙地，昨日同含鸡舌香。
白芷江边分驿路，山桃蹊外接甘棠。
应怜一罢金闺籍，枉渚逢春（一作相逢）十度伤。

《窦朗州见示与澧州元郎中早秋赠荅（一作作）命同作（一作荅）》

邻境诸侯同舍郎，芷江兰浦恨无梁。秋风门外旌旗动，晓露庭中橘柚香。
玉簟微凉宜白昼，金笳入暮应清商。
骚人昨夜闻鶗鴂（一作啼鸟），不叹流年惜众芳。

《酬朗州崔员外与任十四兄侍御同过鄙人旧居见怀之什时守吴郡》

昔日居邻招屈亭，枫林橘树鹧鸪声。一辞御苑青门去，十见蛮江白芷生。
自此曾沾宣室召，如今又守阖闾城。何人万里能相忆，同舍仙郎与外兄。

《寄朗州温右史曹长》

暂别瑶墀鸳鹭行，彩旗双引到沅湘。城边流水桃花过，帘外春风杜若香。
史笔枉将书纸尾，朝缨不称濯沧浪。云台公业家声在，征诏何时出建章。

《送李策秀才还湖南因寄幕中亲故兼简衡州吕（一作李）八郎中》

深春风日净，昼长幽鸟鸣。仆夫前致词，门有白面生。
摄衣相问讯，解带坐南荣。端志见眉睫，苦（一作芳）言发精诚。
因出怀中文，调孤词亦清。悄如促柱弦，掩抑多不平。
乃言本蜀士，世降岷山灵。前人秉艺文，高视来上京。
曳绶司徒府，所从信国桢。
析（一作折）薪委宝（一作空）林，善响继家（一作难继）声。
何处翳附郭，几人思郈成（一作城）。云天望乔木，风水悲流萍。
前与计吏西，始列贡士名。森然就笔札，从试春官卿。
帝城岐路多，万足伺（一作俟）晨星。茫茫风尘中，工拙同有营。
寒女劳夜织，山苗荣寸茎。侯门方击钟，衣褐谁将迎。
弱羽果摧颓，壮心郁怦怦。谅无蟠木容，聊复蓬累行（一作生）。
昨日讯灵龟，繇言利艰贞。当求舍拔中，必在审已明。
誓将息薄游，焦思穷笔精。莳兰在幽渚，安得扬芬馨。
曰（一作嗟）余摧落者，散质负华缨。一聆苦辛词，再动伊郁情。
身弃言不动，爱才心尚（一作上）惊。恨无羊角风，使尔化北溟。
论罢情益亲，涉旬忘归程。日携邑中客，闲眺江上城。
昼憩命金罍，宵谈转璿衡。薰（一作蕙）风香麈尾，月露濡桃笙。
忽被戒羸骖，薄言事南征。火云蔚千里，旅思浩已盈。
湘江含碧虚，衡岭浮翠晶。岂伊山水异，适与人事并。
油幕侣（一作似）昆丘，粲然叠瑶琼。庾楼见清月，孔坐多绿□。
复有衡山守，本自云龙庭（一作亭）。抗志（一作至和）在灵府，发越侔咸英。
一挥（一作麾）出荥阳，惠彼嗤嗤氓。隼旟辞灞水，居者皆涕零。
惟昔与伊人，交欢经（一作在）宿龄。一从云雨散，滋我鄙吝萌。
北渚不堪愁，南音谁复听。离忧若去水，浩漾无时停。
尝闻祝融峰，上有神禹铭。古石琅玕姿，秘文螭虎形。
圣功奠远服，神物拥休祯。贤人在其下，彷佛疑蓬瀛。
君行历郡斋，大袂拂双旌。饰容遇朗鉴，肝鬲可以呈。
昔日马相如，临邛坐尽倾。勉君刷羽翰，蚤取凌青冥。

《送王师鲁（一作曾）协律赴湖南使幕（即永穆公之孙）》

翩翩马上郎，驱传渡三湘。橘树沙洲暗，松醪酒肆香。
素风传竹帛，高价聘琳琅。楚水多兰芷（一作若），何人事搴（一作撷）芳。

《酬杨八副使将赴湖南途中见寄一绝》

知逐征南冠楚材，远劳书信到阳台。
明朝若上（一作到）君山上（一作望），一道巴江自此来。

《元和癸巳岁仲秋诏发江陵偏师问罪蛮徼后命宣慰释兵归降凯旋之辰率尔成咏寄荆南严司空》

蛮水阻朝宗，兵符下渚宫。前筹得上策，无战已成功。
汉使星飞入，夷心草偃同。歌（一作欢）谣开竹栈，拜舞戢（一作掷）桑弓。
就日知冰释，投人念鸟穷。网罗三面解，章奏九门（一作重）通。
卉服联操袂，雕题尽鞠躬。降幡秋练白，驿骑昼尘红。
火号休传警，机桥罢亘空。登山不见虏，振旆自生风。
江远烟波静，军回气色雄。伫看闻喜后，金石赐元戎。

《赠澧州高大夫司马霞寓》

前年牧（一作收）锦城，马蹋血泥行。千里追戎首，三军许勇名。
残兵疑鹤唳，空垒辨乌声。一误云中级，南游湘水清。

《元日感怀》

振蛰春潜至，湘南人未归。身加一日长，心觉去年非。
燎火委虚烬，儿童衔彩衣。异乡无旧识，车马到门稀。

《酬令狐相公赠别》

越声长苦有谁闻，老向湘山与楚云。海峤新辞永嘉守，夷门重见信陵君。
田园松菊今迷路，霄汉鸳鸿久绝群。幸遇甘泉尚词赋，不知何客荐雄文。

《张郎中籍远寄长句开缄之日已及新秋因举目前仰酬高韵》

南宫词客寄新篇，清似湘灵促柱弦。京邑旧游劳梦想，历阳秋色正澄鲜。
云衔日脚成山雨，风驾潮头入渚田。对此独吟还独酌，知音不见思怆然。

《再授连州至衡阳酬柳柳州赠别》

去国十年同赴召，渡湘千里又分岐。重临事异黄丞相，三黜名惭柳士师。
归目并随回雁尽，愁肠正遇断猿时。桂江东过连山下，相望长吟有所思。

《送曹璩归越中旧隐诗（并引）》

并引：余为连州，诸生以进士书刺者，浩不可纪，独曹生崖然自称为山夫。及与语，以征其实，则曰："所嗜者名。尝远游以索之，抗喉舌，胝掬脢，以干东诸侯，见之日。"率莞然曰："秀才者，天下是，不礼，庸何伤？今方依名山以扬其声，将挂帻于南岳。"生之言未及休。余遽曰："在己不在山。若子之言，依山而为高，是练神叩寂，捐日月而不顾，名闻而老至，持是焉用？"生闻言，愀然如悔，色见于眉睫，因留止道士院，从余求书以观。居三时，而功倍一岁。读史书，自黄帝至吴、魏间（自皇帝至吴、魏间），班班能言之，然而绝口不敢言衡山，知山夫不贩而赢也。十一月，告余归隐于会稽。且曰：知求名之自矣。乞词以发之，遂赋七言诗，以鉴其志。

行尽潇湘万里余，少逢知己忆吾庐。数间茅屋闲临水，一盏秋灯夜读书。
地远何当随计吏，策成终自诣公车。剡中若问连州事，唯有千山画不如。

《元和甲午岁诏书尽征江湘逐客余自武陵赴京宿于都亭有怀续来诸君子》

雷（一作云）雨江山（一作湘，一作湖）起卧龙，武陵樵客蹑仙踪。
十年楚水枫林下，今夜初闻长乐钟。

《酬瑞（一作端）州吴大夫夜泊湘川见寄一绝》

夜泊湘川逐客心，月明猿苦血沾襟。湘妃旧竹痕犹浅，从此因君染更深。

《赴连州途经洛阳诸公置酒相送张员外贾以诗见赠率尔酬之》

谪在三湘最远州，边鸿不到水南流。如今暂寄樽前笑，明日辞君步步愁。

《赠刘景擢第》

湘中才子是刘郎，望在长沙住桂阳。昨日鸿都新上第，五陵年少让清光。

《尝茶》

生拍芳丛鹰觜芽，老郎封寄谪仙家。今宵更有湘江月，照出菲菲满碗花。

《酬杨八庶子喜韩吴兴与余同迁见赠（依本韵次用）》

早遇圣明朝，雁行登九霄（吴兴与余中外兄弟）。文轻傅武仲，酒逼盖宽饶。
舍矢同瞻鹄，当筵共赛枭（吴兴与余同年判入等第）。琢磨三益重，唱和五音调。
台柏烟常起，池荷香暗飘。星文辞北极，旗影度东辽。
直道由来黜，浮名岂敢要。三湘与百越，雨散又云摇。
远守惭侯籍，征还荷诏条。悴容唯舌在，别恨几魂销。
满眼悲陈事，逢人少旧僚。烟霞为老伴，蒲柳任先凋。
虎绶悬新印，龙舼理去桡。断肠天北郡，携手洛阳桥。
幢盖今虽贵，弓旌会见招。其如草玄客，空宇久寥寥。

《送华阴尉张苕赴邕府使幕（张即燕公之孙，顷坐事除名）》

昔忝南宫郎，往来东观频。尝披燕公传，耸若窥三辰。
翊圣崇国本，像（一作保）贤正朝伦。高视缅今古，清风夐无邻。
兰锜照通衢，一家十朱轮。鄚国嗣侯绝，韦卿世业贫。
夫子承（一作咸）大名，少年振芳尘。青袍仙掌下，矫首凌烟旻。
公冶本非罪，潘郎一为民。风霜苦摇落，坚白无缁磷。
一旦逢良时，天光烛幽沦。重为长裾客，佐彼观风臣。
分野穷禹画，人烟过虞巡。不言此行远，所乐相知新。
雨起巫山阳，鸟鸣湘水滨。离筵出苍莽，别曲多悲辛。
今朝一杯酒，明日千里人。从（一作彼）此孤舟去，悠悠天海春。

《送湘阳熊判官孺登府罢归钟陵因寄呈江西裴中丞二十三兄》

射策志未就，从事岁云除。箧留马卿赋，袖有刘弘书。
忽见夏木深，怅然忆吾庐。复持州民刺，归谒专城居。
君家诚易知，胜绝倾里闾。人言北郭生，门有卿相舆。
钟陵霭（一作蔼）千里，带郭西江水。朱槛照河宫，旗亭绿云里。
前年（一作来）初缺守，慎简由宸扆。临轩弄郡章，得人方付此。
是时左冯翊，天下第一理。贵臣持牙璋，优诏发青纸。
迎风奸（一作污）吏免，先令疲人喜。何武劾腐儒，陈蕃礼高士。
昔升君子堂，腰下绶犹黄（中丞时为万年尉）。
汾阴有宝气，赤堇多奇（一作光）铓。
束简下曲台，佩鞬来历阳。绮筵陪一笑，兰室袭余芳。
风水忽异势，江湖遂（一作遽）相忘。因君倘（一作忽）借问，为话老沧浪。

《重至衡阳伤柳仪曹（并引）》

并引：元和乙未岁，与故人柳子厚临湘水为别，柳浮舟适柳州，余登陆赴连州。后五年，余从故道出桂岭，至前别处，而君没于南中，因赋诗以投吊。

忆昨与故人，湘江岸头别。我马映林嘶，君帆转山灭。
马嘶循古道，帆灭如流电。千里江蓠春，故人今不见。

《韩十八侍御见示岳阳楼别窦司直诗因令属和重以自述故足成六十二韵》

楚望何苍然，曾澜七百里。孤城寄远目，一写无穷已。
荡漾浮天盖，四环宣地理。积涨在三秋，混成非一水。
冬游见清浅，春望多洲沚。云锦远沙明，风烟青草靡。
火星忽南见，月硖方东迤。雪波西山来，隐若长城起。
独专朝宗路，驶悍不可止。支川让其威，蓄缩至南委。
熊武走蛮落（熊、武，二溪名），潇湘来奥鄙。炎蒸动泉源，积潦搜山趾。
归往无旦夕，包含通远迩。行当白露时，眇视秋光里。
曙色未昭晰，露华遥斐亹。浩尔神骨清，如观混元始。
北风忽震荡，惊浪迷津涘。怒激鼓铿訇，蹙成山岿硊。

鹍鹏疑变化，罔象何恢诡。嘘吸写楼台，腾骧露鬐尾。
景移群动息，波静繁音弭。明月出中央，青天绝纤滓。
素光淡无际，绿静平如砥。空影渡鹓鸿，秋声思芦苇。
鲛人弄机杼，贝阙骈红紫。珠蛤吐玲珑，文鳐翔旖旎。
水乡吴蜀限，地势东南庳。翼轸粲垂精，衡巫屹环峙。
名雄七泽薮，国辨三苗氏。唐羿断修蛇，荆王惮（丁达反）青兕。
秦狩迹犹在，虞巡路从此。轩后奏宫商，骚人咏兰芷。
茅岭潜相应，橘洲傍可指。郭璞验幽经，罗含著前纪。
观津（一作律）戚里族，按道侯家子。联袂登高楼，临轩笑相视。
假守亦高卧（宝时权领郡事），墨曹正垂耳（韩亦量移江陵法曹）。
契阔话凉温，壶觞慰迁徙。
地偏山水秀，客重杯盘侈。红袖花欲然，银灯昼相似。
兴酣更抵掌，乐极同启齿。笔锋不能休，藻思一何绮。
伊余负微尚，夙昔惭知己。出入金马门，交结青云士。
袭芳践兰室，学古游槐市。策慕宋前军，文师汉中垒。
陋容昧俯仰，孤志无依倚。卫足不如葵，漏川空叹蚁。
幸逢万物泰，独处穷途否。锻翮重叠伤，兢魂再三褫。
蘧瑗亦屡化，左丘犹有耻。桃源访仙宫，薜服祠山鬼。
故人南台旧，一别如弦矢。今朝会荆峦，斗酒相宴喜。
为余出新什，笑抃随伸纸。晔若观五色，欢然臻四美。
委曲风涛事，分明穷达旨。洪韵发华钟，凄音激清征。
羊浚要（平声）共和，江淹多杂拟。徒欲仰高山，焉能追逸轨。
湘洲路四达，巴陵城百雉。何必颜光禄，留诗张内史。

《泰娘歌（并引）》

并引：泰娘本韦尚书家护讴者，初尚书为吴郡，得之，命乐工诲之琵琶，使之歌且舞，无几何，尽得其术，居一二岁，携之以归京师。京师多新声善工，于是又捐去故技，以新声度曲，而泰娘名字，往往见称于贵游之间。元和初，尚书薨于东京，泰娘出居民间，久之，为蕲州刺史张逊所得。其后逊坐事，谪居五武陵郡，逊卒，泰娘无所归，地荒且远，无有能知其容与艺者，故日抱乐器而哭，其音焦杀以悲（其音焦杀以悲雒）。客闻之，为歌其事以续于乐府云。

泰娘家本阊门西，门前绿水环金堤。

有时妆成好天气，走上皋（一作高）桥折花戏。

风流太守韦尚书，路傍忽见停隼旟。斗量明珠鸟传意，绀幰迎入专城居。

长鬟如云衣似雾，锦茵罗荐承轻步。

舞学惊鸿水榭春，歌传（一作撩）上客兰堂暮。

从郎西入帝城中，贵游簪组香帘栊。低鬟缓视抱明月，纤指破拨生胡风。

繁华一旦有消歇，题剑无光履声绝。洛阳旧宅生草莱，杜陵萧萧松柏哀。

妆奁虫网厚如茧，博山炉侧倾寒灰。蕲州刺史张公子，白马新到铜驼里。

自言买笑掷黄金，月堕云中（一作月坠云收）从此始。

安知鹏鸟座隅飞，寂寞旅魂招不归。

秦嘉（一作家）镜有前时结，韩寿香销故箧衣。

山城少人江水碧，断雁哀猿风雨夕。

朱弦已绝为知音，云鬟未秋私自惜。

举目风烟非旧时，梦寻（一作归）归路乡多参差。

如何将此千行泪，更洒湘江斑竹枝。

《伤秦姝行》

河南房开士，前为虞部郎中，为余语曰："我得善筝人于长安怀远里。"其后开士为赤县，牧容州，求国工而诲之，艺工而夭。今年开士遗余新诗，有悼佳人之句，顾余知所自也，惜其有良妓，获所从而不克久，乃为伤词以贻开士。

长安二月花满城，插花女儿弹（一作弄）银筝。

南宫仙郎下朝晚，曲头驻马闻新声。

马蹄逶迟心荡漾，高楼已远犹频望。此时意重千金轻，鸟传消息绀轮迎。

芳筵银烛一相见，浅笑低鬟初目成。蜀弦铮摐指如玉，皇帝弟子韦家曲。

青牛文梓赤金簧，玫瑰宝柱秋雁行。敛蛾收袂凝清光，抽弦缓调怨且长。

八鸾锵锵渡银汉，九雏威（一作成）凤鸣朝阳。

曲终韵尽意不足，余思悄绝愁空堂。

从郎镇南别城阙，楼船理曲潇湘月。冯夷蹁跹舞渌波，鲛人出听停绡梭。

北池含烟瑶草短，万松亭下清风满（北池、万松，皆容州胜概）。

秦声（一作歌）一曲此时闻，岭泉呜咽南云（一作肠堪）断。
来自长陵小市东，蕣华零落瘴江风。
侍儿掩泣收（一作悲）银甲，鹦鹉不言愁玉笼。
博山炉中香自灭，镜奁尘暗同心结。从此东山非昔游，长嗟人与弦俱绝。

《竞渡曲》

沅（一作湘）江五月平堤流，邑人相将浮彩舟。
灵均何年歌已矣，哀谣振楫从此起。
杨桴（一作枹）击节雷阗阗，乱流齐进声轰然。
蛟龙得雨鬐鬣动，䗖蝀饮河形影联。
刺史临流褰翠帏，揭竿命爵分雄雌。先鸣余勇争鼓舞，未至衔枚颜色沮。
百胜本自有前期，一飞由来无定所。风俗如狂重此时，纵观云委江之湄。
彩旂夹岸照蛟室，罗袜凌波呈水嬉。曲终人散空愁暮，招屈亭前水东注。

《唐侍御寄游道林岳麓二寺诗并沈中丞姚员外所和见征继作》

湘西古刹双蹲蹲，群峰朝拱如骏奔。青松步障深五里，龙宫黯黯神为阍。
高殿呀然压苍巘，俯瞰长江疑欲吞。橘洲泛浮金实动，水郭缭绕朱楼骞。
语余百响入天籁，众奇引步轻翩翻。
泉清石布博（一作似）棋子，萝密鸟韵如簧言。
回廊架险高且曲，新径穿林明复昏。浅流忽浊山兽过，古木半空天火痕。
星使双飞出禁垣，元侯饯之游石门。紫髯翼从红袖舞，竹风松雪香温黁。
远持清琐照巫峡，一戛惊断三声猿。灵山会中身不预，吟想峭绝愁精魂。
恨无黄金千万饼，布地买取为丘园。

《观棋歌送儇师西游》

长沙男子东林师，闲读艺经工弈棋。有时凝思如入定，暗覆一局谁能知。
今年访予来小桂，方袍袖中贮新势。
山人无事秋（一作愁）日长，白昼懵懵眠匡床。
因君临局看斗智，不觉迟景沈西墙。
自从仙（一作山）人遇樵子，直到开元王长史。

前身后身付余习，百变千化无穷（一作看不）已。
初疑磊落曙天星，次见搏击三秋兵。
雁行布陈众未晓，虎穴得子人皆惊。行尽三湘不逢敌，终日饶人损机格。
自言台阁有知音，悠然远起西游心。商山夏木阴寂寂，好处徘徊驻飞锡。
忽思争道画（一作尽）平沙，独笑无言心有适。
蔼蔼京城在九天，贵游豪士足华筵。
此时一行出人意，赌取声名不要钱。

《清湘词（一作潇湘曲）二首》

其一
湘水流，湘水流，九疑云物至今愁。
君问二妃何处所，零陵香草雨（一作露）中收。
其二
斑竹枝，斑竹枝，泪痕点点寄相思。楚客欲听瑶瑟怨，潇湘深夜月明时。

《到郡未浃日登西楼见乐天题诗因即事因寄（乐天自此郡谢病西归）》

湖上收宿雨，城中无昼尘。楼依新柳贵，池带乱苔春。
云水正一望，簿书来绕身。烟波洞庭路，愧彼扁舟人。

《重送鸿举师赴江陵谒马逢侍御》

西北秋风凋蕙兰，洞庭波上碧云寒。茂陵才子江陵住，乞取新诗合掌看。

《望洞庭》

湖光秋月两相和，潭面无风镜未磨。
遥望洞庭山水翠（一作山翠色），白银（一作云）盘里一青螺。

《洞庭秋月行》

洞庭秋月生湖心，层波万顷如（一作豁）镕金（一作镕黄金）。
孤轮徐转光不定，游气濛濛隔寒镜。
是时白露三秋中，湖平月上天地空。

岳阳楼（一作城）头暮角绝，荡漾已过君山东。
山（一作孤）城苍苍夜寂寂，水月逶迤绕城白。
荡桨巴童歌竹枝，连樯估客吹羌笛。
势高夜久阴力全，金（一作爽）气肃肃开星（一作清）躔。
浮云野马归四裔，遥望星斗当中天。
天鸡相呼曙霞出，敛影含光让朝日。日出喧喧人不闲，夜来清景非人间。

《元和甲午岁诏书尽征江湘逐客余自武陵赴京宿于都亭有怀续来诸君子》

雷（一作云）雨江山（一作湘，一作湖）起卧龙，武陵樵客蹑仙踪。
十年楚水枫林下，今夜初闻长乐钟。

《武陵书怀五十韵》

序：按《天官书》，武陵当翼轸之分，其在春秋及战国时，皆楚地，后为秦惠王所并。置黔中郡，汉兴，更名曰武陵，东徙于今治所。《常林义陵记》云："初项籍杀义帝于郴。武陵人曰：'天下怜楚而兴，今吾王何罪？'乃见杀。郡民缟素，哭于招屈亭，高祖闻而异之，故亦曰义陵。"今郡城东南亭舍，其所也，晋、宋、齐、梁间，皆以分王子弟，事存于其书。永贞元年，余始以尚书外郎出补连山守，道贬为是郡司马，至则以方志所载，而质诸其人民，顾山川风物，皆骚人所赋，乃具所闻见而成是诗，因自述其出处之所以然，故用书怀为目云。

西汉开支郡，南朝号戚藩。四封当列宿，百雉俯清沅。
高岸朝霞合，惊湍激箭奔。积阴春暗度，将霁雾先昏。
俗尚东皇祀，谣传义帝冤。桃花迷隐迹，楝叶慰忠魂。
户算资渔猎，乡豪恃子孙。照山畬火动，踏月俚歌喧。
拥楫舟为市，连甍竹覆轩。披沙金粟见，拾羽翠翘翻。
茗折苍溪秀，苹生枉渚暄。禽惊格磔起，鱼戏噞喁繁。
沉约台榭故，李衡墟落存。湘灵悲鼓瑟，泉客泣酬恩。
露变蒹葭浦，星悬橘柚村。虎咆空野震，鼍作满川浑。
邻里皆迁客，儿童习左言。炎天无冽井，霜月见芳荪。
清白家传远，诗书志所敦。列科叨甲乙，从宦出丘樊。
结友心多契，驰声气尚吞。士安曾重赋，元礼许登门。

草檄嫖姚幕，巡兵戊己屯。筑台先自隗，送客独留髡。
遂结王畿绶，来观衢室樽。鸢飞入鹰隼，鱼目俪玙璠。
晓烛罗驰道，朝阳辟帝阍。王正会夷夏，月朔盛旗幡。
独立当瑶阙，传呵步紫垣。按章清犴狱，视祭洁苹蘩。
御历昌期远，传家宝祚蕃。繇文光夏启，神教畏轩辕。
内禅因天性，雄图授化元。继明悬日月，出震统乾坤。
大孝三朝备，洪恩九族惇。百川宗渤澥，五岳辅昆仑。
何幸逢休运，微班识至尊。校缗资筦榷，复土奉山园。
一失贵人意，徒闻太学论。直庐辞锦帐，远守愧朱幡。
巢幕方犹燕，抢榆尚笑鲲。邅回过荆楚，流落感凉温。
旅望花无色，愁心醉不惛。春江千里草，暮雨一声猿。
问卜安冥数，看方理病源。带赊衣改制，尘涩剑成痕。
三秀悲中散，二毛伤虎贲。来忧御魑魅，归愿牧鸡豚。
就日秦京远，临风楚奏烦。南登无灞岸，旦夕上高原。

《元和癸巳岁仲秋诏发江陵偏师问罪蛮…寄荆南严司空》

蛮水阻朝宗，兵符下渚宫。前筹得上策，无战已成功。
汉使星飞入，夷心草偃同。歌谣开竹栈，拜舞戢桑弓。
就日知冰释，投人念鸟穷。网罗三面解，章奏九门通。
卉服联操袂，雕题尽鞠躬。降幡秋练白，驿骑昼尘红。
火号休传警，机桥罢亘空。登山不见虏，振旆自生风。
江远烟波静，军回气色雄。伫看闻喜后，金石赐元戎。

《楚望赋》

予既谪于武陵，其地故郢之裔邑，与夜郎诸夷错杂。系乎天者，阴伏阳骄是已；系乎人者，风巫气窳是已。罴雾浮浮，利于楼居。城之丽谯，实邻所舍。四垂无蔽，万景坌入。因道其远迩所得，为《楚望赋》云。

翼轸之野，祝融所司，阴迫而专，专实生沴。天濡而霁，土泄而泥。气罕淑清兮，淫氛曀曀。中人支体兮，为瘥为瘵；以旷涤烦兮，利居高于物外。我卜我居，于城之隅。宛在藩落，丽谯渠渠。四阿垂空，洞户发枢。眸子不运，坐陵虚无。岁更周流，时极惨舒。万象起灭，森来贶予。

棂轩之外，群山巃嵸。冈陵靡陁，势若相拱。出云见怪，窈蔚森耸。露夕霞朝，望如飞动。檐庑之下，大江澒洞。支流合输，泄入云梦。羲和望舒，出没两涯。涵泳之族，聱耴□呀。秋水灌盈，漩石飘沙。流柎轩昂，舞于盘涡。逮及收潦，澹如绿醽。白石磷磷，倒影罗生。苹末风起，有文无声。悠远烟绵，与空苍然。

湘沅之春，先令而行。腊月寒尽，温风发荣。土膏如濡，言鸟嘤嘤。三星嘒其晓中，植物飒以飘英。云归高唐，草蔽洞庭。目与天尽，神将化并。圆方相涵，游气杳冥。熙熙蔼蔼，藻饰群形。柎树童丘，积空凝青。环洲曲塘，含景曜明。

恢台之气，发于春季。涉夏如铄，逮秋愈炽。土山焦熬，止水瀵沸。翔禽跕堕，呀咮垂翅。曦赫歊蒸，阳极反阴。二仪交精，下上相歆。云兴天际，欻若车盖。凝矑未瞬，弥漫霮对。惊雷出火，乔木糜碎。殷地爇空，万夫皆废。悬溜緪縆，日中见昧。移晷而收，野无完块。

少阴之中，景物澄鲜。丹叶星房，烛耀川原。夕月既望，曜于丹泉。上镜下冰，湔尘濯烟。宿雨潜芒，独行高躔。皓一气之悠然，洁有形而溢清玄。杳微明而斐亹，想游目于化先。夜无朕以徂征，金霞晕乎海壖。明星方扬，斜汉西悬。璇柄如堕，半沉层澜。鸡啁哳而晨鸣兮，日荏苒以腾晶。动植瞭兮已分，山川郁乎不平。复人寰之喧卑，汹浩浩以营营。追向时之景光，不可骤得以再更。意华胥之梦还，犹仿像而驰精。

日次于房，天氵降霜。百卉犹泽，水泉收脉。故道腠削，衍为广斥。水禽嬉戏，引吭伸翮。纷惊鸣而决起，拾彩翠于沙砾。时时北风，振槁扬埃。萧条边声，与雁俱来。寒氛委积，万窍交激。楚云改容，飞雨凝滴。洒林递响，哳沥梢槭。飞电照雪以腾光，柔蔬傲霜而秀圻。

躔次殊气，川谷异宜。民生其间，俗鬼言夷。招三闾以成谣，德伏波而构祠。投粔籹以鼓楫，豢鳣鲂而如牺。蟠木靓深，孽妖凭之。祈年去厉，蠲敬祗威。击鼓肆筵，河旁水湄。荐诚致祝，却略蹮跜。渚居鲜食，大掩水物。罟张饵啖，不可遁伏。显举潜縆，昼撞夜触。设机沉深，如拾于陆。彼游儵之琐类，咸跳脱于窘束。虽三趾与六眸，时或加乎一目。亦有轻舟，轩轾泛浮。柁纶往复，驯鸥相逐。暮夜澄寂，啸歌群族。伧音俚态，幽怨委曲。逗疏柝于江城，引哀猿于山木。

巢山之徒，捽木开田。灼龟伺泽，兆食而燔。郁攸起于岩阿，腾绛气而蔽天。熏歇雨濡，颖垂林巅。盗天和而藉地势，谅无劳而有年。罢士闲人，逸为末作。求金渚涘，淘汰瀺灂。流注濆沱，繁光熠爚。贪贾来贸，发于怀握。无翼而飞，润于丰屋。哂耘耕之悒悒，徒胼胝以自鞠。

我处层轩，日星回还。阅天数而视民风，百态变见乎其间。非耳剽以臆说兮，固幽求而纵观。观物之余，遂观我生。何广覆与厚载，岂有形而无情？高莫高兮九阍，远莫远兮故园。舟有楫兮车有辖，江山坐兮不可越。吾又安知其所如，怳临高以观物。

《武陵北亭记》

郡北有短亭，繇旧也。亭孤其名，地藏其胜。前此二千石全然见之，建言而莫践，去之日率遗恨焉。七年冬，诏书以竹使符授尚书水曹外郎窦公常曰："命尔为武陵守。"莅止三月，以硕画佐元侯，平裔夷，降渠魁。又三月，以顺令率蒸民增水坊，表火道。是岁大穰，明年政成。农缘亩以勇劝，工执技以思贾。因民之余力，乘日之多暇，乃顾其属曰："郊道有候亭，示宾以不恩也。虽闻兹地，韬美未发，岂有待邪？自吾之治于斯也，购徒庀材，大起堙废。未尝植私庭，砻燕寝。役必先公，人不余瑕。调赋幸均矣，城池幸完矣，而重泱辰之役，掠茍简之问，卒使胜躅冒没，犹璞而不攻。惧换符之日，遂复赍恨，无乃遗诮于来者乎！"言得其宜，智愚同赞。

于是撤故材以移用，相便地而居要。去凡木以显珍茂，汰污池以通沦涟。自天而胜者列于骋望，由我而美者生于颐指。箕张筵楹，股引房栊。斧斤息响，风物异态。大道出乎左藩，澄湖浸乎前垠，仙舟祖发，繇是区处。九月壬午，工告休，亭长受成。赤车威迟，于以落之。肃宾而入，圜视有适。沈水北澳，阳山南麓。（黑亢）焉蘧蘧，雄展郊隅。前轩舒阳，朱槛环之。舞衣回旋，乐虡参差。北庑延阴，外阿旁注。芊眠清沘，罗入洞户。初筵修平，雕俎静嘉。林风天籁，与金奏合。

亦既醉止，州从事举白而言曰："室成于私，古有发焉。矧成于公，庸敢无词？观乎棼楣有严，丹雘相宣，象公之文律煜然而光也。望之宏深，即之坦夷，象公之酒德温然而达也。庭芳万本，跗萼交映，如公之家肥炽而昌也。门辟户阖，连机弛张，似公之政经便而通也。因高而基，因下而池。跻其高，可以广吾视；泳其清，可以濯吾缨。俯于逵，惟行旅讴吟是采；瞰于野，惟稼穑艰难是知。云山多状，昏旦异候。百壶先韦之饯迎，退食私辰之宴嬉。观民风于啸咏之际，展宸恋于天云之末。动合于谊，匪唯写忧。"公曰："夫言之必可书者，公言也。从事不以私视予，予从而让之，是自远也，其可乎！”乃授简于放臣，俾书以示后。后之思公者，虽灌丛荽草，尚勿翦拜，矧翚飞之革然，石刻之隐然欤！

《上杜司徒书》

月日，故吏守朗州司马员外置同正员刘某，谨斋沐致诚，命仆夫持书，敢献于司徒相公阁下：昔称韩非善著书，而《说难》《孤愤》尤为激切。故司马子长深悲之，为著于篇，显白其事。夫以非之书，可谓善言人情，使逢时遇合之士观之，固无以异于它书矣。而独深悲之者，岂非遭罹世故，益感其言之至邪！

小人受性颛蒙，涉道未至，末学见浅，少年气粗。常谓尽诚可以绝嫌猜，徇公可以弭谗诉；谓慎独防微为近隘，谓艰贞用晦为废忠。刍狗已陈，刻舟徒识，罟获随足，怅然无知。事去凝想，时时自笑。然后知韩非之善说，司马子长之深悲，迹符理会，千古相见，虽欲勿悲可乎？大凡恒人之所以灵于庶类，以其能群以胜物也。烈士之所以异于恒人，以其仗节以死谊也。然则交相丧者世与道，难合并者机与时。是以有死谊之心，而卒不获其所者，世人悲之。获其所矣，而一旦如不得终焉者，君子悲之。世人之悲，悲其不遇，无成而亏，故其感也近；君子之悲，悲其不幸，既得而丧，故其感也深。其悲则同，其所以为悲则异。若小人者，其不幸欤！

间者昧于藩身，推致危地。始以飞谤生衅，终成公议抵刑。旬朔之间，再投裔土。外黩相公知人之鉴，内贻慈亲非疾之忧。常恐恩义两乖，家国同负。寒心销志，以生为惭。虽欲沥血以自明，吁天以自诉，适足来众多之诮，岂复有特达见知者耶？遂用诅盬于心，不获自白。以内咎为弭谤之具，以吞声为窒隙之媒，庶乎日月至焉，而是非乃辨。

会友人江陵法曹掾韩愈以不幸相悲，且曰：“相国扶风公之遇子也厚，非独余知之，天下之人皆知之矣。余闻初子之横为口语所中，独相国深明之。及不得已而退，则为之流涕以诀，又不得已而谴，则为之择地以居。求之于今，难与侔矣。抑余又闻曩子之介于司徒府，奉诚敬于山园，上公亟称于人，以为不懈于位。今则有修仪以赞其诏相者，有备物以赞其容卫者。七月礼毕，一朝庆行。诰言扬之，授以显秩。子独足趾一跌，而前劳并捐。祝网之辰，动絓疏目。可封之代，乃为穷人。斯常情之所悲，矧知子之厚者？夫踣者思起，必呼而求拯；疾者思愈，必呻而求医。子宜呼于有力而呻于有术。如何以箝口自绝为智，以甘心受诬为贤，嗛然自咎，求知于默？彼李斯逐焉而为上卿，邹阳囚焉而为上客。二子者，岂默以求知者邪！若可诉而不言，则陷于畏；可言而不辩，则邻于怨。畏与怨，君子之所不处。子其处之哉！”

韩生之言未及竟，而小人不知感从中来，始赧然以愧，又缺然以栗，终悄然以悲。悲斯叹，叹斯愤，愤必有泄，故见乎词。敢闻左右，投所闵也。嗟夫！人之至信者心目也。天惟者父子也，不惑者圣贤也。然而，于窃鈇而知心目之可乱，于掇蜂而知父子之可间，于拾煤而知圣贤之可疑。况乎道谢孔、颜，恩异天性。是非之际，爱恶相攻。争先利途，虞相轧则衅起；希合贵意，虽无嫌而谤生。鲁酒致邯郸之围，飞鸢生博者之祸，伯仁之杀由偶对，伯奢之冤以器声。动罹险中，皆出意表。虽欲周防，亦难曲施。加以吠声者多，辨实者寡。飞语一发，胪言四驰。萌芽始奋，枝叶俄茂。方谓语怪，终成祸梯。

呜呼！人必求知，不能自达。何投分效节，有积尘之难？何谮行爱弛，有决防之易？何将进之日，必自见其可而后亲？何将退之时？乃人言其否而遂弃？良由邪人必微，邪谋必阴。阴则难明，微则易信。罔极大甚，古今同途。是以前修鉴其若此，姑以推心取信，不以循迹生嫌。由是求忠臣于孝子，求良妇于骂已。食子，尽节也，推其忍可以疑心；放麑，违命也，推其仁可以属国。若谓其孝于亲未必能忠，专于夫未必能贞，忍于子未必能忍于其它，仁于兽未必能仁于其类，则是天下之人尽不可信，而尽可诬，固不然也。

凡人之行已，必恒于所安。苟非狂易，不能甚异。小人自居门下，仅逾十年，未尝信宿而不侍坐。率性所履，固无遁逃。言行之间，足见真态。伏惟推心以明其迹，追往以鉴于今。苟谓其尝掩人以自售矣，尝近名以冒进矣，尝欺谩于言说矣，尝遝贪于求售矣，尝狎比其琐细矣，尝媒孽其僚友矣，尝矫激以买直矣，尝沾讙以取容矣，尝漏言于咨诹矣，尝败务以簿书矣。有一于此，虽人谓其贤，我得而刑也，岂止于弃乎？苟或反是，虽人谓其盗，我得而任也，庸可而弃乎？由是而言，小人之善否，不在众人。所以受谴已还，行及半岁，当食而叹，闻弦尚惊。不以众人之善为是非，唯以相公之意为衡准。

自违间左右，亟蒙简书，慰诲勤勤，穷悴增感。伏想仁念，必思有以拯之。况礼道贵终，人情尚旧，尝尽其力，必加以仁。于犬马之微，有帷盖之报。顾异于是，岂无庶几？傥浮言可以事久而明，众嗤可以时久而息，宏我大信，以袪群疑，使茕茕微志，无已矣之叹。觊乎异日，得夷平民，然后裹足西向，谢恩有所，复以尘缨黧貌，称故吏于相门。此言朝遂，可以夕死。何则？复于变者其义重，拯于危者其感深。睽而后合，示终不可睽也；否而后泰，示终不及否也。获宝于已丧，得途于既迷，与夫平居不为艰故所激者，其味异矣。

伏以大君继明，元宰柄用。鸿钧播平分之气，悬象廓无私之照。涣汗大号，与人惟新。昭回汪濊，旁下郡国。投荒为民者，咸释落泊拳梏，遂还里闾。系于稍食，犹在羁绊。伏读赦令，许移近郊。今武陵距京师，赢二千者无几。小人祖先壤树在京、索间，瘠田可耕，陋室未毁。濡露增感，临风永怀。伏希闵其至诚，而少加推恕。命东曹补吏，置籍于荥阳伍中，得奉安舆而西，拜先人松槚，誓当赍志没齿，尽力于井臼之间，斯遂心之愿也。如或官谤未塞，私欲未从，虽为裔民，乃有善地，则北距沣浦，资宿舂而可行，无道途之勤，蠲仆赁之费；重以镇南，用和辅理，扇仁风于上游，霁严施惠，得以自遂，斯便家之愿也。伏惟降意详察，择可行者处之。乞恩于指顾之间，为惠有生成之重。虽百谷之仰膏雨，岂喻其急焉。

嗟哉！小生仕逢圣日，岂曰不辰？知有相居，岂曰不遇？而乘运锺否，俾躬罹灾，同生无手足之助，终岁有病贫之厄。孰不求达，而独招嫌？孰不求安，而独乖次？赋令如此，虽悔可追。湘、沅之滨，寒暑一候。阳雁才到，华言罕闻。猿哀鸟思，啁啾响异。莫夜之后，并来愁肠。怀乡倦越吟之苦，举目多似人之喜。俯视遗体，仰安高堂。悲愁惴栗，常集方寸。尽意之具，固不在言。身远与寡，舍兹何托？是以因言以见意，恃旧以求哀。敢希末光，下烛幽蛰。孤志多感，重恩难忘。顾瞻门馆，惭恋交会。伏纸流涕，不知所云。禹锡惶悚再拜。

《董氏武陵集序》

片言可以明百意，坐驰可以役万景，工于诗者能之。《风》《雅》体变而兴同，古今调殊而理冥，达于诗者能之。工生于才，达生于明，二者还相为用，而后诗道备矣。余尝执斯评为公是，且衡而度之。诚悬乎心，默揣群才，钧铢寻尺，随限而尽。如是所阅者百态。一旦得董生之词，杳如搏翠屏，浮层澜，视听所遇，非风尘间物。亦犹明金粹羽，得于遐裔，虽欲勿宝，可乎？

生名挺，字庶中。幼嗜属诗，晚而不衰。心源为炭。笔端为炭，锻炼元本，雕砻群形。纠纷舛错，逐意奔走。因故沿浊，协为新声。尝所与游，皆青云之士，闻名如卢、杜，高韵如包、李。迭以章句扬于当时，末路寡徒，值余欢甚。因相谓曰："间者身以廷尉属为荆州从事，移疾罢去，幽卧于武陵，迨今四年。言未信于世，道不施于人。寓其性怀，播为吟咏，时复发笥，纷然盈前。凡五十篇，因地为目。吾子常号知我，盍表而志之，为生羽翼?"予不得让而著于篇，因系之曰：

诗者，其文章之蕴邪！义得而言丧，故微而难能。境生于象外，故精而寡和。千里之缪，不容秋毫。非有的然之姿，可使户晓。必俟知者，然后鼓行于时。自建安距永明已还，词人比肩，唱和相发。有以"朔风""零雨"高视天下，"蝉噪""鸟鸣"蔚在史策。国朝因之，粲然复兴。由篇章以跻贵仕者相踵而起。兵兴已还，右武尚功。公卿大夫以忧济为任，不暇器人于文什之间，故其风寝息。乐府协律不能足新音以度曲，夜讽之职，寂寥无纪。则董生之贫卧于裔土也，其不得于时者欤！其不试故艺者欤！

《伤我马词》

马，龙类，盖健而善驰，君子之所宜求为兽也。故法求于力，或逸而喜骇；法求于和，或干而易仆。由德称者鲜焉。曩予知善马之难遭也，不求于肆而于其乡。一旦，果得阴山之阿，蠖略其形，萧萧其鸣，长顾远视，顺而能力。顾其躯非骞然而伟也，虽士得以乘之。

始予被皂衣于朝，朝之人多四三其牡以迭驭，予无兼焉。水辙之淋漓，滹途之汪洋。结为确荦，融为坳堂。前有偾辀，后有濡裳。我策垂空，我镳方扬。振鬣轩昂，矫如飞翔。翘翘其雄也，非力而何？烈火之具举，钧膺之叠舞。一蹀千趾，骈比龃龉。瘠者斯挤，悍者斯怒。我鞍如山，我辔如组。弭毛容与，宛若孤处。靡靡其柔也，非慧而何？日予之获谴于阙下，背商颜，趣昭邱，日中而逾舍。修门之南，非骑所宜。夷则沮洳，高则嵚巇。虎咆空林，蜮斗荒馗。风雨孤征，简书之威。俾予弗颠，我马焉依。屑屑其劳也，非德而何？予至武陵，居沅水傍。或逾月未尝跨焉，以故莫得伸其所长。踌顾望兮，顿其锁缰。饮龁日削兮，精耗神伤。寒枥骚骚兮，瘁毛苍凉。路闻蹀躞兮，逸气腾骧。朔云深分边草远，意欲往兮声不扬。□然自不得其所而死，故其嗟也兼常。

初，元宗羁大宛而尽有其名马，命典牧以时起居。洎西幸蜀，往往民间得其种而蓄焉。故良毛色者率非中土类也。稽是毛物，岂祖于宛欤。汉之歌曰：龙为友。武陵有水曰龙泉，遂归骨于是川。且吊之曰：生于碛砾善驰走，万里南来困邛阜。青菰寒菽非适口，病闻北风犹举首。金台已平骨空朽，投之龙渊从尔友。

《故荆南节度推官董府君墓志铭》

元和七年夏四月某日，前荆州部从事董府君以疾终于故府私第，年若干。其孤泣书前人之爵里耿光，求我以铭于幽，且先志也，故重为之。

董姓出于豢龙氏，至辛有而分，在晋为良史，在赵佐简子为能臣。项羽主盟，为翟王，高皇帝举兵汉中，劫其兵众，不克其土，后裔遂为陇西人。凡称字不称名，不待事而彰也。始予谪于武陵，人多中之贤有董生，为守令客。既而以士相见之礼成，与之言，能言坟、典、数，旁捃百氏之学。弱年嗜属诗，工奕棋，用是索合于贵游，多所慰荐。中年奉浮图，说三乘，用是贡诚于清贤，多被辟书。脱巾为宏文馆校书郎，再选至大理评事。咸视真秩，而不累其章，职系于外是也。晚节尚道，故投劾于幕府。治扁舟，浮江沱，泛洞庭，登熊耳，访浮邱以探异，赋枉渚以寄傲。居数岁，投老于南荆。迷邦纵性，委和从化。逮夫寝巨室也，自含襚至于卜窀，皆仁人之赙焉。是岁五月十二日，卜葬于龙山之某冈，外姻至矣。

君名侹，字庶中。大父曰思简，位至汝南太守。父承祖，殁于试守太子舍人。始为君求妇于郑之里，生嗣子夏卿、殷卿，既立而夭，今未之从。其后又娶于阎氏，生二子曰周卿、云卿。嫠也穗裳髽首，有正家之道。呜呼！道愈富而室愈贫，志甚修而知甚寡。士以陇西为贵，将在令名与！铭曰：

学待问而文藻身，艺不试兮名孰闻。大道甚夷兮非我辰，何生不茂兮非我春。修门之达兮连冈膴膴。蔓草如茵兮新坟若斧。吁嗟董生兮于焉终古。

《绝编生墓表》

顾彖，吴郡人，食力于武陵沅水上，以读《易》闻。病且死，饬其子曰："吾年十有五而受《易》于师，积六十三年于兹，未尝一日不吟乎《系》《象》。里中儿从吾读其文多矣。死则必葬吾于党庠之侧，尚其有知，且闻吾书。"君子曰：若彖者，可谓志笃于学矣。因以绝编生谥之，且表其墓。后之读功令者或采焉。

予既谪居是邦，始至之日，问能道古语可与言者，邑子以生为对。既而执贽请见之，生危冠大袂，阔视雅拜，及门知让，候肃而后入，又肃而跻阶，心存圣言，润彻眉睫，有野态而亡苟容。问其所执，曰："幼学《易》，老而尤嗜。"问安学，曰："始闻于师，晚熟于心。自尼父兼三才，绌八索，系辞焉以通微言，与伏羲、文王并行，犹天三辰，同丽太极。秦脱大患，完文显行。汉之田、丁、京、刘，而东京有马、郑，魏之何、荀、两王，而吴有韦、陆。前者导源，后者洒之，沨融混合，百派奔凑。唐兴，沙门一行方泄天机以探古人，神友造物，智斟人事，制动也有柅，变道也亡方。纚之支流，委输于我，其它□紬绎祖述三十有余家。朱蓝之，朴斫之，为羽翼，为鼓吹，畴咨天人之际，旁魄上下，骛精于捃摭，匮巧于穿凿。犹制氏之于乐，铿锵而已；除氏之于礼，善容而已。然而前修之尽心也，得以味腴摔芳焉。手胝于运管，目耳蔑于临烛，而气耗于咏呻。家居亡訾，不能与计偕；地偏且远，亡有能晤语者。心愈苦而迹愈卑，寒肤嗛腹，以至于耋老。微夫子之问，持是安施乎?”

它日，予造其室庐，瓢箪在左，污尊在右。有龟枵然，有荚甚泽。予摭蓍指骨而讯之曰：“是亹者曾不予欺乎?”生攸尔而对云：“古先圣人知道之妙，不可搏而得也，故设象以致意，梯有以取亡。取当其粗，用当其精。夫权衡所以揣轻重，不为捶钩者设也；寻尺所以商远迩，不为运斤者设也；龟□所以决群疑，不为知几者设也。几存乎人，是则以天时为卦体，以地理为爻位，外附人事以象焉，内取诸身以象焉。得枢于寰中，迎数于象外。自然之理，不知其然，虽欲强名，措说亡地。彼枯茎朽壳，安能与于此乎?今夫揲之以至元刂，灼之以殆尽，徒与夫蚩蚩者问歉穰、占忞虺、起讼需食、亡羊丧牛之间耳。资其握粟以糊予口，乌足为夫子道哉!”予以斯言邃于《易》，故书。

噫!国有大学，学有馆以延颛门。若生者，苦形役志，如是其颛也。茹经于腹，湮灭粪壤，壁水汤汤，不闻其声，摧藏朴遬，与山木同朽，岂地远然耶?彼文甲綷毛、剽筋寿革、岭峤之华实，炎溟之蜃虾，飞苞驿篚，所至而贵，夫岂贵迩也哉?悦者众故也。生之死，在元和七年秋七月。由死之日，推而上求，直治生之辰，得四百有七十甲子。葬在征渚西右矶上，其坟可隐东望里塾，尚行其志云。

《问大钧赋》

始，余失台郎为刺史，又贬州司马，俟罪朗州，三见闰月。人咸曰：数之极，理当迁焉。因作《谪九年赋》以自广。是岁腊月，诏追。明年，自阙下重领连山郡印绶。人咸曰：美恶周必复。第行无恤，岁杪其复乎?居五年，不得调。岁二月，有事于社。前一日致斋，孤居虑静，滞念数起，伊人理之不可以晓也，将质诸神乎!谨贡诚驰精；敢问大钧。其夕有遇，寤而次第其辞以为赋。

圆方相函兮，浩其无垠。窅冥翁辟兮，走三辰以腾振。孰主张是兮，有工其神。迎随不见兮，强名之曰大钧。歘以临下兮，巍乎雄尊。天为独阳，高不可问。工居其中，与人差近。身执其权，心平其运。循名想像，或可以讯。曰："嘻！蒙之未生，其犹泥耳。落乎埏埴，惟钧所指。忽然为人，为幸大矣。工赋其形，七情与俱。啬智不受，畀之以愚。坦坦之衢，万人所趍。蒙一布武，化为畏途。人或誉之，百说徒虚；人或排之，半言有余。物壮则老，乃惟其常；否终则倾，亦不可长。老先期而骤至兮，否逾数而巨量。虽一夫之不获兮，亦大化之攸病。谨荐诚上问兮，俛伏以听。"

是夕寝熟，梦游乎无何有之乡。抗陛级乎重霄兮，异人间之景光。中有威神，巾金甲而炜煌。命之使前兮，其音琅琅。曰："吾大化之一工也。居上临下，廉其不平。汝今有辞，吾一以听。播形肖貌，生类积亿。橐籥圈匡，镕炼消息。我之司智，初不尔啬。不守以愚，覆为汝贼。既赋汝形，辅之聪明。盍求世师，资适攸宜？胡然抗志，遐想前烈？倚梯青冥，举足斯跌。韬尔智斧，无为自伐。凿窍太繁，天和乃泄。利径前诱，多逢覆辙。名肠内煎，外火非热。今哀汝穷，将厚汝愚。刿去刚健，纳之柔濡。塞前窍之伤痍兮，招太和而与居。贯以待人兮，急以自拘。道存壶奥，无示四隅。轧物之势不作兮，见伤之机自无。汝不善用，吾焉啬乎？且夫贞而腾气者膴膴，健而垂精者昊昊。我居其中，犹轮是蹈。以不息为体，以日新为道。裸鳞蜚走，灌莽苞皂。乃牙乃甲，乃血乃剖。阳荣阴悴，生濡死槁。各乘气化，不以意造。赋大运兮无有淑恶，彼多方兮自生丑好。尔奚不德余以骤壮，姑尤我以速老耶？观汝百为，又或不然。赤子哇哇，忽其能言。亦既名物，几时蹁跹。春耕其丘，投种之日，释耒而叹，何时实粟？望所未至，谓余舒舒。欲其久留，谓我瞥如。我一子二，谁之曲与？彼蒹葭之苍苍兮，霜霰苦而中坚。松竹之皲皴索箨兮，不若槲笋之可怜。纳材苇而构明堂兮，固容消而力完。扬且之皙兮，不可以常然，当锡尔以老成。苍眉皓髯，山立时行。去敌气与矜色兮，喋危言以端诚。俾人望之，侮黠不生。尔之所得，孰与壮多？不善处老，问余而何？"

授教而回，蘧蘧形开。向之威神，孰为来哉？乃遽衣促盥，端虑涤想。委佩低管簪，持簿叩额而言曰："楚臣《天问》不酬，今臣过幸，一献三售。始厚以愚，终期以寿。忘上问之罪，灌已然之咎。心增故术，腹饱新授。驰神清元，拜手稽首。"

《砥石赋》

南方气泄而雨淫，地恚而伤物。媪神噫湿，渝色坏味。虽金之坚，亦失恒性。始予有佩刀甚良，至是涩不可拔。剖其室乃出。溯阳眇低，傅刃蒙脊，鳞然如精痴，如黑子，如青蝇之恶。锐气中铜，犹人被病然。客有闻焉，衰密石以遗子。沃之草腴，杂以乌膏，切剧下上，真质焯见。踌躇四顾，适尔谢客：微子之贻，几丧吾宝。”客曰：“吾闻诸梅福曰：‘爵禄者，天下之砥石也。高皇帝所以砺世磨钝。’有是邪！”予退感其言，作《砥石赋》。

我有利金兮，以利为佩。遭土卑而慝作兮，雄铓为之潜晦。如景昏而蚀既兮，与肌漆而为厉。顾秋蓬之不可剃兮，尚何游乎髋髀之外。利物蒙蔽，材人惆怅。悼百汰之至精，蟠一检而多恙。岂害气之独然兮，将久不试而然。彼屠者之刀兮，猎者之诞。不灌不淬兮糅错衔铅。日鼓月挥兮判腴击鲜。脱烂护以耀芒，翁淫夷而腾膻。岂不以涉鲁而蒙诊兮，鼎用之而成妍？

有客自东，遗于越砥。圭形石质，苍色腻理。郭其鳞皴，滑以涤漪。如衣浣垢，如鼎出否。雾尽披天，萍开见水。拭寒焰以破眦，击清音而振耳。故态复还，宝心再起。即赋形而终用，一蒙垢焉何耻？感利钝之有时兮，寄雄心于瞪视。

嗟乎！石以砥焉，化钝为利。法以砥焉，化愚为智。武王得之，商俗以厚。高帝得之，杰才以奏。得既有自，失岂无因？汉氏已还，三光景分。随道阔狭，用之得人。五百余年，唐风始振。悬此大砥，以砻兆民。播生在天，成器在君。天为物天，君为人天。安有执砺世之具，而患乎无贤欤！

《连州刺史厅壁记》

此郡于天文与荆州同星分，田壤制与番禺相犬牙，观民风与长沙同祖习，故尝隶三府，中而别合，乃今最久而安，得人统也。桉宋高祖世始析郴之桂阳为小桂郡，后以州统县，更名如今，其制谊也。

郡从岭，州从山，而县从其郡。邑东之望曰顺山，由顺以降，无名而相钦者以万数，回环郁绕，迭高争秀，西北朝拱于九疑。城下之浸曰湟水，由湟之外，交流而合输以百数，沦涟汩潏，擘山为渠，东南入于海。山秀而高，灵液渗漉，故石锺乳为天下甲，岁贡三百铢。原鲜而膴，卉物柔泽，故纻蕉为三服贵，岁贡十笥。林富桂桧，土宜陶，故候居以壮闻。石侔琅玕，水孕金碧，故境物以丽闻。环峰密林，激清储阴，海风驱温，交战不胜，触石转柯，化为凉飔。城压赭冈，踞高负阳。土伯嘘湿，抵坚而散。袭山逗谷，化为鲜云。故罕罹呕泄之患，亟有华皓之齿。信荒服之善部，而炎裔之凉地也。

永贞元年，予始以尚书员外郎坐党累，出补兹郡。居无何，吏议以是迁也不足偿其责，故道贬为朗州司马。后十年，诏书征还，抵京师，俄复前命，佩故印绶而南。曩之骑竹马北向相徯者，咸仕郡县，巾鞲来迎。下车之日，私喜且笑。既视事，得前二千石名姓于壁端，宰臣王晙、幸卿刘晃、儒官严士元、闻人韩泰佥拜焉。或久于其治，功利存乎人民；或不之厥官，翘禺载于歌谣。余不佞，从群公之后。肇武德距于今，凡五十有七人，所举者四君子，犹振衷之于领袖焉。元和十一年七月二十四日，刺史中山刘某记。

《上杜司徒启》

某启：一自谪居，七悲秋气。越声长苦，听者谁哀？汤网虽疏，久而犹诖。失意多病，衰不待年。心如寒灰，头有白发。惕厉之日，利于退藏。是以弥年不敢奏记。近本州徐使君至，奉手笔一函，称谓不移，问讯加剧。重复点窜，一无客言。忽疑此身，犹在门下。收纸长想，欣然感生。寻省遭罹，万重不幸。方寸之地，自不能言。求人见谅，岂复容易？伏蒙远示，且曰浮谤渐消。况承庆宥，期以振刷。方今圣贤合德，朝野多欢。泽柔异类，仁及行苇。万族咸悦，独为穷人。四时平分，未变寒谷。自同类牵复，又已三年。侧闻众情，或似哀叹。某才略无取，废锢是宜。若非旧恩，孰肯留念？六翮方杀，思重托于扶摇；孤桐半焦，冀见收于爨烬。伏纸流涕，不知所言。谨启。

《谪九年赋》

古称思妇，已历九秋。未必有是，举为深愁。莫高者天，莫浚者泉。推以极数，无逾九年。伊我之谪，至于数极。长沙之悲，三倍其时。廷尉不调，行当跂而。天有寒暑，闰余三变。朝有考绩，明幽三见。顾尧之民兮，亦昏垫而有叹。叹息兮倘佯，登高高兮望苍苍。突弁之夫，我来始黄。合抱之木，我来犹芒。山增昔容，水改故坊。童者郁郁兮，涸者洋洋。天覆地生，翦兮无伤。彼族而居，向之投荒。彼轩而游，昨日桁杨。信及泽濡，俄然复常。稽天道与人纪，咸一偾而一起。去无久而不还，棼无久而不理。何吾道之一穷兮，贯九年而犹尔。噫！不可得而知，庸讵得而悲？苟变化之莫及兮，又安用夫肖天地之形为？

《望赋》

邈不语兮临风，境自外兮感从中。晦明转续兮，八极鸿蒙。上下交气兮，群生异容。发孤照于寸眸，骛遐情乎太空。物乘化兮多象，人遇时兮不同。嗟乎！有目者必骋望以尽意，当望者必缘情而感时。有待者瞿瞿，忘怀者熙熙。虑深者瞠然若丧，乐极者冲然无违。外徙倚其如一，中纠纷兮若斯。

望如何其？望最乐。希庆霄兮溯阿阁。如云兮天颜咫尺，如草兮臣心踊跃。扇交翟兮葳蕤，旗升龙兮蠖略。日转黄道，天开碧落。凝瑞景于庭树，掬非烟于殿幕。

望如何其？望且欢！登灞岸兮见长安。纷扰扰兮红尘合，郁葱葱兮佳气盘。池象汉兮昭回，城依斗兮阑干。避御史之骢马，逐幸臣之金丸。

望如何其？望攸好。宗万灵兮越四隩。汉帝仙台兮，秦皇海峤。霓裳踊于河上，马迹穷乎越徼。紫气度关而斐，神光属天而照耀。完眷眷以驰情，耸专专而观妙。

望如何其？望有形。视蠢蠢兮穷冥冥。楚塞氛恶兮，萧关燧明。晕笼孤月兮，角奋长庚。沙多似雪，碛有疑城。烟云非女子之气，草木尽王者之兵。审曳柴之虚警，破来骑之先声。信有得于风鸟，示无言于旆旌。

望如何其？望且慕。恩意隔兮年光度。雕辇已辞兮，金屋何处。长信草生兮，长门日暮。徯翠华之傥来，仰玄天以自诉。况复湘水无还，漳河空注。泪染枝叶，香余纨素。风萧萧兮北渚波，烟漠漠兮西陵树。夫不归兮江上石，子可见兮秦原墓。拍琴翻朔塞之音，挟瑟指邯郸之路。

望如何其？望最伤。俟环玦兮思帝乡。龙门不见兮，云雾苍苍。乔木何许兮，山高水长。春之气兮悦万族，独含嚬兮千里目。秋之景兮悬清光，偏结愤兮九回肠。羡环拱于白榆，借驰晖于落棠。谅冲斗兮谁见，伊戴盆兮何望！

岂止苏武在胡，管宁浮海。送飞鸿之灭没，附阴火之光彩。鹤颈长引，乌头未改。恨已极兮平原空，起何时兮东山在。永望如何，伤怀孔多。降将有依风之感，宫人成仡月之歌。歌曰：

张衡侧身愁思久，王粲登楼日回首。不作谓滨垂钓臣，羞为洛阳拜尘友。

《唐故衡岳律大师湘潭唐兴寺俨公碑》

佛法在九州间，随其方而化。中夏之人汩于荣利，破荣莫若妙觉，故言禅寂者宗嵩山；北方之人锐以武力，摄武莫若示现，故言神通者宗清凉山；南方之人剽而轻，制轻莫若威仪，故言律藏者宗衡山。是三名山为庄严国，必有达者，与山比崇。南岳律门以津公为上首，津之后云峰证公承之，证公之后湘潭俨公承之。星月丽天，珠玑同贯。由其门者，为正法焉。

公号智俨，曹氏子，世为柳之右姓。兆形在孕，母不嗜荤；成童在侣，独不嗜戏。其夙植固厚者欤！生九年，乐为僧，父不能夺其志。抱经笥入岣嵝山，从名师执业，凡进品受具，闻经传印，皆当时大长老。我入名门，不住诸乘；我得觉路，迳入智地。居室方丈，名闻大千。护法大臣，多所宾礼。嗣曹王皋之镇湖南，请为人师。自是登坛莅事三十有八载，由我得度者万有余人。人持宝衣、解璎珞为礼，公色受之。谓门弟子曰："彼以有相求我，我以有应之。"凡建宝幢，修废寺，饰大像，皆极其工，应物故也。

元和十三年九月二十七日中夜，具汤沐、剃颐顶，与门人告别，既即寂，而视身与色无有坏相。呜呼！岂生能全吾真，故死不速朽，将有愿力耶？予不得而知也。问年八十二，问腊六十一。葬于寺东北隅。传律弟子中巽、道准，传经弟子圆皎、贞璨，与其徒圆静、文外、惠荣、明素、存政等，欲其师之道光且远，故咨予乞辞。乃作长句，以偈铭之曰：

祝融灵山禹所治，非夫有道不可止。中有毗尼出尘士，以津视俨犹孙子。登坛人师四十纪，南方学徒宗奥旨。幼无童心至儿齿，识灭形全异凡死。长沙潭西逾五里，陶侃故居石头寺，门前一带湘江水。吁嗟律席之名兮，与湘流而不已。

《牛头山第一祖融大师新塔记》

初，摩阿迦叶受佛心印，得其人而传之，至师子比邱，凡二十五叶而达摩得焉。东来中华，华人奉之为第一祖。又三传至双峰信公，双峰广其道而歧之：一为东山宗，能、秀、寂其后也；一为牛头宗，严、持、威、鹤林、径山其后也。分慈氏之一支，为如来之别子。咸有祖称，粲然贯珠。

大师号法融，姓韦氏，延陵人。少为儒，博极群书，既而叹曰："此仁义言耳，吾志求出世间法。"遂入句曲，依僧炅，改逢掖而缁之。徙居是山，宴坐石室。以慧力感通，故旱麓泉涌；以神功示现，故皓雪莲生。巨蛇摧伏，群鹿听法。贞观中，双峰过江，望牛头顿锡曰："此山有道气，宜有得之者。"乃东，果与大师相遇。性合神契，至于无言，同跻智地，密付真印。揭立江左，名闻九围。学徒百千，如水归海。由其门而为天人师者，皆脉分焉。显庆二年，报身示灭。道在后觉，神依故山。戒香不绝，龛座未饰。夫岂不思乎？盖神期冥数，必有所待。

大和三年，润州牧浙江西道观察使检校礼部尚书赵郡李公，在镇三闰，百为大备，尚理信古，儒元交修。始下令禁桑门贩佛以眩人者，而于真实相深达焉。尝谓大师像设，宜从本教，言自我启，因自我成。乃召主吏籍我月入，得缗钱二十万，俾秣陵令如符经营之。三月甲子，新塔成，事严而工人尽艺，诚达而山神来护。愿力既从，众心知归。撞锺告白，龙象大会。诸天声香之蕴，如见如闻。即相生敬，明幽同感。尚书欲传信于后远，命愚志之。夫上士解空而离相，中士著空而嫉有。不因相何以示觉？不因有何以悟无？彼达真谛而得中道者，当知为而不有，贤乎以不修为无也。

《袁州萍乡县杨岐山故广禅师碑》

天生人而不能使情欲有节，君牧人而不能去威势以理。至有乘天工之隙以补其化，释王者之位以迁其人。则素王立中枢之教，懋建大中；慈氏起西方之教，习登正觉。至哉！乾坤定位，而圣人之道参行乎其中。亦犹水火异气，成味也同德；辕轮异象，至远也同功。然则儒以中道御群生，罕言性命，故世衰而浸息；佛以大慈救诸苦，广起因业，故劫浊而益尊。自白马东来，而人知像教；佛衣始传，而人知心法。宏以权实，示其摄修。味真实者，即清净以观空；存相好者，布威神而迁善。厚于求者，植因以觊福；罹于苦者，证业以销冤。革盗心于冥昧之间，泯爱缘于死生之际。阴助教化，总持人天。所谓生成之外，别有陶冶；刑政不及，曲为调柔。其方可言。其旨不可得而言也。惟四海之大，群伦之富，必有以得其门而会其宗者，为世导师焉。

禅师讳乘广，其生容州，姓张氏。七岁尚儒，以俎豆为戏；十三慕道，遵怀削之仪。至衡阳，依天柱想公以启初地；至洛阳，依荷泽会公以契真乘。洪锺蕴声，扣之斯应；阳燧含焰，睎之乃明。始由见性，终得自在。常谓机有浅深，法无高下。分二宗者，众生存顿渐之见；说三乘者，如来开方便之门。名自外得，故生分别；道由内证，则无异同。遂以摄化为心，经行不倦。溍彼南裔，不闻佛经。由是结庐此山，心与境寂。应念以起教，随方而立因。居涉旬而善根者知归，逮周月而带缚者惭悟。以月倍日，以年倍时，喑蒙洞开，荒憬潜革。邑中长者，十方善众，咸发信愿，大其藩垣。法堂四阿，复引僧舍。身心恒寂，象马交驰。随其去来，皆得利益。逾岭之北，涉湘而南。仰兹高山，知道有所在。此地缘尽，翛然化俱。神归佛境，悲结人世。自趺坐而灭，至于荼毗，三百有六旬矣。爪发加长，容泽差衰。真子号呼，围绕薪火，得舍利如珠玑者数十百焉。於戏！肖圆方之形，故寂灭以示尽；入菩提之位，故殊相以现灵。亦犹凤毛成字，麟角生肉，必有以异，不知其然。于是服勤闻法之上首曰甄升，乃率其徒圆寂、道宏、如亮、如海等，相与抆泪具役，建塔于禅室之右端，从众也。初，广公始生之辰，岁在丁巳，当元宗之中元也。生三十而受具，更腊五十二而终。终之夕，岁直戊寅，当德宗之后元三月既望之又十日也。后九年，其门人还源以为崇塔以存神，与建铭以垂休，皆凭像寄怀，不可以阙一。缪谓予为习于文者，故茧足千里，以诚相投。大惧其先师德音与时浸远，且曰："白月中黑，东川无还，飏于金石，传信百劫。彼堕泪之感，岂儒者流专之?"敬酬斯言，铭示真俗。文曰：

如来说法，遍满大千。得胜义者，强名为禅。至道不二，至言无辩。

心法东行，群迷丕变。七叶无嗣，四魔潜扇。佛衣生尘，佛法如线。

吾师觉者，冥极道枢。承受密印，端如贯珠。一室寥然，高山之隅。

为法来者，千百人俱。裔民嗤嗤，户有犀渠。摄以方便，家藏佛书。

愿力既普，度门斯盛。合为一乘，散为万行。即动求静，故能常定。

绝缘离觉，乃得究竟。生非我乐，死非我病。现灭者身，常圆者性。

本无言说，付属其谁。等空无碍，后觉得之。像灵塔，迹留仁祠。

十方四辈，瞻礼于斯。

《刘氏集略说》

子刘子曰：五达之井，百汲而盈科，未必凉而甘，所处之势然也。人之词待扣而扬，犹井之利汲耳。始余为童儿，居江湖间，喜与属词者游，谬以为可教。视长者所行止，必操觚从之。及冠，举秀才，一幸而中说。有司惧不厌于众，亟以口誉之。长安中，多循空言，以为诚，果有名字，益与曹辈畋渔于书林，宵语途话，琴酒调谑，一出于文章。俄被召为记室参军。会出师淮上，恒磨墨于楯鼻，或寝止群书中。居一二岁，由甸服升诸朝。凡三进班，而所掌犹外府，或官课，或为人所倩，昌言、奏记、移让、告谕、奠神、志葬，咸猥并焉。及谪于沅湘间，为江山风物之所荡，往往指事成歌诗；或读书有所感，辄立评议。穷愁著书，古儒者之大同，非高冠长剑之比耳。前年，蒙恩泽，授以郡符。居海堧，多雨慝作，适晴，喜，躬晒书于庭，得已书四十通。逌尔自哂曰："道不加益，焉用是空文为？真可供酱蒙药楮耳！它日，子婿博陵崔生关言曰："某也鄙游京师，伟人多问丈人新书几何，且欲取去。而某应曰无有，辄愧起于颜间。今当复西，期有以弭愧者。"繇是删取四之一，为《集略》，以贻此郎，非敢行乎远也。

《含辉洞述》

河东薛公景晦以文无害为尚书刑部郎中，以讪为道州刺史，居郡大理，至于无事。清机羡溢，尽付山水。一旦以书来夸曰："吾得异境于近郊。自城西门并南山，俯江水，有石穹然如夏屋，其左右前后，又如回廊曲房，藻绣雕形之象，云生日入，怪状迭发，水石卉木，杳非人寰。意其当为食霞御气者之所游息，委蜕而去，不知其几千百年。逮今得诸黄冠野夫，及请而往，因名其地曰含辉洞，盖诗家流所谓'山水含清辉'者是已。吾子常以词雄于世，盍为我志焉！

愚得书，退而深惟，若薛公者，少居江湖，间游名山，东探禹穴，历四明、句曲、金华、阳羡，南过九江，薄匡庐以涉彭蠡，天下山水之籍，存乎胸中，第其高下，铢两不失。及是而口呿不能名，顾谓奇，信矣！若江华者，九疑、三湘之佳丽地也。前此二千石御史中执法河南元次山、谏议大夫北平阳亢宗、司刑大夫东平吕和叔，皆硕人也，《考盘》《招隐》之致，恒汲汲然，卒使兹境贵于异日。岂地爱其宝，有时而发耶！顾谓异，信矣！夫物之有作，俟言而远，故述焉以书于洞阴曰：

营阳郁郁，山水第一。洞有含辉，游人忘归。忘归孔乐，请言其朔。
先是斯境，翳于榛薄。天姿孤绝，凡目所忽。其清光，有待而发。
公之来思，探异玩奇。茇野憩林，而民悦之。既悦其至，益知所嗜。
扪陉历岘，来适公志。偶得奇绝，聿来告公。驾言从之，谷岸溟濛。
有石如门，又如垣墉。樛蔓交木，似纶似组。乃芟乃治，乃可布武。
伸胆掉臂，空洞无阻。左右回环，俨若廊庑。飞泉出窦，练縋花吐。
触石吹沙，佩摇弦抚。侧迳寅缘，豁然见天。有石如堂，度之五筵。
东西二门，与日明昏。奥者如室，宣者如轩。因其高下，爰构亭榭。
匠生于心，随指如化。开山翦木，役以私属。结构墍茨，子来嬉嬉。
无事而就，邦人不知。淑清之辰，休浣之时。雅步幅巾，琴壶以随。
前无俗人，与白云期。耳目尽适，形神不羁。元气颢然，观吾朵颐。
遵渚之鸿，有时而飞。石门之下，可以栖迟。此谷而盈，彼邱而夷。

维公之俞，迹永在斯。

《祭虢州杨庶子文》

维大和六年月日，苏州刺史刘禹锡，谨遣军吏某乙具少牢清酌之奠，敬祭于故虢州杨公之灵：

呜呼！

利剑多缺，真玉喜折。俊人不寿，为气所啮。子之少孤，率性自然。

早有名字，结交世贤。席势驰声，龙秋鸟企。试文再售，毛翮愈鲜。

历佐侯藩，拾遗君前。伏阁论事，侵及内欢。克扬直声，不愠左迁。

一斥于外，君门邈然。五剖竹符，皆有声绩。南湘潜化，巴人哑哑。

比阳布和，战地尽辟。寿春武断，奸吏夺魄。荥波砥平，士庶同适。

朝典陟明，俾临本州。锡以贵绶，腰金昼游。舆疾而来，风烟为愁。

静治三载，卧分主忧。直气潜销，颓几不留。九天难问，万国同休。

呜呼惜哉！

与君交欢，已过三纪。维私之爱，与众无比。乃命长嗣，为君半子。

谁无外姻，君实知己。昔与君游，俱为壮年。怒人言命，笑人言天。

阅事未多，信书太坚。方阶尺木，已坠九泉。诵年易深，潜病难痊。

不见南楚，方知北轩。

呜呼嗟哉！

见几不早，追悔已晚。犹希苟老，容或宣展。以闲相期，以晦相勉。

一邱可乐，万累皆遣。玩图散秩，婆娑京辇。天命不长，愿言莫展。

呜呼痛哉！

君卧宏农，予来姑苏。飞书相约，言念鼎湖。我车载脂，为子疾驱。

入境阒寂，唯逢素书。发函惊视，翰不自濡。相去一舍，岂无肩舆。

君为病婴，我为吏拘。两不如意，嗟哉命夫。君今往矣，无复中道。

我今泛然，一委玄造。平生亲友，零落太早。无望拔茅，尽悲宿草。

到郡浃辰，君不起闻。寝门一恸，我哀如焚。彭彭青车，来葬洛滨。

敬修赙礼，泣送行人。万夫之羞，荐君明魂。三赤之板，写予哀文。

凄凉山河，惨淡风云。已矣长别，嗟我杨君。

第六章　柳宗元湖湘诗研究

唐永州人烟稀少，荒僻索寞，贪吏虐民，经济萧条，气候湿热，民不聊生。柳宗元初至，厄运连连：老母弃世，爱女病故，水土不服，身心俱疲。宗元年三十余，而未老先衰，行则膝战，坐则髀痹，齿牙已纵，两鬓斑白。虽然，春秋十载，勤力劳心，不忘元元，蚤作夜思。

永州十年贬，柳宗元人生之大转折。英雄失路，报国无门，志意空度，仿徨历行。其一，潜心百家，广究古今，博采释、老，以为吾用，著《封建论》《非国语》《天对》及《六逆论》之说，骇世而作；其二，闷即出游，移情幽远，放心归真，“永州八记”及《渔翁》《零陵早春》等大抵“情与景偕，思与境共”者，如奇峰异嶂，层见叠出，目不暇给。柳宗元心系本朝，盼望一旦得复旧职，再沐天恩，奈何枕黄粱而徒顾影，只好投笔为枪，抒志寓理，形物传情，遂为巨擘，名满神州。

一、柳宗元在永州之心态

观柳宗元之“永州心态”，既不乏强烈功名之分，观“忧元”之意，愿“穷余生之光阴”。而其行为之为国为民，亦足以为善。

《寄许京兆孟容书》(《柳宗元集》卷三十)，颇露矛盾。其书凡六纸，其略曰：表忠求荐，以祈天眷。宗元既贬永州，情终哀怨，冀复起东山一日，愿友人解而援之，使早脱谪籍，复还京师。柳宗元念许孟容等在位，并擅威权，望援手明甚。如《寄许京兆孟容书》开宗明义：“忽捧教命，乃知幸为大君子所宥，欲使膏肓沉没，复起为人。”既而自陈“唯以中正信义为志，以兴尧、舜、孔子之道、利安元元为务”，忠心不贰；笃信“贤者不得志于今，必取贵于后，古之著书者皆是也”。“再拜五丈座前”，望“假令万一除刑部囚籍，复为士列，亦不堪当世用矣！……虽不敢望归扫茔域，退托先人之庐，以尽余齿，姑遂少北，益轻瘴疠，就婚娶，求胤嗣，有可付托，即冥然长辞，如得甘寝，无复恨矣！”若其所言但乞骸骨而已，而心实望官复旧职。又如《与杨京兆凭书》之一段宏论：“大凡荐举之道，古人之所谓难者，其难非苟一而已也。知之难，言之难，听信之难。夫人有有之而耻言之者，有有之而乐言之者，有无之而工言之者，有无之而不言似有之者……”求杨凭援手。曰：“中心之悃愊郁结，具载所献许京兆丈人书，不能重烦于陈列。凡人之黜弃，皆望望思得效用，而宗元独以无有是念。”曰：“伏以先君禀孝德，秉直道，高于天下，仕再登朝，至六品官。宗元无似，亦尝再登朝至六品矣！”求荐之意昭然，然惟恐未及，又再三托曰：“丈人旦夕归朝廷，复为大僚，伏惟以此为念。流涕顿颡，布之座右，不任感激之至。”其望复出之心，何其迫切！

“今若应叔辈知我，岂下邹子哉？”柳宗元《与裴埙书》所载，求进之心，昭然可见。遂直言曰：“兄顾惟仆之穷途，得无意乎？”而《与萧翰林俛书》中，语虽含蓄，陈情苦涩，且心口不一，曰：“今天子兴教化，定邪正，海内皆欣欣怡愉，而仆与四五子者独沦陷如此，岂非命欤？命乃天也，非云云者所制，余又何恨？”言外之意，乃冀萧俛一朝荐举也。李建官至翰林学士，尝援柳公，柳宗元感激之外，更复请求：“勉尽志虑，辅成一王之法，以宥罪戾”，冀大学士如故，更持一把。曰：“勉尽志虑，辅成一王之法，以宥罪戾。”《与顾十郎书》云：“在朝不能有奇节宏议，以立于当世，卒就废逐，居穷阨……进退无以异于众人……今抱德厚，蓄愤悱……则既乘谬于时，离散摈抑，而无所施用……而下情无以通，盛德无以酬，用为大恨。”宗元不得荐举，而颇有牢骚。

元和八年，柳宗元“忧患元元”，作《韦使君黄溪祈雨见召从行至祠下口号》曰：

骄阳愆岁事，良牧念菑畬。列骑低残月，鸣茄度碧虚。
稍穷樵客路，遥驻野人居。谷口寒流净，丛祠古木疏。
焚香秋雾湿，奠玉晓光初。肸蚃巫言报，精诚礼物余。
惠风仍偃草，灵雨会随车。俟罪非真吏，翻惭奉简书。

此诗乃叙韦使君勤民而祈雨之事也。见召从行，为不得已，铺叙之中暗写隐情：韦使君兴师动众，实钓誉沽名，无足称道；神祠萧然，足见为政之败；庙前祈雨，临时抱佛脚而已。“惠风仍偃草”，“灵雨会随车”。美则美矣，而“惠风”果在乎？柳公念此，遂发“俟罪非真吏，翻惭奉简书”之叹，盖表其若囚之苦，状其从行之违心也。

《零陵早春》乃柳宗元谪居永州所作之思乡诗，则别有深意也：

问春从此去，几日到秦原。凭寄还乡梦，殷勤入故园。

清代王尧衢曰：“此意殷勤，惟思故园，故亦作殷勤之梦，身不能到而梦到，庶同春以入故园耳。”诗人寄意于春，务在于早，是为早春也。并无春花春风，只有“问春从此去，几时到秦原”之冥索。盖以南北风景之殊，蕴休戚交织之情也。柳公谪荒永州，有家难归，思乡之忧，寄语春风。“秦原”，代谓长安也，亦谓唐皇宪宗，则其“故园”情与盼量移之心凝聚笔端矣。奈何早春至秦原，指日可待；而罪臣还长安，邈然无期。则“早春”又何其恼人也！惟寄思梦，入故园以怀想矣。痛哉！

二、柳宗元之永州诗

中古诗长以意，“诗缘情”者，六朝诗人之所共知。中唐柳宗元亦继谢灵运、谢眺之风，以山水见情意也。今欲就其诗句论之，见其性情才学也。柳子厚在永州之诗，忧愤盈怀。其自谪于永，沉吟《离骚》，发泄愤懑，亦自沉浸于胜景，暂忘贬谪之苦。多咏山水自然之歌也。然内心犹冀速召还，以成其志。

如《中夜起望西园值月上》：

觉闻繁露坠，开户临西园。寒月上东岭，泠泠疏竹根。
石泉远逾响，山鸟时一喧。倚楹遂至旦，寂寞将何言！

诗人既迁愚溪，知己所在，故甘心终身为永州民，而又惧其老死于蛮瘴之上，遂相矛盾，故时时思之，因而不息。“倚楹遂至旦，寂寞将何言”，诗人倚户寂然达旦，内心孤独，无可解者。诗人虽孤寂南国，而犹冀一朝一夕，一诏再北，有以报效。诗人伤茕独之外，以求良方。故诗人于愤懑之外，又有自达之路，可谓小旷达寓于大忧愁，而能湛然自化者，亦吾所知也。

又如《溪居》：

久为簪组累，幸此南夷谪。闲依农圃邻，偶似山林客。
晓耕翻露草，夜榜响溪石。来往不逢人，长歌楚天碧。

“久为簪组累，幸此南夷谪。”作者虽被谪，而颇有超脱之感，谓幸而得免。故诗人于怨酸之下，犹有达者。诗人虽心憾于谪，然己亦自借“簪组”论之，以示乐观。

又如《南涧中题》：

秋气集南涧，独游亭午时。回风一萧瑟，林影久参差。
始至若有得，稍深遂忘疲。羁禽响幽谷，寒藻舞沦漪。
去国魂已远，怀人泪空垂。孤生易为感，失路少所宜。
索寞竟何事？徘徊只自知。谁为后来者，当与此心期。

从所感“秋气集南涧，独游亭午时”起，至离国忧“去国魂已远，怀人泪空垂”，秋风萧瑟，诗人忘疲，然不能托寂漶，“孤生易为感，失路少所宜”。秋风萧瑟，羁鸟孤鸣，加以诗人孤独而飘泊在外。故以情言之，固不能超然自悲。其寄情山水，正欲表心，虽有殷忧，愤溢言表，弥透诗人之怀。

又如《零陵春望》：

平野春草绿，晚莺啼远林。日晴潇湘渚，云断岣嵝岑。
仙驾不可望，世途非所任。凝情空景慕，万里苍梧阴。

此诗以末世思圣君也，即诗人西方美人之意。苍梧者，舜葬苍梧之野，诗人慕舜之世，思圣君之出也，盼能使早成报国之志。诗人虽处贬所，而心犹有冀于国，冀圣明早见。柳宗元在永州，虽不满而作愤歌，犹深有切望于圣君也。

风格者，文章之表也。柳宗元在永州之诗多有所蕴藉，风格简古枯淡。柳宗元作于永州之《田家三首》，描画田园一一如在目，如“蓐食徇所务，驱牛向东阡。鸡鸣村巷白，夜色归暮田。”“篱落隔烟火，农谈四邻夕。庭际秋虫鸣，疏麻方寂历。”“是时收获竟，落日多樵牧。高风榆柳疏，霜重梨枣熟”，皆为田园之事，语近自然，而颇有趣味，一如陶渊明之笔下恬淡田原风光矣。故苏轼评曰：“李杜之后，诗人继作，虽间有远韵，而才不逮意，独韦应物、柳宗元发纤秾于简古，寄至味于澹泊，非余自所及也。”其又有言：“柳子厚诗在陶渊明下，韦苏州上，退之豪放、奇险则过之，而温丽靖深不及也。所贵于枯澹者，谓其外枯而中膏，似淡而实美，渊明、子厚之流是也。”可见柳宗元之诗简古枯淡，别具一格。

又如《中夜起望西园值月上》：

觉闻繁露坠，开户临西园。寒月上东岭，泠泠疏竹根。
石泉远逾响，山鸟时一喧。倚楹遂至旦，寂寞将何言。

初二句诗人自写“觉闻繁露坠，开户临西园”，其人宛转反侧，夜不能寐，忽从静夜闻露水滴答声，因起开门望西苑。第三至六句“寒月上东岭，怜怜疏竹根。石泉远逾响，山鸟时一喧”，言诗人月色中见疏竹根，闻石响山乌喧，诗家念己虽不眠，然犹有石、山、鸟陪赏月夜也。“寒”字染出清氛，而“响”“喧”二字则益得幽寂之境也。清风吹襟，凉气渐逼，诗人倚楹待旦，谪痛郁结于心，若将诉于石泉、山鸟，而寂寞又如何倾诉？此诗尽其幽忧之致，言象生动，动静相融，用意亦清冷，扣一独字，使得恍渺之忧，而语平蕴深。

如《秋晓行南谷经荒村》亦以宛言诉怨，不怨而怨者也：

杪秋霜露重，晨起行幽谷。黄叶覆溪桥，荒村唯古木。
寒花疏寂历，幽泉微断续。机心久已忘，何事惊麋鹿。

诗人取霜露、黄叶、古木、寒花、幽泉为意象，托内心之蕴藉。诗人行往南谷，经一萧瑟荒村，语虽淡淡，犹见忧怨。末句“机心久已忘，何事惊麋鹿”，又以达观自我排解。寂寞荒凉之地与寒荒凝重之意融为一体。其诗有淡泊深愤之意、婉淡和蕴之情也。

三、柳宗元诗中之永州

柳宗元以永贞革命贬永州司马。永州，在湘粤桂之界，处荆楚之间，荒僻之余，罕见文士。诗人谪宦，心与永州之美景天然际会，以作诗言永州之美。湖南即屈原行吟处。连峰洞庭，流湘怨鸣，此皆屈诗之所写。“与地之化，与天之变”，宗元为之激发，旦夕磨砺，乃以身投于荆楚之大地中，求其慰藉，遂以永州之美而超越苦难，以悟人生。于是属山水为文，大作诗翰，写永州山川之秀、怪、奇、险。

如《与崔策登西山》：

鹤鸣楚山静，露白秋江晓。连袂度危桥，萦回出林杪。
西岑极远目，毫末皆可了。重叠九疑高，微茫洞庭小。
迥穷两仪际，高出万象表。驰景泛颓波，遥风递寒筱。
谪居安所习，稍厌从纷扰。生同胥靡遗，寿比彭铿夭。
蹇连困颠踣，愚蒙怯幽眇。非令亲爱疏，谁使心神悄。
偶兹遁山水，得以观鱼鸟。吾子幸淹留，缓我愁肠绕。

又如《构法华寺西亭》：

窜身楚南极，山水穷险艰。步登最高寺，萧散任疏顽。
西垂下斗绝，欲似窥人寰。反如在幽谷，榛翳不可攀。
命童恣披翦，葺宇横断山。割如判清浊，飘若升云间。
远岫攒众顶，澄江抱清湾。夕照临轩堕，栖鸟当我还。
菡萏溢嘉色，筼筜遗清斑。神舒屏羁锁，志适忘幽孱。
弃逐久枯槁，迨今始开颜。赏心难久留，离念来相关。
北望间亲爱，南瞻杂夷蛮。置之勿复道，且寄须臾闲。

诗人愁肠百结，每于永州幽溪怪石危峰深林之中，忘身适意，于是以永州之高寺幽谷、山光水韵行于诗篇。其自述曰："自余为僇人，居是州，恒惴栗。其隙也，则施施而行，漫漫而游。日与其徒上高山，入深林，穷回溪，幽泉怪石，无远不列；到则披草而坐，倾壶而醉；醉则相枕以卧，卧而梦。……悠悠乎与颢气俱，而莫得其涯；洋洋乎与造物者游，而不知其所穷。……心凝形释，与万化冥合。"细读柳宗元《游南亭夜还叙志七十韵》《登蒲州石矶望横江口潭岛深迥斜对香零山》《湘口馆潇湘二水所会》《游朝阳岩遂登西亭二十韵》《法华寺石门精舍三十韵》诸诗，皆有意于荆楚山水，得其潇湘神韵气质。

荆楚杂夷，俗多奇特，加以僻远，道路不通，有"蛮夷"色，大异中原。柳宗元流寓永州十年，尤感于此，故多作物产民俗之文，以成荆楚文采，益以新兴神秘之气。柳宗元《谢李吉甫相公示手札启》云："伏以淮海剧九天之遥，潇湘参百越之俗。倾心积念，长悬星汉之上；流形委骨，永沦魑魅之群。"如《渔翁》所云："渔翁夜傍西岩宿，晓汲清湘燃楚竹。烟销日出不见人，欸乃一声山水绿。回看天际下中流，岩上无心云相逐。”竹长而水清者，楚地之风物也。《欸乃曲》者，乃楚地之歌谣也。唐元结有言：“大历初，结为道州刺史。以军事诣都，使还州，逢春水，舟行不进，作《欸乃曲》，令舟子唱之，以取适于道路云。”“谁能听欸乃，欸乃感人情。”《欸乃曲》乃棹歌也。楚重巫鬼，其歌意深曲幽，兴忧娱悲。柳诗录荆楚歌谣之名，描画其缠绵感激之状，得以现神妙幽远之山水灵气。其《囚山》《惩咎》《闵生》之赋者，山川风俗也。

附一：柳宗元生平史料

《旧唐书》

柳宗元，字子厚，河东人。后魏侍中济阴公之系孙。曾伯祖奭，高祖朝宰相。父镇，太常博士，终侍御史。宗元少聪警绝众，尤精西汉《诗》《骚》。下笔构思，与古为侔。精裁密致，璨若珠贝。当时流辈咸推之。登进士第，应举宏辞，授校书郎、蓝田尉。贞元十九年，为监察御史。

顺宗即位，王叔文、韦执谊用事，尤奇待宗元。与监察吕温密引禁中，与之图事。转尚书礼部员外郎。叔文欲大用之，会居位不久，叔文败，与同辈七人俱贬。宗元为邵州刺史，在道，再贬永州司马。既罹窜逐，涉履蛮瘴，崎岖堙厄，蕴骚人之郁悼，写情叙事，动必以文。为骚文十数篇，览之者为之凄恻。元和十年，例移为柳州刺史。时朗州司马刘禹锡得播州刺史，制书下，宗元谓所亲曰：“禹锡有母年高，今为郡蛮方，西南绝域，往复万里，如何与母偕行。如母子异方，便为永诀。吾于禹锡为执友，胡忍见其若是？”即草章奏，请以柳州授禹锡，自往播州。会裴度亦奏其事，禹锡终易连州。

柳州土俗，以男女质钱，过期则没入钱主，宗元革其乡法。其已没者，仍出私钱赎之，归其父母。江岭间为进士者，不远数千里皆随宗元师法；凡经其门，必为名士。著述之盛，名动于时，时号柳州云。有文集四十卷。元和十四年十月五日卒，时年四十七。子周六、周七，才三四岁。观察使裴行立为营护其丧及妻子还于京师，时人义之。

《新唐书》

柳宗元，字子厚，其先盖河东人。从曾祖奭为中书令，得罪武后，死高宗时。父镇，天宝末遇乱，奉母隐王屋山，常间行求养，后徙于吴。肃宗平贼，镇上书言事，擢左卫率府兵曹参军。佐郭子仪朔方府，三迁殿中侍御史。以事触窦参，贬夔州司马。还，终侍御史。

宗元少精敏绝伦，为文章卓伟精致，一时辈行推仰。第进士、博学宏辞科，授校书郎，调蓝田尉。贞元十九年，为监察御史里行。善王叔文、韦执谊，二人皆奇其才。及得政，引内禁近，与计事，擢礼部员外郎，欲大进用。

俄而叔文败，贬邵州刺史，不半道，贬永州司马。既窜斥，地又荒疠，因自放山泽间，其堙厄感郁，一寓诸文，仿《离骚》数十篇，读者咸悲恻。雅善萧俛，诒书言情曰：

仆向者进当觥陒不安之势，平居闭门，口舌无数，又久与游者，岌岌而操其间。其求进而退者，皆聚为仇怨，造作粉饰，蔓延益肆。非的然昭晰、自断于内，孰能了仆于冥冥间哉？仆当时年三十三，自御史里行得礼部员外郎，超取显美，欲免世之求进者怪怒媢疾，可得乎？与罪人交十年，官以是进，辱在附会。圣朝宽大，贬黜甚薄，不塞众人之怒，谤语转侈，嚣嚣嗷嗷，渐成怪人。饰智求仕者，更詈仆以悦仇人之心，日为新奇，务相悦可，自以速援引之路。仆辈坐益困辱，万罪横生，不知其端，悲夫！人生少六七十者，今三十七矣，长来觉日月益促，岁岁更甚，大都不过数十寒暑，无此身矣。是非荣辱，又何足道！云云不已，衹益为罪。居蛮夷中久，惯习炎毒，昏眊重膇，意以为常。忽遇北风晨起，薄寒中体，则肌革惨懔，毛发萧条，瞿然注视，怵惕以为异候，意绪殆非中国人也。楚、越间声音特异，鴂舌啅噪，今听之恬然不怪，已与为类矣。家生小童，皆自然哓哓，昼夜满耳，闻北人言，则啼呼走匿，虽病夫亦怛然骇之。出门见适州闾市井者，其十八九杖而后兴。自料居此尚复几何，岂可更不知止，言说长短，重为一世非笑哉？读《易·困卦》至“有言不信，尚口乃穷”，往复益喜，曰：“嗟乎！余虽家置一喙以自称道，诟益甚耳。”用是更乐喑默，与木石为徒，不复致意。今天子兴教化，定邪正，海内皆欣欣怡愉，而仆与四五子者，沦陷如此，岂非命欤？命乃天也，非云云者所制，又何恨？然居治平之世，终身为顽人之类，犹有少耻，未能尽忘。傥因贼平庆赏之际，得以见白，使受天泽余润，虽朽枿败腐不能生植，犹足蒸出芝菌，以为瑞物。一释废锢，移数县之地，则世必曰罪稍解矣。然后收召魂魄，买土一廛为耕氓，朝夕歌谣，使成文章，庶木铎者采取，献之法宫，增圣唐大雅之什，虽不得位，亦不虚为太平人矣。

又诒京兆尹许孟容曰：

宗元早岁与负罪者亲善，始奇其能，谓可以共立仁义，裨教化。过不自料，勤勤勉励，唯以忠正信义为志，兴尧、舜、孔子道，利安元元为务，不知愚陋不可以强，其素意如此也。末路厄塞臲卼，事既壅隔，很忤贵近，狂疏缪戾，蹈不测之辜。今党与幸获宽贷，各得善地，无公事，坐食奉禄，德至渥也，尚何敢更俟除弃废痼，希望外之泽哉？年少气锐，不识几微，不知当否，但欲一心直遂，果陷刑法，皆自所求取，又何怪也？宗元于众党人中，罪状最甚，神理降罚，又不能即死，犹对人语言，饮食自活，迷不知耻，日复一日。然亦有大故。自以得姓来二千五百年，代为冢嗣，今抱非常之罪，居夷獠之乡，卑湿昏雾，恐一日填委沟壑，旷坠先绪，以是怛然痛恨，心骨沸热。茕茕孤立，未有子息，荒陬中少士人女子，无与为婚，世亦不肯与罪人亲昵。以是嗣续之重，不绝如缕，每春秋时飨，孑立捧奠，顾眄无后继者，懔懔然欷歔惴惕，恐此事便已，摧心伤骨，若受锋刃。此诚丈人所共闵惜也。先墓在城南，无异子弟为主，独托村邻。自谴逐来，消息存亡不一至，乡闾主守固以益怠。昼夜哀愤，惧便毁伤松柏，刍牧不禁，以成大戾。近世礼重拜扫，今阙者四年矣。每遇寒食，则北向长号，以首顿地。想田野道路，士女遍满，皂隶庸丐，皆得上父母丘墓，马医、夏畦之鬼，无不受子孙追养者。然此已息望，又何以云哉？城西有数顷田，树果数百株，多先人手自封植，今已荒秽，恐便斩伐，无复爱惜。家有赐书三千卷，尚在善和里旧宅，宅今三易主，书存亡不可知。皆付受所重，常系心腑，然无可为者。立身一败，万事瓦裂，身残家破，为世大僇。是以当食不知辛咸节适，洗沐盥漱，动逾岁时，一搔皮肤，尘垢满爪，诚忧恐悲伤，无所告诉，以至此也。自古贤人才士，秉志遵分，被谤议不能自明者，以百数。故有无兄盗嫂，娶孤女挝妇翁者。然赖当世豪杰分明辨列，卒光史册。管仲遇盗，升为功臣；匡章被不孝名，孟子礼之。今已无古人之实为而有诟，欲望世人之明己，不可得也。直不疑买金以偿同舍；刘宽下车，归牛乡人。此诚知疑似之不可辩，非口舌所能胜也。郑詹束缚于晋，终以无死；钟仪南音，卒获返国；叔向囚虏，自期必免；范痤骑危，以生易死；蒯通据鼎耳，为齐上客；张苍、韩信伏斧锧，终取将相；邹阳狱中，以书自治；贾生斥逐，复召宣室；儿宽摈厄，后至御史大夫；董仲舒、刘向下狱当诛，为汉儒宗。此皆瑰伟博辨奇壮之士，能自解脱。今以恇怯淟涊，下才末伎，又婴痼病，虽欲慷慨攘臂，自同昔人，愈疏阔矣。贤者不得志于今，必取贵于后，古之著书者皆是也。宗元近欲务此，然力薄志劣，无异能解，欲秉笔覙缕，神志荒耗，前后遗忘，终不能成章。往时读书，自以不至抵滞，今皆顽然无复省录。读古人一传，数纸后，则再三伸卷，复观姓氏，旋又废失。假令万一除刑部囚籍，复为士列，亦不堪当世用矣！伏惟兴哀于无用之地，垂德于不报之所，以通家宗祀为念，有可动心者操之勿失。虽不敢望归扫茔域，退托先人之庐，以尽余齿，姑遂少北，益轻瘴疠，就婚娶，求胄嗣，有可付托，即冥然长辞，如得甘寝，无复恨矣！

然众畏其才高，惩刈复进，故无用力者。

宗元久汩振，其为文，思益深。尝著书一篇，号《贞符》，曰：

臣所贬州流人吴武陵为臣言："董仲舒对三代受命之符，诚然？非邪？"臣曰："非也。何独仲舒尔，司马相如、刘向、扬雄、班彪、彪子固皆沿袭嗤嗤，推古瑞物以配受命，其言类淫巫瞽史，诳乱后代，不足以知圣人立极之本，显至德，扬大功，甚失厥趣。臣为尚书郎时，尝着《贞符》，言唐家正德受命于生人之意、累积厚久宜享无极之义，本末闳阔。会贬逐中辍，不克备究。"武陵即叩头邀臣："此大事，不宜以辱故休缺，使圣王之典不立，无以抑诡类、拔正道、表核万代。"臣不胜奋激，即具为书。念终泯没蛮夷，不闻于时，独不为也。苟一明大道，施于人世，死无所憾，用是自决。臣宗元稽首拜手以闻曰：孰称古初，朴蒙空侗而无争，厥流以讹，越乃奋夺斗怒振动，专肆为□□□□？曰：是不知道。惟人之初，总总而生，林林而群。雪霜风雨雷雹暴其外，于是乃知架巢空穴，挽草木，取皮革；饥渴牝牡之欲驱其内，于是乃噬禽兽，咀果谷，合偶而居。交焉而争，睽焉而斗，力大者搏，齿利者啮，爪刚者决，群众者轧，兵良者杀，披披藉藉，草野涂血。然后强有力者出而治之，往往为曹于险阻，用号令起，而君臣什伍之法立。德绍者嗣，道怠者夺。于是有圣人焉，曰黄帝，游其兵车，交贯乎其内，一统类，齐制量，然犹大公之道不克建。于是有圣人焉，曰尧，置州牧四岳，持而纲之，立有德有功有能者，参而维之，运臂率指，屈伸把握，莫不统率。年老，举圣人而禅焉，大公乃克建。由是观之，厥初罔匪极乱，而后稍可为也。而非德不树，故仲尼叙《书》，于尧曰"克明俊德"，于舜曰"浚哲文明"，于禹曰"文命祗承于帝"，于汤曰"克宽克仁，章信兆民"，于武王曰"有道曾孙"。稽揆典誓，贞哉惟兹德，实受命之符，以奠永祀。后之祅淫嚚昏好怪之徒，乃始陈大电、大虹、玄鸟、巨迹、白狼、白鱼、流火之乌以为符，斯皆诡谲阔诞，其可羞也，莫知本于厥贞。汉用大度，克怀于有氓，登能庸贤，濯痍煦寒，以瘳以熙，兹其为符也。而其妄臣，乃下取虺蛇，上引天光，推类号休，用夸诬于无知氓，增以驺虞、神鼎，胁驱纵踊，俾东之泰山、石闾，作大号谓之"封禅"，皆《尚书》所无有。莽、述承效，卒奋骜逆。其后有贤帝曰光武，克绥天下，复承旧物，犹崇《赤伏》，以玷厥德。魏、晋而下，尨乱钧裂，厥符不贞，邦用不靖，亦罔克久，驳乎无以议为也。积大乱至于隋氏，环四海以为鼎，跨九垠以为炉，爨以毒燎，煽以虐焰，其人沸涌灼烂，号呼腾蹈，莫有救止。于是大圣乃起，丕降霖雨，浚涤荡沃，蒸为清氛，疏为泠风，人乃漻然休然，相睎以生，相持以成，相弥以宁。琢斫屠劓膏流节离之祸不作，而人乃克完平舒愉，尸其肌肤，以达于夷途。焚坼抵掎奔走转死之害不起，而人乃克鸠类集族，歌舞悦怿，用祗于元德。徒奋袒呼，犒迎义旅，欢动六合，至于麾下。大盗豪据，阻命遏德，义威殄戮，咸坠厥绪。无刘于虐，人乃并受休嘉，去隋氏，克归于唐，踯躅讴歌，灏灏和宁。帝庸威栗，惟人之为。敬奠厥赋，积藏于下，是谓丰国。乡为义廪，敛发谨饬，岁丁大侵，人以有年。简于厥刑，不残而惩，是谓严威。小属而支，大生而孥，恺悌祗敬，用底于治。凡其所欲，不谒而获；凡其所恶，不祈而息。四夷稽服，不作兵革，不竭货力。丕扬于后嗣，用垂于帝式，十圣济厥治，孝仁平宽，惟祖之则。泽久而逾深，仁增而益高，人之戴唐，永永无穷。是故受命不于天，于其人；休符不于祥，于其仁。惟人之仁，匪祥于天。匪祥于天，兹惟贞符哉！未有丧仁而久者也，未有恃祥而寿者也。商之王以桑谷昌，以雉鸲大，宋之君以法星寿，郑以龙衰，鲁以麟弱，白雉亡汉，黄犀死莽，恶在其为符也？不胜唐德之代，光绍明浚，深鸿尨大，保人斯无疆，宜荐于郊庙，文之雅诗，祗告于德之休。帝曰谌哉！乃黜休祥之奏，究贞符之奥，思德之所未大，求仁之所未备，以极于邦治，以敬于人事。其诗曰：于穆敬德，黎人皇之。惟贞厥符，浩浩将之。仁函于肤，刃莫毕屠。泽熯于爨，濡炎以浣。勃厥凶德，乃驱乃夷。懿其休风，是煦是吹。父子熙熙，相宁以嬉。赋彻而藏，厚我糗粻。刑轻以清，我完靡伤。贻我子孙，百代是康。十圣嗣于治，仁后之子。子思孝父，易患于己。拱之戴之，神其尔宜。载扬于雅，承天之嘏。天之诚神，宜鉴于仁。神之曷依？宜仁之归。濮铅于北，祝栗于南，幅员西东，祗一乃心。祝唐之纪，后天罔坠；祝皇之寿，与地咸久。曷徒祝之，心诚笃之。神协人同，道以告之。俾弥亿万年，不震不危。我代之延，永永毗之。仁增以崇，曷不尔思？

有号于天，佥曰呜呼，咨尔皇灵，无替厥符！

宗元不得召，内闵悼，悔念往吝，作赋自儆曰：

惩咎愆以本始兮，孰非余心之所求？处卑污以闵世兮，固前志之为尤。始余学而观古兮，怪今昔之异谋。惟聪明为可考兮，追骏步而遐游。洁诚之既信直兮，仁友蔼而萃之。日施陈以系縻兮，邀尧舜与之为。上睢盱而混茫兮，下驳诡而怀私。旁罗列以交贯兮，求大中之所宜。曰道有象兮，而无其形。推变乘时兮，与志相迎。不及则殆兮，过则失贞。谨守而中兮，与时偕行。万类芸芸兮，率由以宁。刚柔弛张兮，出入纶经。登能抑枉兮，白黑浊清。蹈乎大方兮，物莫能婴。奉訏谟以植内兮，欣余志之有获。再明信乎策书兮，谓耿然而不惑。愚者果于自用兮，惟惧夫诚之不一。不顾虑以周图兮，专兹道以为服。谗妒构而不戒兮，犹断断于所执。哀吾党之不淑兮，遭遇任之卒迫。势危疑而多诈兮，逢天地之否隔。欲图退而保己兮，悼乖期乎曩昔。欲操术以致忠兮，众呀然而互吓。进与退吾无归兮，甘脂润兮鼎镬。幸皇鉴之明宥兮，累郡印而南适。惟罪大而宠厚兮，宜夫重仍乎祸谪。既明惧乎天讨兮，又幽栗乎鬼责。惶惶乎夜寤而昼骇兮，类麏麚之不息。凌洞庭之洋洋兮，溯湘流之沄沄。飘风击以扬波兮，舟摧抑而回邅。日霾曀以昧幽兮，黝云涌而上屯。暮屑窜以淫雨兮，听嗷嗷之哀猿。众鸟萃而啾号兮，沸洲渚以连山。漂遥逐其讵止兮，逝莫属余之形魂。攒峦奔以纡委兮，束汹涌之崩湍。畔尺进而寻退兮，荡洄汩乎沦涟。际穷冬而止居兮，羁累棼以萦缠。哀吾生之孔艰兮，循《凯风》之悲诗。罪通天而降酷兮，不亟死而生为！逾再岁之寒暑兮，犹贸贸而自持。将沉渊而陨命兮，讵蔽罪以塞祸？惟灭身而无后兮，顾前志犹未可。进路呀以划绝兮，退伏匿又不果。为孤囚以终世兮，长拘挛而轗轲。曩余志之修蹇兮，今何为此戾也？岂贪食而盗名兮，不混同于世也。将显身以直遂兮，众之所宜蔽也。不择言以危肆兮，固群祸之际也。御长辕之无桡兮，行九折之峨峨。为惊棹以横江兮，溯凌天之腾波。幸余死之已缓兮，完形躯之既多。苟余齿之有惩兮，蹈前烈而不颇。死蛮夷固吾所兮，虽显宠其焉加？配大中以为偶兮，谅天命之谓何！

元和十年，徙柳州刺史。时刘禹锡得播州，宗元曰："播非人所居，而禹锡亲在堂，吾不忍其穷，无辞以白其大人，如不往，便为母子永决。"即具奏欲以柳州授禹锡而自往播。会大臣亦为禹锡请，因改连州。

柳人以男女质钱，过期不赎，子本均，则没为奴婢。宗元设方计，悉赎归之。尤贫者，令书庸，视直足相当，还其质。已没者，出己钱助赎。南方为进士者，走数千里从宗元游，经指授者，为文辞皆有法。世号"柳柳州"。十四年卒，年四十七。

宗元少时嗜进，谓功业可就。既坐废，遂不振。然其才实高，名盖一时。韩愈评其文曰："雄深雅健，似司马子长，崔、蔡不足多也。"既没，柳人怀之，托言降于州之堂，人有慢者辄死。庙于罗池，愈因碑以实之云。

《唐才子传》

宗元，字子厚，河东人。贞元九年苑论榜第进士。又试博学宏辞，授校书郎，调蓝田县尉，累迁监察御史里行。与王叔文、韦执谊善，二人引之谋事，擢礼部员外郎，欲大用，值叔文败，贬邵州刺史，半道，有诏贬永州司马。遍贻朝士书言情，众忌其才，无为用心者。元和十年，徙柳州刺史。时刘禹锡同谪，得播州，宗元以播非人所居，且禹锡母老，具奏以柳州让禹锡，而自往播，会大臣亦有为请者，遂改连州。宗元在柳多惠政，及卒，百姓追慕，立祠享祀，血食至今。公天才绝伦，文章卓伟，一时辈行，咸推仰之。工诗，语意深切，发纤秾于简古，寄至味于淡泊，非余子所及也。司空图论之曰："梅止于酸，盐止于咸，饮食不可无，而其美常在酸咸之外，可以一唱而三叹也。子厚诗在陶渊明下，韦应物上，退之豪放奇险则过之，而温厉靖深不及也。"今诗赋杂文等三十卷，传于世。

附二：柳宗元湖湘诗文

《零陵春望》

平野春草绿，晓（一作晚）莺啼远林。日晴潇湘渚，云断岣嵝岑。
仙驾不可望，世途非所任。凝情空景慕，万里苍梧阴。

《得卢衡州书因以诗寄》

临蒸且莫叹炎方，为报秋来雁几行。林邑东回山似戟，牂牁南下水如汤。
蒹葭淅沥含秋雾，橘柚玲珑透夕阳。非是白苹洲畔客，还将远意问潇湘。

《从崔中丞过卢少尹郊居》

寓居湘岸四无邻，世网难婴每自珍。
莳药闲庭延国老，开樽虚室（一作席）值贤人。
泉回浅石依高柳，径转垂藤闲绿筠。闻道偏为五禽戏，出门鸥鸟更相亲。

《三赠刘员外》

信书成自误，经事渐知非。今日临岐（一作湘）别，何年待汝归。

《再上湘江》

好在湘江水，今朝又上来。不知从此去，更遣几年回。

《酬曹侍御过象县见寄》

破额山前碧玉流，骚人遥驻木兰舟。
春风无限潇湘意（一作忆），欲采苹花不自由。

《弘农公以硕德伟材屈于诬枉左官三岁复为大僚天监昭明人心感悦宗元窜伏湘浦拜贺末由谨献诗五十韵以毕微志》

知命儒为贵，时中圣所臧。处心齐宠辱，遇物任行藏。
关识新安地，封传临晋乡。挺生推豹蔚，遐步仰龙骧。
干有千寻竦，精闻百链钢。
茂功期舜禹，高韵状（一作上，一作挟）羲黄（一作皇）。
足逸诗书囿，锋摇翰墨场。雅歌张仲德，颂祝鲁侯昌。
宪府初腾价，神州转耀铓。右言盈简策，左辖备条纲。
响切晨趋佩，烟浓近侍香。司仪六礼洽，论将七兵扬。
合乐来仪凤，尊祠重饩羊。卿材优柱石，公器擅岩廊。
峻节临衡峤，和风满豫章。人归父母育，郡得股肱良。
细故谁留念，烦言肯过防。璧非真盗客，金有误持郎。
龟虎休前寄，貂蝉冠旧行。训刑方命吕，理剧复推张。
直用明销恶，还将道胜刚。敬逾齐国社，恩比召南棠。

希怨犹逢怒，多容竟忤强。火炎侵琬琰，鹰击谬鸾凰。
刻木终难对，焚芝未改芳。远迁逾桂岭，中徙滞余杭。
顾土虽怀赵，知天讵畏匡。论嫌齐物诞，骚爱远游伤。
丽泽周群品，重明照万方。斗间收紫气，台上挂清光。
福为深仁集，妖从盛德禳。秦民啼畎亩，周士舞康庄。
采绶还垂艾，华簪更截肪。高居迁鼎邑，遥傅（一作传）好书王。
碧树环金谷，丹霞映上阳。留欢唱容与（音预），要醉对清凉。
故友仍同里，常僚每合堂。渊龙过许劭，冰鲤吊王祥。
玉漏天门静，铜驼御路荒。涧瀍秋潋滟，嵩少暮微茫。
遭渚徒云乐，冲天自不遑。降神终入辅，种德会明扬。
独弃伧人国，难窥夫子墙。通家殊孔李，旧好即潘杨。
世议排张挚，时情弃仲翔。不言缧绁枉，徒恨纆徽（一作牵）长。
贾赋愁单阏，邹书怯大梁。炯心那自是，昭世懒佯狂。
鸣玉机全息，怀沙事不忘。恋恩何敢死，垂泪对清湘。

《酬娄秀才寓居开元寺早秋月夜病中见寄》

客有故园思，潇湘生夜愁。病依居士室，梦绕羽人丘。
味道怜知止，遗名得自求。壁（一作堂）空残月曙，门掩候虫秋。
谬委双金重，难征杂佩酬。碧霄无枉路，徒此助离忧。

《奉和杨尚书（于陵）郴州追和故李中书（吉甫）夏日登北楼十韵之作依本诗韵次用》

郡楼有遗唱，新和敌南金。境以道情得，人期幽梦寻。
层轩隔炎暑，迥野恣窥临。凤去徽音续，芝焚芳意深。
游鳞出陷浦，唳鹤绕仙岑。风起三湘浪，云生万里阴。
宏规齐德宇，丽藻竞词林。静契分忧术，闲同迟（音稚）客心。
骅骝当远步，鶗鴂莫相侵。今日登高处，还闻梁父吟。

《初秋夜坐赠吴武陵》

稍稍雨侵竹，翻翻鹊惊丛。美人隔湘浦，一夕生秋风。

积雾杳难极，沧波浩无穷。相思岂云远，即席莫与同。
若人抱奇音，朱弦緪枯桐。清商激西颢，泛滟凌长空。
自得本无作，天成谅非功。希声閟大朴，聋俗何由聪。

《巽上人以竹闲自采新茶见赠酬之以诗》

芳丛翳湘竹，零露凝清华。复此雪山客，晨朝掇灵芽。
蒸烟俯石濑，咫尺凌丹崖。圆方丽奇色，圭璧（一作玉）无纤瑕。
呼儿爨金鼎，余馥延幽（一作清）遐。涤虑发真照，还源荡昏邪。
犹同甘露饭，佛事薰毗耶。咄此蓬瀛侣，无乃贵流霞。

《零陵赠李卿元侍御简吴武陵》

理世固轻士，弃捐湘之湄。阳光竞（一作竟）四溟，敲石安所施。
铩羽集枯干，低昂互鸣悲。朔云吐风寒，寂历穷秋时。
君子尚容与，小人守竞危。惨悽日相视，离忧坐自滋。
尊酒聊可酌，放歌谅徒为。惜无协律者，窈眇弦吾诗。

《界围岩水帘》

界围汇湘曲，青壁环澄流。悬泉粲成帘，罗注无时休。
韵磬叩凝碧，锵锵彻岩幽。丹霞冠其巅，想像凌虚游。
灵境不可状，鬼工谅难求。忽如朝玉皇，天冕垂前旒。
楚臣昔南逐，有意仍丹丘。今我始北旋，新诏释缧囚。
采真诚眷恋，许国无淹留。再来寄幽梦，遗贮催行舟。

《湘口馆潇湘二水所会》

九疑浚倾奔，临源委萦回。会合属空旷，泓澄停风雷。
高馆轩霞表，危楼临山隈。兹辰始澄霁，纤云尽褰开。
天秋日正中，水碧无尘埃。杳杳渔父吟，叫叫羁鸿哀。
境胜岂不豫，虑分固难裁。升高欲自舒，弥使远念来。
归流驶且广，泛舟绝沿洄。

《游石角过小岭至长乌村》

志适不期贵（一作不自期），道存岂（一作贵）偷生。
久忘上封事，复笑升天行。
窜逐宦湘浦，摇心剧悬旌。始惊陷世议，终欲逃天刑。
岁月杀（色界切）忧栗，慵疏寡将迎。追游疑所爱，且复舒吾情。
石角恣幽步，长乌遂遐征。磴回茂树断，景晏寒川明。
旷望少行人，时闻田鹳鸣。风篁冒水远，霜稻侵山平。
稍与人事闲，益知身世轻。为农信可乐，居宠真虚荣。
乔木余故国，愿言果丹诚。四支反田亩，释至东皋耕。

《冉溪（公易其名为愚溪者是也）》

少时陈力希公侯，许国不复为身谋。风波一跌逝万里，壮心瓦解空缧囚。
缧囚终老无余事，愿卜湘西冉溪地。却学寿张樊敬侯，种漆南园待成器。

《种仙灵毗》

穷陋（一作巷）阙自养，疠气剧嚣烦。隆冬乏霜霰，日夕南风温。
杖藜下庭际，曳踵不及门。门有野田吏，慰我飘零魂。
及言有灵药，近在湘西原。服之不盈旬，蹩（蒲结切）躠（音薛）皆腾骞。
笑忭前即吏，为我擢其根。蔚蔚遂充庭，英翘忽已繁。
晨起自采曝，杵臼通夜喧。灵和理内藏，攻疾贵自源。
拥覆逃积雾，伸舒委余暄。奇功苟可征，宁复资兰荪。
我闻畸人术，一气中夜存。能令深深息，呼吸还归跟（音根）。
疏放固难效，且以药饵论。痿者不忘起，穷者宁复言。
神哉辅吾足，幸及儿女奔。

《自衡阳移桂十余本植零陵所住精舍》

谪官去南裔，清湘绕灵岳。晨登蒹葭岸，霜景霁纷浊。
离披得幽桂，芳本欣盈握。火耕困烟烬，薪采久摧剥。
道旁且不愿，岑岭况悠邈。倾筐壅故壤，栖息期鸾鷟。

路远清凉宫，一雨悟无学。南人始珍重，微我谁先觉。
芳意不可传，丹心徒自渥。

《湘岸移木芙蓉植龙兴精舍》

有美不自蔽，安能守孤根。盈盈湘西岸，秋至风露繁。
丽影别寒水，秾芳委前轩。芰荷谅难杂，反此生高原。

《南中荣橘柚》

橘柚怀贞质，受命此炎方。密林耀朱绿，晚岁有余芳。
殊风限清汉，飞雪滞故乡。攀条何所叹，北望熊与湘（熊、湘，二山名）。

《渔翁》

渔翁夜傍西岩宿，晓汲清湘燃楚竹。
烟销日出不见人，欸乃（音袄霭）一声山水绿。
回看天际下中流，岩上无心云相逐。

《别舍弟宗一》

零落残红（一作魂）倍黯然，双垂别泪越江边。
一身去国六千里，万死投荒十二年。
桂岭瘴来云似墨，洞庭春尽水如天。欲知此后相思梦，长在荆门郢树烟。

《与崔策登西山（策字子符，集有送崔九序）》

鹤鸣楚山静，露白秋江晓。连袂度危桥，萦回出林杪。
西岑极远目，毫末皆可了。重叠九疑高，微茫洞庭小。
迥穷两仪际，高出万象表。驰景泛颓波，遥风递寒筱。
谪居安所习，稍厌从纷扰。生同胥靡遗，寿比彭铿夭。
蹇连困颠踣，愚蒙怯幽眇。非令亲爱疏，谁使心神悄。
偶兹遁山水，得以观鱼鸟。吾子幸淹留，缓我愁肠绕。

《朗州窦常员外寄刘二十八诗见促行骑走笔酬赠》

投荒垂一纪，新诏下荆扉。疑比庄周梦，情如苏武归。
赐环留逸响，五马助征騑。不羡衡阳雁，春来前后飞。

《奉和周二十丈酬郴州侍郎衡江夜泊得韶州书并附当州生黄茶一封率然成篇代意之作》

丘山仰德耀，天路下征騑。梦喜三刀近，书嫌五载违。
凝情江月落，属思岭云飞。会入司徒府，还邀周掾归。

《同刘二十八哭吕衡州兼寄江陵李元二侍御（李深源、元克已也）》

衡岳新摧天柱峰，士林憔悴泣相逢。祇令文字传青简，不使功名上景钟。
三亩空留悬磬室，九原犹寄若堂封。遥想荆州人物论，几回中夜惜元龙。

《衡阳与梦得分路赠别》

十年憔悴到秦京，谁料翻为岭外行。伏波故道风烟在，翁仲遗墟草树平。
直以慵疏招物议，休将文字占时名。今朝不用临河别，垂泪千行便濯缨。

《得卢衡州书因以诗寄》

临蒸且莫叹炎方，为报秋来雁几行。林邑东回山似戟，牂牁南下水如汤。
蒹葭淅沥含秋雾，橘柚玲珑透夕阳。非是白苹洲畔客，还将远意问潇湘。

《过衡山见新花开却寄弟》

故国名园久别离，今朝楚树发南枝。晴天归路好相逐，正是峰前回雁时。

《段九秀才处见亡友吕衡州书迹》

交侣平生意最亲，衡阳往事似分身。袖中忽见三行字，拭泪相看是故人。

《杂曲歌辞》其二

虞衡斤斧罗千山，工命采斫杙与椽。深林土剪十取一，百牛连鞅摧双辕。

万围千寻妨道路，东西蹶倒山火焚。遗余毫末不见保，躏跞涧壑何当存。
群材未成质已夭，突兀哮豁空岩峦。柏梁天灾武库火，匠石狼顾相愁冤。
君不见南山栋梁益稀少，爱材养育谁复论。

《善谑驿和刘梦得酹淳于先生》

水上鹄已去，亭中鸟又鸣。辞因使楚重，名为救齐成。
荒垄遽千古，羽觞难再倾。刘伶今日意，异代是同声。

《酬徐二中丞普宁郡内池馆即事见寄》

鵷鸿念旧行，虚馆对芳塘。落日明朱槛，繁花照羽觞。
泉归沧海近，树入楚山长。荣贱俱为累，相期在故乡。

《梅雨》

梅实迎时雨，苍茫值晚春。愁深楚猿夜，梦断越鸡晨。
海雾连南极，江云暗北津。素衣今尽化，非为帝京尘。

《柳州城西北隅种柑树》

手种黄柑二百株，春来新叶遍城隅。方同楚客怜皇树，不学荆州利木奴。
几岁开花闻喷雪，何人摘实见垂珠。若教坐待成林日，滋味还堪养老夫。

《春怀故园》

九扈鸣已晚，楚乡农事春。悠悠故池水，空待灌园人。

《过衡山见新花开却寄弟》

故国名园久别离，今朝楚树发南枝。晴天归路好相逐，正是峰前回雁时。

《汨罗遇风》

南来不作楚臣悲，重入修门自有期。为报春风汨罗道，莫将波浪枉明时。

《同刘二十八院长（禹锡）述旧言怀感时书事奉寄澧州张员外使君（署）五十二韵之作因其韵增至八十通赠二君子》

弱岁游玄圃，先容幸弃瑕。名劳长者记，文许后生夸。
鷃翼尝披隼，蓬心类倚麻。继酬天禄署，俱尉甸侯家。
宪府初收迹，丹墀共拜嘉。分行参瑞兽，传点乱宫鸦。
执简宁循枉，持书每去邪。鸾凤标魏阙，熊武负崇牙。
辨色宜相顾，倾心自不哗。金炉仄流月，紫殿启晨霞。
未竟迁乔乐，俄成失路嗟。还如渡辽水，更似谪长沙。
别怨秦城暮，途穷越岭斜。讼庭闲枳棘，候吏逐麋（一作麇）麚。
三载皇恩畅，千年圣历遐。
朝宗延驾（一作架）海，师役罢梁溠。京邑搜贞干，南宫步渥洼。
世惟材是梓（一作杍），人仰骥中骅。欻刺苗人地，仍逾赣石崖。
礼容垂琲琫，戎备响钲鍜（头铠也，音鸦瑕）。宠即郎官旧，威从太守加。
建旟翻鸷鸟，负弩绕文蛇。册府荣八命，中闱盛六珈。
肯随胡质矫，方恶马融奢。
褒德符新换（自虔州迁澧州），怀仁道并（一作迸）遮。
俗嫌龙节晚（周礼，泽国用龙节），朝讶介圭赊。
禹贡输苞匦，周官赋秉秅（宅加切）。
雄风吞七泽，异产控三巴。即事观农稼，因时展物华。
秋原被兰叶，春渚涨桃花。令肃军无扰，程悬市禁贳。
不应虞竭泽，宁复叹栖苴。蹀躞驺先驾，笼铜鼓报衙。
染毫东国素，濡印锦溪砂。货积舟难泊，人归山倍畬（音赊）。
吴歈工折柳，楚舞旧传芭。隐几松为曲，倾樽石作污。
寒初荣橘柚，夏首荐枇杷。祀变荆巫祷，风移鲁妇髽（庄华切）。
已闻施恺悌，还睹正奇邪。慕友惭连璧，言姻喜附葭。
沈埋全死地，流落半生涯。入郡腰恒折，逢人手尽叉。
敢辞亲耻污，唯恐长疵瘕。善幻迷冰火，齐谐笑柏（一作泊）涂（音茶）。
东门牛屡饭，中散虱空爬。逸戏看猿斗，殊音辨马挝。
渚行狐作孽，林宿鸟为槎。同病忧能老，新声厉似姱。

岂知千仞坠，只为一毫差。守道甘长绝，明心欲自剄。

贮愁听夜雨，隔泪数残葩。枭族音常聒，豺群喙竞呀（张口貌）。

岸芦翻毒蜃，溪竹斗狂麏。野鹜行看弋，江鱼或共叉。

瘴氛恒积润，讹火亟生煆（訾火，野火也。煆，火气）。

耳静烦喧蚁，魂惊怯怒蛙。

风枝散陈叶，霜蔓綖（一作縋）寒瓜。雾密前山桂，冰枯曲沼蕸（音遐）。

思乡比庄舄，遁世遇眭（音虽）夸。渔舍茨荒草，村桥卧古槎。

御寒衾用罽，挹水勺仍椰。窗蠹惟潜蝎，甍涎竟缀蜗。

引泉开故窦，护药插新笆。树怪花因槲，虫怜目待虾。

骤歌喉易嗄，饶醉鼻成齇（音查）。曳捶牵羸马，垂蓑牧艾豭（音加）。

已看能（奴来切）类鳖，犹讶雉为鷨（鷨鸟似稚，音华）。

谁采中原菽，徒巾下泽车。

俚儿供苦笋，伧（七衡切）父馈酸楂（楂似梨而酢，音查）。

劝策扶危杖，邀持当酒茶。

道流征短（一作裋）褐，禅客会袈裟。香饭舂菰米，珍蔬折五茄。

方期饮甘露，更欲吸流霞。屋鼠从穿兀（一作穴），林狙任攫拿。

春衫裁白纻，朝帽挂乌纱。屡叹恢恢网，频摇肃肃罝。

衰荣因蓂荚，盈缺几虾蟆。路识沟边柳，城闻陇上笳。

共思捐佩处，千骑拥青緺。

《酬韶州裴曹长使君寄道州吕八大使因以见示二十韵一首》

序： 韶州幸以诗见及，往复奇丽，邈不可慕，用韵尤为高绝。余因拾其余韵酬焉，凡为韶州所用者，置不取，其声律言数如之。

金马尝齐入，铜鱼亦共颁。疑山看积翠，浈水想澄湾。

标榜同惊俗，清明两照奸。乘轺参孔仅，按节服侯□。

贾傅辞宁切，虞童发未鬓（音班）。秉心方的的，腾口任颜□。

圣理高悬象，爰书降罚锾（户关切）。德风流海外，和气满人寰。

御魅恩犹贷，思贤泪自潸。在亡均寂寞，零落间茕鳏。

夙志随忧尽，残肌触瘴□。月光摇浅濑，风韵碎枯菅。

海俗衣犹卉，山夷髻不鬟。泥沙潜虺蜮，榛莽斗豺獌（音蛮）。

循省诚知惧，安排只自憪。食贫甘荠卤，被褐谢斓斑。
远物裁青罽，时珍馔白鹇。长捐楚客佩，未赐大夫环。
异政徒云仰，高踪不可攀。空劳慰憔悴，妍唱剧妖娴。

《界围岩水帘》

界围汇湘曲，青壁环澄流。悬泉粲成帘，罗注无时休。
韵磬叩凝碧，锵锵彻岩幽。丹霞冠其巅，想像凌虚游。
灵境不可状，鬼工谅难求。忽如朝玉皇，天冕垂前旒。
楚臣昔南逐，有意仍丹丘。今我始北旋，新诏释缧囚。
采真诚眷恋，许国无淹留。再来寄幽梦，遗贮催行舟。

《与崔策登西山（策字子符，集有《送崔九序》)》

鹤鸣楚山静，露白秋江晓。连袂度危桥，萦回出林杪。
西岑极远目，毫末皆可了。重叠九疑高，微茫洞庭小。
迥穷两仪际，高出万象表。驰景泛颓波，遥风递寒筱。
谪居安所习，稍厌从纷扰。生同胥靡遗，寿比彭铿夭。
蹇连困颠踣，愚蒙怯幽眇。非令亲爱疏，谁使心神悄。
偶兹遁山水，得以观鱼鸟。吾子幸淹留，缓我愁肠绕。

《构法华寺西亭》

窜身楚南极，山水穷险艰。步登最高寺，萧散任疏顽。
西垂下斗绝，欲似窥人寰。反如在幽谷，榛翳不可攀。
命童恣披剪，葺宇横断山。割（一作劃）如判清浊，飘若升云间。
远岫攒众顶，澄江抱清湾。夕照临轩堕，栖鸟当我还。
菡萏溢嘉色，篔筜遗清斑。神舒屏羁锁，志适忘幽孱。
弃逐久枯槁，迨今始开颜。赏心难久留，离念来相关。
北望间亲爱，南瞻杂夷蛮。置之勿复道，且寄须臾闲。

《首春逢耕者》

南楚春候早，余寒已滋荣。土膏释原野，百蛰竞所营。

缀景未及郊，穑人先耦耕。园林幽鸟啭，渚泽新泉清。
农事诚素务，羁囚阻平生。故池想芜没，遗亩当榛荆。
慕隐既有系，图功遂无成。聊从田父言，款曲陈此情。
眷然抚耒耜，回首烟云横。

《溪居》

久为簪组累，幸此南夷谪。闲依农圃邻，偶似山林客。
晓耕翻露草，夜榜（一作塝，孔孟切）响溪石。来往不逢人，长歌楚天碧。

《茅檐下始栽竹》

瘴茅葺为宇，溽暑常侵肌。适有重膇疾，蒸郁宁所宜。
东邻幸导我，树竹邀凉飔。欣然惬吾志，荷锸西岩垂。
楚壤多怪石，垦凿力已疲。江风忽云暮，舆曳还相追。
萧瑟过极浦，旖（音倚）旎（乃倚切）附幽墀。贞根期永固，贻尔寒泉滋。
夜窗遂不掩，羽扇宁复持。清泠集浓露，枕簟凄已知。
网（一作细）虫依密叶，晓禽栖迥枝。岂伊纷嚣間，重以心虑怡。
嘉尔亭亭质，自远弃幽期。不见野蔓草，蓊蔚有华姿。
谅无凌寒（一作云）色，岂与青山辞。

《早梅》

早梅发高树，迥映楚天碧。朔吹飘夜香，繁霜滋晓白（一作日）。
欲为万里赠，杳杳山水隔。寒英坐销落，何用慰远客。

《放鹧鸪词》

楚越有鸟甘且腴，嘲嘲自名为鹧鸪。
徇媒得食不复虑，机械潜发罹罝（音嗟）罦（音孚）。
羽毛摧折触笼籞，烟火煽赫惊庖厨。鼎前芍药调五味，膳夫攘腕左右视。
齐王不忍觳觫牛，简子亦放邯郸鸠。
二子（一作君）得意犹念此，况我万里为孤囚。
破笼展翅当远去，同类相呼莫相顾。

《闻黄鹂》

倦闻子规朝暮声，不意忽有黄鹂鸣。
一声梦断楚江曲，满眼故园春意生（一作草绿）。
目极（一作故园）千里无山河，麦芒际天摇清波。
王畿优本少赋役，务闲酒熟饶经过。
此时晴烟最深处，舍南巷北遥相语。翻日迥度昆明飞，凌风邪看细柳翥。
我今误落千万山，身同伧人不思还。乡禽何事亦来此，令我生心忆桑梓。
闭声回翅归务速，西林紫椹行当熟。

《渔翁》

渔翁夜傍西岩宿，晓汲清湘燃楚竹。
烟销日出不见人，欸乃（音袄霭）一声山水绿。
回看天际下中流，岩上无心云相逐。

《饮酒》

今夕（一作旦）少愉乐，起坐开清尊。
举觞酹（音耒）先酒（始为酒者也），为（一作遗）我驱忧烦。
须臾心自殊，顿觉天地暄。连山变幽晦，绿水函晏温。
蔼蔼南郭门，树木一何繁。清阴可自庇，竟夕闻佳言。
尽醉无复辞，偃卧有芳荪。彼哉晋楚富，此道未必存。

《咏三良》

束带值明后，顾盼流辉光。一心在陈力，鼎列夸四方。
款款效忠信，恩义皎如霜。生时亮同体，死没宁分张。
壮躯闭幽隧，猛志填黄肠。殉死礼所非，况乃用其良。
霸基弊不振，晋楚更张皇。疾病命固乱，魏氏言有章。
从邪陷厥父，吾欲讨彼狂。

《献平淮夷雅表》

臣宗元言：臣负罪窜伏，违尚书笺奏十有四年。圣恩宽宥，命守遐壤，怀印曳绂，有社有人。臣宗元诚感诚荷，顿首顿首。

伏惟睿圣文武皇帝陛下，天造神断，克清大憝，金鼓一动，万方毕臣。太平之功，中兴之德，推校千古，无所与让。臣伏自忖度：有方刚之力，不得备戎行，致死命，况今已无事，思报国恩，独惟文章。伏见周宣王时称中兴，其道彰大，于后罕及。然征于《诗》大小雅：其选徒出狩，则《车攻》《吉日》；命官分土，则《嵩高》《韩奕》《烝人》；南征北伐，则《六月》《采芑》；平淮夷，则《江汉》《常武》。铿炳耀，荡人耳目。故宣王之形容与其辅佐，由今望之，若神人然。此无他，以《雅》故也。

臣伏见陛下自即位以来，平夏州，夷剑南，取江东，定河北。今又发自天衷，克翦淮右，而《大雅》不作。臣诚不佞，然不胜愤懑。伏以朝多文臣，不敢尽专数事，谨撰《平淮夷雅》二篇。虽不及尹吉甫召穆公等，庶施诸后代有以佐唐之光明。谨昧死再拜以献。臣宗元诚恐诚惧，顿首顿首，谨言。

《唐铙歌鼓吹曲》

负罪臣宗元言：臣幸以罪居永州，受食府廪，窃活性命，得视息，无治事，时恐惧；小闲，又盗取古书文句，聊以自娱。

伏惟汉、魏以来，代有铙歌鼓吹词，唯唐独无有。臣为郎时，以太常联礼部，尝闻鼓吹署有戎乐，词独不列。今又考汉曲十二篇，魏曲十四篇，晋曲十六篇，汉歌词不明纪功德，魏晋歌功德具。今臣窃取魏晋义，用汉篇数，为唐铙歌鼓吹曲十二篇。纪高祖、太宗功能之神奇，因以知取天下之勤劳，命将用师之艰难。每有戎事，治兵振旅，幸歌臣词以为容。且得大戒，宜敬而不害。臣沦弃即死，言与不言，其罪等耳。犹冀能言，有益国事，不敢效怨怼默已，谨冒死上。

△晋阳武

晋阳武，奋义威。炀之渝，德焉归？氓毕屠，绥者谁？皇烈烈，专天机。
号以仁，扬其旗。日之升，九土晞。斥田圻，流洪辉。有其二，翼余隋。
斮枭鸷，连熊螭。枯以肉，勍者羸。后土荡，玄穹弥。合之育，莽然施。
惟德辅，庆无期。

△兽之穷

兽之穷，奔大麓。天厚黄德，狙犷服。甲之橐弓，弭矢箙。
皇旅靖，敌逾蹙。自亡其徒，匪予戮。屈赟猛，虔栗栗。
縻以尺组，啖以秩。黎之阳，土茫茫。富兵戎，盈仓箱。
乏者德，莫能享。驱豺兕，授我疆。

△战武牢

战武牢，动河朔。逆之助，图掎角。怒毂麏，抗乔岳。翘萌牙，傲霜雹。
王谋内定，申掌握。铺施芟夷，二主缚。惮华戎，廓封略。命之曹，卑以斫。
归有德，唯先觉。

△泾水黄

泾水黄，陇野茫。负太白，腾天狼。有鸟鸷立，羽翼张。
钩喙决前，钜趯傍；怒飞饥啸，翾不可当。老雄死，子复良。
巢岐饮渭，肆翱翔。顿地纮，提天纲。列缺掉帜，招摇耀铓。
鬼神来助，梦嘉祥。脑涂原野，魂飞扬。星辰复，恢一方。

△奔鲸沛

奔鲸沛，荡海垠。吐霓翳日，腥浮云。帝怒下顾，哀垫昏。
授以神柄，推元臣。手援天矛，截修鳞。披攘蒙霿，开海门。
地平水静，浮天垠。羲和显耀，乘清氛。赫炎溥畅，融大钧。

△苞枿

苞枿薱矣，惟根之蟠。弥巴蔽荆，负南极以安。曰我旧梁氏，辑绥艰难。
江汉之阻，都邑固以完。圣人作，神武用，有臣勇智，奋不以众。
投迹死地，谋猷纵。化敌为家，虑则中。浩浩海裔，不威而同。
系缧降王，定厥功。澶漫万里，宣唐风。蛮夷九译，咸来从。
凯旋金奏，象形容。震赫万国，罔不龚。

△河右平

河右澶漫，顽为之魁。王师如雷震，昆仑以颓。上聋下聪，骜不可回。
助仇抗有德，惟人之灾。乃溃乃奋，执缚归厥命。万室蒙其仁，一夫则病。
濡以鸿泽，皇之圣。威畏德怀，功以定。顺之于理，物咸遂厥性。

△铁山碎

铁山碎，大漠舒。二虏劲，连穹庐。背北海，专坤隅。
岁来侵边，或傅于都。天子命元帅，奋其雄图。破定襄，降魁渠。
穷竟窟宅，斥余吾。百蛮破胆，边氓苏。威武燀耀，明鬼区。
利泽弥万祀，功不可逾。官臣拜手，惟帝之谟。

△靖本邦

本邦伊晋，惟时不靖。根柢之摇，枯叶攸病。守臣不任，勚于神圣。
惟钺之兴，翦焉则定。洪惟我理，式和以敬。群顽既夷，庶绩咸正。
皇谟载大，惟人之庆。

△吐谷浑

吐谷浑盛强，背西海以夸。岁侵扰我疆，退匿险且遐。
帝谓神武师，往征靖皇家。烈烈旆其旗，熊虎杂龙蛇。
王旅千万人，衔枚默无哗。束刃逾山徼，张翼纵漠沙。
一举刈膻腥，尸骸积如麻。除恶务本根，况敢遗萌芽。
洋洋西海水，威命穷天涯。系虏来王都，犒乐穷休嘉。
登高望还师，竟野如春华。行者靡不归，亲戚讙要遮。
凯旋献清庙，万国思无邪。

△高昌

麹氏雄西北，别绝臣外区。既恃远且险，纵傲不我虞。
烈烈王者师，熊螭以为徒。龙旂翻海浪，馹骑驰坤隅。
贲育搏婴儿，一扫不复余。平沙际天极，但见黄云驱。
臣靖执长缨，智勇伏囚拘。文皇南面坐，夷狄千群趋。
咸称天子神，往古不得俱。献号天可汗，以覆我国都。
兵戎不交害，各保性与躯。

△东蛮

东蛮有谢氏，冠带理海中。已言我异世，虽圣莫能通。
王卒如飞翰，鹏骞骇群龙。轰然自天坠，乃信神武功。
系虏君臣人，累累来自东。无思不服从，唐业如山崇。

百辟拜稽首，咸愿图形容。如周王会书，永永传无穷。

睢盱万状乖，咿嘔九译重。广轮抚四海，浩浩知皇风。

歌诗铙鼓间，以壮我元戎。

《贞符序》

负罪臣宗元惶恐言：臣所贬州流人吴武陵为臣言：“董仲舒对三代受命之符，诚然非耶？”臣曰：“非也。何独仲舒尔！自司马相如、刘向、扬雄、班彪、彪子固，皆沿袭嗤嗤，推古瑞物以配受命。其言类淫巫瞽史，诳乱后代，不足以知圣人立极之本，显至德，扬大功，甚失厥趣。”

臣为尚书郎时，尝著《贞符》，言唐家正德受命於生人之意，累积厚久，宜享年无极之义，本末闳阔。会贬逐中辍，不克备究。武陵即叩头邀臣：“此大事，不宜以辱故休缺，使圣王之典不立，无以抑诡类，拔正道，表覈万代。”臣不胜奋激，即具为书，念终泯没蛮夷，不闻于时，犹不为也；苟一明大道，施于人世，死无所憾，用是自决。

《解崇赋（并序）》

柳子既谪，犹惧不胜其口，筮以《元》，遇《干》之八，其赞曰：“赤舌烧城，吐水于瓶。”其测曰：“君子解祟也。”喜而为之赋。

胡赫炎薰熇之烈火兮，而生夫人之齿牙。上殚飞而莫遁，旁穷走而逾加。九泉焦枯而四海渗涸兮，纷挥霍而要遮。风雷唬唬以为橐龠兮，回禄煽怒而喊呀。炖堪舆为盝鏊兮，爇云汉而成霞。邓林大椿不足以充于燎兮，倒扶桑落棠胶曷而相叉。膏摇唇而增炽兮，焰掉舌而弥葩。沃无瓶兮扑无彗，金流玉铄兮，曾不自比于尘沙。独凄己而燠物，愈腾沸而骰（齿可）。吾惧夫灼烂灰灭之为祸，往搜乎《太元》之奥。讼众正，诉群邪。曰：去尔中躁与外挠，姑务清为室而静为家。苟能是，则始也汝迩，今也汝遐。凉汝者进，烈汝者赊。譬之犹豁天渊而覆原燎，夫何长喙之纷挐。今汝不知清己之虑，而恶人之哗；不知静之为胜，而动焉是嘉。徒遑遑乎狂奔而西傃，盛气而长嗟。不亦辽乎！于是释然自得，以冷风濯热，以清源涤瑕。履仁之实，去盗之夸。冠太清之元冕，佩至道之瑶华。铺冲虚以为席，驾恬泊以为车，浏乎以游于万物者。始彼狙雎倏施而以崇为利者，夫何为耶？

《惩咎赋》

惩咎愆以本始兮，孰非余心之所求？处卑污以闵世兮，固前志之为尤。
始予学而观古兮，怪今昔之异谋。惟聪明为可考兮，追骏步而遐游。
洁诚之既信直兮，仁友蔼而萃之。日施陈以系縻兮，邀尧、舜与之为师。
上睢盱而混茫兮，下驳诡而怀私。旁罗列以交贯兮，求大中之所宜。
日道有象兮，而无其形。推变乘时兮，与志相迎。
不及则殆兮，过则失贞。谨守而中兮，与时偕行。
万类芸芸兮，率由以宁。刚柔驰张兮，出入纶经。
登能抑枉兮，白黑浊清。蹈乎大方兮，物莫能婴。
奉訏谟以植内兮，欣余志之有获。再征信乎策书兮，谓炯然而不惑。
愚者果于自用兮，惟惧夫诚之不一。不顾虑以周图兮，专兹道以为服。
谗妒构而不戒兮，犹断断于所执。哀吾党之不淑兮，遭任遇之卒迫。
势危疑而多诈兮，逢天地之否隔。欲图退而保己兮，悼乖期乎曩昔。
欲操术以致忠兮，众呀然而互吓。进与退吾无归兮，甘脂润乎鼎镬。
幸皇鉴之明宥兮，累郡印而南适。惟罪大而宠厚兮，宜夫重仍乎祸谪。
既明惧乎天讨兮，又幽栗乎鬼责。惶惶乎夜寤而昼骇兮，类麏麚之不息。
凌洞庭之洋洋兮，溯湘流之沄沄。飘风击以扬波兮，舟摧抑而回邅。
日霾曀以昧幽兮，黝云涌而上屯。暮屑窜以淫雨兮，听嗷嗷之哀猿。
众鸟萃而啾号兮，沸洲渚以连山。漂遥逐其讵止兮，逝莫属余之形魂。
攒峦奔以纡委兮，束汹涌之崩湍。畔尺进而寻退兮，荡回汩乎沦涟。
际穷冬而止居兮，羁累棼以萦缠。哀吾生之孔艰兮，循《凯风》之悲诗。
罪通天而降酷兮，不殛死而生为。逾再岁之寒暑兮，犹贸贸而自持。
将沉渊而殒命兮，讵蔽罪以塞祸？惟灭身而无后兮，顾前志犹未可。
进路呀以划绝兮，退伏匿又不果。为孤囚以终世兮，长拘挛而坎坷。
曩余志之修蹇兮，今何为此戾也？夫岂贪食而盗名兮，不混同于世也。
将显身以直遂兮，众之所宜蔽也。不择言以危肆兮，固群祸之际也。
御长辕之无桡兮，行九折之峨峨。却惊棹以横江兮，溯凌天之腾波。
幸余死之已缓兮，完形躯之既多。苟余齿之有惩兮，蹈前烈而不颇。
死蛮夷固吾所兮，虽显宠其焉加？配大中以为偶兮，谅天命之谓何！

《闵生赋》

闵吾生之险厄兮，纷丧志以逢尤。气沉郁以杳渺兮，涕浪浪而尝流。膏液竭而枯居兮，魄离散而远游。言不信而莫余白兮，虽遑遑欲焉求？合喙而隐志兮，幽默以待尽。为与世而斥谬兮，固离披以颠陨。骐骥之弃辱兮，驽骀以为骋。元虬蹶泥兮，畏避蛙邑。行不容之峥嵘兮，质魁垒而无所隐。鳞介槁以横陆兮，鸱啸群而厉吻。心沉抑以不舒兮，形低摧而自愍。

肆余目于湘流兮，望九嶷之垠垠。波淫溢以不返兮，苍梧郁其蜚云。重华幽而野死兮，世莫得其伪真。屈子之お微兮，抗危辞以赴渊。古固有此极愤兮，矧吾生之藐艰。列往则以考己兮，指斗极以自陈，登高岩而企踵兮，瞻故邦之殷辚。

山水浩以蔽亏兮，路蓊勃以扬氛。空庐颓而不理兮，翳丘木之榛榛。块穷老以沦放兮，匪魑魅吾谁邻。

仲尼之不惑兮，有垂训之谟言。孟轲四十乃始持心兮，犹希勇乎黝贲。顾余质愚而齿减兮，宜触祸以阽身。知徙善而革非兮，又何惧乎今之人。噫！禹绩之勤备兮，曾莫理夫兹川。殷周之廓大兮，南不尽夫衡山。余囚楚越之交极兮，邈离绝乎中原。壤污潦以坟洳兮，蒸沸热而恒昏。戏凫鹳乎中庭兮，蒹葭生于堂筵。

雄虺蓄形于木杪兮，短狐伺景于深渊。仰矜危而俯栗兮，弭日夜之拳挛。虑吾生之莫保兮，忝代德之元醇。孰眇躯之敢爱兮，窃有继乎古先。明神之不欺余兮，庶激烈而有闻。冀后害之无辱兮，匪徒盖乎曩愆。

《梦归赋》

（公在永州，怀思乡闾而作也。晁无咎曰：宗元既贬，悔其年少气锐，不识几微，久幽不还，故作《梦归赋》。初言览故乡乔木而悲，中言仲尼欲居九夷，老子适戎以自释，末云首丘鸣号，示终不忘其旧。当世怜之，然众畏其才高，竟废不起）

罹摈斥以窘束兮，余惟梦之为归。精气注以凝沍兮，循旧乡而顾怀。夕余寐于荒陬兮，心慊慊而莫违。质舒解以自恣兮，息愔翳而愈微。歘腾涌而上浮兮，俄滉瀁之无依。圆方混而不形兮，颢醇白之霏霏。上茫茫而无星辰兮，下不见夫水陆。若有鉥余以往路兮，驭儗儗以回复。浮云纵以直度兮，去济余乎西北。风纚纚以经耳兮，类行舟迅而不息。洞然于以弥漫兮，虹霓罗列而倾侧。横冲飙以荡击兮，忽中断而迷惑。灵幽漠以瀸汩兮，进怊怅而不得。白日邀其中出兮，阴霾披离以泮释。施岳渎以定位兮，互参差之白黑。忽崩骞上下兮，聊按行而自抑。指故都以委坠兮，瞰乡闾之修直。原田芜秽兮峥嵘，榛棘乔木摧解兮垣庐，不饰山嵎嵎以岿立兮，水汩汩以漂激。魂恍惘若有亡兮，涕汪浪以陨轼。类曛黄之黭漠兮，欲周流而无所。极纷若喜而佁儗兮，心回互以壅塞。钟鼓喤以戒旦兮，陶去幽而开寤。罾罻蒙其复体兮，孰云桎梏之不固。精神之不可再兮，余无蹈夫归路。伟仲尼之圣德兮，谓九夷之可居。惟道大而无所入兮，犹流游乎旷野。老聃遁而适戎兮，指淳茫以纵步。蒙庄之恢怪兮，寓大鹏之远去。苟远适之若兹兮，胡为故国之为慕。首丘之仁类兮，斯君子之所誉。鸟兽之鸣号兮，有动心而曲顾。胶余衷之莫能舍兮，虽判折而不悟。列兹梦以三复兮，极明昏而告愬。

《囚山赋》

楚越之郊环万山兮，势腾涌夫波涛。纷对回合仰伏以离逊兮，若重墉之相褒。争生角逐上轶旁出兮，其下坼裂而为壕。欣下颓以就顺兮，曾不亩平而又高。沓云雨而渍厚土兮，蒸郁勃其腥臊。阳不舒以拥隔兮，群阴冱而为曹。侧耕危获苟以食兮，哀斯民之增劳。攒林麓以为丛棘兮，虎豹咆㘚代狴牢之吠嗥。胡井眢以管视兮？穷坎险其焉逃？顾幽昧之罪加兮，虽圣犹病夫嗷嗷。匪兕吾为柙兮，匪豕吾为牢。积十年莫吾省者兮，增蔽吾以蓬蒿。圣日以理兮，贤日以进，谁使吾山之囚吾兮滔滔？

《湘源二妃庙碑》

元和九年八月二十日，湘源二妃庙灾。司功掾守令彭城刘知刚，主簿安邑卫之武，告于州刺史御史中丞清河崔公能。祗栗厥戒，会群吏洎众工，发开元诏书，惧废守祀。搜考赢羡，均节委积。咸执牍聿（《大典》作“笔”，《英华》作“律”），至于祠下。稽度既备，佣役惟时。斩木于上游，陶埴于水涯，乃桴乃载，工逸事遂。作貌显严，粲然而威。十有一月庚辰，陈奠荐辞，立石于庙门之宇下。惟父子夫妇，人道之大。大哉二神，咸极其会。为子而父尧，为妇而夫舜。齐圣并明，弼成授受。内若嚚瞽，上承辉光。克艰以义，德罔不至。帝既野死，神亦不返。食于兹川，古有常典。驱祓戾孽，恢宣淑灵。敢或失职，以奸大刑。有翼其躬．有其馨。沈牲爰告，即石是铭。铭曰：

渊懿承圣，舜妻尧女。德刑妫汭，神位湘浒。揆兹有初，克硕厥宇。

唐命秩祀，兹邑攸主。毛牷既醽，椒馨爰糈。允于万年，期保伊祜。

潜火煽孽，炖于融风。神用播迁，时罔克龚。邑令群吏，告于郡公。

廉用积余，以就尔功。桴木负埴，载流于江。既夷以成，崇宇峻墉。

挈严清闲，左右率从。神乐来归，徒御雍雍。神既安止，邦人载喜。

奉其吉玉，以对嘉祉。南风湝湝，湘水如舞。将子无让，神听锺鼓。

丰其交报，邦邑是与。刻此乐歌，以极终古。

《唐故特进赠开府仪同三司扬州大都督南府君睢阳庙碑》

急病让夷义之先，图国忘死贞之大。利合而动，乃市贾之相求；恩加而感，则报施之常道。睢阳所以不阶王命，横绝凶威，超千祀而挺生，奋百代而特立者也。时惟南公，天与拳勇，神资机智，艺穷百中，豪出千人。不遇兴词，郁龙眉之都尉；数奇见惜，挫猿臂之将军。

天宝末，寇剧凭陵，驝突河华。天旋亏斗极之位，地圮积狐狸之穴。亲贤在庭，子骏陈谟以佐命；元老用武，夷甫委师而劝进。惟公与南阳张公巡、高阳许公远，义气悬合，□谋大同。誓鸠武旅，以遏横溃。裂裳而千里来应，左袒而一呼皆至。柱厉不知而死难，狼瞫见黜而奔师。忠谋朗然，万夫齐力。公以推让，且专奋击，为马军兵马使。出战则群校同强，入守而百雉齐固。初据雍丘，谓非要害。将保江淮之臣庶，通南北之奏复，拔我义类，扼于睢阳。前后捕斩要遮，凶气连阻。汉兵已绝，守疏勒而弥坚；虏骑虽强，顿盱眙而不进。

贼徒乃弃疾于我，悉众合围。技虽穷于九攻，志益专于三板。逼阳悬布之劲，洴城凿穴之奇。息意牵羊，羞郑师之大临；甘心易子，鄙宋臣之病告。诸侯环顾而莫救，国命阻绝而无归。以有尽之疲人。敌无已之强寇。公乃跃马溃围，驰出万众，抵贺兰进明乞师。进明乃张乐侑食，以好聘待之。公曰："敝邑父子相食，而君辱以燕礼，独何心欤？"乃自噬其指曰："啖此足矣！"遂恸哭而返，即死孤城。首碎秦庭，终懵《无衣》之赋；身离楚野，徒伤带剑之辞。至德二年十月，城陷遇害。无傅燮之叹息，有周苛之慷慨。闻义能徙，果其初心。烈士抗词，痛臧洪之同日；直臣致愤，惜蔡恭于累旬。

朝廷加赠特进扬州大都督，功定为第一等，与张氏、许氏并立庙睢阳，岁时致祭。男在襁褓，皆受显秩，赐之土田。莽刻鲍信之形，陵图庞德之状。纳官其子，见勾践之心；羽林字孤，知孝武之志。举门关于周典，征印绶于汉仪。王猷以光，宠锡斯备。

於戏！睢阳之事，不惟以能死为勇，善守为功；所以出奇以耻敌，立懂以怒寇，俾其专力于东南，而去备于西北，力专则坚城必陷，备去则天讨可行。是故即城陷之辰，为克敌之日。世徒知力保于江淮，而不知功靖乎丑虏。论者或未之思欤！

公讳霁云，字某，范阳人。有子曰承嗣，七岁为婺州别驾，赐绯鱼袋，历施、涪二州，服忠思孝，无替负荷。惧祠宇久远，德音不形，愿斫坚石，假辞纪美。惟公信以许其友，刚以固其志，仁以残其肌，勇以振其气，忠以摧其敌，烈以死其事，出乎内者合于贞，行乎外者贯于义，是其所以奋百代而超千祀者矣。其志不亦宜乎？庙貌斯存，碑表攸记。洛阳城下，思乡之梦傥来；麒麟阁中，即图之词可继。铭曰：

贞以图国，义惟急病。临难忘身，见危致命。汉宠死事，周崇死政。

烈烈南公，忠出其性。控扼地利，奋扬兵柄。东护吴楚，西临周郑。

棼棼群凶，害气弥盛。长蛇封豕，踊跃不定。屹彼睢阳，制其要领。

横溃不流，疾风斯劲。梯冲外舞，缶穴中偵。铃马非艰，析骸犹竞。

浩浩烈士（一作列土），不闻济师。兵食歼焉，守逾三时。公奋其勇，单车载驰。

投躯无告，噬指而归。力穷就执，犹抗其辞。圭璧可碎，坚贞不亏。

寇力东尽，凶威西恧。孤城既拔，渠魁受戮。雷霆之诛，由我而速。

巢穴之固，由我而覆。江汉淮湖，群生咸育。俾焉勋烈，孰与齐躅。

天子震悼，陟是元功。旌褒有加，命秩斯崇。位尊九牧，礼视三公。

建兹祠宇，式是形容。牲牢伊硕，黍稷伊丰。虔虔孝嗣，望慕无穷。

刊碑河浒，万古英风。

《岳州圣安寺无姓和尚碑铭》

维某年月日，岳州大和尚终于圣安寺。凡为僧若干年，年若干。有名无姓，世莫知其闾里、宗族。所设施者有问焉，而以告曰："性，吾姓也。其原无初，其胄无终，承于释师，以系道本，吾无姓耶？法剑云者，我名也。实且不有，名恶乎存？吾有名耶？性海，吾乡也。法界，吾宇也。戒为之墉，惠为之户，以守则固，以居则安。吾闾里不具乎？度门道品，其数无极；菩萨大士，其众无涯。

吾与之戚而不吾异也，吾宗族不大乎?”其道可闻者如此而止。读《法华经》《金刚般若经》数逾千万。或讥以有为，曰：“吾未尝作。”呜呼！佛道逾远，异端竞起，唯天台大师，为得其说。和尚绍承本统，以顺中道，凡受教者，不失其宗。生物流动，趣向混乱，惟极乐正路为得其归。和尚勤求端悫，以成至愿，凡听信者，不惑其道。或讥以有迹，曰：“吾未尝行。”始居房州龙兴寺，中徙居是州，作道场于楞伽北峰，不越闽者五十祀。和尚凡所严事，皆世高德。始出家，事而依者曰卓然师，居南阳立山，卒葬岳州。就受戒者曰道颖师，居荆州。弟子之首曰怀远师，居长沙安国寺，为南岳戒法。岁来侍师，会其终，遂以某月日葬于卓然师塔东若干步。铭曰：

道本于一，离为异门。以性为姓，乃归其根。无名而名，师教是尊。

假以示物，非吾所存。大乡不居，大族不亲。渊懿内朗，冲虚外仁。

圣有遗言，是究是勤。惟动惟默，逝如浮云。教久益微，世罕究陈。

爰有大智，出其真门。师以显示，俾民惟新。情动生变，物由湮沦。

爰授乐国，参乎化源。师以诱导，俾民不昏。道用不作，神行无迹。

晦明俱如，生死偕寂。法付后学，施之无斁。葬从我师，无忘真宅。

荐是昭铭，刻兹贞石。

《龙安海禅师碑》

佛之生也，远中国仅二万里；其没也，距今兹仅二千载。故传道益微，而言禅最病。拘则泥乎物，诞则离乎真，真离而诞益胜。故今之空愚失惑纵傲自我者，皆诬禅以乱其教，冒于嚣昏，放于淫荒。其异是者，长沙之南曰龙安师。

师之言曰：“由迦叶至师子，二十二世而离，离而为达摩。由达摩至忍，五世而益离，离而为秀为能。南北相訾，反戾斗狠，其道遂隐。呜呼！吾将合焉。且世之传书者，皆马鸣、龙树道也。二师之道，其书具存。征其书，合于志，可以不慁。”于是北学于惠隐，南求于马素，咸黜其异，以蹈乎中，乖离而愈同，空洞而益实，作《安禅通明论》。推一而适万，则事无非真；混万而归一，则真无非事。推而未尝推，故无适；混而未尝混，故无归。块然趣定，至于旬时，是之谓施用；茫然同俗，极乎流动，是之谓真常。居长沙，在定十四日，人即其处而成室宇，遂为宝应寺。去于湘之西，人又从之，负大木、砻密石，以益其居，又为龙安寺焉。尚书裴公某、李公某，侍郎吕公某、杨公某，御史中丞房公某，咸尊师之道，执弟子礼。凡年八十一，为僧五十三期，元和三年二月九日而没。

其弟子元觉洎怀直、浩初等，状其师之行，谒予为碑。曰：师，周姓；如海，名也。世为士，父曰择交，同州录事参军。叔曰择从，尚书礼部侍郎。师始为释，其父夺之志，使仕，至成都主簿，不乐也。天宝之乱，复其初心。尝居京师西明寺，又居岣嵝山，终龙安寺，葬其原。铭曰：

浮图之修，其奥为禅。殊区异世，谁得其传？遁隐乖离，浮游散迁。

莫征旁行，徒听浮言。空有互斗，南北相残。谁其会之，楚有龙安。

龙安之德，惟觉是则。苞并绝异，表正失惑。貌昧形静，功流无极。

动言有为，弥寂而默。祠庙之严，我居不饰；贵贱之来，我道无得。

逝耶匪追，至耶谁抑？惟世之几，惟道之微，既陈而明，乃去而归。

象物徒设，真源无依。后学谁师？呜呼兹碑！

《唐故秘书少监陈公行状》

五代祖某陈宜都王。

曾祖某，皇会稽郡司马。

祖某，皇晋陵郡司功参军。

父某，黄右补阙、翰林学士、赠秘书少监。

某州某县某乡某里，陈京年若干状。

公姓陈氏，自颍川来，隶京兆万年胄贵里，讳京。既冠，字曰庆复。举进士，为太子正字、咸阳尉、太常博士、左补阙、尚书膳部考功员外郎、司封郎中、给事中、秘书少监。自考功以来，凡四命为集贤学士。德宗登遐，公病痼，舆曳就位，备哀敬之节，由是滋甚，遂以所居官致仕。贞元二十一年四月二十五日，终于安邑里妻党之室。无子。伯兄前监察御史珰，仲兄前大理评事苌。以公文行之大者，告于尝吏于公者，使辞而陈之。

大历中，公始来京师，中书常舍人衮、杨舍人炎读其文，惊以相视曰："子云之徒也。"常以兄之子妻公，由是名闻。游太原，太原尹喜曰："重客至矣。"授馆致饩，厚以泉布献焉。公曰："非是为也。某尝为《北都赋》未就，愿即而就焉。其宫室城郭之大，河山之富，关闬之壮，与其土疆之所出，风俗之所安，王业之所兴，苟得闻而睹之足矣。若曰受大利，是以利来，盖异前志也。吾不能，敢辞。"遂逆大河，逾北山，彷徉而归。《赋》成，果传天下。为咸阳尉，留府廷，主文章，决大事，得其道。为博士，举疵礼。修坠典，合于大中者众焉。泾人作难，公徒行以出，奔问官守。段忠烈之死，上议罢朝七日。宰相曰："不可，方居行宫，无以安天下。"公进曰："是非宰相之言。天子褒大节，哀大臣，天下所以安也，况其特异者乎?"上用之。其勤劳侍从，谋议可否，时之所赖者大。巡狩告至，上行罪己之道焉，曰："凡我执事之臣，无所任罪。予惟不谨于理而有是也。"将复前之为相者。公曰："天子加惠群臣而引慝焉，德至厚也，而为相者复，是无以大警于后，且示天下。"率其党争之。上变于色，在列者咸汹而退。公大呼曰："赵需等勿退!"遂进而尽其辞焉。不果复。上迎访太后，间数岁，外颇怠其礼。公密疏发之，天子感悦焉。初礼部试士，有与亲戚者，则附于考功，莫不阴授其旨意而为进退者。及公则否，卓然有有司之道，不可犯也。太庙阙东向之礼且久矣，公自为博士、补阙、尚书郎、给事中，凡二十年，勤以为请。殷祭之不坠，繄公之忠恳是赖，故有赤绂银鱼之报焉。昭陵山峻而高，寝宫在其上。内官惩其上下之勤，挽汲之艰也，谒于上，请更之。上下其议，宰相承而讽之，召官属使如其请。公曰："斯太宗之志也。其俭足以为法，其严足以有奉，吾敢顾其私容而替之也?"奏议不可。上又下其议，凡是公者六七人，其余皆曰更之便。上独断焉，曰："京议得矣。"从之。在集贤，奏秘书官六员隶殿内，而刊校益理。纳资为胥而仕者罢之。求遗书，凡增缮者，乃作艺文新志，制为之名曰《贞元御府群书新录》。始御府有食本钱，月权其赢以为膳，有余，则学士与校理官颁分之，学士常受三倍，由公而杀其二。书史之始至，入礼币钱六十缗，亦皆分焉，公悉致之官，以理府署作书阁，广群官之堂，不取于将作少府，而用大足。居门下，简武官，议典礼。上以为能，益器之。与信臣议，且致相位。遇公有惑疾，使视之，疾甚，不能知人，遂不用。用郑吏部、高太常为相，而以秘书命公，所以示优之也。

公有文章若干卷，深茂古老，慕司马相如、扬雄之辞，而其诂训多《尚书》《尔雅》之说，纪事朴实，不苟悦于人，世得以传其稿。其学自圣人之书以至百家诸子之言，推黄、炎之事，涉历代洎国朝之故实，钩引贯穿，举大苞小，若太仓之蓄，崇山之载，浩浩乎不可知也，岂扬子所谓仲尼驾说者耶?

夫其忠烈之褒也，相府之有诫也，太庙之东向也，昭陵之不更其故也，官守之不可夺也，立言之不可诬也，利之不苟就也，害之不苟去也。其忠类朱云，其孝类颍考叔，廉类公仪休，而又文以文之，学以辅之，而天子以为之知。既得其道，又得其时，而不为公卿者，病也。故议者咸惜其始，而哀其终焉。

公之丧，凡五十四日，而夫人又没，毁也。夫人之父曰偕，司农卿。祖曰某，赠太子太保。宗元，故集贤吏也，得公之遗事于其家，书而授公之友，以志公之墓。谨状。永贞元年八月五日，尚书礼部员外郎柳宗元状。

《衡州刺史东平吕君诔》

维唐元和六年八月日，衡州刺史东平吕君卒。爰用十月二十四日，槁葬于江陵之野。呜呼！君有智勇孝仁，惟其能，可用康天下；惟其志，可用经百世。不克而死，世亦无由知焉。君由道州以陟为衡州。君之卒，二州之人哭者逾月。湖南人重社乡饮酒，是月上戊，不酒去乐，会哭于神所而归。余居永州，在二州中，闻其哀声交于南北，舟船之下上，必呱呱然，盖尝闻于古而观于今也。君之志与能，不施于生人，知之者又不过十人。世徒读君之文章，歌君之理行，不知二者之于君其末也。呜呼！君之文章，宜传于百世，今其存者，非君之极言也，独其词耳；君之理行，宜及于天下，今其闻者，非君之尽力也，独其迹耳。万不试而一出焉，犹为当世甚重。若使幸得出其什二三，巍然为伟人，与世无穷，其可涯也？君所居官为第三品，宜得谥于太常。余惧州吏之逸其辞也，私为之诔，以志其行。其词曰：

麟死鲁郊，其灵不施。濯濯夫子，故洁其仪。冠仁服义，干橹《书》《诗》。
忠贞继佩，智勇承綦。跨腾商周，尧舜是师。道不胜祸，天固余欺。
鬼神齐怒，妖孽咸疑。何付之德，而夺其时。呜呼哀哉！

命姓为吕，勤唐以力。辅宁万邦，受胙尔国。维师元圣，周以降德。
世征五侯，伊祖之则。嗣济厥武，前书是式。至于化光，爰耀其特。
《春秋》之元，儒者咸惑。君达其道，卓焉孔直。圣人有心，由我而得。
敷施变化，动无不克。推理惟公，舒文以翼。宣于事业，与古同极。

道不苟用，资仕乃扬。进于礼司，奋藻含章。决科联中，休问用张。
署仇百氏，错综逾光。超都谏列，屡皂其囊。帝殊尔能，人服其智。
戎悔厥祸，款边求侍。盛选邦良，难乎始使。肴登御史，赞命承事。
风动海堧，皇威以致。来总征赋，甲兹郎吏。制用经邦，时推重器。
诸臣之复，周官匪易。汉课笺奏，鲜云能备。君自他曹，载出其技。

笔削自任，群儒革议。正郎司刑，邦宪为贰。紏佞肃邪，谄谀具畏。

迁理于道，民服休嘉。恩疏若昵，惕迩如遐。实闭其阁，而抚于家。
载其愉乐，申以舞歌。赋无吏迫，威不刑加。浩然顺风，从令无哗。
丝蚕外邑，我茧盈车。杂耕邻邦，我黍之华。既字其畜，亦艺其麻。
鼛鼓斯屏，人喜则多。始富中教，兴良废邪。考绩既成，王用兴嗟。
陟于岳滨，言进其律。号呼南竭，讴谣北溢。欺吏悍民，先声如失。
逋租匿役，归诚自出。兼并既息，罢羸乃逸。惟昔举善，盗奔于邻。
今我兴仁，化为齐人。惟昔富人，或赈之粟。今我厚生，不竭而足。
邦思其弼，人戴惟父。善胡召灾，仁胡罹咎。俾民伊祜，而君不寿。
矫矫贪凌，乃康乃茂。呜呼哀哉！

廪不余食，藏无积帛。内厚族姻，外赒宾客。恒是悬磬，逮兹易箦。
僮无凶服，葬非旧陌。呜呼哀哉！

君昔与余，讲德讨儒。时中之奥，希圣为徒。志存致君，笑咏唐虞。
揭兹日月，以耀群愚。疑生所怪，怒起特殊。齿舌嗷嗷，雷动风驱。
良辰木偶，卒与祸俱。直道莫试，嘉言罔敷。王佐之器，穷以郡符。
秩在三品，宜谥王都。诸生群吏，尚拥良图。故友咨怀，累行陈谟。
是旌是告，永永不渝。呜呼哀哉！

《唐故朝散大夫永州刺史崔公墓志》

维元和五年九月十五日壬子，永州刺史崔公薨于位，享年六十八。己未，殡于路寝。景寅，迁神于舟。以某年某月日，归葬于某县某原，祔于皇考吏部侍郎赠户部尚书府君之墓。尚书讳涣，元宗南巡，内禅圣嗣，府君以谋画定命，起一旅以复天下，厥功载焉。尚书之先曰贵乡丞赠太常少卿府君讳子美。太常之先曰扬州江都丞府君讳道祯。行高位卑，华冠士族。

公讳某，字某。承世德之清源，浚之以蠲洁，以端其志；采群言之枝叶，植之以茂实，以修其能。始由右千牛备身佐环卫，更盩厔、三原、蓝田尉，仍有大故，三徙同位。继授许州临颍、汝州龙兴令，推以直道，二邑齐风。哥舒曜尹河南，鲸寇猾骜，黎人播越。表公尉河南，糗粮刍茭，戎备毕给，版图田洫，民事时乂。迁扬州录事参军，实吴楚之大都会也。政令烦，贡奉丛遝。一日不葺，镌谯四至，公为之优游有裕。长史司徒杜公与之揖让，异于宾僚。入为太子司议郎，拜归州刺史。岩险湍悍，人类鸟兽，古号难理。公克有声，迁永州刺史朝散大夫。惟是南楚，风浮俗鬼，户为胥徒，家有禳禬。大者虐鳏孤以盗邦赋，殴愚蒙以神讹言。悖于政经，莫有禁御。公于是修整部吏，黜侵凌牟渔者数百人，以付信于下，而征贡用集；擒戮妖师，毁焄蒿淫昏者千余室，以举正群枉，而田闾克和。宽以容物，直以率下。邦人方安其理，缙神犹郁其望。体魄遽降，哀何有穷？呜呼！

公前夫人徐州参军荥阳郑钜女，有子曰义和，早夭。后夫人万年尉范阳卢彤女，嘉淑之德，继闻宗族。有子曰贻哲、贻俭，克承于家。洎公之兄子曰励曰礼，诚愿志于墓，无忘公之德。铭曰：

孰为德门？清河浚源，远哉沄沄。

自叶而根，世有显懿，扬其清芬。

焕炳增华，昭于后昆。惟鲂与鲤，旧史是尊。

孰为茂功？尚书清风，蔼其有融。

勃焉而兴，披草从龙。布令诸夏，敷和六戎。赫矣太阳，克升于中。

孰为惠政？公嗣余庆，形于谣咏。

小程其功，大遂其性。黠吏是省，妖风以正。干邑于邦，克扬休命。

孰为遗爱？公去昭代，邦人斯痗。

始焉是赖，今也何戴。孰葬我公？于洛之会。何以铭之？徽音不昧。

《永州刺史崔君权厝志》

博陵崔君，由进士入山南西道节度府，始掌书记。至府留后，凡五徙职。六增官，至刑部员外郎。出刺连、永两州。未至永，而连之人诉君。御史按章具狱，坐流驩州。幼弟讼诸朝。天子黜连帅，罢御史，小吏咸死，投之荒外，而君不克复。元和七年正月二十六日卒。孤处道洎守讷，奉君之丧，逾海水，不幸遇暴风，二孤溺死。七月某日，柩至于永州。八月甲子，槁葬于社壝之北四百步。

崔氏世嗣文章，君又益工。博知古今事，给数敏辩。善谋画，南败蜀虏，西遏戎师，其虑皆君之自出。后饵五石，病瘍且乱。故不承于初。今尚有五丈夫子。夫人河东柳氏，德硕行淑，先崔君十年卒。其葬在长安东南少陵北。君以窜没，家又有海祸，力不克祔。三年，将复故葬也。徒志其一二大者云。

鲵为祖，晔为父。世文儒，积弥厚。简其名，子敬字。年五十，增以二。葬湘潆，非其地。后三年，辞当备。

唐故中散大夫检校国子祭酒兼安南都护御史中丞充安南本管经略招讨处置等使上柱国武城县开国男食邑三百户张公墓志铭。

汉光中兴，马援雄绝域之志，晋武一统，陶璜布殊俗之恩。理随德成，功与时并。今皇帝载新景命，丕冒海隅。时惟公祇复厥绩，交趾之理，续于前人。

公讳某，字某，某郡人也。曾祖彦师，朝散大夫、尚书驾部郎中。祖瑾，怀州武德县令。考清，朝议郎、试大理寺丞，赠右赞善大夫。咸有懿美，积为余庆。公以忠肃循其中，以文术昭于外，推经旨以饰吏事，本法理以平人心。始命蕲州蕲春主簿，句会敏给，厥声显扬。仍以左领军卫兵曹为安南经略巡官，申固捍卫，有闻彰彻。转金吾卫判官。三历御史，绩用弘大，扬于天庭。加检校尚书礼部员外郎，换山南东道节度判官。复转郎中，为安南副都护，赐紫金鱼袋，充经略副使。迁检校太子右庶子，兼安南都护、御史中丞，充本管经略、招讨、处置等使。

公自为吏，习于海邦，凡其比较勤劳，利泽长久。去之则夷獠称乱，复至而寇攘顺化。及受命专征，得陈嘉谟，誓拔祸本，纳于夷轨。乃命一其贡奉，平其敛施。牧人尽区处之方，制国备刑体之法。道阻而通百货，地偏而具五人。储偫委积，师旅无庚癸之呼；缮完板圻，控带兼戊巳之位。文单环王，怙力背义，公于是陆联长毂，海合艨艟，再举而克殄其徒，廓地数圻，以归于我理；乌蛮酋帅，负险蔑德，公于是外申皇威，旁达明信，一动而悉朝其长，取州二十，以被于华风。易皮弁以冠带，化奸宄为诚敬，皆用周礼，率由汉仪。公患浮海之役，可济可覆，而无所恃，乃刳连乌，以辟坦途。鬼工来并，人力罕用，沃日之大，束成通沟；摩霄之阻，堑为高岸，而终古蒙利。公患疆埸之制，一彼一此，而不可常，乃复铜柱，为正制。鼓铸既施，精坚是立。固圉之下，明若白黑，易野之守，险逾丘陵，而万世无虞。奇琛良货，溢于玉府；殊俗异类，盈于藁街。优诏累旌其忠良，太史嗣书其功烈。就加国子祭酒，封武城男，食邑三百户。凡再策勋，至上柱国，三增秩至中散大夫。某年月薨于位，年若干。天子震悼，伤辞有加。明年，其孤某官与宗人号奉裳帷，率其家老，咨于叔父延唐令某，卜宅于潭州某原。葬用某月某日，人谋皆从，龟兆袭吉。乃刻兹石，著公之阀，以志于丘窀，以告于幽明。铭曰：

周限荆、衡，秦开百粤。交州之治，炎刘是设。德大来服，道消自绝。

伏波南征，汉威载烈。宛陵北附，晋政爰发。我唐流泽，光于有截。

皇帝中兴，武城授钺。肃肃武城，惟夫之哲。更历毗赞，显扬彰彻。

既受休命，秉兹峻节。度其谋猷，守以廉洁。厚农薄征，匪貊匪桀。

通商平货，有来胥悦。践山跨海，坚其鹳列。制器足兵，溃兹蚁结。

乌蛮屈服，文单剪灭。柔远开疆，会朝天阙。铜柱乃复，环山以喆。

海无遘迕，寇罔逾越。琛賮之献，周于穷发。帝嘉成德，载旌茂阀。

增秩策勋，土封斯裂。位厄元侯，年亏大耋。邦人号呼，夷裔凄咽。

卜葬长沙，连冈启穴。书铭荐辞，德音罔缺。

《吕侍御恭墓志》

吕氏世居河东，至延之始大，以御史大夫为浙东道节度大使。延之生渭，为中书舍人、尚书礼部侍郎，刺湖南七州。生四子，温、恭、俭、让。以温为尚书郎，再赠至右仆射。

恭字敬叔，他名曰宗礼，或以为字，实惟吕氏宗子。尚气节，有勇略，不事小谨。读从横书，理《阴符》《握机》《孙子》之术，曰："我师尚父胄也。大父洎先人，咸统方岳。今天下将理平，蔡、兖、冀、幽，洎戎犹负命。早夜呼愤，以为宜得任爪牙，毕力通天子命，作文章咸道其志云。又曰："由吾兄而上三世，世为进士。吾之文不坠教戒，独武事未克缵厥绪。"因弃去。从山南西道节度府掌书记，预谋画，不甚合，以试守军卫佐加协律郎，入荐为长安主簿。复出，以监察御史参江南西道都团练军事。府表进殿中侍御史，为桂管都防御副使。元和八年去桂州，相国尚书郑公遮留，假岭南道节度判官。至广州，病痃疟加　，六月二十八日卒。妻裴氏，户部尚书延龄女。有丈夫子三人：曰爽，曰瑰，曰特；女子三人：曰环，曰鸾，曰倩，皆幼。行于道而倩又死，遂以柩如洛阳，祔葬于大墓，款志。

吕氏世仕至大官，皆有道，宜兴于世。温洎恭名为豪杰，知者以为是必立王功，活生人。不幸温刺衡州，年四十卒。恭未及理人，年三十七又卒。世固有有其具而不及其用若温、恭者耶！恭貌奇壮，有大志，信善容物，宜寿考硕大而又不克。吕氏之道恶乎兴！铭曰：

沨沨之风乎不可追，有志之大乎今安归？吕君去我死乎吾谁依！

《故连州员外司马凌君权厝志》

年月日，尚书都官员外郎、和州刺史、连州司马、富春凌君讳准，卒于桂阳佛寺。先是六月，告于州刺史博陵崔君曰："余尝学《黄帝书》，切脉视病，今余肝伏以涩，肾浮以代，将不腊而死，审矣。凡予之学孔氏为忠孝礼信，而事固大谬，卒不能有立乎世者，命也。臣道无以明乎国，子道无以成乎家。下之得罪于人，以谪徙丑地；上之得罚于天，以降被罪疾。余无以御也。敢以鬼事为累。"又告为老氏者某曰："余生于辰，今而寓乎戌，辰、戌冲也，吾命与脉叶，其死矣乎！吾罪大，惧不克归柩于吾乡，是州之南，有大冈不食，吾甚乐焉，子其以是葬吾。"及是，咸如其言云。孤夷仲、求仲，以其先人之善余也，勤以志为请。呜呼！"

君字宗一，以孝悌闻于其乡。杭州刺史常召君以训于下。读书为文章，著《汉后春秋》二十余万言。又著《六经解围又文集》未就。有谋略，尚气节，周人之急，出货力犹弃比稗。年二十，以书干丞相。丞相以闻，试其文，日万言，擢为崇文馆校书郎。又以金吾兵曹为邠宁节度掌书记。泚烃之乱，以谋画佐元戎，常有大功，累加大理评事、御史，赐绯鱼袋。换节度判官，转殿中侍御史，府丧罢职。后迁侍御史，为浙东廉使判官，抚循罢人，按验污吏。吏人敬爱，厥绩以懋，粹然而光，声闻于上，召以为翰林学士。德宗崩，迩臣议秘三日乃下遗诏，君独抗危词，以语同列王伾，画其不可音十六七，乃以旦日发丧，六师万姓安其分。遂入为尚书郎，仍以文章侍从，由本官参度支，调发出纳，奸吏衰止。以连累出和州，降连州。居母丧，不得归，而二弟继死。不食，哭泣，遂丧其明以没。盖君之行事如此，其报应如此。

夫人高氏，在越。孤四人，南仲、殷仲在夫人所，未至。执友河东柳宗元哀君有道而不明白于天下，离愍逢尤夭其生，且又同过，故哭以为志，其辞哀焉。铭曰：

噫凌君，生不淑，学孔氏，扬芬郁。好谋谟，富天禄，仇禁书，赞推毂。
观灵龟，护贞卜。徙东越，翊明牧。罢人苏，污吏覆。升侍从，躬启沃。
匡危疑，兴大福。吏尚书，徒隶肃。佐经邦，财用足。道之跚，身则辱。
乌江垂，九疑麓。仍祸凶，遘兹酷。能知命，无怨毒。罪不泯，死犹僇。
何以葬，南岭曲。魂有灵，故乡复。封兹壤，归骨肉。为之铭，志陵谷。

《故大理评事柳君墓志》

晋之乱，柳氏始分，曰耆，为汝南守，居河东。又五世曰庆，相魏。貌相之嗣曰旦，仕隋，为黄门侍郎。其小宗曰楷，至于唐，刺济、房、兰、廓四州。楷生夏县令府君讳绎。绎生司议郎府君讳遗爱。皆葬长安少陵原。遗爱生御史府君讳开，葬南阳。其嗣曰宽，字存谅，读其世书，扬于文词，南方之人多讽其什。颇学礼而善为容，修吏事。始仕家令主簿，进左骁卫兵曹，试大理评事，为岭南节度推官荆南永安军判官。府罢，为游士，出桂阳，下广州，中厉气呕泄，卒于公馆，元和六年八月七日也，年四十七。前娶琅琊王拱子。拱，国子祭酒。后娶河东裴陵子。陵，告成令。裴氏之出曰裴七。君之从弟以君之丧归，过零陵，哭且告于宗元曰："吾伯兄从事岭南，其地多货，其民轻乱，能以简惠和柔，匡弼所奉，假守支郡，海隅以宁，斗狠仇怨，敦谕克顺。从公于荆，绥戎永安，仍专郡治，政用休阜。是时蜀寇始灭，邦人疮痍，怀君之泽，咸忘其痛。其理也惠，而不施之于大；其行也和，而不至于年；其言也文，而不显其声。今将以某月日祔葬，苟又不得令词而志焉，是无以盖前人之大痛，敢固以请。"呜呼！予惧辞之不令以为神羞，予曷敢不诺。铭曰：

柳族之分，在北为高。充于史氏，世相重侯。中书之世，实曰兰州。
夏县政良，司议德优。营营御史，乃佐元侯。惟君是嗣，其政克修。
储闱补吏，环卫分曹。南越之庞，从事以宁。永安披攘，荐仍于兵。
是董是经，既柔且平。浩浩呻呼，革为和声。胡不使寿，而夺之龄。
柩于海堧，圹于邓邦。厥弟孔哀，惟行之恭。呱呱小子，缞而不庐。
充充令妻，髽首而居。鸟兽号鸣，助我踟蹰。刻此悲辞，藏之奥隅。

《东明张先生墓志》

东明先生张氏曰因，尝有以文荐于天子，天子策试甚高，以为长安尉。一年，投去印绶，愿为黄老术，诏许之。居东明观三十余年，受毕法，道行峻异，得众真秘书诀箓，聚经籍图史，侔于麟阁。经弟回降秩封州，先生曰："吾老矣，支体不可解也。"遂从以去。明年，回之子袭的，哭之恸，遂病。既亟，以命回曰："吾生天宝，讫贞元乙酉岁十月，今死于汝之手，盈吾志矣。京师，吾生也，毕原，先人之归也，必以返葬。"乃自为志而卒。明年正月某日，葬如其言。弟子某等为碑以志于墓。辞曰：

匪禄而康，匪爵而荣。漠焉以虚，充焉以盈。言而不为华，光而不为名，介洁而周流，苞涵而清宁。幽观其形，与化为冥。寂寞以成其道，是以勿婴。世皆狂狂，奔利死名。我独浩浩，端一以生。或曰：先生友弟以遁，慈幼以死，若不能忘情者向耶？”吾曰：“道去友耶？去慈耶？从容以求，其得之耶？荡莽狠悻，道之非耶？且夫亏恩坏礼，枯槁憔悴。堕圣图寿，离中就异。然与神鬼为偶，顽然以木石为类。倥侗而不实。穷老而死。先生之道，固知异夫此也。”乃书于石以纪。

《覃季子墓铭（并序）》

覃季子，其人生爱书，贫甚，尤介特，不苟受施。读经传言其说数家，推《太史公》《班固书》下到今，横竖钩贯，又且数十家，通为书，号《覃子史纂》。又取《鬻》《老》《管》《庄》《子思》《晏》《孟》下到今，其术自儒、墨、名、法，至于狗彘草木，凡是益于世者，为《子纂》又百有若干家。笃于闻，不以任为事。黜陟使取其书以氏名闻，除太子校书。某年月日死永州祁阳县某乡。将死，叹曰：“宁有闻而穷乎，将无闻而丰乎？宁介而踬乎，将溷而遂乎？”葬其乡。后若干年，柳先生来永州，戚其文不大于世，求其墓以石铭。铭曰：

困其独，丰其辱。

《续荥泽尉崔君墓志》

太傅公既志荥泽君之葬，明年，为中书侍郎同中书门下平章事以卒。荥泽君之嗣曰膺，备物具货入于汴，汴陷于戎，丧焉不果行。会世难，不幸膺亦死。膺之亚曰太素，仕至云阳令，求其志，将行，谪南海上。元和九年，移信州，沈有累，不克如其乡。大惧缓慢滋久，哭命其子某，以某月日启君之丧，至于某。葬用某月甲子，志用太傅公之辞。又命河东柳某书缓故，且志终事之年月日。

《先侍御史府君神道表》

呜呼！先君之墓，仲父殿中君志焉。孤宗元不敢称道先德，然而无以昭于外者，用敢悉取仲父之所陈而系其辞，刻兹石表。

先君讳镇，字某。六代祖讳庆，后魏侍中平齐公。五代祖讳旦，周中书侍郎济阴公。高祖讳楷，隋刺济、房、兰、廓四州。曾伯祖讳奭，字子燕，唐中书令。曾祖讳子夏，徐州长史。祖讳从裕，沧州清池令。皇考讳察躬，湖州德清令。世德廉孝，飏于河浒，士之称家风者归焉。

先君之道，得《诗》之群，《书》之政，《易》之直方大，《春秋》之惩劝，以植于内而文于外，垂声当时。天宝末，经术高第。遇乱，奉德清君夫人载家书隐王屋山。间行以求食，深处以修业，作《避暑赋》。合群从弟子侄讲《春秋左氏》《易王氏》，衎衎无倦，以忘其忧。德清君喜曰：兹谓遁世无闷矣。乱有间，举族如吴，无以为食。先君独乘驴无僮御以出，求仁者冀以给食。尝经山涧，水卒至，流抵大壑，得以无苦。被濡涂以行无愠容，观者哀悼而致礼加焉。季王父六合君忤贵臣，死于吏舍，犹鞫其状。先君改服徒行，逾四千里，告于上，由是贷其问。

既而以为天子平大难，发大号，且致太平。人罢兵戎，农去耒耜，宜以时兴太学，劝耦耕，作《三老五更议》《耤田书》，斋沐以献。道不果用。授左卫率府兵曹参军。尚父汾阳王居朔方，备礼延望，授左金吾卫仓曹参军，为节度推官，专掌书奏，进大理评事。以为刑法者军旅之桢干，斥候者边鄙之视听，不可以不具。作《晋文公三罪议》《守边论》，议事确直，世不能容。表为晋州录事参军。晋之守，故将也，少文而悍，酣嗜杀戮，吏莫敢与之争，先君独抗以理，无辜将死，常以身捍笞棰，拒不受命。守大怒，投几折簀，而无以夺焉。以为自下绳上，其势将殆，作《泉竭木摧诗》。终秉直以免于耻，调长安主簿。居德清君之丧，哀有过而礼不逾，为士者咸服。服既除，常吏部命为太常博士。先君固曰："有尊老孤弱在吴，愿为宣城令。"三辞而后获，徒为宣城。四年作阌乡令。考绩皆最，吏人怀思，立石颂德。迁殿中侍御史，为鄂岳沔都团练判官。元戎大攘狡虏，增地进律，作《夏口破虏颂》。后数年，登朝为真，会宰相与宪府比周，诬陷正士，以校私仇。有击登闻鼓以闻于上，上命先君总三司以听理，至则平反之。为相者不敢恃威以济欲，为长者不敢怀私以请间，群冤获宥，邪党侧目，封章密献，归命天子，遂莫敢言。逾年，卒中以他事，贬夔州司马。作《鹰鹯诗》。居三年，丑类就殛，拜侍御史。制书曰："守正为心，疾恶不惧。"先君捧以流涕，曰："吾惟一子，爱甚，方谪去至蓝田，诀曰：'吾目无涕。'今而不知衣之濡也，抑有当我哉！"作《喜霁之歌》。副职持宪，以正经纪。

贞元九年，宗元得进士第。上问有司曰："得无以朝士子冒进者乎?"有司以闻。上曰："是故抗奸臣窦参者耶！吾知其不为子求举矣。"是岁五月十七日，终于亲仁里第，享年五十五。七月某日，葬于万年县栖凤原。后十一年，宗元由御史为尚书郎。天子行庆于下，申命崇赠，而有司草创颇缓。会宗元得罪，遂寝不行。

太夫人范阳卢氏，某官某之女，实有全德，为九族宗师。用柔明勤俭以行其志，用图史箴诫以施其教，故二女之归他姓，咸为表式。太夫人既授封河东县太君，会册太上皇后于兴庆宫。既乃宗元贬秩为永州司马，奉侍温清，未尝见忧。元和元年五月十五日，终于州之佛寺，享年六十八。

呜呼！宗元不谨先君之教，以陷大祸，幸而缓于死。既不克成先君之宠赠，又无以宁太夫人之饮食，天殛荐酷，名在刑书。不得手开元堂以奉安祔，罪恶益大，世无所容。尚顾嗣续，不敢即死。支缀气息，以严邦刑。大惧祭祀之无主，以忝盛德。敢用特牲，昭告神道，号叫万里，以毕其辞云。

《志从父弟宗直殡》

从父弟宗直，生刚健好气，自字曰正夫。闻人善，立以为己师；闻人恶，若己仇；见佞色谄笑者，不忍与坐语。善操觚椟，得师法甚备。融液屈折，奇峭博丽，知之者以为工。作文辞，淡泊尚古，谨声律，切事类。撰汉书文章为四十卷，歌谣言议，纤悉备具，连累贯统，好文者以为工。读书不废蚤夜，以专故，得上气病。胪胀奔逆，每作，害寝食，难俯仰。时少间，又执业以兴，呻痛咏言，杂莫能知。兄宗元得谤于朝，力能累兄弟为进士。凡业成十一年，年三十三不举。艺益工，病益牢。元和十年，宗元始得召为柳州刺史。七月，南来从余。道加痁寒，数日良已。又从谒雨雷塘神所，还戏灵泉上，洋洋也，归卧至旦，呼之无闻，就视，形神离矣。呜呼！天实折余之形，残余之生，使是子也能无成！是月二十四日，出殡城西北若干尺，死七日矣。俟吾归，与之俱，志其殡。

《朗州员外司户薛君妻崔氏墓志》

唐永州刺史博陵崔简女讳媛，嫁为朗州员外司户河东薛巽妻。三岁知让，五岁知戒，七岁能女事。善笔札，读书通古今，其暇则鸣糸玄桐讽诗骚以为娱。始简以文雅清秀重于当世，其后病惑，得罪投州。诸女蓬垢涕号，柳氏出也。以叔舅命归于薛。惟恭柔专勤，以为妇妻，恩其故他姬子杂己子，造次莫能辨。无忮忌之行，无犯迕之气，一亩之宅，言笑不闻于邻。元和十二年五月二十八日，既乳，病肝气逆肺，牵拘左腋，巫医不能已，期月之日，洁服饬容而终，年若干。某月日，迁柩于洛，某月日，祔于墓。在北邙山南洛水东。巽始佐河北军食有劳，未及录。会其长以罪闻，因从贬。更大赦，方北迁，而其室已祸。

巽之考曰大理司直仲卿，祖曰太子右赞善大夫环，曾祖曰平舒令煜，高祖曰工部尚书真藏。简之父曰大理司直煜，祖曰某官鲵。唐兴，中书令仁师议刑不孥。其二世，大父也。巽之他姬子，丈夫子曰老，女子曰张婆。妻之子，女子曰陀罗尼，丈夫子曰某，实后子。铭曰：

翼翼仁师，惟仁之硕。一言刑轻，绵载二百。其庆中缺，曾元不绩。

简之温文，卒昏以易。七男三女，八我之出。仍祸六稔，数存如歿。

宜福而灾，伊谁云恤。惟薛之妇，德良才全。邻无言闻，臧获以虔。

推仁抚庶，孩不异怜。兄公是怙，夫属忻然。髢峨峨，笾豆惟嘉。

蒸尝宾燕，其羞孔多。有有严，神飨斯何。奚仲仲虺，胡祐不遐。

高曾祖考，胡嘏之讹。淑人不居，谁任于家。书铭告哀，以寘岩阿。

《马氏女雷五葬志》

马室女雷五，父曰师儒，业进士。雷五生巧慧异甚，凡事丝纩文绣，不类人所为者，余睹之甚骇。家贫，岁不易衣，而天姿洁清修严，恒若簪珠玑，衣纨縠，寥然不易为尘垢杂。年十五，病死。后二日，葬永州东郭东里。以其姨母为嫂于余也，将死，曰："吾闻柳公尝巧我慧我，今不幸死矣，安得公之文志我于墓?"其父母不敢以云。葬之日，余乃闻焉，既而闵焉。以攻石之后也，遂为砂书元砖，追而纳诸墓。

《愚溪对》

柳子名愚溪而居。五日，溪之神夜见梦曰："子何辱予，使予为愚耶？有其实者，名固从之，今予固若是耶？予闻；闽有水，生毒雾厉气，中之者温屯沤泄；藏石走濑，连舻糜解；有鱼焉，锯齿锋尾而兽蹄，是食人，必断而跃之，乃仰噬焉。故其名曰恶溪。西海有水，散涣而无力，不能负芥，投之则委靡垫没，及底而后止，故其名曰弱水。秦有水，掎汩泥淖，挠混沙砾，视之分寸，眙若睨壁，浅深险易，昧昧不觌，乃合泾渭，以自彰秽迹，故其名曰浊泾。雍之西有水，幽险若漆，不知其所出，故其名曰黑水。夫恶弱，六极也；浊黑，贱名也。彼得之而不辞，穷万世而不变者，有其实也。今予甚清与美，为子所喜，而又功可以及圃畦，力可以载方舟，朝夕者济焉。子幸择而居予，而辱以无实之名以为愚，卒不见德而肆其诬，岂终不可革耶？”

柳子对曰：“汝诚无其实，然以吾之愚而独好汝，汝恶得避是名耶！且汝不见贪泉乎？有饮而南者，见交趾宝货之多，光溢于目，思以两手攫而怀之，岂泉之实耶？过而往贪焉，犹以为名，今汝独招愚者居焉，久留而不去，虽欲革其名，不可得矣。夫明王之时，智者用，愚者伏。用者宜迩，伏者宜远。今汝之托也，远王都三千余里，侧僻回隐，蒸郁之与曹，螺蚌之与居，唯触罪摈辱愚陋黜伏者，日侵侵以游汝，闯闯以守汝。汝欲为智乎？胡不呼今之聪明皎厉握天子有司之柄以生育天下者，使一经于汝，而唯我独处？汝既不能得彼而见获于我，是则汝之实也。当汝为愚而犹以为诬，宁有说耶？”

曰：“是则然矣。敢问子之愚何如而可以及我？”柳子曰：“汝欲穷我之愚说耶？虽极汝之所往，不足以申吾喙；涸汝之所流，不足以儒吾翰。姑示子其略：吾茫洋乎无知，冰雪之交，众裘我□；溽暑之铄，众从之风，而我从之火。吾荡而趋，不知太行之异乎九衢，以败吾车；吾放而游，不知吕梁之异乎安流，以没吾舟。吾足蹈坎井，头抵木石，冲冒榛棘，僵仆虺蜴，而不知怵惕。何丧何得，进不为盈，退不为抑，荒凉昏默，卒不自克。此其大凡者也。愿以是污汝可乎？”

于是溪神深思而叹：“嘻！有余矣，是及我也。”因俯而羞，仰而吁，涕泣交流，举手而辞。一晦一明，觉而莫知所之。遂书其对。

《对贺者》

柳子以罪贬永州，有自京师来者，既见，曰：“余闻于坐事斥逐，余适将唁子。今予视子之貌浩浩然也，能是达矣，余无以唁，敢更以为贺。”柳子曰：“子诚以貌乎则可也，然吾岂若是而无志者耶？姑以戚戚为无益乎道，故若是而已矣。吾之罪大，会主上以宽理人，用和天下，故吾得在此。凡吾之贬斥幸矣，而又戚戚焉何哉？夫为天子尚书郎，谋画无所陈，而群比以为名，蒙耻遇僇，以待不测之诛。苟人尔，有不汗栗危厉偲偲然者哉！吾尝静处以思，独行以求，自以上不得自列于圣朝，下无以奉宗祀，近丘墓，徒欲苟生幸存，庶几似续之不废。是以傥荡其心，倡佯其形，茫乎若升高以望，溃乎若乘海而无所往，故其容貌如是。子诚以浩浩而贺我，其孰承之乎？嘻笑之怒，甚乎裂眦；长歌之哀，过乎恸哭。庸讵知吾之浩浩非戚戚之尤者乎？子休矣。”

《起废答》

柳先生既会州刺史即治事，还，游于愚溪之上。溪上聚黧老、壮齿十有一人，谡足以进，列植以庆。卒事，相顾加进而言曰："今兹是州，起废者二焉，先生其闻而知之欤?"

答曰："谁也?"

曰："东祠躄浮图，中厩病颡之驹。"

曰："若是何哉?"

曰："凡为浮图道者，都邑之会必有师。师善为律，以敕戒始学者与女释者，甚尊严，且优游。躄浮图有师道，少而病躄，日愈以剧，居东祠十年，扶服舆曳，未尝及人，侧匿愧恐殊甚。今年他有师道者悉以故去，始学者与女释者伥伥无所师，遂相与出躄浮图以为师。盥濯之，扶持之；壮者执舆，幼者前驱；被以其衣，导以其旗；怵惕疾视，引且翼之。躄浮图不得已，凡师数百生。日馈饮食，时献巾帨。洋洋也举莫敢逾其制。中厩病颡之驹，颡之病亦且十年，色玄不厖，无异技，硿然大耳。然以其病，不得齿他马。食，斥弃异皂，恒少食。屏立摈辱，掣顿异甚。垂首披耳，悬涎属地。凡厩之马，无肯为伍。会今刺史以御史中丞来莅吾邦，屏弃群驷，舟以溯江，将至，无以为乘。厩人咸曰："病颡驹大而不厖，可秣饰焉。他马巴僰卑狭，无可当吾刺史者。"于是众牵驹上燥土大庑下，荐之席，縻之丝；浴剔蚤鬋，刮恶除洟？苙以雕胡，秣以香萁；错贝鳞攘，凿金文羁；络以和铃，缨以朱绥；或膏其鬣，或劀其脽；御夫尽饰，然后敢持；除道履石，立之水涯；幢旟前罗，杠盖后随；千夫翼卫，当道上驰；抗首出臆，震奋遨嬉。当是时，若有知也，岂不曰宜乎?"

先生曰："是则然矣，叟将何以教我?"

黧老进曰："今先生来吾州亦十年。足轶疾风，鼻知膻香；腹溢儒书，口盈宪章；包今统古，进退齐良。然而一废不复，曾不若躄足、涎颡之犹有遭也！朽人不识，敢以其惑，愿质之先生。"

先生笑且答曰："叟过矣！彼之病，病乎足与颡也；吾之病，病乎德也。又彼之遭，遭其无耳。今朝廷洎四方，豪杰林立，谋猷川行；群谈角智，列坐争英；披华发辉，挥喝雷霆；老者育德，少者驰声；丱角羁贯，排厕鳞征；一位暂缺，百事交并；骈倚悬足，曾不得逞，不若是州之乏释师、大马也。而吾以德病伏焉，岂躄足、涎颡之可望哉？叟之言过昭昭矣，无重吾罪！”

于是，鬣老、壮齿相视以喜，且吁曰：“谕之矣！”拱揖而旋，为先生病焉。

《捕蛇者说》

永州之野产异蛇，黑质而白章，触草木尽死。以啮人，无御之者。然得而腊之以为饵，可以已大风、挛、瘘、疠，去死肌，杀三虫。其始，太医以王命聚之，岁赋其二，募有能捕之者，当其租入，永之人争奔走焉。

有蒋氏者，专其利三世矣。问之，则曰：“吾祖死于是，吾父死于是，今吾嗣为之十二年，几死者数矣。”言之，貌若甚戚者。余（通“予”，下同）悲之，且曰：“若毒之乎？余将告于莅是者，更若役，复若赋，则何如?”

蒋氏大戚，汪然出涕曰：“君将哀而生之乎？则吾斯役之不幸，未若复吾赋不幸之甚也。向吾不为斯役，则久已病矣。自吾氏三世居是乡，积于今六十岁矣，而乡邻之生日蹙。殚其地之出，竭其庐之入，号呼而转徙，饥渴而顿踣，触风雨，犯寒暑，呼嘘毒疠，往往而死者相藉也。曩与吾祖居者，今其室十无一焉；与吾父居者，今其室十无二三焉；与吾居十二年者，今其室十无四五焉，非死即徙尔。而吾以捕蛇独存。悍吏之吾乡，叫嚣乎东西，隳突乎南北，哗然而骇者，虽鸡狗不得宁焉。吾恂恂而起，视其缶，而吾蛇尚存，则弛然而卧。谨食之，时而献焉。退而甘食其土之有，以尽吾齿。盖一岁之犯死者二焉，其余则熙熙而乐，岂若吾乡邻之旦旦有是哉！今虽死乎此，比吾乡邻之则已后矣，又安敢毒耶?”

余闻而愈悲。孔子曰：“苛政猛于虎也。”吾尝疑乎是，今以蒋氏观之，犹信。呜呼！孰知赋敛之毒，有甚是蛇者乎！故为之说，以俟夫观人风者得焉。

《罴说》

鹿畏貙，貙畏虎，虎畏罴。罴之状，被发人立，绝有力而甚害人焉。楚之南有猎者，能吹竹为百兽之音。昔云（一作寂寂）持弓矢罂火而即之山，为鹿鸣以感其类，伺其至，发火而射之。貙闻其鹿也，趋而至。其人恐，因为虎而骇之。貙走而虎至，愈恐。则又为罴，虎亦亡去。罴闻而求其类，至则人也。捽搏挽裂而食之。今夫不善内而恃外者，未有不为罴食也。

《宋清传》

宋清，长安西部药市人也。居善药。有自山泽来者，必归宋清氏，清优主之。长安医工得清药辅其方，辄易仇，咸誉清。疾病疕疡者，亦皆乐就清求药，冀速已。清皆乐然响应，虽不持钱者，皆与善药，积券如山，未尝诣取直。或不识遥与券，清不为辞。岁终，度不能报，辄焚券，终不复言。市人以其异，皆笑之，曰："清，蚩妄人也。"或曰："清其有道者欤?"清闻之曰："清逐利以活妻子耳，非有道也，然谓我蚩妄者亦谬。"

清居药四十年，所焚券者百数十人，或至大官，或连数州，受俸博，其馈遗清者，相属于户。虽不能立报而以赊死者千百，不害清之为富也。清之取利远，远故大，岂若小市人哉？一不得直，则怫然怒，再则骂而仇耳。波之为利，不亦翦翦乎！吾见蚩之有在也。清诚以是得大利，又不为妄，执其道不废，卒以富。求者益众，其应益广。或斥弃沉废，亲与交视之落然者，清不以怠，遇其人，必与善药如故。一旦复柄用，益厚报清。其远取利皆类此。

吾观今之交乎人者，炎而附，寒而弃，鲜有能类清之为者。世之言徒曰"市道交"。呜呼！清，市人也，今之交有能望报如清之远者乎？幸而庶几，则天下之穷困废辱得不死亡者众矣，"市道交"岂可以少耶？或曰："清，非市道人也。"柳先生曰：清居市不为市之道，然而居朝廷、居官府、居庠塾乡党以士大夫自名者，反争为之不已，悲夫！然则清非独异于市人也。

《李赤传》

李赤，江湖浪人也。尝曰："吾善为歌诗，诗类李白。"故自号曰李赤。游宣州，州人馆之。其友与俱游者有姻焉。间累日，乃从之馆。赤方与妇人言，其友戏之。赤曰："是媒我也，吾将娶乎是。"友大骇，曰："足下妻固无恙，太夫人在堂，安得有是？岂狂易病惑耶?"取绛雪饵之，赤不肯。有间，妇人至，又与赤言。即取巾经其脰，赤两手助之，舌尽出。其友号而救之，妇人解其巾走去。赤怒曰："法无道，吾将从吾妻，汝何为者?"

赤乃就牖间为书，辗而圆封之。又为书，博而封之。讫，如厕久，其友从之，见赤轩厕抱瓮，诡笑而倒视，势且下入。乃倒曳得之。又大怒曰："吾已升堂面吾妻。吾妻之容，世固无有，堂宇之饰，宏大富丽，椒兰之气，油然而起。

顾视汝之世犹溷厕也，而吾妻之居，与帝居钧天、清都无以异，若何苦余至此哉?”然后其友知赤之所遭，乃厕鬼也。聚仆谋曰：“亟去是厕。”遂行宿三十里。夜，赤又如厕久，从之，且复入矣。持出，洗其污，众环之以至旦。去抵他县，县之吏方宴，赤拜揖跪起无异者。酒行，友未及言，饮已而顾赤，则已去矣。走从之，赤入厕，举其床捍门，门坚不可入，其友叫且言之。众发墙以入，赤之面陷不洁者半矣。又出洗之。县之吏更召巫师善咒术者守赤，赤自若也。

夜半，守者怠，皆睡。及觉，更呼而求之，见其足于厕外，赤死久矣，独得尸归其家。取其所封书读之，盖与其母妻诀，其言辞犹人也。

柳先生曰：李赤之传不诬矣。是其病心而为是耶？抑故有厕鬼也？赤之名闻江湖间，其始为士，无以异于人也。一惑于怪，而所为若是，乃反以世为溷，溷为帝居清都，其属意明白。今世皆知笑赤之惑也，及至是非取与向背决不为赤者，几何人耶？反修而身，无以欲利好恶迁其神而不返，则幸耳，又何暇赤之笑哉?

《骂尸虫文（并序）》

有道士言：“人皆有尸虫三，处腹中，伺人隐微失误，辄籍记。日庚申，幸其人之昏睡，出谗于帝以求飨。以是人多谪过、疾疠、夭死。”柳子特不信，曰：“吾闻聪明正直者为神。帝，神之尤者，其为聪明正直宜大也。安有下比阴秽小虫，纵其狙诡，延其变诈，以害于物，而又悦之以飨？其为不宜也殊甚！吾意斯虫若果为是，则帝必将怒而戮之，投于下土，以殄其类，俾夫人咸得安其性命，而苛慝不作，然后为帝也。”余既处卑，不得质之于帝，而嫉斯虫之说，为文而骂之。

来，尸虫！汝曷不自形其形？阴幽诡仄而寓乎人，以贼厥灵。膏肓是处兮，不择秽卑。潜窥默听兮，导人为非。冥持札牍兮，摇动祸机。卑陬拳缩兮，宅体险微。以曲为形，以邪为质。以仁为凶，以僭为吉。以淫谀诬为族类，以中正和平为罪疾。以通行直遂为颠蹶，以逆施反斗为安佚。谮下谩上，恒其心术。妒人之能，幸人之先。利昏伺睡，旁服窃出。走谗于帝，透入自屈。幂然无声，其意乃毕。求味己口，胡人之恤！彼修蛔恙心，短蛲穴胃。外搜疥疠，下索瘀痔。侵人肌肤，为己得味。世皆祸之，则惟汝类。良医刮杀，聚毒攻饵。旋死无余，乃行正气。汝虽巧能，未必为利。帝之聪明，宜好正直。宁悬嘉飨，答汝谗慝。叱付九关，贻虎豹食。下民舞蹈，荷帝之力。是则宜然，何利之得！速收汝之生，速灭汝之精。蓐收震怒，将敕雷霆。击汝邦都，糜烂纵横。俟帝之命，乃施于刑。群邪殄夷，大道显明。害气永革，厚人之生。岂不圣且神欤！

祝曰：尸虫逐，祸无所伏，下民百禄。惟帝之功，以受景福。尸虫诛，祸无所庐，下民其苏。惟帝之德，万福来符。臣拜稽首，敢告于元都。

《宥鸡蛇文（并序）》

家有憧，善执蛇。晨持一蛇来谒曰："是为蝮蛇。犯于人，死不治。又善伺人，闻人咳喘步骤，辄不胜其毒，捷取巧噬肆其害。然或慊不得于人，则愈怒，反啮草木，草木立死。后人来触死茎，犹堕指、挛腕、肿足，为废病。必杀之，是不可留。"余曰："汝恶得之？"曰："得之榛中。"曰："榛中若是者可既乎？"曰："不可，其类甚博。"余谓憧曰："彼居榛中，汝居宫内，波不汝即，而汝即彼，犯而斗死，以执而谒者，汝实健且险，以轻近是物。然而杀之，汝益暴矣。彼耕获者，求薪苏者，皆土其乡，知防而入焉，执耒、操鞭、持基朴以远其害。汝今非有求于榛者也，密汝居，易汝庭，不凌奥，不步暗，是恶能得而害汝？且彼非乐为此态也，造物者赋之形，阴与阳命之气，形甚怪僻，气甚祸贼，虽欲不为是不可得也。是独可悲怜者，又孰能罪而加怒焉？汝勿杀也。"余悲其不得已而所为若是，叩其脊，谕而宥之。其辞曰：

吾悲乎天形汝躯，绝翼去足，无以自扶。曲膂屈胁，惟行之纡。目兼蜂虿，色混泥涂。其颈蹩恧，其腹次且。筹鼻钩牙，穴出榛居。蓄怒而蟠，衔毒而趋。志蕲害物，阴妒潜狙。汝之禀受若是，虽欲为蛙为螺，焉可得已？凡汝之为恶，非乐乎此。缘形役性，不可自止。草摇风动，百毒齐起。首拳脊努，呥舌摇尾。不逞其凶，若病乎已。世皆寒心，我独悲尔。吾将吾庭，葺吾槛，窖（一作室）吾垣，严吾扃，啤奥草不植，而穴隙不萌，与法异途，不相交争。虽汝之恶，焉得而行？

噫！造物者胡甚不仁，而巧成汝质。既禀乎此，能无危物？贼害无辜，准汝之实。阴阳为戾，假汝忿疾。余胡汝尤，是戮是扶。寡汝于野，自求终吉。彼樵竖持基，农夫执耒，不幸而遇，将除其害，余力一挥，应手糜碎。我虽汝活，其惠实大。他人异心，谁释汝罪？形既不化，中焉能悔？呜呼悲乎！汝必死乎！毒而不知，反讼其内。今虽宽焉，后则谁贵？阴阳尔，造化尔，道乌乎在？可不悲欤？

《憎王孙文（并序）》

猿、王孙居异山，德异性，不能相容。猿之德静以恒，类仁让孝慈。居相爱，食相先，行有列，饮有序。不幸乖离，则其鸣哀。有难，则内其柔弱者。不践稼蔬，木实未熟，相与视之谨；既熟，啸呼群萃，然后食，衎衎焉。山之小草木，必环而行遂其植。故猿之居山恒郁然。王孙之德躁以嚣，勃诤号呶，唶唶强强，虽群不相善也。食相噬啮，行无列，饮无序。乖离而不思。有难，推其柔弱者以免。好践稼蔬，所过狼藉披攘。木实未熟，辄龁咬投注。窃取人食，皆知自实其嗛。山之小草木，必凌挫折挽，使之瘁然后已。故王孙之居山恒蒿然。以是猿群众则逐王孙，王孙群众亦齮猿。猿弃去，终不与抗。然则物之甚可憎，莫王孙若也。余弃山间久，见其趣如是，作《憎王孙》云：

湘水之浟浟兮，其上群山。胡兹郁而彼瘁兮，善恶异居其间。恶者王孙兮善者猿，环行遂植兮止暴残。王孙兮甚可憎！噫，山之灵兮，胡不贼旃。跳踉叫嚣兮，冲目宣龂。外以败物兮，内以争群。排斗善类兮，哗骇披纷。盗取民食兮，私己不分。充嗛果腹兮，骄傲欢欣。嘉华美木兮硕而繁，群披竞啮兮枯株根。毁成败实兮更怒喧，居民怨苦兮号穹旻。王孙兮甚可憎！噫，山之灵兮，胡独不闻？猿之仁兮，受逐不校；退优游兮，唯德是效。廉、来同兮圣囚，禹、稷合兮凶诛。群小遂兮君子违，大人聚兮孽无余。善与恶不同乡兮，否泰既兆其盈虚。伊细大之固然兮，乃祸福之攸趋。王孙兮甚可憎！噫，山之灵兮，胡逸而居？

《逐毕方文（并序）》

永州元和七年夏，多火灾。日夜数十发，少尚五六发，过三月乃止。八年夏，又如之。人咸无安处，老弱燔死，晨不爨，暝不烛，皆列坐屋上，左右视，罢不得休。盖类物为之者。讹言相惊，云有怪鸟，莫实其状。《山海经》云："章义之山，有鸟如鹤，一足，赤文白喙，其名曰毕方，见则其邑有讹火。"若今火者，其可谓讹欤？而人有以鸟传者，其毕方欤？遂邑中壮而图之，禳而磔之，为之文而逐之：

后皇庇人兮，敬授群材。大施栋宇兮，小蔽草莱。

各有攸宅兮，时阖而开。火炎为用兮，化食生财。

胡今兹之怪戾兮，日十载而穷灾。朝储清以联邃兮，夕荡覆而为灰。

焚伤羸老兮，炭死童孩。叫号𩝤突兮，户骇人哀。

袒夫在走兮，倏忽往来。郁攸孽暴兮，混合恢台。

民气不舒兮，僵踣颠颓。休炊息燎兮，仄伏煨煤。

门甍晦黑兮，启伺奸回。若坠之天兮，若生之鬼。

令行不讹兮，国恐盍已。问之禹书，毕方是祟。

嗟尔毕方兮，胡肆其志。皇亶聪明兮，念此下地。

灾皇所爱兮，僇死无贰。幽形扇毒兮，阴险诡异。

法令不惩兮，众骤咸至。皇斯震怒兮，殄绝汝类。

祝融惨祸兮，回禄屏气。太阳施威兮，元冥行事。

汝虽赤其文，只其趾。逞工炫巧，莫救汝死。

黠知亟去兮，愚乃止此。高飞兮翱翔，远伏兮无伤。

海之南兮天之裔，汝优游兮可卒岁。皇不怒兮永汝世，日之良兮今速逝。

急急如律令。

《哀溺文（并序）》

永之氓咸善游。一日，水暴甚，有五六氓乘小船绝湘水。中济，船破，皆游。其一氓尽力而不能寻常。其侣曰："汝善游最也，今何后为？"曰："吾腰千钱，重，是以后。"曰："何不去之？"不应，摇其首。有顷，益怠。已济者立岸上，呼且号曰："汝愚之甚！蔽之甚！身且死，何以货为？"又摇其首，遂溺死。吾哀之。且若是，得不有大货之溺大氓者乎？于是作《哀溺》。

吾哀溺者之死货兮，惟大氓之为忧。泄涛鼓以风涌兮，浩滉荡而无舟。不让禄以辞富兮，又旁窥而诡求。手足乱而无如兮，负重逾乎崇丘。既浮颐而灭膂兮，不欲释利而离尤。呼号者之莫救兮，愈摇首以沉流。发披鬤以舞澜兮，魂伥伥而焉游。龟鼋互进以争食兮，鱼鲔族而为羞。

始贪赢以啬厚兮，终负祸而怀仇。前既没而后不知惩兮，更揽取而无时休。哀兹氓之蔽愚兮，反贼己而从仇。不量多以自诔兮，姑指幸者而为谋。夫人固灵于鸟鱼兮，胡昧罻而蒙钩。

大者死大兮，小者死小。善游虽最兮，卒以道夭。与害偕行兮，以死自绕。推今而鉴古兮，鲜党以保其生。衣宝焚纣兮，专利灭荣。豺狼死而犹饿兮，牛腹尸而不盈。既贸贸而无知兮，故与彼咸谥为氓。死者不足哀兮，冀中人之为余再更。噫！

《招海贾文》

咨海贾兮，君胡以利易生而卒离其形？大海荡泊兮，颠倒日月。龙鱼倾侧兮，神怪䲹突。沧茫无形兮，往来遽卒。阴阳开阖兮，氛雾滃渤。君不返兮逝恍惚。舟航轩昂兮，下上飘鼓。腾越峣嵲兮，万里一睹。卒入泓坳兮，视天若亩。奔螭出抃兮，翔鹏振舞。天吴九首兮，更笑迭怒。垂涎闪舌兮，挥霍旁午。君不返兮终为虏，黑齿鲲鳞文肌。三角骈列耳离披，反断叉牙踔嵚崖，蛇首豨鬣虎豹皮。群没互出讧邀嬉，臭腥百里雾而弥。君不返兮以充饥。弱水蓄缩，其下不极。投之必沉，负羽无力。鲸鲵疑畏，淫淫嶷嶷。君不返兮卒自贼，怪石森立涵重渊。高下迾置滔危颠，崩涛搜疏刿戈鋋。君不返兮砉沉颠，其外大泊泙奫沦，终古回薄旋天垠，八方易位更错陈。君不返兮乱星辰。东极倾海流下属，混混超忽纷荡沃。殆而一跌兮，沸入汤谷，舳舻霏解梢若木。君不返兮魂焉薄。海若啬货号风雷，巨鳌颔首丘山颓，猖狂震虩翻九垓。君不返兮糜以摧。

咨海贾兮君相乐，出幽险而疾平夷？恟骇愁苦，而以忘其归。上党易野恬以舒，蹈蹂厚土坚无虞。歧路脉布弥九区，出无入有百货俱。周游傲睨神自如，撞钟击鲜恣欢娱。君不返兮欲谁须，胶隔得圣捐盐鱼。范子去相安陶朱，吕氏行贾南面孤。宏羊心计登谋谟，煮盐大冶九卿居。禄秩山委收国租，贤智走诺争下车。逍遥纵傲世所趋，君不返兮溢为愚。

咨海贾兮，贾尚不可为，而又海是图。死为险魄兮，生为贪夫。亦独何乐哉？归来兮，宁君躯。

《三戒（并序）》

吾恒恶世之人不知推己之本，而乘物以逞，或依势以干非其类，出技以怒强，窃时以肆暴，然卒迨于祸。有客谈麋、驴、鼠三物，似其事，作《三戒》。

△临江之麋

临江之人，畋得麋麑，畜之。入门，群犬垂涎，扬尾皆来。其人怒，怛之。自是日抱就犬，习示之，使勿动，稍使与之戏。积久，犬皆如人意。麋麑稍大，忘己之麋也，以为犬良我友，抵触偃仆，益狎。犬畏主人，与之俯仰甚善，然时啖其舌。三年，麋出门，见外犬在道甚众，走欲与为戏。外犬见而喜且怒，共杀食之，狼籍道上。麋至死不悟。

△黔之驴

黔无驴，有好事者船载以入。至则无可用，放之山下。虎见之，庞然大物也，以为神。蔽林间窥之，稍出近之，慭慭然莫相知。他日，驴一鸣，虎大骇，远遁，以为且噬己也，甚恐。然往来视之，觉无异能者。益习其声，又近出前后，终不敢搏。稍近益狎，荡倚冲冒，驴不胜怒，蹄之。虎因喜，计之曰："技止此耳！"因跳踉大㘎，断其喉，尽其肉，乃去。噫！形之庞也类有德，声之宏也类有能。向不出其技，虎虽猛，疑畏，卒不敢取。今若是焉，悲夫！

△永某氏之鼠

永有某氏者，畏日，拘忌特甚。以为己生岁直子，鼠，子神也。因爱鼠，不畜猫犬，禁僮勿击鼠。仓廪庖厨，悉以恣鼠不问。由是鼠相告，皆来某氏，饱食而无祸。某氏室无完器，椸无完衣，饮食大率鼠之余也。昼累累与人兼行，夜则窃啮斗暴，其声万状，不可以寝，终不厌。数岁，某氏徙居他州。后人来居，鼠为态如故。其人曰："是阴类恶物也，盗暴尤甚，且何以至是乎哉！"假五六猫，阖门，撤瓦灌穴，购童罗捕之。杀鼠如丘，弃之隐处，臭数月乃已。呜呼！彼以其饱食无祸为可恒也哉！

《武冈铭（并序）》

元和七年四月，黔巫东鄙，蛮獠杂扰，盗弄库兵，贼胁守帅，南钩牂牁，外诱西原，置魁立帅，杀牲盟誓，洞窟林麓，啸呼成群。皇帝下铜兽符，发庸、蜀、荆、汉、南越、东瓯之师，四面讨问。畏罪凭阻，逃遁不即诛。

时惟潭部戎帅御史中丞柳公绰，练立将校，提年五百，屯于武冈，不震不骞，如山如林，告天子威命，明白信顺。乱人大恐，视公之师如百万，视公之令如风雷，怨号呻吟，喜有攸诉，投刃顿伏，愿完父子，卒为忠信，奉职输赋，进比华人，无敢不龚。母弟生婿，继来于潭，成致天庭。皇帝休嘉，式新厥命。凶渠同恶，革面向化，如醉之醒，如狂之宁。公为药石，仵复其性。诏书显异，进临江汉，益兵三倍，为时硕臣，殿于大邦。文儒申申，有此武功。

于是夷人始复。闻分之去，相与高蹈涕呼，若寒去裘。昔公不夸首级为己能力，专务教诲，悍邦斯平。我老泊幼，由公之仁，小不为虺蜮，大不为鲸鲑，恩重事特，不迹而远，莫可追已。愿铭武冈首，以慰我思，以昭我邻，以示我子孙。弥亿万年，俾我奉国，如令之诚。邻之我怀，如公之勤。其辞曰：

黔山之巑，巫水之磻。鱼骇而离，兽犯而残。户恐谷窜，披攘仍乱。

王师来诛，期死以缓。公明不疑，公信不欺。援师定命，俾邦克正。

皇仁天施，我反其性。我涂四阖，公示之门。我愚抵死，公示之恩。

既骨而完，既亡而存。奉公之训，贻我子孙。我始蝥贼，由公而仁。

我始寇仇，由公而亲。山畋泽獻，输赋于都。陶穴刊木，室我姻族。

烹牲是祀，公受介福。揲蓍以占，公宜百禄。皇懋公功，陟于大邦。

远哉去我，谁嗣其良。有穴之丹，有犀之颠。匪曰予固，公不可路。

祝邻之德，恒遵公则。勖予之世，永谨邦制。南夷作诗，刻示来裔。

《东海若》

东海若陆游，登孟诸之阿，得二瓠焉，刳而振其犀以嬉，取海水杂粪壤蛲蛔而实之，臭不可当也。窒以密石，举而投之海。逾时焉而过之，曰："是故弃粪耶?"其一彻声而呼曰："我大海也。"东海若呀然而笑曰："怪矣，今夫大海，其东无东，其西无西，其北无北，其南无南，旦则浴日而出之，夜则滔列星，涵太阴，扬阴火珠宝之光以为明，其尘霾之杂不处也，必泊之西澨。故其大也深也洁也光明也，无我若者。今汝海之弃滴也，而与粪壤同体，臭朽之与曹，蛲蛔之与居，其狭咫也，又冥暗若是，而同之海，不亦羞而可怜哉！子欲之乎？吾将为汝抉石破瓠，荡群秽于大荒之岛，而同子于向之所陈者可乎?"粪水泊然不悦曰："我固同矣，吾又何求于若？吾之性也，亦若是而已矣。秽者自秽，不足以害吾洁；狭者自狭，不足以害吾广；幽者自幽，不足以害吾明。而秽亦海也，狭、幽亦海也，突然而往，于然而来，孰非海者？子去矣，无乱我!"其一闻若之言，号而祈曰："吾毒是久矣！吾以为是固然不可异也。今子告我以海之大，又目我以故海之弃粪也，吾愈急焉。涌吾沫不足以发其窒，旋吾波不足以穴瓠之腹也，就能之，穷岁月耳，愿若幸而哀我哉!"东海若乃抉石破瓠。投之孟诸之陆，荡其秽于大荒之岛，而水复于海，尽得向之所陈者焉。而向之一者，终与臭腐处而不变也。

今有为佛者二人，同出于毗卢遮那之海，而汩于五浊之粪，而幽于三有之瓠，而窒于无明之石，而杂于十二类之蛲蛔。人有问焉，其一人曰："我佛也，毗卢遮那、五浊、三有、无明、十二类，皆空也，一也，无善无恶，无因无果，无修无证，无佛无众生，皆无焉，吾何求也!"问者曰："子之所言，性也，有事焉。夫性与事，一而二，二而一者也，子守而一定，则大患者至矣。"其人曰：

"子去矣，无乱我！"其一人曰："嘻，吾毒之久矣！吾尽吾力而不足以去无明，穷吾智而不足以超三有、离五浊，而异夫十二类也。就能之，其大小劫之多不可知也，若之何？"问者乃为陈西方之事，使修念佛三昧一空有之说。于是圣人怜之，接而致之极乐之境，而得以去群恶，集万行，居圣者之地，同佛知见矣。向之一入者，终与十二类同而不变也。夫二人之相违也，不若二瓠之水哉！今不知去一而取一，甚矣！

《柳宗直西汉文类序》

左右史混久矣，言事驳乱，《尚书》《春秋》之旨不立。自左丘明传孔氏，太史公述历古今，合而为《史记》，迄于今，交错相纠，莫能离其说。独左氏《国语》纪言不参于事，《战国策》《春秋后语》颇本右史《尚书》之制。然无古圣火蔚然之道，大抵促数耗矣，而后之文者宠（一作"袭"）之。文之近古而尤壮丽，莫若汉之西京。班固书传之，吾尝病其畔散不属，无以考其变。欲采比义会，年长疾作，驾堕日甚，未能胜也。幸吾弟宗直爱古书，乐而成之。搜讨磔裂，捃摭融结，离而同之，与类推移，不易时月，而咸得从其条贯。森然炳然，若开群玉之府。指挥联累，圭璋琮璜之状，各有列位，不失其序，虽第其价可也。以文观之，则赋、颂、诗、歌、书、奏、诏、策、辨、论之辞毕具。以语观之，则右史纪言，《尚书》《国语》《战国策》成败兴坏之说大备，无不苞也。噫！是可以为学者之端耶？

始吾少时，有路子者，自赞为是书，吾嘉而叙其意，而其书终莫能具，卒俟宗直也。故删取其叙，系于左，以为《西汉文类》首纪。殷周之前，其文简而野，魏晋已降，则荡而靡，得其中者汉氏。汉氏之东，则既衰矣。当文帝时，始得贾生明儒术，武帝尤好焉。而公孙宏、董仲舒、司马迁、相如之徒作，风雅益盛，敷施天下，自天子至公卿大夫土庶人咸通焉。于是宣于诏策，达于奏议，讽于辞赋，传于歌谣，由高帝迄于哀、平，王莽之诛，四方之文章，盖烂然矣。史臣班孟坚修其书，拔其尤者充于简册，则二百三十年间，列辟之达道，名臣之大范，贤能之志业，黔黎之风习列焉。若乃合其英精，离其变通，论次其叙位，必俟学古者兴行之。唐兴，用文理，贞元间，文章特盛。本之三代，接于汉氏，与之相准。于是有能者，取孟坚书，类其文，次其先后，为四十卷。

《濮阳吴君文集序》

博陵崔成务尝为信州从事，为予言：邑有闻人濮阳吴君，弱龄长鬣而广额，好学而善文。居乡党，未尝不以信义交于物；教子弟，未尝不以忠孝端其本。以是卿相贤士，率与亢礼。予尝闻而志乎心。会其子侃更名武陵，升进士，得罪来永州。因奉其先人文集十卷，再拜请予以文冠其首，予得遍观焉。其为辞赋，有戒苟冒陵僭之志；其为诗歌，有交王公大人之义；其为诔志吊祭，有孝恭慈仁之诚。而多举六经圣火之大旨，发言成章，有可观者。

古之司徒，必求秀士，由乡而升之天官；古之太史，必采民风，陈诗以献于法官，然后材不遗而志可见。近世之后位者，或未能尽用古道，故吴君之行不昭，而其辞不荐，虽一命于王，而终伏其志。呜呼，其可惜哉！

武陵又论次志传三卷继于末，其官氏及他才行甚具云。

《同吴武陵送前桂州杜留后诗序》

观室者，现其隅。隅之巍然直方以固，则其中必端庄宏达可居者也。人孰异夫是？今若杜君之隅可观，而中可居，居之者德也。赞南方之理，理是以大；总留府之政，政是以光。其道不挠，好古书百家言，洋洋满车，行则与俱，止则相对，积为义府，溢为高文。悫而和，肆而信，岂《诗》所谓"抑抑威仪，惟德之隅"者耶？今往也，有以其道闻于天子。天子惟士之求为急，杜君欲辞争臣侍从之位，其可得乎？濮阳吴武陵，直而甚文，乐杜君之道，作诗以言。予犹吴也，敢于是乎序焉。

《送李判官往桂州序》

士之习为吏者，恒病于少文，故给而不肆；饰于华老，尝病于无断，政放而不制。今李生学于诗有年矣，吟咏讽赋，颇闻乎人。至于是州，唯州之牧咨焉。以赞戎事而纠群吏，甚直且武，岂所谓使而华者耶？以府丧罢去，择而之乎有礼之邦。推是道也以往，然而不际于礼，则吾不知也。

《送豆卢膺秀才南游诗序》

君子病无乎内而饰乎外，有乎内而不饰乎外者。无乎内而饰乎外，则是设覆为阱也，祸孰大焉；有乎内而不饰乎外，则是焚梓毁璞也，诟孰甚焉！于是有切磋琢磨镞砺栝羽之道，圣人以为重。豆卢生，内之有者也，予是以好之，而欲其遂焉。而恒以幼孤羸馁为惧，恤恤焉游诸侯求给乎是，是固所以有乎内者也。然而不克专志于学，饰乎外者未大，吾愿子以《诗》《礼》为冠履，以《春秋》为襟带，以图史为佩服，琅乎璆璜横衡牙之响发焉，煌乎山龙华虫之采列焉，则揖让周旋乎宗庙朝廷斯可也。惜乎予无禄于世，不克称其欲，成其志，而姑欲其速反也，故诗而序云。

《送赵大秀才往江陵谒赵尚书序》

士之知感激许与，常欲以有报为志者，则凡志乎道者，咸愿为之。如赵生，庶乎哉！来谓予曰："宗人尚书以硕德崇功，由交、广临荆州，仁我若子姓，恩礼重厚。有贤子为御史，好学而甚文，友我若同生，欢欣交通，我诚乐为之用，甚不辞也。不幸遭重痼，六旬而后知人。方其急也，大惧不克报尚书公之恩，又惧无以当御史君之心以没。每念于是，未尝不蠹然内伤，若受锋刃。自是而后，调药石，时饮食，生血补气，强筋植骨，荣卫之和，膂力之刚，迨今兹始全。然为人舒干抗首，文翰端丽，材足以用，敢辞而往，以效於戏下。"其言云尔。自吾窜永州三年，赵生亟见。视其状，专谨愿悫；观其迹，温密简靖；闻其言，径直端诚。自尚书理（一作之为）荆州，异政日至。至则赵生喜忭起立，伸目四顾，不啻若自己而为之者。诚宜有报知己之道，又诚宜有大贤而为之知也。是行也，赵生其将奋六翮，翔千里，以为辕门大府之重，增羽仪之盛，其道美矣。故予继之以辞。

《同吴武陵赠李睦州诗序》

润之盗锜，窃货财，聚徒党，为反谋十年。今天子即位三年，大立制度。于是盗恐且奋，将遂其不善。视部中良守不为己用者，诬陷去之，睦州由是得罪。天子使御史案问，馆于睦。自门及堂，皆其私卒为卫。天子之卫不得摇手，辞卒致具。有间，盗遂作。而廷臣犹用其文，斥睦州南海上。既上道，盗以徒百人遮于楚越之郊，战且走，乃得完为左官吏。无几，盗就禽，斩之于社垣之外。论者谓宜还睦州，以明其诬。既更大赦，始移永州，去长安尚四千里，睦州未尝自言。吴武陵，刚健士也。怀不能忍，于是踊跃其诚，铿锵其声，出而为之诗，然后慊于内。予固知睦州之道也熟，衔匿而未发且久，闻吴之先焉（一作言）者，激于心，若锺鼓之考，不知声之发也，遂系之而重以序。

第七章　李群玉湖湘诗研究

古往今来，愁心苦志而赋之于诗者，不胜枚举。李群玉，湖湘晚唐诗人，澧县人士。其诗哀婉幽曲，别具一格，登高而忧荣贵之莫及，临水而泣名利之如影，思以哀怨，苦涩酸嘶，蔚为晚唐诗国之奇调也。

一、湖湘诗人李群玉

李群玉生平零星所载，难以详其家世。其《进诗表》自云："宗绪凋沦，丘山贱品，幽沉江介，分托渔樵""寒饿江湖之滨，与枯鱼涸蚌为伍"。其起于寒微，而沈于江泽，承精神之所重而困于饥寒也。先天不足，结以忧吟，痛入骨髓，时为哀鸣："十年侣龟鱼，垂头在沅湘。""贫家冷落难消日，唯有松筠满院凉。"李群玉痛伤"身世蹉跎楚水头"，为稻粱之计，裹腹之求，不得不背井离亲，"久向饥寒抛弟妹，每因时节忆团圆"。然"短褐谁揄扬"，漂泊而一无所有，忧深长愁，乃至"一饭五放箸，愀然念穷途"。其后"投诗换得校书郎"，而依然"十口系心抛不得，每回回首即长颦"。"年逾不惑，疴恙暴侵"，痼疾缠身，未老先衰。"两鬓有二毛，光阴流浪中。形骸日土木，志气随云风。"更有甚者，爱女早夭，家尤凄凉，故赋之于诗者，处处凄怆。

李群玉名业未从，贫贱自卑，而负才负气，郁郁不平，常自比芳兰白雪、聪马宝剑、黄金白玉，或以张仪、韩信自比，以屈原、贾谊自喻，示其渴于名业，欲逞才用之切也。群玉渴望"经术震浮荡，国风扫齐梁，文襟即玄圃，笔下成琳琅"，自信终有鲲化鹏举、扶摇直上、出人头地之日，然世事之酷烈难料，群玉历经坎坷，怀才不遇，"名场失手一年年，月桂尝闻到手边""名业两未从，临风嘿舒气"

“艰哉水投石，壮志空摧藏”“羁栖摧剪平生志，抱膝时为梁甫吟”，群玉发心中之委屈不平，“翻覆升沉百岁中，前途一半已成空”，喟然而叹，壮志难酬。

群玉历经挫折，饱经沧桑，虽幸得为校书郎，盖寒官之极耳。既无如何之前途，又自陷于藩篱之中，郁郁不得志。跻身上流之美梦，化为泡影。茫茫昧昧之中，看破红尘。“浮生暂寄梦中梦，世事如闻风里风”“本不将心挂名利，亦无情意在樊笼。鹿裘藜杖且归去，富贵荣华春梦中”。群玉以决绝于世，恶“惨惨心如凪，营营舌似蝇”，愤“凤兮衰已尽，犬也吠何繁”，憎“须知香饵下，触口是铦钩”。诗人既为世所不容，人生无望，为寻求解脱而归向释道，“达生书一卷，名利付春冰”“人间无乐事，直拟到华胥”。李群玉才士失意，故而哀生怨世，其诗充满沉郁颓废之凄凉格调也。

二、李群玉湖湘诗之艺术特色

湖湘者，屈宋之精神故乡也。李群玉之诗风亦深受屈宋骚风影响。其身世所遇，固与屈受谗毁者相去甚远，然其身处沅湘澧浦，于其才名，则类同放逐。李群玉深为楚风所陶，以为“骚雅道未丧”，并以“居住沅湘，宗师屈宋”自许。辛文房《唐才子传》，更比群玉于屈子，曰：“夫澧浦，古骚人之国，屈平仕遭谮毁，不知所诉，心烦意乱，赋为《离骚》。骚，愁也。已矣哉，国无人知我兮，又何怀乎故都？委身鱼腹，魂招兮不来。芳草遽萎，萧艾参天，奚独一时而然也。群玉既禀修能，翱翔大化，人不知而不恤，禄不及而不言，望涔阳之无极，挹杜兰之绪馨，款君门以披怀，沾一命而潜退，风景满目，宁无愧于古人，故其格调清越，而多登山临水，怀人送归之制。如‘远客坐长夜，雨声孤寺秋。请量东海水，看取浅深愁’等句，已曲尽羁旅坎之情，壮心千里，于方寸不扰，亦大难矣。”

李群玉饮沅湘之水，采芷兰之芳，感屈魂于楚风，采楚辞之精华。其诗也，为怀瑾握瑜、遭遇穷厄之叹，哀怨吐怀，发为悲歌，言“人不知我、世不容我”之末路忧伤，风格哀婉，有楚怨之风。其辞也，丽辞联珠，极尽楚情。其诗语状楚地，言楚物，记楚风，用楚语，道尽楚地之风神情致。江湖之间，异草芳华，佳木美林，结恋于诗，群玉之诗，得湖湘山水灵秀之浸染，是以婉丽清妙之极。若其名篇《雨夜呈长官》：

远客坐长夜，雨声孤寺秋。请量东海水，看取浅深愁。

愁穷重于山，终年压人头。朱颜与芳景，暗赴东波流。

鳞翼思风水，青云方阻修。孤灯冷素艳，虫响寒房幽。

借问陶渊明，何物号忘忧。无因一酩酊，高枕万情休。

此诗通篇言愁，诗人欲激荡青云，而无负翼之风；渴望发迹，流年又不待人，惟惆怅满腹。其哀情楚楚，颇近楚辞。然群玉终难与屈原比，不云其器调相去甚远，但以其言愁怨而论，则泾渭之分明矣。《离骚》之旨，叙忠怨之情，故屈原之悲，以社稷为念，忧国哀民，抚膺嗟号。屈原行吟泽畔，而无饥馁寒衾之哀；理想破灭，亦无烟霞藏迹之想。群玉则不以苍生系怀，多溺于流俗，眩惑名位，戚戚贫贱，汲汲富贵。前章所述，足以明之。穷困乃至涕泣，最可谓愁苦之心。复叹古道不昌，空怀壮志，忧名位不彰，哀龟鱼为侣。戚戚悲情，叹惋深切。其境界与屈原有博狭之别也。群玉所谓“宗师屈宋”者，徒以骚雅荡情、幽艳辞句而寓愁思耳。虽然，犹不失湘楚风骚之性。虽无澄清远志，而有“天子坐宣室，夔龙奉谟猷”之理想，亦有“穆满恣逸志，而轻天下君”之忧患。其诗绝不掩饰而示以寒士辗转穷思之悲。既以幽忧愁炽与沅湘澧浦风物融化，又用回荡之形，构独韵之章，续长流之绪，而以实录晚唐末路寒士缩影。

三、李群玉诗中之湖湘

李群玉晚唐人也，时丧乱繁多，诗人凝愤愤之语于笔端，慷慨陈辞，则挟无限之调，掬沅湘之水为墨，裁湘绣之缣为锦，绘云梦之图为画。一挥彩笔，极尽湘山湘水湘月之美态也。

李君玉写景记游，笔尽洞庭湖湘、沅澧景物，其诗尤擅写水泽之状，如画泽国风景。翻李群玉诗，则云梦洪波，湘澧流水，皆召之即来也。“海月出银浪，湖光射高楼”“晴湖碧云晚，……西风白浪稠”“翔雁横秋过洞庭，西风落日浪峥嵘”“万叠银山寒浪起，一行斜字早鸿来”。此风和日丽时洞庭湖之壮观也。然淫雨霏霏之际，洞庭湖亦有异色可观。“面南一片黑，俄起北风颠。浪泼巴陵树，雷烧鹿角田。鱼龙方簸荡，云雨正喧阗。想赭君山日，秦皇怒赫然”“巨浸吞湘澧，西风忽怒号。水将天共黑，云与浪争高”。此洞庭阵雨之壮观也。霹雳轰轰，大雨倏至，浪如瓢泼，拍击巴陵岸柳，蛟龙鱼鳖，不胜颠簸，连天巨浪欲与浓云比高下，吼涛几度漂山而来，沾濡日月，接水连天。

湖湘景有百态，群玉诗笔亦有百态。诗人笔下，山光水色，春花秋月，草木萍荷，虫鱼燕鹤，皆湘色漫漫，自有无限风光也。

春者，“湖光迷翡翠，草色醉蜻蜓。鸟弄桐花日，鱼翻谷雨萍。”春草细嫩，鸟歌梧桐，鱼游浮萍，蜻蜓戏水，诗人睹一切美景皆有佳兴，则自有诗情画意充溢笔端。此外，如“去翼灭云梦，来帆指昭丘”“汉阳抱青山，飞楼映湘渚。白云蔽黄鹤，绿树藏鹦鹉”“风乌摇径柳，水蝶恋幽花”“四月桑半枝，吴蚕初弄丝。江行好风日，燕舞轻波时”，诗句清丽，春景绚丽、秋景爽谧，蔚然可观。群玉之《江楼独酌怀从叔》云：“水国发爽气，川光静高秋……楚色忽满目，滩声落西楼。云翻天边叶，月弄波上钩。”秋季日高气爽，浅流骤于滩上，哗声闻于江楼，天云翻成百叶之状，弯月好似轻摇。湖湘秋色，不减春景。群玉之《湖阁晓晴寄呈从翁》其二又云：“高秋凭远槛，万里看新晴。重雾披天急，千云触石轻。湖山四五点，湘雁两三声。遥想潘园里，琴尊兴转清。”其词俊爽，秋意弥漫。湖山四句，逼真图画，世所称也。又有《金塘路中》之“黄叶黄花古城路，秋风秋雨别家人”，尤为湖湘诗之佳句。

泽中观月，殊当惬意。李群玉《望月怀友》云：“浮云卷尽看朦胧，直出沧溟上碧空。盈手水光寒不湿，流天素彩静无风。酒花荡漾金尊里，棹影飘摇玉浪中。川路正长难可越，美人千里思无穷。”此诗先写月色，月水相接，次写乘舟赏月，再写望月思人，诗情摇曳而其味无穷。诗人又赋《七月十五夜看月》曰：“朦胧南溟月，汹涌出云涛。下射长鲸眼，遥分玉兔毫。势来星斗动，路越青冥高。竟夕瞻光彩，昂头把白醪。”此诗亦写湖中观月也，写尽水云月舟之妙，最后写人，淡淡若不经意然。碧月水光，句句写怀，而无刻意之态。

李群玉写湖光水色，美如世外桃源。画图中，不见俗物，无诈争秽恶，山光水色皆似是银河汰洗，澄澈明净也，泽中微风鼓浪，白帆片片，“波闲鱼弄饵，树静鸟遗翎”“金风吹绿簟，湘水入朱楼”“楼台笼海色，草树发天香”，湖湘风景，其美如诗，而诗人身在湖湘美景里，如行在梦幻中，“花月三江水，琴尊一叶舟”，碧湖清江，诗人邀二三诗友，乘一扁舟，抚琴酣歌，如在仙境也。

附一：李群玉生平史料

《唐才子传》

群玉，字文山，澧州人也。清才旷逸，不乐仕进，专以吟咏自适，诗笔遒丽，文体丰妍。好吹笙，美翰墨。如王、谢子弟，别有一种风流。亲友强之赴举，一上即止。裴相公休观察湖南，厚礼延致之郡中，尝勉之曰：“处士被褐怀玉，浮云富贵，名高而身不知，神宝宁久弃荒途子其行矣。”大中八年，以草泽臣来京，诣阙上表，自进诗三百篇。休适人相，复论荐。上悦之，敕授弘文馆校书郎。李频使君呼为従兄。归湘中，题诗二妃庙，是暮宿山舍，梦见二女子来曰：“儿娥皇、女英也，承君佳句，徽珮将游于汗漫，愿相従也。”俄而影灭。群玉自是郁郁，岁余而卒。段成式为诗哭曰：“曾话黄陵事，今为白日催。老无男女累，谁哭到泉台。”今有诗三卷、后集五卷行世。夫澧浦，古骚人之国。屈平仁遭谮毁，不知所诉，心烦意乱，赋为《离骚》。骚，愁也。已矣哉。国无人知我兮，又何怀乎故都委身鱼腹，魂招兮不来。芳草萎蕑，萧艾参天，奚独一时而然也。群玉继禀修能，翱翔大化，人不知而不愠，禄不及而不言。望涔阳之亡极，挹杜兰之绪馨，款君门以披怀，沾一命而潜退，风景满目，宁无愧于古人。故其格调清越，而多登山临水、怀人送归之制，如“远客坐长夜，雨声孤寺秋。请量东海水，看取浅深愁”等句，已曲尽羁旅坎壈之情。壮心千里，于方寸不扰，亦大难矣。

附二：李群玉湖湘诗

《洞庭入澧江寄巴丘故人》

四月桑半枝，吴蚕初弄丝。江行好风日，燕舞轻波时。
去事旋成梦，来欢难预期。唯凭东流水，日夜寄相思。

《长沙九日登东楼观舞》其二

慢态不能穷，繁姿曲向终。低回莲破（一作簸，一作被）浪，凌乱雪萦风。
坠珥时流盼，修裾欲溯空。唯愁捉不住，飞去逐惊鸿。

《岳阳春晚》

不觉春物老，块然湖上楼。云沙鹧鸪思，风日沅湘愁。
去翼灭云梦，来帆指昭丘。所嗟芳桂晚，寂寞对汀洲。

《新荷》

田田八九叶，散点绿池初。嫩碧才平水，圆阴已蔽鱼。
浮萍遮不合，弱荇绕犹疏。半在春波底，芳心卷未舒。

《初月二首》

其一
滟滟流光浅，娟娟泛露（一作雾）轻。云间龙爪落，帘上玉钩明。
桂树枝犹小，仙人影未成。欲为千里别，倚幌独含情。
其二
凝颦立户前，细魄向娟娟。破镜徒相问，刀头恐隔年。
轻轻摇远水，脉脉下春烟。别后春江上，随人何处圆。

《石潴》

古岸陶为器，高林尽一焚。焰红湘浦口，烟浊洞庭云。
迥野煤飞乱，遥空爆响闻。地形穿凿势，恐到祝融坟。

《云安》

滩恶黄牛吼，城孤白帝秋。水寒巴字急，歌迥竹枝愁。
树暗（一作倚）荆王馆，云昏蜀客舟。瑶姬不可见，行雨在高丘。

《石头城》

伯业随流水，寒芜上古城。长空横海色，断岸落潮声。
八极悲（一作皆）扶拄，五湖来（一作吾家永）止倾。
东南天子气，扫地入函京。

《湖阔》

楚色笼青草，秋风（一作光）洗洞庭。夕霏生水寺，初月尽（一作落）云汀。
棹响来空阔，渔歌发（一作去）杳冥。欲浮阑下艇，一到斗牛星。

《失鹤》

瑶台烟雾外，一去不回（一作没还）心（一作从昔有遐心）。
清（一作暗）海蓬壶远，秋风碧落深。
堕翎留片雪，雅操入孤琴。岂（一作不）是笼中物，云萝莫更（一作更莫）寻。

《腊夜雪霁（一作霁雪）月彩交光开阁临轩竟睡不得命家（一作童）仆吹笙数曲独引一壶奉寄江陵副使杜中丞》

月华临霁雪，皓彩射貂裘。桂酒寒无醉，银笙冻不流。
怀哉梁苑客，思作剡溪游。竟夕吟琼树，川途恨（一作限）阻修。

《长沙陪裴大夫登北楼》

岩嶂随高步，琴尊奉胜游。金风吹绿簟，湘（一作湖）水入朱楼。
朗抱云开月，高情鹤见秋。登临多暇日，非为赋消忧。

《登蒲涧寺后二岩三首》

其一
五仙骑五羊，何代降兹乡。
涧有尧年韭，山余禹日粮。
楼台笼海色，草树发（一作美）天香。
浩（一作吟）啸（一作笑）波（一作秋）光（一作烟波）里，浮溟兴甚长。
其二
行尽崎岖路，惊从汗漫游。
青天豁眼快（一作客），碧海醒心秋。
便欲寻河汉，因之犯斗牛。
九霄身自致（一作到），何必遇（一作问）浮丘（一作扬帆赴飞鸟，一济日边身）。
其三
南溟吞越绝，极望碧鸿濛。龙渡潮声里，雷喧雨气中。
赵佗丘垄灭，马援鼓鼙空。遐想鱼鹏化，开襟九万风。

《早鸿》

木落波浪动，南飞闻夜鸿。参差天汉雾，嘹唳月明风。
野水莲茎折，寒泥稻穗空。无令一行侣，相失五湖中。

《旅泊》

摇落江天里，飘零倚客舟。短篇才遣闷，小酿不供愁。
沙雨潮痕细，林风月影稠。书空闲度日，深拥破貂裘。

《半醉》

处俗常如病，看花亦似秋。若无时复酒，宁遣镇长愁。
渐觉身非我，都迷蝶与周。何烦五色药，尊下即丹（一作浮）丘。

《昼寐》

筠桂晚萧疏，任人嘲宰予。鸟惊林下梦，风展枕前书。
正作庄生蝶，谁知惠子鱼。人间无乐事，直拟到华胥。

《晚莲》

露冷芳意尽，稀疏空碧荷。残香随暮雨，枯蕊堕寒波。
楚客罢奇服，吴姬停（一作倚）棹歌。涉江无可寄，幽恨竟如何。

《将之番禺留别湖南府幕》

本乏烟霞（一作宵）志，那随鸳鹭游。一枝仍未定，数粒欲何求。
溟涨道途远，荆吴云（一作暮）雪愁。会登梅岭翠，南翥入炎洲。

《宵民》

大雅无忧怨，宵民有爱憎。鲁侯天不遇，臧氏尔何能。
惨惨心如虺，营营舌似蝇。谁于销骨地，一鉴玉壶冰。

《吾道》

吾道成微哂，时情付绝言。凤兮衰已尽，犬也吠何繁。
轻重忧衡曲，妍媸虑镜昏。方忻耳目净，谁到翟公门。

《与三山人夜话（一作与濮阳夏侯吴三山人夜话）》

静谈云鹤（一作壑）趣，高会两三贤。酒思弹琴夜，茶芳向火天。
兔裘堆膝暖，鸠杖倚床偏。各厌池笼窄，相看意浩然。

《春寒》

拨火垂帘夕，将暄向冷天。闷斟壶酒暖，愁听雨声眠。
处世心悠（一作倏）尔，干时思（一作事）索然。春光看已半，明日又藏烟。

《广江驿饯筵留别》

别筵欲尽秋，一醉海西楼。夜雨寒潮水，孤灯万里舟。
酒飞鹦鹉重，歌送鹧鸪愁。惆怅三年客，难期此处游。

《桑落洲》

九江寒露夕，微浪北风生。浦屿渔人火，蒹葭凫雁声。
颓云晦庐岳，微鼓辨湓城。远忆天边弟，曾从此路行。

《杜门》

且咏闲居赋，飞翔去未能。春风花屿酒，秋雨竹溪灯。
世路变陵谷，时情验友朋。达生书一卷，名利付春冰。

《池州封员外郡斋双鹤丹顶霜翎仙态浮旷罢政之日因呈此章》

潇洒二白鹤，对之高兴清。寒溪侣云水，朱阁伴琴笙。
顾慕稻粱惠，超遥江海情。应携帝乡去，仙阙看飞鸣。

《经费拾遗所居呈封员外》

云卧竟不起，少微空陨光。唯应孔北海，为立郑公乡。
旧馆苔藓合，幽斋松菊荒。空余书带草，日日上阶长。

《湘阴县送迁客北归》

不须留薏苡，重遣世人疑。瘴染面如檗，愁熏头似丝。
黄梅住雨外，青草过湖时。今日开汤网，冥飞亦未迟。

《九日陪崔大夫宴清河亭》

玉醴浮金菊，云亭敞玳筵。晴（一作青）山低画浦，斜雁远书天。
谢朓离都日，殷公出守年。不知瑶水宴，谁和（一作制）白云篇。

《送房处士闲游》

采（一作主）药陶贞白，寻山许远游。刀圭藏妙用，岩洞契冥搜。
花月（一作竹）三江水，琴尊一叶舟。羡君随野鹤（一作性），长揖稻粱愁。

《赠花》

酒为看花酝，花须趁酒红。莫（一作嗔）令芳树晚，使我绿尊空。
金谷园无主，桃（一作仙）源路不通。纵非乘露折（一作酒兴），长短尽随风。

《洞庭风雨二首》

其一
面南一片黑，俄起北风颠。浪泼巴陵树，雷烧鹿角田（在青草北）。
鱼龙方簸荡，云雨正喧阗。想赭君山日，秦皇怒赫然。
其二
巨浸吞湘（一作沅）澧，西风忽怒号。水将天共黑，云与浪争高。
羽化思乘鲤，山漂欲（一作长）抃鳌。阳乌犹曝翅，真（一作直）恐湿蟠桃。

《临水蔷薇》

堪爱（一作恨）复堪伤，无情不久长。
浪摇千脸笑（一作泪），风舞一丛芳（一作身香）。
似濯文君锦，如窥（一作啼）汉女妆。所思云雨外，何处寄馨香。

《中秋维舟君山看月二首》

其一
汗漫铺澄碧，朦胧吐玉盘。雨师清滓秽，川后扫波澜。
气射繁星灭，光笼八表寒。来从云涨迥，路上碧霄宽。
其二
熠耀游何处，蟾蜍食渐残。棹翻银浪急，林映白虹攒。
练彩连河晓，冰晖压树乾。夜深高不动，天下仰头看。

《桂州经佳人故居琪树（一本无琪树二字）》

种树人何在，攀枝空叹嗟。人无重见日，树有每年花。
满（一作旧）院雀（一作蕉）声暮，半庭春景（一作色）斜。
东风不知恨，遍地落余霞。

《赠元绂》

相逢在总角，与子即同心。隐石那知玉，披沙始（一作喜）遇金。
兰秋香不死，松晚翠方深。各保芳坚性，宁忧霜霰侵。

《中秋广江驿示韦益》

莫惜三更坐，难消万里情。同看一片月，俱在广州城。
泪逐金波满，魂随夜鹊（一作鹤）惊。支颐乡思断，无语到鸡鸣。

《九日越台》

旭日高山上，秋天大海隅。黄花罗粔籹，绛实簇茱萸。
病久欢情薄，乡遥客思孤。无心同落帽，天际望归途。

《中秋越台看月》

海雨洗尘（一作烟）埃，月从空碧来。水光笼草树，练影挂楼台。
皓曜迷鲸目，晶荧失蚌胎。宵分凭槛望，应合见蓬莱。

《长沙开元寺昔与故长林许侍御题松竹》

墙阴数行字，怀旧惨伤情。薜荔侵年月，莓苔压姓名。
逝川前后水，浮世短长生。独立秋风暮，凝颦隔郢城。

《伤友》

玉棺来九天，凫舄掩穷泉。芜没池塘屿（一作兴），凄凉翰墨筵。
短期存大梦，旧好委浮烟。我有幽兰曲，因君遂绝弦。

《法性寺六祖戒坛》

初地无阶级，余基数尺低。天香开茉莉，梵树落菩提。
惊（一作警）俗生真性，青莲出淤泥。何人得心法，衣钵在曹溪。

《东湖二首》

其一
晚景微雨歇，逍遥湖上亭。波闲鱼弄饵，树静鸟遗翎。
性野难依俗，诗玄自入冥。何繇遂潇洒，高枕对云汀。
其二
雨气消残暑，苍苍月欲升。林间风捲箪，栏下水摇灯。
迥野垂银镜，层峦挂玉绳。重期浮小楫，来摘半湖菱。

《湖阁晓晴寄呈从翁二首》

其一
岭日开寒雾，湖光荡霁华。风乌摇径（一作泾）柳，水蝶恋幽花。
蜀国地西极，吴门天一涯。轻舟栏下去，点点入湘霞。

其二

高秋凭远槛，万里看新晴。重雾披天急，千云触石轻。

湖山四五点，湘雁两三声。遥想潘园里，琴尊兴转清。

《同张明府游溇（一作楼）水亭》

草色绿溪晚，梅香生縠文。云天敛余霁，水木笼微曛。

垂钓坐方（一作芳）屿，幽禽时一闻。何当五柳下，酌醴吟庭筠。

《北风》

病发干垂枕，临风强起梳。蝶飞魂尚弱，蚁斗体犹虚。

瘦骨呻吟后，羸容几杖初。庭幽行药静，凉暑（一作景）翠筠疏。

《游玉芝观》

寻仙向玉清，独倚雪初晴。木落寒郊迥，烟开叠嶂明。

片云盘鹤影，孤磬杂松声。且共探玄理，归途月未生。

《长沙春望寄涔阳故人》

清明别（一作前）后雨晴时，极浦空颦一望眉。

湖畔春山烟黯黯（一作点点），云中远树黑（一作墨）离离。

依微水戍闻疏鼓，掩映河桥见酒旗。

风暖草长愁自（一作似）醉，行吟无处寄相思。

《金塘路中》

山连（一作川）楚越复吴秦，蓬梗何年是住身。

黄叶黄花古城路，秋风秋雨别家人。

冰霜想（一作怯）度商于（一作村）冻，桂玉愁居帝里贫。

十口系心抛不得，每回回首即长颦。

《自遣》

翻覆升沈百岁中，前途一半已成空。浮生暂寄梦中梦，世事如闻风里风。

修竹万竿资阒寂（一作洒落），古书千卷要穷通。
一壶浊酒暄和景，谁会陶然失马翁。

《送于少监自广州还紫逻》

鸣皋（一作高）山水似麻源，谢监东还忆故（一作旧）园。
海峤烟霞轻（一作输）逸翰，洛川花木待回轩。
宦情薄去诗千首，世事闲来酒一尊。
明日中书见颜范（一作范），始（一作如）应通籍入金门。

《石门韦明府为致东阳潭石鲫（一作鱼）鲙》

锦鳞衔饵（一作钓）出清涟，暖日江亭动鲙筵。
叠雪乱飞消箸底，散丝繁洒拂刀前。
太湖浪说朱衣鲋，汉浦休夸缩项鳊。隽味品流知第一，更劳霜橘助芳鲜。

《规公业在净名得甚深义仆近获顾长康月宫真影对戴安道所画文殊走笔此篇以屈瞻礼》

五浊之世尘冥冥，达观栖心于此经。但用须弥藏芥子，安知牛迹笑东溟。
生公吐辩真无敌，顾氏传神实有灵。今日净开方丈室，一飞白足到茅亭。

《玉真观》

高情帝女慕乘鸾，绀发初簪玉叶冠（公主玉叶冠，时人莫计其价）。
秋月无云生碧落，素蕖寒（一作含）露出清澜。
层城烟雾将归远，浮世尘埃久住（一作驻）难。
一自（一作日）箫声飞去后，洞宫深掩（一作洞深空探）碧瑶坛。

《辱绵州于中丞书信》

一缄垂露到云林，中有孙阳念骥心。
万木自凋山不动，百川皆（一作空）旱海（一作水）长深。
风标想见瑶台鹤，诗韵如闻渌水琴。
他日纵陪池上酌，已应难到暝猿吟（渴疾渐加，酒户日减）。

《送崔使君萧山祷雨甘泽遽降》

谢公一拜敬亭祠，五马旋归下散丝。不假土龙呈夭矫，自然石燕起参差。
预听禾稼如云语，应有空濛似雾时（一作诗）。
已向为霖报消息，颍川征诏是前期。

《重经巴丘追感》

昔年高接李膺欢，日泛仙舟醉碧澜。
诗句乱随青草发（一作落），酒肠俱逐洞庭宽。
浮生聚散云相似，往事微茫（一作冥）梦一般。
今日片帆城下去（一作过），秋风回首泪阑干。

《湘阴江亭却寄友人》

湘岸初晴淑景迟，风光正是客愁时。幽花暮落骚人浦，芳草春深帝子祠。
往事隔年如过梦，旧游回首谩劳（一作追）思。
烟波自此扁舟去，小酌文园（一作酌酒联文）杳未期。

《哭郴州王使君》

银章朱绂照云骢，六换鱼书惠化崇。
瑶树忽倾沧海里（一作苍柏下），醉乡翻在夜台中。
东山妓逐飞花散，北海尊随逝水空。曾是绮罗筵上客，一来长恸向春风。

《九日巴丘杨公台上宴集（一本无上字）》（一作张继诗）

凄凄霜日上高台，水国秋深客思哀。
万叠银山寒浪起（一作去），一行斜字早鸿来。
谁家捣练孤城暮，何处题衣远信回。江汉路长身不定，菊花三笑旅萍开。

《奉和张舍人送秦鍊师归岑公山》

仙翁归卧翠微岑，一夜（一作叶）西风月峡深。
松径（一作涧）定知芳草合，玉书应念素尘侵。

闲云不系东西影，野鹤宁知（一作伤）去住心。
兰浦苍苍春欲暮，落花流水怨（一作思）离琴（一作襟）。

《送陶少府赴选》

陶君官兴本萧疏，长傍青山碧水居。久向三茅穷艺术，仍传五柳旧琴书。
迹同飞鸟栖高树，心似闲云在太虚。自是葛洪求药价，不关梅福恋簪裾。

《寄张祜（祜亦未面，频寄声相闻）》

越水吴山任兴行，五湖云月挂高情。不游都邑称平子，只向江东作步兵。
昔岁芳声到童稚，老来（一作年）佳句遍公卿。
如（一作知）君气力波澜地，留取阴何沈范名。

《寄长沙许侍御》

三（一作二）年文会许追随，和遍南朝（一作江南）杂体诗。
未把（一作以）彩毫还郭璞，乞留残锦与丘迟。
竹斋琴酒欢成梦，水寺烟霞赏（一作相）对谁。
今日秋风满湘浦，只应（一作只令）搔首咏琼枝。

《望月怀友（一作寄人）》

浮云卷尽看（一作月）曈胧，直出沧溟上碧空。
盈手水（一作冰）光寒不湿，流天素彩（一作影）静无风。
酒花荡漾金尊里，棹影飘飖玉浪中。川路正长难可越，美人千里思何穷。

《和吴中丞悼笙妓》

丽质仙姿烟逐风，凤皇声断吹台（一作楼）空。
多情草色怨还绿，无主杏花春自红。
堕珥尚存芳树下，余香渐减（一作灭）玉堂中。
唯应去抱云和管，从此长归阿母宫。

《薛侍御处乞靴》

越客南来夸桂麖，良工用意巧缝成。看时共说茱萸皱，著处嫌无鸲鹆鸣。
百里奚身悲甚似，五羊皮价敢全轻。日于文苑陪高步，赢得芳尘接武名。

《九子坡（一作坂）闻鹧鸪》

落照苍茫秋草明，鹧鸪啼处远人行。
正穿诘（一作屈）曲崎岖路，更听钩辀格磔声。
曾泊桂江深岸雨，亦于梅岭阻归程。
此时为尔肠千断，乞放（一作定是）今宵白发生。

《凉公从叔春祭广利王庙》

龙骧伐鼓下长川，直济云涛古庙前。海客敛威惊火旆，天吴收浪避楼船。
阴灵向（一作迥）作南溟主，祀典高齐五岳肩。
从此华夷封域静，潜熏玉烛奉尧年。

《长沙紫极宫雨夜愁坐》

独坐高斋寒拥衾，洞宫台殿窅沉沉。春灯含思静相伴，夜雨滴愁更向深。
穷达未知他日事，是非皆到此时心。
羁栖摧（一作催）剪平生志，抱膝时为梁甫吟。

《送人隐居（一作卢逸人隐居）》

棋局茅亭幽涧滨，竹寒江静远无人。村梅尚敛风前笑，沙草初偷雪后春。
鹏鴳喻中消日月，沧浪歌里放心神。平生自有烟霞志，久欲抛身狎隐沦。

《江楼闲望怀关中（一作内）亲故（一作知）》

摇落江天欲尽秋，远鸿高送一行愁。音书寂绝秦云外，身世蹉跎楚水头。
年貌暗随黄叶去，时情深付碧波流。
风凄日冷江湖（一作湘光）晚，驻目寒空独倚楼。

《请告南归留别同馆（中元作）》

一点灯前独坐身，西风初动帝城砧。不胜庾信乡关思，遂作陶潜归去吟。书阁乍离情黯黯，彤庭回望肃沈沈。应怜一别瀛洲侣，万里单飞云外深。

《仙明洲口号》

长爱沙洲水竹居，暮江春树绿阴初。浪翻新月金波浅，风损轻云玉叶疏。半浦夜歌闻荡桨，一星幽火照叉鱼。二年此处寻佳句，景物常输楚客书。

《送萧十二校书赴郢州婚姻》

蓬莱（一作山）才子即萧郎，彩服青书（一作春）卜凤凰。
玉佩定催红粉色，锦衾应惹翠云（一作芸）香。
马穿暮雨荆山远，人宿寒灯郢梦长。
领取和鸣好风景（古乐府有凤兮归故乡），石城花月送归乡。

《送隐者归罗浮》

春山（一作天）杳杳日迟迟，路入云峰白犬随。
两卷素（一作囊）书留贳酒，一柯樵斧坐看棋。
蓬莱道士飞霞履（一作札），清远仙人寄好诗。
自此尘寰音信断，山川风月永相思。

《献王中丞（时有除拜）》

登仙望绝李膺舟，从此青蝇点遂稠。
半夜剑（一作愤）吹牛斗动，二年门掩雀罗愁。
张仪会展平生舌，韩信那惭跨下羞。他日图勋画麟阁，定呈肝胆始应休。

《哭小女痴（一作凝）儿》

平生未省梦熊罴，稚女如花坠（一作堕）晓枝。
条蔓纵横输葛藟，子孙蕃育羡螽斯。
方同王衍钟情切，犹念商瞿有庆迟。

负尔五年恩爱泪，眼中惟有涸泉知（一作眼中惟涸更无知）。

《醉后赠冯姬》

黄昏歌舞促琼筵，银烛台西见小莲。二寸横波回慢水，一双纤手语香弦。
桂形浅拂梁家黛，瓜字初分碧玉年。愿托襄王云雨梦，阳台今夜降神仙。

《广州陪凉公从叔越台宴集》

一径松梢踏石梯，步穷身在白云西。
日衔赤浪金车没，天拂沧波翠幕（一作笠）低。
高鸟散（一作四）飞惊大旆，长风万里卷秋鼙。
玉钩挂海笙歌合，珠履三千半似泥。

《留别马使君》

俱来海上叹烟波，君佩银鱼我触罗。
蜀（一作泾）国才微甘放荡，专城年少岂蹉跎。
应怜旅梦千重思，共怆离心一曲歌。唯有管弦知客意，分明吹出感恩多。

《湖寺清明夜遣怀》

柳暗花香愁不眠，独凭危槛思凄然。野云将雨渡微月，沙鸟带声飞远天。
久向饥寒抛弟妹，每因时节忆团圆。饧餐冷酒明年在，未定萍蓬何处边。

《九日》

年年羞见菊花开，十度悲秋上楚台。半岭残阳衔树落，一行斜雁向人来。
行云永绝襄王梦，野水偏伤宋玉怀（一作才）。
丝管阑珊归客尽，黄昏独自咏诗回。

《同郑相并歌姬小饮戏赠（一作杜丞相悰筵中赠美人）》

裙拖六幅湘江水，鬓耸巫山一段（一作千朵）云。
风格（一作貌态）只应天上有，歌声岂合世间闻。
胸前瑞雪灯斜照，眼底桃花酒半醺。

不是相如怜赋客，争（一作肯）教容易见文君。

《秣陵怀古》

野花黄叶旧吴宫，六代豪华烛散风。龙虎势衰佳气歇，凤凰名在故台空。
市朝迁变秋芜绿，坟冢（一作垄）高低落照红。
霸业鼎图人去尽，独来惆怅水云中。

《黄陵庙》

小姑（一作孤，一作袁）洲北浦云边，二女容华自（一作共）俨然。
野庙向江春寂寂，古碑无字草芊芊。
风回日（一作东风近）暮吹芳芷，月落（一作落日）山深哭杜鹃。
犹似含颦望巡狩，九疑愁断隔湘川。

《送唐侍御福建省兄》

桂枝攀尽贾家（一作贤）才，霄汉春风棣萼开。
世掌（一作事）纶言传大笔，官分鸿序压霜台。
闽山翠卉迎飞旆，越水清纹散落梅。
到日池塘春草绿，谢公应梦惠（一作阿）连来。

《送秦鍊师归岑公山》

紫泥飞诏下金銮，列象分明世仰观。北省谏书藏旧草，南宫郎署握新兰。
春归凤沼恩波暖，晓入鸳行瑞气寒。偏是此生栖息者，满衣零泪一时干。

《长沙陪裴大夫夜宴》

东山夜宴酒成河，银烛荧煌照绮罗。四面雨声笼笑语，满堂香气泛笙歌。
泠泠玉漏初三滴，滟滟金觞已半酡。共向柏台窥雅量，澄陂万顷见天和。

《宝剑》

雷焕丰城掘剑池，年深事远迹依稀。泥沙难掩冲天气，风雨终思发匣时。
夜电尚摇池底影，秋莲空吐锷边辉。自从星坼中台后，化作双龙去不归。

《李远获贵妃袜（各赋诗一首）》

故物犹存事渺茫，把来忍见旧时香。拗连绮锦分奇样，终合飞蝉饮瑞光。
常束凝酥迷圣主，应随玉步浴温汤。
如今落在吾兄手，无限幽情付李郎（《青琐高议前集》六）。

《静夜相思》

山空天籁寂，水榭延轻（一作清）凉。浪定一浦月，藕花闲自香。

《桂州经佳人故居》

桂水依旧绿，佳人本（一作今）不还。只应随暮雨，飞入九疑山。

《放鱼》

早觅为龙去，江湖莫漫（一作浪）游。须知香饵下，触口是铦钩。

《莲叶》

根是泥中玉，心承露下珠。在君塘下（一作上）种，埋没任春蒲。

《客愁二首（一作客愁）》（一作温庭筠诗）

其一
客愁看柳色，日日逐春深。荡漾（一作浩荡）春风起，谁知历乱心。
其二
客愁看柳色，日日逐春长。凭送湘流水，绵绵入帝乡。

《洞庭干二首》

其一
借问蓬莱水，谁逢清浅年。伤心云梦泽，岁岁作桑田。
其二
朱宫紫贝阙，一旦作沙洲。八月还平在，鱼虾不用愁。

《病起别主人》

益愧千金少，情将一饭殊。恨无泉客泪，尽泣感恩珠。

《火炉前坐》

孤灯照不寐，风雨满西林。多少关心事，书（一作画）灰到夜深。

《古词》

一合相思泪，临江洒素秋。碧波如会意，却与向西流。

《嘲卖药翁》

斸尽春山土，辛勤卖药翁。莫抛破笠子，留作败（一作贩）天公。

《伤小女痴（一作凝）儿》

哭尔春日短，支颐长叹嗟。不如半死树，犹吐一枝（一作半边）花。

《青鹢》

独立蒹葭雨，低飞浦屿风。须知毛色下（一作异），莫入鹭鸶丛。

《池塘晚景》

风荷珠露倾，惊起睡鸡䴔。月落池塘静，金刀剪一声。

《投从叔》

可惜出群蹄，毛焦久卧泥。孙阳如不顾，骐骥向谁嘶。

《读贾谊传》

卑湿长沙地，空抛出世才。已齐生死理，鹏鸟莫为灾。

《寄人》

寄语双莲子，须知用意深。莫嫌一点苦，便拟弃莲心。

《寄韦秀才》

荆台兰渚客，寥落共含情。空馆相思夜，孤灯照雨声。

《春日寄友（一作春日南台初晴望寄友)》

晴气熏樱蕊，丰蒙雪满林。请君三斗酒，醉卧白罗岑。

《题竹》

一顷含秋绿，森（一作春）风十万竿。气吹朱夏转，声扫碧霄寒。

《怀初公》

不见休上人，空伤碧云思。何处开宝书，秋风海光寺。

《龙安寺佳人阿最歌八首》

其一

团团明月面，冉冉柳枝腰。未入鸳鸯被，心长似火烧。

其二

见面知何益，闻名忆转深。拳挛荷叶子，未得展莲心。

其三

欲摘不得摘，如看波上花。若教亲玉树，情愿作蒹葭。

其四

门路穿茶焙（一作灶)，房门映竹烟。会须随鹿女，乞火到窗前。

其五

不是求心印，都缘爱绿珠。何须同泰寺，然后始为奴。

其六

既为金界客，任改净人名。愿扫琉璃地，烧香过一生。

其七

素腕撩金索，轻红约翠纱。不如栏下水，终日见桃花。

其八

第一龙宫女，相怜是阿谁。好鱼输獭尽（一作画)，白鹭镇长饥。

《野鸭》

鸂鶒借毛衣，喧呼鹰隼稀。云披菱藻地，任汝作群飞。

《题二妃庙》

黄陵庙前春已空，子规啼血滴松风。不知精爽归何处，疑是行云秋色中。

《寄友二首》

其一
野水晴山雪后时，独行村落（一作路）更相思。
无因一向溪头（一作桥）醉，处处寒梅映酒旗。
其二
花落轻寒酒熟迟，醉眠不及落花期。
愁人相（一作想）忆春山暮，烟树苍苍播（一作拨）谷时。

《桃源》

我到瞿真（一作童）上升处，山川四（一作西）望使人愁。
紫云白鹤去不返，唯有桃花（一作源）溪水流。

《题王侍御宅》

门向沧江碧岫开，地多鸥鹭少尘埃。
绿阴十里滩声里，闲自（一作去，一作即）王家看竹来。

《闻湘南从叔朝觐》

长沙地窄却回时，舟楫骎骎向凤池。为报湘川神女道，莫教云雨湿旌旗。

《汉阳太白楼》

江上层（一作晴）楼翠霭间，满帘春水满窗山。
青枫绿草将愁去，远入吴云暝不还。

《送客》

沅水罗文海燕回，柳条牵恨到荆台。定知行路春愁里，故郢城边见落梅。

《醴陵道中》

别酒离亭十里强，半醒半醉引愁长。
无端（一作人）寂寂春山路，雪打溪梅狼籍香。

《校书叔遗暑服》

翠云（一作芸）箱里叠楤椛（一作椛楤），楚葛湘纱净似空。
便著清江明月夜，轻凉与挂（一作致）一身风。

《赠魏三十七》

名圭字玉净无瑕，美誉芳声有数车。莫放焰光高二丈，来年烧杀杏园花。

《酬崔表仁（一作臣）》

昨日朱门一见君，忽惊野鹤在鸡群。不应长啄潢污水，早晚归飞碧落云。

《旅游番禺献凉公》

帝乡群侣杳难寻，独立沧洲岁暮心。
野鹤栖飞（一作飞栖）无远近，稻粱多处是（一作则）恩深。

《长沙元门寺张璪员外壁画》

片石长松倚素楹，翛然云壑见高情。世人只爱凡花鸟，无处不知梁广名。

《请告出春明门（一本无请告二字）》

本不将心挂名利，亦无情意在樊笼。鹿裘藜杖且归去，富贵荣华春梦中。

《引水行》

一条寒玉走秋泉，引出深萝洞口烟。十里暗流声不断，行人头上过潺湲。

《移松竹》

龙髯凤尾乱飕（一作飀）飕，带雾停风一亩秋。
待取满庭苍翠合，酒尊书案闭门休。

《叹灵鹫寺山榴》

水蝶岩蜂俱不知，露红凝艳数千枝。山深春晚无人赏，即是杜鹃催落时。

《北亭（一作失题）》（一作宋雍诗）

斜雨飞丝织晓空，疏帘半捲野亭风。荷花向尽秋光晚，零落残红绿沼中。

《送客往涔阳》

春与春愁逐日长，远人天畔远思乡。苹生水绿不归去，孤负东溪七里庄。

《寄友人鹿胎冠子》

数（一作散）点疏星紫锦斑，仙家新样剪三山。
宜与谢公松下戴，净簪云发翠微间。

《江南》

鳞鳞别浦起微波，泛泛轻舟桃叶歌。斜雪北风何处宿，江南一路酒旗多。

《荅友人寄新茗》

满火芳香碾曲尘，吴瓯湘水绿花新。愧君千里分滋味，寄与春风酒渴人。

《峡山寺上方》

满院泉声水（一作山）殿凉，疏（一作殿）帘微雨野松香。
东峰下视南溟月，笑踏金波看海光。

《秋登涔阳城（一作楼）二首》

其一
万户砧声水国秋，凉风吹起故乡愁。行人望远偏伤思，白浪青枫满北楼。
其二
穿针楼上闭秋烟，织女佳期又隔年。
斜笛（一作汉）夜深吹不落，一条银汉（一作浪）挂秋天。

《钓鱼》

七尺青竿一丈丝，菰蒲（一作蒋）叶里逐风吹。
几回举手抛芳饵，惊起沙滩水鸭儿。

《酬魏三十七》

静里（一作裛）寒香触思初，开缄忽见二琼琚。
一吟丽句风流极，没得弘文李校书。

《赠琵琶妓》

我见鸳鸯飞水上，君还望月苦相思。一双裙带同心结，早寄黄鹂孤雁儿。

《赠人》

曾留宋玉旧衣裳，惹得巫山梦里香。云雨无情难管领，任他别嫁楚襄王。

《赠妓人》

谁家少女字千金，省向人间逐（一作触）处寻。
今日分明花里见，一双红脸动春心。

《山榴》

洞中春气蒙笼暄，尚有红英千树繁。可怜夹水锦步障，羞数石家金谷园。

《鸂鶒》

锦羽相呼暮沙曲，波上双声戛哀玉。霞明川静极望中，一时飞灭青山绿。

《沅江渔者》

倚棹汀洲沙日晚，江鲜野菜桃花饭。
长歌一曲烟霭深，归去沧江（一作浪）绿波远。

《题金山寺石堂》

白波四面照楼台，日夜潮声绕寺回。千叶红莲高会处，几曾龙女献珠来。

《戏赠魏十四》

兰浦秋来烟雨深，几多情思在琴心。知君调得东家子，早晚和鸣入锦衾。

《和人赠别》

嚬黛低红别怨多，深亭（一作停）芳恨满横波。
声中唱出缠绵意，泪落灯前一曲歌。

《宿巫山庙二首》

其一
寂寞高堂别楚君，玉人天上逐行云。停舟十二峰峦下，幽佩仙香半夜闻。
其二
庙闭春山晓月光，波声回合树苍苍。自从一别襄王梦，云雨空飞巫峡长。

《伤柘枝妓》

曾见双鸾舞镜中，联飞接影对春风。
今来独在花筵散（一作上），月满秋天一半空。

《题樱桃》

春初携酒此花间，几度临风倒玉山。

今日叶深（一作声）黄满树，再来惆怅不能攀。

《恼从兄》

芳草萋萋新燕飞，芷汀南望雁书稀。武陵洞里寻春客，已被桃花迷不归。

《紫极宫斋后》

紫府空歌碧落寒，晓星寥亮月光残。
一群白鹤高飞上（一作散），唯有松风吹石坛。

《喜浑吉见访》

公子春衫桂水香，远冲飞（一作霏）雪过书堂。
贫家冷落难消日，唯有松筠满院凉。

《索曲送酒》

帘外春风正落梅，须求狂药解愁回。烦君玉指轻拢撚，慢拨鸳鸯送一杯。

《山驿梅花》

生在幽崖独无主，溪萝涧鸟为俦侣。行人陌上不留情，愁香空谢深山雨。

《重阳日上渚宫杨尚书》

落帽台边菊半黄，行人惆怅对重阳。荆州一见桓宣武，为趁悲秋入帝乡。

《书院二小松》

一双幽色出凡尘，数粒秋烟二尺鳞。从此静窗闻细韵，琴声长伴读书人。

《劝人庐山读书》

怜君少隽利如锋，气爽神清刻骨聪。片玉若磨唯转莹，莫辞云水入庐峰。

《言怀》

白鹤高飞不逐群，嵇康琴酒鲍昭文。

此身未有栖归处，天下人（一作之）间一片云。

《晓宴（一作妆）》

金波西倾银汉落，绿树含烟倚朱阁。晓华昽昒闻调笙，一点残灯隔罗幕。

《将游荆州投魏中丞》

贫埋病压老巑岏，拂拭菱花不喜看。又恐无人肯青眼，事须凭仗小还丹。

《二辛夷》

狂吟乱舞双白鹤，霜翎玉羽纷纷落。空庭向晚春雨微，却敛寒香抱瑶萼。

《题龙潭西斋》

寂寞幽斋暝烟起，满径西风落松子。
远公一去兜率宫，唯有面（一作门）前虎溪水。

《大庾山岭别友人》

筼筜无子鸳雏饥，毛彩凋摧不得归。谁念火云千嶂里，低身犹傍鹧鸪飞。

《石门戍》

到此空思吴隐之，潮痕草蔓上幽碑。人来皆望珠玑去，谁咏贪泉四句诗。

《文殊院避暑》

赤日黄埃满世间，松声入耳即心闲。愿寻五百仙人去，一世清凉住雪山。

《南庄春晚二首》

其一
连云草映一条陂，鸂鶒双双带水飞。南村小路桃花落，细雨斜风独自归。
其二
草暖沙长望去舟，微茫烟浪向巴丘。
沅江（一作湘）寂寂春归尽，水绿苹香人自愁。

《黄鹤楼》

江上花楼灏气间，满帘春景见群山。青岚绿水将愁去，深入吴云暝不还。

《三月五日陪裴大夫泛长沙东湖（一作张又新诗）》

上巳余风景，芳辰集远埛。彩舟浮滉荡，绣毂下娉婷。
林榭回葱茜，笙歌转杳冥。湖光迷翡翠，草色醉蜻蜓。
鸟弄桐花日，鱼翻谷雨萍。从今留胜会，谁肯（一作看）画兰亭。

《龟》

静养千年寿，重泉自隐居。不应随跛鳖，宁肯滞凡鱼。
灵腹唯玄露，芳巢必翠蕖。扬花（一作光）输蚌蛤，奔月恨蟾蜍。
曳尾辞泥后，支床得水初。冠山期不小，铸印事宁虚。
有志酬毛宝，无心畏豫且。他时清洛汭，会荐帝尧书。

《人日梅花病中作》

去年今日湘南（一作西）寺，独把寒梅愁断肠。
今年此日江边宅，卧见琼枝低压墙。
半落半开临野岸，团情团思醉韶光。
玉鳞寂寂飞斜月，素艳亭亭对（一作带）夕阳。
已被儿童苦攀折，更遭风雨（一作雪）损馨香。
洛阳桃李渐撩乱，回首行宫春景长。

《乌夜号（一作啼）》

层波隔梦渚（一作时），一望青枫林。有鸟在其间，达晓自悲吟。
是时月黑天，四野烟雨深。如闻生离哭，其声痛人心。
悄悄夜正长，空山响哀音。远客不可听，坐愁华发侵。
既非蜀帝魂，恐是桓（一作恒）山禽。四子各分散，母声犹至今。

《雨夜呈长官》

远客坐长夜，雨声孤寺秋。请量东海水，看取浅深愁。
愁穷重于山，终年压人头。朱颜与芳景，暗赴东波流。
鳞翼思风水，青云方阻修。孤灯冷素艳，虫响寒房幽。
借问陶渊明，何物号忘忧。无因一酩酊，高枕万情休。

《小弟艎南游近书来（一作近来书）》

湘南客帆稀，游子寡消息。经时停尺素，望尽云边翼。
笑言频（一作凭）梦寐，独立想容色。落景无来人，修江入天白。
停停倚门念，瑟瑟风雨夕。何处泊扁舟，迢递湍波侧。
秋归旧窗竹，永夜一凄寂。吟尔鹡鸰篇，中宵慰相忆。

《赠方处士》

白衣方外人，高闲溪中鹤。无心恋稻粱，但以林（一作云）泉乐。
赤霄终得意，天池俟飞跃。岁晏入帝乡，期君在寥廓。

《秋怨（一作悲）》

瑟瑟凉海气，西来送愁容。金风死绿蕙，玉露生寒松。
所思在溟（一作冥）碧，无因一相逢。登楼睇去翼，目尽沧波重。
虚窗度流萤，斜月啼幽蛩。疏红落残艳，冷水凋芙蓉。
岁暮空太息，年华逐遗踪。凝情耿不寐，揽涕起疏慵。

《感春》

春情不可状，艳艳令人醉。暮水绿杨愁，深窗落花思。
吴宫新暖日，海燕双飞至。秋（一作愁）思逐烟光，空濛满天地。

《山中秋夕》

抱琴出南楼，气爽浮云灭。松风吹（一作吟）天箫，竹路踏碎月。
后山鹤唳定，前浦荷香发。境寂良（一作长）夜深，了与人间别。

《将游罗浮登广陵楞伽台别羽客》

清远登高台，晃朗纵览历。濯泉唤仙风，于此荡灵魄。
冷光邀（一作激）远目，百里见海色。送云归蓬壶，望鹤灭秋碧。
波澜收日气，天自（一作上）回澄寂。百越落掌中，十洲点空白。
身居飞鸟上，口咏玄元籍。飘如出尘笼，想望吹箫客。
冥冥人间世，歌笑不足惜。朅来罗浮巅，披云炼琼液。
谢公云岑兴，可以蹑高迹。吾将抱瑶琴，绝境纵所适。

《卢溪道中》

晓发潺湲亭，夜宿潺湲水。风篁扫（一作拂）石濑，琴声九十里。
光奔觉来眼，寒落梦中耳。曾向三峡行，巴江亦如此。

《湖中古愁三首》

其一
凉风西海来，直渡洞庭水。翛翛木叶下，白浪连天起。
蘅兰委皓雪（一作霜），百草一时死。摧残负志人，感叹何穷已。
其二
昔我睹云梦，穷秋经汨罗。灵均竟不返，怨气成微波。
奠桂开古祠，朦胧入幽萝。落日潇湘上，凄凉吟九歌。
其三
南云哭重华，水死悲二女。天边九点黛，白骨迷处所。
朦胧波上瑟，清夜降北渚。万古一双魂，飘飘在烟雨。

《别狄佩（梁公玄孙，旅于南国）》

翠竹不著花，凤雏长忍饥。未开丹霄翮，空把碧梧枝。
圣人奏云韶，祥凤一来仪。文章耀白日，众鸟莫敢窥。
郁抑（一作菀柳）不自言，凡鸟何由知。当看九千仞，飞出太平时。

《古镜》

明月何处来，朦胧在人境。得非轩辕作，妙绝世莫并。
瑶匣开旭日，白电走孤影。泓澄一尺天，彻底寒（一作涵）霜景。
冰辉凛毛发，使我肝胆冷。忽惊行深幽，面落九秋井。
云天入掌握，爽朗神魂（一作魄）净。不必负局仙，金沙发光炯。
阴沈蓄灵怪，可与天地永。恐为悲龙吟，飞去在俄顷。

《我思何所在》

我思何所在，乃在阳台侧。良宵相望时，空此明月色。
归魂泊湘云，飘荡去不得。觉来理舟楫，波浪春湖白。
烟光浩（一作皓）楚秋，瑶草不忍摘。因书天末（一作莫）心，系此双飞翼。

《送萧绾之桂林（时群玉游豫章）》

兰香佩兰人，弄兰兰江春。尔为兰林（一作陵）秀，芳藻惊常伦。
灿灿凤池裔，一毛今再新。竹花不给口，憔悴清湘滨。
一朝南溟飞，彩翮不可亲。苍梧云水晚，离思空凝颦（一作嚬）。
我亦纵烟棹，西浮彭蠡津。丈夫未虎变，落魄甘风尘。
大禹惜寸阴，况我无才身。流光销道路，以此生嗟辛。
万里阔分袂，相思杳难申。桂水秋更碧，寄书西上鳞。

《感兴四首》

其一

子云吞白凤，遂吐太玄书。幽微十万字，枝叶何扶疏。
婉娈猛虎口，甘言累其初。一睹美新作，斯瑕安可除。

其二

昔窃不死药，奔空有（一作二）嫦（一作姮）娥。盈盈天上艳，孤洁栖金波。
织女了无语，长宵隔银河。轧轧挥素手，几时停玉梭。

其三

洞房三五夕，金釭凝焰灭。美人抱云和，斜倚纱窗月。

沈吟想幽梦，闺思深不说。弦冷玉指寒，含颦待（一作达）明发。

其四

朔雁（一作雁口）衔边秋，寒声落燕代。先惊愁人耳，颜发潜消改。

凝云蔽洛浦，梦寐劳光彩。天边无书来，相思泪成海。

《将之吴越留别坐中文酒诸侣》

秋色满水国，江湖兴萧然。氛埃敛八极，万里净澄鲜。

涔浦纵孤棹，吴门渺三千。回（一作迥）随衡阳雁，南入洞庭天。

早闻陆士龙，矫掌跨山川。非思鲈鱼脍，且弄五湖船。

暝泊远浦霞，晓饭芦洲烟。风流访王谢，佳境恣洄沿。

霜剪别岸柳，香枯北池莲。岁华坐摇落，寂寂（一作戚戚）感流年。

明朝即漂萍，离憾（一作恨）无由宣。相思空江上，何处金波圆。

《大云池泛舟》

九月莲花死，萍枯霜水清。船浮天光远，棹拂翠澜轻。

古木□□□，了无烟霭生。游鳞泳皎洁，洞见逍遥情。

渔父一曲歌，沧浪遂知名。未知斯水上，可以濯吾缨。

《送友人之（此下一本有巫字）峡》

东吴有赋客，愿识阳台仙。彩毫飞白云（一作雪），不减郢中篇。

楚水五月浪，轻舟入暮烟。巫云多感梦，桂楫早回旋。

《登宜春醉宿景星寺寄郑判官兼简空上人》

晓发碧水阳，暝宿金山寺。松风洒寒雨，淅沥醒余醉。

夜中香积饭，蔬粒俱（一作具）精异。境寂灭尘愁，神高得诗思。

皎皎荥阳子，芳春富才义。涨海豁心源，冰壶见门地。

碧霄有鸠（一作鸿，一作鵷）序，未展联行翅。

俱（一作但）笑一尺绳，三年绊骐骥。

摧藏担簦客（一作容），郁抑胸襟事。

名业尔（一作两）未从，临风嘿舒志（一作气）。

一身涉（一作眇）云岭，中夜空涕泗。侧枕对孤灯，衾寒不成寐。
粮薪极桂玉，大道生榛刺。耻息恶木阴，难书剑歌意。
扬鞭入莽苍，山驿凌烟翠。越鸟日南飞，芳音愿相次。

《江楼独酌怀从叔》

水国发爽气，川光静高秋。酣歌金尊醁，送此清风愁。
楚色忽满目，滩声落西楼。云翻天边叶，月弄波上（一作中）钩。
芳意长（一作怅）摇落，蘅兰谢汀洲。长吟碧云合，怅望江之幽。

《登章华楼》

楚子故宫地，苍然云水（一作木）秋。我来览从（一作后）事，落景空生愁。
伯业没荆棘，雄图成古丘。沈吟问鼎语，但见东波流。
征鸿引乡心，一去何悠悠。晴湖碧云晚，暝色空高楼。
迢递趋远峤，微茫入孤舟。空路不堪望，西风白浪稠。

《赠方处士兼以写别》

天与云鹤情，人间恣诗酒。龙宫奉采觅，澒洞一千首。
清如南薰丝，韵若黄钟吼。喜于风骚地，忽见陶谢手。
籍籍九江西，篇篇在人口。芙蓉为芳菲，未落诸花后。
所知心眼大，别自开户牖。才力似风鹏，谁能算（一作弄）升斗。
无营（一作云）傲云竹，琴帙静为友。鸾凤戢羽仪，骐骥在郊薮。
镜湖春水绿，越客忆归否。白衣四十秋，逍遥一何久。
此身无定迹，又逐浮云走。离思书不穷，残阳落江（一作红）柳。

《湘西寺霁夜》

雨过琉璃宫，佳兴浩清绝。松风冷晴滩，竹路踏碎月。
月波荡如水，气爽星朗灭。皓夜千树寒（一作霜），峥嵘万岩雪。
后山鹤唳断，前池荷香发。境寂凉夜深，神思空飞越。

《伤思》

八月白露浓，芙蓉抱香死。红枯金粉堕，寥落寒塘水。
西风团叶下，叠縠参差起。不见棹歌人，空垂绿房子。

《送郑京昭之云安》

君吟高唐赋，路过巫山渚。莫令巫山下，幽梦惹云雨。
往事几千年，芬菲（一作芳）今尚传。空留荆王馆，岩嶂深苍然。
楚水五月浪，轻舟入苹烟。送君扬楫去，愁绝郢城篇。

《送处士自番禺东游便归苏台别业》

哑轧暮江上，橹声摇落心。宛陵三千里，路指吴云深。
莼菜动归兴，忽然闻会吟。南浮龙川（一作舟）月，东下敬亭岑。
多君（一作道）咏（一作吟）逍遥，结萝碧溪阴。高笼华表（一作亭）鹤，静对幽兰琴。
汗漫江海思，傲然抽冠簪。归屿（一作欤）未云寂，还家（一作许）应追寻。
二陆文苑秀，岧峣怀所钦。惜我入洛晚，不睹双南金。
江左风流尽，名贤成古今。送君无限意，别酒但加斟。

《法华微上人盛话金山境胜旧游在目吟成此篇》

江上青莲宫，人间蓬莱岛。烟霞与波浪，隐映楼台好。
潮门（一作朝闻）梵音静，海日天光（一作风）早。愿与灵鹫人，吟经此终老。

《自澧浦东游江表途出巴丘投员外从公虞》

短翮后飞者，前攀鸾鹤翔。力微应万里（一作点），矫首空苍苍。
谁昔探花源，考槃西岳（一作丘）阳。高风动商洛，绮皓无馨香。
一朝下蒲轮，清辉照岩廊。孤醒立众醉，古道何由昌。
经术震浮荡，国风扫齐梁。文襟即玄圃，笔下成琳琅。
霞水散吟啸，松筠奉琴觞。冰壶避皎洁，武库羞（一作差）锋铓。
小子书代耕，束发颇自强。艰哉水投石，壮志空摧藏。

十年侣龟鱼，垂头在沅湘。巴歌掩白雪，鲍肆埋兰芳。
骚雅道未丧（一作消），何忧名不彰。饥寒束困厄，默塞飞星霜。
百志不成一，东波掷年光。尘生脱粟甑，万里违高堂。
中夜恨火来，焚烧九回肠。平明梁山泪，缘枕沾匡床。
依泊洞庭波，木叶忽已黄。哀砧捣秋色，晓月啼寒螀。
复此棹孤舟，云涛浩茫茫。朱门待媒势（一作贽），短褐谁揄扬。
仰羡野陂凫，无心忧稻粱。不如天边雁，南北皆成行。
男儿白日间，变化未可量。所希困辱地，剪拂成腾骧。
咋笔话肝肺，咏兹枯鱼章。何由首西路，目断白云乡。

《洞庭驿楼雪夜宴集奉赠前湘州张员外》（第十二句下缺八字）

昔与张湘州，闲登岳阳楼。目穷衡巫表，兴尽荆吴秋。
掷笔落郢曲，巴人不能酬。是时簪裾会，景物穷冥搜。
误忝玳筵秀，得陪文苑游。几篇云楣上，风雨沈银钩。
□□□□□，□□□沧洲。童儿待郭伋，竹马空迟留。
路指云汉津，谁能吟四愁。银壶傲海雪，青管罗名讴。
贱子迹未安，谋身拙如鸠。分随烟霞老，岂有风云求。
不逐万物化，但贻知己羞。方穷立（一作力）命说，战胜心悠悠。
不然蹲会稽，钩下三（一作二）五牛。所期波涛助，燀赫呈吞舟。

《送郑子宽弃官东游便归女几》

八月湖浸天，扬帆入秋色。岷峨雪气来，寒涨潇湘碧。
子真冥鸿志，不逐笼下翼。九女叠云屏，于焉恣栖息。
新诗山水思，静入陶谢格（一作室）。困（一作因）醉松花春，追攀紫烟客。
相逢十年旧，嚬笑等欢戚。一饭玉露蔬，中肠展堆积。
停食不尽意，倾意（一作景）怅可惜。云水一分飞，离忧洞庭侧。
回车三乡路，仙菊正堪摘。寄谢杜兰香，何年别张硕。

《长沙九日登东楼观舞》其一

南国有佳人，轻盈绿腰舞。华筵九秋暮，飞袂拂云雨。

翩如兰苕翠（一作缓如祥烟泛），婉如（一作若）游龙举。
越艳罢前溪，吴姬停白纻。

《龙山人惠石廪方及团茶》

客有衡岳隐，遗余石廪茶。自云凌烟露，采掇春山芽。
圭璧相压叠，积芳莫能加。碾成黄金粉，轻嫩如松花。
红炉爨霜枝，越儿斟井华。滩声起鱼眼，满鼎漂清霞。
凝澄坐晓灯，病眼如蒙纱。一瓯拂昏寐，襟鬲开烦拿。
顾渚与方山，谁人留品差。持瓯默吟味，摇膝空咨嗟。

《宿鸟远峡化（一作北）台遇风雨》

孤鹤长松颠，独宿万岩雨。龙湫在石脚，引袂时一取。
惊风折乔木，飞焰猎窗户。半夜霹雳声，高斋有人语。

《汉阳春晚》

汉阳抱青山，飞楼映湘渚。白云蔽黄鹤，绿树藏鹦鹉。
凭高送春目（一作日），流恨伤千古。遐思（一作想）祢衡才，令人怨黄祖。

《将离澧浦置酒野屿奉怀沈正字昆弟三人联登高第》

春月（一作日）三改兔，花枝成绿阴。年光东流水，浩叹伤羁心。
酌桂烟屿晚，鸩（一作鶗）鸣江草深。良图一超忽，万恨空相寻。
上国刈（一作列）翘楚，才微甘陆沈。无灯假贫女，有泪沾牛衾。
衡岳三麒麟，各振黄钟音。卿云被文彩，芳价摇（一作倾）词林。
夫子芸阁英，养鳞湘水浔。晴沙踏兰菊，隐几当青岑。
明月（一作日）洞庭上，悠扬挂离襟。停觞一摇笔，聊寄生刍吟。

《湘中别成威阇黎》

至哉彼上人，冰霜凛规则。游心杳何境，宴坐入冥默。
解空与密行，名腊信崇德。吐论驾秋涛，龙宫发胸臆。
群迷行大夜，浩浩一昏黑。赤水千丈深，玄珠几人得。

持杯挹（一作浥）溟涨，至理安可测。宁假喻芭蕉，真成嗅薝卜。
松声扫白月，霁夜来静域。清梵罢法筵，天香满衣裓（一作裓）。
何方济了岸，只仗慈航力。愿与十八贤，同栖翠莲国。

《别尹錬师》

吾家五千言，至道悬日月。若非函谷（一作关）令，谁注流沙说。
多君飞升志，机悟独超拔。学道玉笥山，烧丹白云穴。
南穷衡疑秀，采药历幽绝。夜卧瀑布风，朝行碧岩雪。
洞宫四百日，玉籍恣探阅。徒以菌蟪姿，缅攀修真诀。
尘笼罩浮世，遐思空飞越。一罢棋酒欢，离情满寥泬。
愿骑紫盖鹤，早向黄金阙。城市不可留，尘埃秽仙骨。

《饭僧》

好读天竺书，为寻无生理。焚香面金偈，一室唯巾水。
交信方外言（一作所交信方外），二三空门子。峻范照秋霜，高标掩僧史。
清晨洁蔬茗，延请良有以。一落喧哗竞（一作竞涂），栖心愿依止。
奔曦入半百，冉冉颓濛汜。云泛名利心，风轻（一作经）是非齿。
向（一作尚）为情爱缚，未尽金仙旨。以静制猿心，将虞瞥然起。
纶巾与藜杖，此意真已矣。他日云壑间，来寻幽（一作庞）居士。

《赠回雪》

回雪舞萦盈，萦盈若回雪。腰支一把玉，只恐风吹折。
如能买一笑，满斗量明月。安得金莲花，步步承罗袜。

《将之京国赠薛员外》

黄叶下空馆，寂寥寒雨愁。平居岁华晏，络纬啼林幽。
节物凋壮志，咄嗟不能休。空怀赵鞅叹，变化良无由。
所思杳何如，侧身仰（一作望）皇州。苍烟晦楚野，寒浪埋昭丘。
赵壹赋命薄，陈思多世忧。翻然羡鱼鸟，畅矣山川游。
薛公龙泉姿，其气在斗牛。南冠束秀（一作秃）发，白石劳悲讴。

圭衮照崇阅（一作阙），文儒嗣箕裘。旷然方寸地，霁海浮云舟。
澧浦一遗佩，郢南再悲秋。叫阍路既阻，浩荡怀灵修。
莫奏武溪笛，且（一作是）登仲宣楼。亨通与否闭，物理相沈浮。
天子坐宣室，夔龙奉谟（一作谋）猷。行当赐环去，岂作遗贤羞。

《送魏圭觐省》

木落楚（一作秋）色深，风高浪花白。送君飞一叶，鸟逝入空碧。
猗欤白华秀，伤心倚门夕。不知云涨遥，万里看咫尺。
萧萧青枫岸，去掩江山（一作上）宅。离觞有黄花，节物助凄戚。
潇湘入濡桂，一路萦水石。烟萝拂行舟，玉濑锵枕席。
多君林泉趣，耽玩日成癖。长啸凌清晖，襟情当雪（一作当空）涤。
登龙屈指内，飞誉甚籍籍。未折月中枝，宁随宋都鹢。
曰（一作日）余吞声地，举足伤瓦砾。见尔一开颜，温明乃珠璧。
春风到云峤，把酒时相忆。豆蔻花入船，鹧鸪啼送客。
飏天与瘴（一作嶂）海，此去备沿历。珍重春官英，加餐数刀帛。

《始忝四座奏状闻荐蒙恩授官旋进歌诗延英宣赐言怀纪事呈同馆诸公二十四韵》

两鬓有二毛，光阴流浪中。形骸日土木，志气随云风。
冥默楚江畔，萧条林巷空。幽鸟事翔翥，敛翼依蒿蓬。
一饭五放箸，愀然念途穷。孟门在步武，所向何由通。
只征（一作征诸）大易言，物否不可终。庶期白雪调，一奏惊凡聋。
昨忝丞相召，扬鞭指冥鸿。姓名挂丹诏，文句飞天聪。
解薜龙凤署，怀铅兰桂丛。声名仰闻见，烟汉陪高踪。
峨峨群玉山，肃肃紫殿东。神飙泛钟漏，佳气浮筠松。
自顾珉玞璞，何缘侣圭琮。群贤垂重价，省已增磨砻。
天子栖穆清，三台付夔龙。九霄降雨露，万国望时雍。
巍巍致君期，勋华将比崇。承天四柱石，嶷若窥衡嵩。
日见帝道升，谋猷垂景钟。寰瀛纳寿域，翔泳皆冲融。
百神俨云亭，伫将告成功。吾徒事文藻，骧首歌登封。

《穆天子》

穆满恣逸志，而轻天下君。一朝得八骏，逐日西溟濆。
寂漠（一作寥）崦嵫幽，绝迹留空文。三千閟（一作闭）宫艳，怨绝宁胜云。
或言帝轩辕，乘龙凌紫氛。桥山葬弓剑，暧（一作冥）昧竟难分。
不思五弦琴，作歌咏南薰。但听西王母，瑶池吟白云。

《广州重别方处士之封川（久约同游罗浮，期素秋而行）》

其一
楚国傲名客，九州遍芳声（一作馨）。白衣谢簪绂，云卧重岩扃。
长波飞素舸，五月下南溟。大笑相逢日，天边作酒星。
其二
七（一作十）年一云雨，常恨辉容隔。天末又分襟，离忧鬓堪白。
愿回凌（一作陵）潮楫，且著登山屐。共期罗浮秋，与子醉海色。

《洞庭遇秋》

尘愁老来颜，久与江山（一作上）隔。逍遥澄湖上，洗眼见秋色。
凉波弄轻棹，湖（一作湘）月生远碧。未减遥客情，西望杳何极。

《寄短书歌》

骨肉萍蓬各天末，十度附书九不达。孤台冷眼无来人，楚水秦天莽空阔。
翔雁横秋过洞庭，西风落日浪峥嵘。三年音信凝颦外，一曲哀歌白发生。

《王内人琵琶引（皓魄翻以下缺）》

檀槽一曲黄钟羽，细拨紫云金凤语。万里胡天海塞秋，分明弹出风沙愁。
三千宫嫔推第一，敛黛倾鬟艳兰室。
嬴女停吹降浦箫，嫦（一作常）娥净掩空波瑟。
翠幕横云蜡焰光，银龙吐酒菊花香。

《醒起独酌怀友》

西风静夜吹莲塘，芙蓉破红金粉香。摘花把酒弄秋芳，吴云楚水愁茫茫。
美人此夕不入梦，独宿高楼明月凉。

《竞渡时在湖外偶为成章》

雷奔电逝三千儿，彩舟画楫射初晖。
喧江雷鼓鳞甲动，三十六龙衔（一作冲）浪飞。
灵均昔日投湘死，千古沈魂在湘水。
绿（一作荒）草斜（一作寒）烟日暮时，笛声幽远（一作怨）愁江鬼。

《中秋夜南楼寄友人（一作无可诗）》

海月出银（一作白）浪，湖光射高楼。朗吟无渌酒，贱价买清秋。
气冷鱼龙寂，轮高星汉幽。他乡此夜客，对景（一作酌）饯多愁。

《恼自澄》

常闻天女会，玉指散天花。莫遣春风里，红芳点袈裟。

《黄陵庙（一作李远诗）》

黄陵庙前莎草春，黄陵女儿茜裙新。
轻舟短（一作小）棹（一作楫）唱（一作随）歌去，水远山长愁杀人。

《落帆后赋得二绝》

其一
平湖茫茫春日落，危樯独映沙洲泊。上岸闲寻细草行，古查飞起黄金鹨。
其二
水浮秋烟沙晓雪，皎洁无风灯影彻（一作影澄澈）。
海客云帆未挂时，相与缘江拾明月。

《春晚》

思乡之客空凝嚬（一作颦），天边欲尽未尽春。
独攀江树深不语，芳草落花愁杀人。

《闻笛》

冉冉生山草何异，截而吹之动天地。望乡台上望乡时，不独落梅兼落泪。

《横吹曲辞·骢马》（一曰骢马驱）

浮云何权奇，绝足势（一作世）未知。长嘶青（集作清）海风，蹀躞振云丝。
由来渥洼种，本是苍龙儿。穆满不再活，无人昆阆骑。
君（集作若）识跃峤怯，宁劳耀金羁。青刍与白水，空笑驽骀肥。
伯乐傥一见，应惊耳长垂。当思八荒外，逐日向瑶池。

《琴曲歌辞·升仙操》

嬴女去秦宫，琼笙（一作箫）飞（一作生）碧空。凤台闭烟雾，鸾吹飘天风。
复闻周太子，亦遇浮丘公。丛簧发天（一作仙）弄，轻举紫霞中。
浊世不久驻，清都路何穷。一去霄汉上，世人那得逢。

结 语

唐代者，诗歌之世也；湖湘者，诗歌之国也。挥毫当得江山助，不到湖湘岂有诗。湖湘山水之游，多激文人诗意；诗人山水之写，亦增湖湘之传奇。唐代诗人移寓湖湘，其情为诗，尤得湖湘风情之感发也。杜甫《登岳阳楼》，绝唱千古。黔城芙蓉楼，王昌龄送辛渐之楼也，“洛阳亲友如相问，一片冰心在玉壶。”如此深情，几多幽怨，岂非潇湘风情摇曳之致耶？柳子厚《江雪》行于世，而后知独孤高洁之意，亦以诗文成名山水焉。

文字寄情，透彻性灵，诗词之间亦然。《旧唐书》：“禹锡在朗州十年，唯以文章吟咏，陶冶情性。……为新辞以教巫祝。”贬谪诗人作诗歌于湖湘，得民歌之神韵渐灌，时以新词教人歌祝，倚声填词而流传于后世，“唱尽新词欢不见”“新词婉转递相传”。湖湘之民歌风俗于唐代之诗世界亦多有增益也。潇湘之曲，潇湘之诗，气韵流变，诗体创新，旨远情深，独得一性，亦在唐之世也。正以湖湘诗之发挥民歌，丰富其词，始有晚唐五代词之兴起也。

湖湘多深山纡水，诗人寄情山水，曲折之中，亦转细腻。诗格亦变于湖湘，其孤舟扁舟、白云淡淡，思致精巧，意味深远，情景清丽，用法多工白描，而往往带些苍凉凄美，此其特色也。其情不假于感咏，其文不附于意象，简而有味，自然深情，悠远之致。唐湖湘诗人与湖湘本士交涉，及其精神诗风，传布湖湘，皆有远致。按《唐才子传》，湖湘本士诗人唯李群玉、齐己、胡曾等人，其中佼佼者为李群玉也，而得流寓湖湘诗人之精神浸染也。李群玉与唐湖湘诗人多往还，于歌诗中可证，如李君玉在长沙三年，频有唱和，为《寄长沙许侍御》，而杜牧亦有《送李群玉赴举》。唐湖湘诗人与湖湘文人诗酒酬唱，颇有往复，亦颇提携也。

湖湘者，屈原、贾谊之精神故乡也。而唐湖湘诗人亦心系国家命运、百姓疾苦。杜甫末三年流寓湖湘，漂泊孤舟，而所关注者犹是家国民生，其过洞庭而作《岁晏行》云："高马达官厌酒肉，此辈杼轴茅茨空。……况闻处处鬻男女，割慈忍爱还租庸。"达官贵人，酒肉尝厌，剥削殆尽。而民鬻子女以偿租庸。读杜甫之湖湘诗，若有深忧，其余如《宿花石戌》《湘江宴饯裴二端公赴道州》《遣遇》等所言者，皆疾苦之念也。今湖南长沙有杜甫江阁，岳阳有怀甫亭、耒阳墓衣冠冢，平江有杜公墓祠，皆杜甫精神之纪念也。其忧国忧民之心代代相传。诸湖湘文人延屈、杜忧国之心，遂为湖湘宗派。

谈湖湘文化不可不言流寓，湖湘精神所含，若爱国主义，践履经世，创新求变，自强不息，皆由流寓而得也。文有因循，诗有传承，湖湘诗人以诗赋审美与湖湘之山水自然相合，遂使一首首千古绝唱，光耀古今也。

参考书目

［1］唐宋人寓湘诗文集［M］．黄仁生，罗建伦校点．长沙：岳麓书社，2013.
［2］王逸．楚辞章句［M］．黄灵庚点校．上海：上海古籍出版社，2017.
［3］班固．汉书［M］．颜师古注．北京：中华书局，1962.
［4］刘向．楚辞［M］．上海：上海古籍出版社，2015.
［5］范晔．后汉书［M］．北京：中华书局，2007.
［6］许慎．说文解字［M］．徐铉校．北京：中华书局，2013.
［7］张华．博物志［M］．王根林等校点．上海：上海古籍出版社，2012.
［8］刘昫．旧唐书［M］．廉湘民标点．北京：中华书局，1995.
［9］萧统．昭明文选［M］．北京：华夏出版社，2000.
［10］柳宗元．柳宗元全集［M］．上海：上海古籍出版社，1997.
［11］郑处诲，裴庭裕．明皇杂录［M］．北京：中华书局，1994.
［12］严羽．沧浪诗话［M］．张健校点．上海：上海古籍出版社，2013.
［13］祝穆．方舆胜览［M］．台北：台湾商务印书馆，1986.
［14］刘克庄．后村诗话［M］．王秀梅点校．北京：中华书局，1983.
［15］欧阳修，宋祁．新唐书［M］．北京：中华书局，1997.
［16］邵庸．伊川击壤集［M］．上海：学林出版社，2003.
［17］辛文房．唐才子传［M］．舒宝璋校注．郑州：中州古籍出版社，1987.
［18］胡应麟．诗薮［M］．上海：上海古籍出版社，1979.
［19］王夫之．唐诗评选［M］．上海：上海古籍出版社，2011.
［20］胡震亨．唐音癸签［M］．上海：上海古籍出版社，1981.

[21] 翁方纲. 石洲诗话［M］. 北京：中华书局，1985.
[22] 湖南通志［M］. 卞宝弟，李瀚章修. 长沙：岳麓书社，2009.
[23] 陈沆. 诗比兴笺［M］. 北京：中华书局，1959.
[24] 杜诗详注［M］. 仇兆鳌详注. 上海：上海古籍出版社，1992.
[25] 王夫之. 楚辞通释［M］. 北京：中华书局，1975.
[26] 大清一统志［M］. 穆彰阿，锡恩等纂修. 上海：上海古籍出版社，2008.
[27] 沈德潜. 古诗源［M］. 哈尔滨：哈尔滨出版社，2011.
[28] 章士钊. 章士钊全集［M］. 上海：文汇出版社，2000.
[29] 程学恂. 韩诗臆说［M］. 上海：商务印书馆，1934.
[30] 傅璇琮. 唐才子传校笺［M］. 北京：中华书局，1990.
[31] 周绍良. 全唐文新编［M］. 长春：吉林文史出版社，2000.
[32] 陈伯海. 唐诗汇评［M］. 上海：上海古籍出版社，2015.
[33] 蔡镇楚. 宋词文化学研究［M］. 长沙：湖南出版社，1999.
[34] 龙榆生. 唐宋名家词选［M］. 上海：上海古籍出版社，2014.
[35] 巫瑞书. 南方民俗与楚文化［M］. 长沙：岳麓书社，1997.
[36] 陈书良. 湖南文学史［M］. 长沙：湖南教育出版社，1998.
[37] 俞陛云. 诗境浅说［M］. 上海：学林出版社，2017.
[38] 刘旭. 湖湘文化概论［M］. 长沙：湖南出版社，2000.
[39] 薛天纬. 唐代歌行论［M］. 北京：人民文学出版社，2006.
[40] 余冠英，韦凤娟. 诗经与楚辞精品［M］. 长春：时代文艺出版社，2003.
[41] 李兴盛. 中国流人史［M］. 哈尔滨：黑龙江人民出版社，2012.
[42] 黔阳县地方志编纂委员会. 黔阳县志［M］. 北京：中国文史出版社，1991.
[43] 三苏文选［M］. 牛宝彤选注. 成都：四川人民出版社，1983.
[44] 任一鸣. 后殖民：批评理论与文学［M］. 北京：外语教学与研究出版社，2008.
[45] 李军. 诗国之辉煌与诗星之璀璨唐诗研究［M］. 西安：三秦出版社，2007.
[46] 松浦友久. 中国诗歌原理［M］. 孙昌武，郑天刚译. 沈阳：辽宁教育出版社，1990.
[47] 陈伯海. 中国诗学史·隋唐五代史卷［M］. 厦门：鹭江出版社，2002.
[48] 陈伯海. 唐诗汇评［M］. 上海：上海古籍出版社，2015.
[49] 陈伯海. 唐诗论评类编［M］. 上海：上海古籍出版社，2015.

[50] 陈寅恪．唐代政治史述论稿［M］．北京：生活·读书·新知三联书店，2001.
[51] 董诰．全唐文［M］．北京：中华书局，1983.
[52] 杜晓勤．初盛唐诗歌的文化阐释［M］．北京：东方出版社，1997.
[53] 杜佑．通典［M］．长沙：岳麓书社，1995.
[54] 傅璇琮．全宋诗［M］．北京：北京大学出版社，1991.
[55] 范致明．岳阳风土记［M］．台湾：成文出版社，1976.
[56] 郭茂倩．乐府诗集［M］．上海：上海古籍出版社，2016.
[57] 葛晓音．诗国高潮与盛唐文化［M］．北京：北京大学出版社，1998.
[58] 黄仁生，罗建伦．唐宋人寓湘诗文集［M］．长沙：岳麓书社，2013.
[59] 孔子．论语译注［M］．杨伯峻译注．北京：中华书局，1980.
[60] 李白．李白全集［M］．上海：上海古籍出版社，1996.
[61] 林希元．嘉靖钦州志［M］．上海：上海古籍出版社，1961.
[62] 刘昫．旧唐书［M］．北京：中华书局，1975.
[63] 刘禹锡．刘禹锡集［M］．北京：中华书局，1990.
[64] 柳宗元．柳宗元集［M］．北京：中华书局，1979.
[65] 金圣叹．金圣叹选批唐诗［M］．浙江：浙江古籍出版社，1985.
[66] 欧阳修．新唐书［M］．北京：中华书局，1975.
[67] 彭定求．全唐诗［M］．上海：上海古籍出版社，1960.
[68] 钱基博．近百年湖南学风［M］．长沙：岳麓书社，2010.
[69] 沈德潜．唐诗别裁集［M］．北京：中华书局，1975.
[70] 司马光．资质通鉴［M］．北京：中华书局，1956.
[71] 商伟．题写名胜——从黄鹤楼到凤凰台［M］．北京：生活·读书·新知三联书店，2020.
[72] 尚永亮．唐五代逐臣与贬谪文学研究［M］．武汉：武汉大学出版社，2007.
[73] 松原朗．中国离别诗形成论考［M］．北京：中华书局，2014.
[74] 陶文鹏．灵境诗心——中国古代山水诗史［M］．南京：凤凰出版社，2004.
[75] 王溥．唐会要［M］．上海：上海古籍出版社，1991.
[76] 王夫之．姜斋诗话［M］．北京：人民文学出版社，1961.
[77] 王鸣盛．十七史商榷［M］．上海：上海古籍出版社，2013.
[78] 王世贞．艺苑卮言［M］．南京：凤凰出版社，2009.

[79] 王先谦. 庄子集解 [M]. 北京：中华书局，2018.
[80] 熊飞. 张说年谱新编 [M]. 台湾：花木兰文化出版社，2012.
[81] 萧统. 文选 [M]. 上海：上海古籍出版社，1998.
[82] 辛文房. 唐才子传校笺 [M]. 北京：中华书局，1987.
[83] 乐史. 太平寰宇记 [M]. 北京：中华书局，2007.
[84] 姚诗德，郑桂星. 巴陵县志 [M]. 长沙：岳麓书社，2008.
[85] 宇文所安. 初唐诗 [M]. 北京：生活·读书·新知三联书店，2014.
[86] 郑处诲. 明皇杂录 [M]. 北京：中华书局，1997.
[87] 周煇. 清波杂志校注 [M]. 北京：中华书局，1997.
[88] 长孙无忌. 唐律疏议 [M]. 北京：中华书局，1983.
[89] 张说. 张说集校注 [M]. 熊飞校注. 北京：中华书局，2013.
[90] 胡问涛，罗琴. 王昌龄集编年校注 [M]. 巴蜀书社，1999.
[91] 王力. 汉语诗律学 [M]. 上海教育出版社，1979.
[92] 蒋绍愚. 唐诗语言研究 [M]. 中州古籍出版社，1990.
[93] 孙力平. 杜诗句法艺术阐释 [M]. 江西教育出版社，2001.
[94] 傅璇琮. 唐代诗人丛考 [M]. 中华书局，1980.
[95] 林庚. 唐诗综论 [M]. 人民文学出版社，1987.
[96] 李珍华，傅璇琮. 河岳英灵集研究 [M]. 中华书局，1992.
[97] 马茂元. 唐诗选 [M]. 上海古籍出版社，1999.
[98] 孙映逵. 唐才子传校注 [M]. 中国社会科学出版社，1991.
[99] 王国维. 人间词话 [M]. 华东师范大学出版社，1990.
[100] 傅璇琮. 王昌龄事迹考略 [M]. 唐代诗人丛考. 中华书局，1980.
[101] 游国恩. 中国文学史 [M]. 人民文学出版社，2002.
[102] 刘大杰. 中国文学发展史 [M]. 复旦大学出版社，2006.
[103] 周啸天. 唐绝句史 [M]. 重庆出版社，1987.
[104] 沈德潜. 唐诗别裁集 [M]. 上海古籍出版社，1979.
[105] 陈伯海. 唐诗汇评 [M]. 浙江教育出版社，1995.
[106] 李云逸. 王昌龄诗注 [M]. 上海古籍出版社，1985.
[107] 王昌龄. 诗格 [M]. 江苏古籍出版社，2002.
[108] 高亨. 诗经今注 [M]. 上海古籍出版社，1980.

[109] 严云受．诗词意象的魅力［M］．安徽教育出版社，2003.
[110] 闻一多．闻一多全集［M］．湖北人民出版社，1993.
[111] 计有功．唐诗纪事［M］．上海古籍出版社排印本，1987.
[112] 罗宗强．唐诗小史［M］．陕西人民出版社，1987.
[113] 余冠英．中国文学史［M］．中国社会科学院文学研究所，1993.
[114] 乔象钟，陈铁民．唐代文学史［M］．人民文学出版社，1995.
[115] 阙勋吾，颜中其．中国古代文学家传记选注［M］．黑龙江教育出版社，1993.
[116] 于石．中国著名文学家评传——王昌龄传［M］．山东教育出版社，1984.
[117] 苏雪林．唐诗概论［M］．辽宁教育出版社，1997.
[118] 胡大浚．唐代边塞诗选注［M］．甘肃教育出版社，1990.
[119] 张伯伟．全唐五代诗格校考［M］．西安：陕西人民教育出版社，1996
[120] 傅璇琮．唐才子传校笺［M］．北京：中华书局，1987.
[121] 彭定求．全唐诗［M］．北京：中华书局，1960.
[122] 王琦注．李太白全集．［M］．北京：中华书局，1977.
[123] 程俊英，蒋见元．诗经注析［M］．北京：中华书局，1991.
[124] 逯钦立．先秦汉魏晋南北朝诗［M］．北京：中华书局，1983.
[125] 曹丕集校注［M］．魏宏灿校注．安徽：安徽大学出版社，2009.
[126] 萧统．昭明文选（全 1 册）［M］．河南：中州古籍出版社，1990.
[127] 徐陵编．玉台新咏［M］．上海：上海古籍出版社，2005.
[128] 叶燮，薛雪，沈德潜．原诗·一瓢诗话·说诗晬语［M］．北京：人民文学出版社，1979.
[129] 萧统．［M］．李善注文选上海：上海古籍出版社，1986.
[130] 曹植集校注［M］．赵幼文校注．北京：人民文学出版社，新华书店北京发行所，1984.
[131] 楚辞集注［M］．朱熹注．上海：上海古籍出版社，1979.
[132] 陈子展．诗经直解［M］．上海：复旦大学出版社，1983.
[133] 李渔著．闲情偶寄［M］．北京：中华书局，2014.
[134] 袁枚．小仓山房诗文集［M］．上海：上海古籍出版社，1988.
[135] 吴乔．围炉诗话［M］．上海：商务印书馆，1936.
[136] 林庚．唐诗综论．［M］．北京：人民文学出版社，1987.

[137] 袁行霈．中国诗歌艺术研究［M］．北京：北京大学出版社，2009.
[138] 陈伯海．唐诗学引论［M］．上海：上海古籍出版社，2017.
[139] 陈伯海．意象艺术与唐诗［M］．上海：上海古籍出版社，2017.
[140] 沈祖棻．唐人七绝诗浅释［M］．陕西：陕西师范大学出版总社，2013.
[141] 马兰州．唐代边塞诗研究［M］．天津：天津古籍出版社，2008.
[142] 罗根泽．中国文学批评史［M］．上海：上海世纪出版集团，2012.
[143] 蒋寅．古典诗学的现代诠释［M］．北京：中华书局，1984.
[144] 陶文鹏．唐宋诗词艺术研究［M］北京：社会科学文献出版社，2008.
[145] 闻一多．唐诗杂论［M］．北京：中华书局，2001.
[146] 王运熙，周锋，文心雕龙译注［M］．上海：上海古籍出版社，2011.
[147] 罗宗强．魏晋南北朝文学思想史［M］．北京：中华书局，1996.
[148] 王运熙，顾易生．中国文学批评通史［M］．上海：上海古籍出版社，1996.
[149] 傅璇琮．唐五代文学编年史［M］．鞍山：辽海出版社，1998.
[150] 徐公持．魏晋文学史［M］．北京：人民出版社，1999.
[151] 龚国基．毛泽东与中国古代诗人［M］．北京：中央文献出版社，2003.
[152] 马茂元．古诗十九首初探［M］．西安：陕西人民出版社，1981.
[153] 康正果．风骚与艳情［M］．上海：上海文艺出版社，2001.
[154] 梅家玲．汉魏六朝文学新论——代拟与赠答篇［M］．北京大学出版社，2004.
[155]〔瑞士〕荣格．心理类型学［M］．陕西：华岳文艺出版社，1989.
[156] 罗宗强．李杜论略［M］．北京：中华书局，2020.
[157] 朱光潜．文艺心理学［M］．上海：华东师范大学出版社，2018.
[158] 美学译文［M］．北京：中国社会科学院哲学研究所美学研究室编，1981.
[159] 安旗．李白纵横探［M］．陕西：陕西人民出版社，1981.
[160] 樊梦瑶．唐诗品鉴［M］．吉林：吉林文史出版社，2020.
[161]〔法〕保罗·利科尔．解释学与人文科学［M］．陶远华等译．河北：河北人民出版社，1987.
[162] 伍宝娟．李白女性题材诗研究［M］．北京：中央编译出版社，2018.
[163] 詹锳．李白全集校注汇释集评［M］．北京：百花文艺出版社，1996.
[164] 刘捷，邱美英，王逢振．二十世纪西方文论［M］．北京：外语教学与研究出版社，2009.

[165] J·E·赫丽生.《艺术与仪式》(见叶舒宪《神话——原型批评》[M].陕西:陕西师范大学出版社,1981.
[166] 王国维.王国维戏曲论文集[M].北京:中国戏剧出版社,1984.
[167] 周国平.悲剧的诞生:尼采美学文选[M].山西:北岳文艺出版社,2005.
[168] 胡晓明.诗与文化心灵[M].北京:中华书局,2006.
[169] 应劭.风俗通义校注[M].王利器校注北京:中华书局,1981.
[170] 司马迁.史记[M].北京:中华书局,1982.
[171] 许慎.说文解字[M].陶生魁点校.北京:中华书局,2020.
[172] 葛洪.西京杂记[M].周天游校注.西安:三秦出版社,2006.
[173] 郭璞.尔雅[M].周远富,愚若点校.北京:中华书局,2020.
[174] 范晔.后汉书[M].李贤等注.北京:中华书局,1965.
[175] 高适.高适诗集编年笺注[M].刘开扬笺注.北京:中华书局,1981.
[176] 韦应物.韦应物诗集系年校笺[M].孙望校笺.北京:中华书局,2002.
[177] 岑参.岑嘉州诗笺注[M].廖立笺注.北京:中华书局,2004.
[178] 罗隐.罗隐集系年校笺[M].李定广校笺.北京:人民文学出版社,2013.
[179] 杜甫撰,萧涤非.杜甫全集校注[M].北京:人民文学出版社,2014.
[180] 段成式.酉阳杂俎校笺[M].许逸民校笺.北京:中华书局,2015.
[181] 李颀.李颀诗歌校注[M].北京:中华书局,2018.王锡九校注.
[182] 李德裕.李德裕文集校笺[M].傅璇琮,周建国校笺.北京:中华书局,2018.
[183] 韩愈.五百家注韩昌黎集[M].魏仲举集注.北京:中华书局,2019.
[184] 刘禹锡.刘禹锡全集编年校注[M].陶敏,陶红雨校注.北京:中华书局,2019.
[185] 刘昫等.旧唐书[M].北京:中华书局,1975.
[186] 司马光.资治通鉴[M].胡三省音注.北京:中华书局,1956.
[187] 王溥.唐会要[M].北京:中华书局,1960.
[188] 王钦若等.册府元龟[M].北京:中华书局,1960.
[189] 郭茂倩.乐府诗集[M].北京:中华书局,1979.

[190] 姚宽．西溪丛语［M］．孔凡礼点校．北京：中华书局，1993.
[191] 杜诗赵次公先后解辑校［M］．赵次公注，林继中辑校．上海：上海古籍出版社，2012.
[192] 黄朝英．靖康缃素杂记［M］．吴企明点校．北京：中华书局，2014.
[193] 吴曾．能改斋漫录［M］．郑州：大象出版社，2019.
[194] 庞元英．文昌杂录［M］．郑州：大象出版社，2019.
[195] 彭定求等．全唐诗［M］．北京：中华书局，1960.
[196] 杜诗详注［M］．仇兆鳌注．北京：中华书局，1979.
[197] 施鸿保．读杜诗说［M］．上海：上海古籍出版社，1983.
[198] 钱注杜诗［M］．钱谦益注．上海：上海古籍出版社，2009.
[199] 杜工部诗集辑注［M］．朱鹤龄辑注．保定：河北大学出版社，2009.
[200] 十三经注疏［M］．阮元校刻．北京：中华书局，2009.
[201] 全唐诗补编［M］．陈尚君辑校．北京：中华书局，1992.
[202] 李学勤．毛诗正义［M］．北京：北京大学出版社，1999.
[203] 王叔岷．列仙传校笺［M］．北京：中华书局，2007.
[204] 傅庚生．杜诗析疑［M］．西安：陕西人民出版社，1979.
[205] 徐仁甫．杜诗注解商榷［M］．北京：中华书局，1979.
[206] 徐仁甫．杜诗注解商榷续编［M］．成都：四川人民出版社，1986.
[207] 范之麟，吴庚舜．全唐诗典故辞典［M］．武汉：湖北辞书出版社，1989.
[208] 谭其骧．中国历史地图集［M］．北京：中国地图出版社，1996.
[209] 陶敏，李一飞．隋唐五代文学史料学［M］．北京：中华书局，2001.
[210] 胡可先．杜甫诗学引论［M］．合肥：安徽大学出版社，2003.
[211] 岑仲勉．唐人行第录［M］．北京：中华书局，2004.
[212] 李红霞．注释学与诗文注释研究［M］．北京：中国大地出版社，2008.
[213] 曹慕樊．杜诗杂说全编［M］．北京：生活·读书·新知三联书店，2009.
[214] 郑天挺，谭其骧．中国历史大辞典［M］．上海：上海辞书出版社，2010.
[215] 洪业．杜甫：中国最伟大的诗人［M］．曾祥波译．上海：上海古籍出版社，2014.
[216] 周金标．朱鹤龄及其《杜诗辑注》研究［M］．北京：中国社会科学出版社，2016.

[217] 周振鹤．中国行政区划通史［M］．上海：复旦大学出版社，2017.
[218] 陈永正．诗注要义［M］．上海：上海古籍出版社，2017.
[219] 周金标．中国古代诗歌注释学研究［M］．上海：上海三联书店，2020.
[220] 左丘明．左传［M］．杜预集解．上海：上海古籍出版社，1997.
[221] 左丘明．国语［M］．陈桐生译注．北京：中华书局，2013.
[222] 韩婴．韩诗外传集释［M］．许维遹校释．北京：中华书局，1980.
[223] 司马迁．史记［M］．北京：中华书局，1982.
[224] 孔安国传，孔颖达正义，黄怀信整理．尚书正义［M］．上海：上海古籍出版社，2007.
[225] 刘歆．西京杂记译注［M］．吕壮译注．上海：上海三联书店，2018.
[226] 许慎．说文解字［M］．北京：中华书局，1963.
[227] 班固．汉书［M］．北京：中华书局，2007.
[228] 王充．论衡校释［M］．黄晖撰．北京：中华书局，2018.
[229] 阮籍．阮籍集校注［M］．陈伯君校注．北京：中华书局，2012.
[230] 庄子注疏［M］．郭象注，成玄英疏，曹础基、黄兰发点校．北京：中华书局，2011.
[231] 山海经［M］．郭璞注，郝懿行笺疏，沈海波校点．上海：上海古籍出版社，2015.
[232] 萧统．文选［M］．李善注．北京：中华书局，1977.
[233] 钟嵘．诗品译注［M］．周振甫译注．北京：中华书局，2017.
[234] 房玄龄等．晋书［M］．北京：中华书局，1974.
[235] 刘禹锡．刘禹锡集［M］．上海：上海人民出版社，1975.
[236] 刘餗．隋唐嘉话［M］．程毅中点校．北京：中华书局，1979.
[237] 李肇等．唐国史补因话录［M］．上海：上海古籍出版社，1979.
[238] 刘禹锡．刘禹锡集笺证［M］．瞿蜕园笺证．上海：上海古籍出版社，1989.
[239] 刘禹锡．刘禹锡全集编年校注［M］．陶敏，陶红雨校注．长沙：岳麓书社，2003.
[240] 陈子昂．陈子昂集［M］．徐鹏校点．上海：上海古籍出版社，2013.
[241] 杜牧．杜牧诗集［M］．上海：上海古籍出版社，2015. 冯集梧注，陈成校点．

[242] 李德裕．李德裕文集校笺［M］．傅璇琮，周建国校笺．北京：中华书局，2018.
[243] 韩愈．韩愈诗集编年笺注［M］．方世举笺注，郝润华，丁俊丽整理．北京：中华书局，2019.
[244] 刘昫等．旧唐书［M］．北京：中华书局，1975.
[245] 苏轼．苏轼诗集［M］．王文诰辑注，孔凡礼点校．北京：中华书局，1982.
[246] 高承．事物纪原［M］．李果订，金圆，许沛藻点校．北京：中华书局，1989.
[247] 陈师道．后山诗注补笺［M］．任渊注，冒广生补笺，冒怀辛整理．北京：中华书局，1995.
[248] 叶廷珪．海录碎事［M］．李之亮校点．北京：中华书局，2002.
[249] 范仲淹．范仲淹全集［M］．李勇先，王蓉贵校点．成都：四川大学出版社，2007.
[250] 魏庆之．诗人玉屑［M］．王仲闻点校．北京：中华书局，2007.
[251] 陆佃．埤雅［M］．王敏红校．杭州：浙江大学出版社，2008.
[252] 洪兴祖．楚辞补注［M］．北京：中华书局，2015.
[253] 郭茂倩．乐府诗集［M］．聂世美，仓阳卿校点．上海：上海古籍出版社，2016.
[254] 瀛奎律髓汇评［M］．方回选评，李庆甲集评校点．上海：上海古籍出版社，2005.
[255] 胡震亨．唐音癸签［M］．上海：上海古籍出版社，1981.
[256] 许学夷．诗源辩体［M］．杜维沫校点．北京：人民文学出版社，2001.
[257] 刘熙载．艺概［M］．上海：上海古籍出版社，1978.
[258] 袁枚．随园诗话［M］．顾学颉校点．北京：人民文学出版社，1982.
[259] 董诰等．全唐文［M］．北京：中华书局，1983.
[260] 俞琰．咏物诗选［M］．成都：成都古籍书店，1984.
[261] 永瑢等．四库全书总目［M］．北京：中华书局，2003.
[262] 王夫之等．清诗话［M］．丁福保辑．上海：上海古籍出版社，2015.
[263] 卞孝萱．刘禹锡年谱［M］．北京：中华书局，1963.

［264］郭绍虞．诗品集解续诗品注［M］．北京：人民文学出版社，1963.
［265］卞孝萱，吴汝煜．刘禹锡［M］．上海：上海古籍出版社，1980.
［266］郭绍虞．清诗话续编［M］．富寿荪校点．上海：上海古籍出版社，1983.
［267］丁福保．历代诗话续编［M］．北京：中华书局，1983.
［268］陈新璋．唐宋咏物诗赏鉴［M］．广州：广东人民出版社，1986.
［269］卞孝萱．刘禹锡丛考［M］．成都：巴蜀书社，1988.
［270］高志忠．刘禹锡诗文系年［M］．南宁：广西人民出版社，1988.
［271］卞孝萱，屈守元．刘禹锡研究［M］．贵阳：贵州人民出版社，1989.
［272］管士光．古诗类选·咏物诗［M］．北京：人民文学出版社，1989.
［273］陶今雁．中国历代咏物诗辞典［M］．南昌：江西教育出版社，1992.
［274］蒋维崧，趋蔚芝．刘禹锡诗集编年笺注［M］．济南：山东大学出版社，1997.
［275］胡可先．中唐政治与文学：以永贞革新为研究中心［M］．合肥：安徽大学出版社，2000.
［276］黄益庸，衣殿臣．历代咏物诗［M］．北京：大众文艺出版社，2000.
［277］丁如明，李宗为，李学颖等校点．唐五代笔记小说大观［M］．上海：上海古籍出版社，2000.
［278］李之亮，张玉枝，贾滨选注．咏物诗精华［M］．北京：京华出版社，2001.
［279］葛晓音．唐诗宋词十五讲［M］．北京：北京大学出版社，2003.
［280］张涤云．中国诗歌通论［M］．杭州：浙江大学出版社，2006.
［281］〔美〕宇文所安．中国“中世纪”的终结：中唐文学文化论集［M］．北京：生活·读书·新知三联书店，2006.
［282］杨凤琴．唐代咏物诗研究［M］．北京：大众文艺出版社，2008.
［283］赖力行．中国古代文论史［M］．长沙：湖南师范大学出版社，2009.
［284］李春青．中国古代文论新编［M］．北京：北京师范大学出版社，2010.
［285］卞孝萱，卞敏．刘禹锡评传［M］．南京：南京大学出版社，2011.
［286］彭梅芳．中唐文人日常生活与创作关系研究［M］．北京：人民出版社，2011.
［287］肖瑞峰．刘禹锡诗论［M］．杭州：浙江大学出版社，2013.
［288］于志鹏．宋前咏物诗发展史［M］．济南：山东人民出版社，2013.

[289]〔美〕高友工，梅祖麟．唐诗三论：诗歌的结构主义批评［M］．商务印书馆，2013.
[290] 袁行霈．中国文学史［M］．北京：高等教育出版社，2014.
[291]〔日〕市川桃子．莲与荷的文化史：古典诗歌中的植物名研究［M］．北京：中华书局，2014.
[292] 肖瑞峰．刘禹锡诗研究［M］．杭州：浙江大学出版社，2016.
[293] 祁志祥．中国古代文学理论［M］．上海：华东师范大学出版社，2019.
[294] 罗宗强．隋唐五代文学思想史［M］．北京：中华书局，2019.
[295] 司马迁．史记［M］．北京：中华书局，1959.
[296] 班固．汉书［M］．北京：中华书局，1964.
[297] 郑玄注．周礼注疏［M］．贾公彦疏，彭林整理．上海：上海古籍出版社，2010.
[298] 陈寿．三国志［M］．裴松之注，陈乃乾校点．北京：中华书局，1985.
[299] 范晔．后汉书［M］．李贤等注．北京：中华书局，1965.
[300] 刘义庆．世说新语笺疏［M］．余嘉锡笺疏．北京：中华书局，2007.
[301] 刘勰．文心雕龙注释［M］．周振甫注．北京：人民文学出版社，1981.
[302] 萧统．六臣注文选［M］．李善等注．北京：中华书局，1987.
[303] 房玄龄等．晋书［M］．北京：中华书局，1974.
[304] 李延寿．北史［M］．北京：中华书局，1974.
[305] 李延寿．南史［M］．北京：中华书局，1975.
[306] 柳宗元．柳宗元集校注［M］．尹占华，韩文奇校注．北京：中华书局，2013.
[307] 刘昫等．旧唐书［M］．北京：中华书局，1975.
[308] 黄庭坚．黄庭坚选集［M］．黄宝华选注．上海：上海古籍出版社，1991.
[309] 胡仔．苕溪渔隐丛话［M］．廖德明校点．北京：人民文学出版社，1962.
[310] 朱熹集．楚辞集注［M］．上海：上海古籍出版社，1979.
[311] 刘克庄．后村诗话［M］．王秀梅点校．北京：中华书局，1983.
[312] 严羽．沧浪诗话校释［M］．郭绍虞校释．北京：人民文学出版社，2005.
[313] 魏庆之．诗人玉屑［M］．上海：上海古籍出版社，1978.
[314] 彭定求等．全唐诗［M］．上海：上海古籍出版社，1986.

［315］孙希旦．礼记集解［M］．沈啸寰，王星贤点校．北京：中华书局，1989.
［316］何焯．义门读书记［M］．崔高维点校．北京：中华书局，1987.
［317］孙星衍．尚书今古文注疏［M］．陈抗，盛冬铃点校．北京：中华书局，1986.
［318］马瑞辰．毛诗传笺通释［M］．陈金生点校．北京：中华书局，1989.
［319］王先谦．庄子集解［M］．北京：中华书局，1987.
［320］王先谦．荀子集解［M］．沈啸寰，王星贤点校．北京：中华书局，1988.
［321］王先慎．韩非子集解［M］．钟哲点校．北京：中华书局，2003.
［322］杨伯峻．孟子译注［M］．北京：中华书局，1960.
［323］上海师范大学古籍整理组．国语［M］．上海：上海古籍出版社，1978.
［324］高步瀛．唐宋诗举要［M］．上海：上海古籍出版社，1978.
［325］杨伯峻．列子集释［M］．北京：中华书局，1979.
［326］杨伯峻．论语译注［M］．北京：中华书局，1980.
［327］袁珂．山海经校注［M］．上海：上海古籍出版社，1980.
［328］高亨．诗经今注［M］．上海：上海古籍出版社，1980.
［329］杨伯峻．春秋左传注［M］．北京：中华书局，1981.
［330］刘文典．淮南鸿烈集解［M］．冯逸，乔华点校．北京：中华书局，1989.
［331］龙树造，鸠摩罗什．大智度论［M］．上海：上海古籍出版社，1991.
［332］尚永亮．元和五大诗人与贬谪文学考论［M］．北京：文津出版社，1993.
［333］杨文园．维摩诘所说经译释［M］．北京：书目文献出版社，1995.
［334］黄寿祺，张善文．周易译注［M］．上海：上海古籍出版社，2001.
［335］吕国康，杨金砖．柳宗元永州诗歌赏析［M］．长沙：湖南文艺出版社，2002.
［336］缪文远，罗永莲，缪伟．战国策［M］．北京：中华书局，2007.
［337］尚永亮．唐五代逐臣与贬谪文学研究［M］．武汉：武汉大学出版社，2007.
［338］许维遹．吕氏春秋集释［M］．北京：中华书局，2009.
［339］方广錩．般若心经译注集成［M］．上海：上海古籍出版社，2011.
［340］羊春秋．李群玉诗集［M］．长沙：岳麓书社，1987.
［341］彭定求，季振宜．全唐诗［M］．北京：中华书局，1999.
［342］陈尚君．全唐诗补编［M］．北京：中华书局，1992.
［343］沈德潜．唐诗别裁［M］．北京：商务印书馆，1958.

[344] 辛文房．唐才子传校笺［M］．北京：中华书局，2000.
[345] 计有功．唐诗纪事［M］．北京：中华书局，1965.
[346] 欧阳修，宋祁等．新唐书［M］．北京：中华书局，1975.
[347] 吴钢主．全唐文补编［M］．西安：三秦出版社，2000.
[348] 董诰，阮元，徐松．全唐文［M］．北京中华书局，1983.
[349] 陈伯海．唐诗汇评上唐汝询［M］．浙江：浙江教育出版社，1995.
[350] 彭庆生，张仁健．唐诗精品［M］．北京：燕山出版社，1995.
[351] 高棅．唐诗品汇［M］．上海：上海古籍出版社，1982.
[352] 孙望，童养年．全唐诗外编［M］．北京：中华书局，1982
[353] 施蛰存．唐诗百话［M］．上海：上海古籍出版社，1987.
[354] 林庚．唐诗综论［M］．北京：人民文学出版社，1987.
[355] 田耕宇．唐音余韵——晚唐诗研究［M］．成都：巴蜀书社，2001.
[356] 陶敏，李一飞．隋唐五代文学史料学［M］．北京：中华书局，2001.
[357] 唐汝询．唐诗解［M］．郑州：河北大学出版社，2001.
[358] 陈子展．唐代文学史［M］．民国丛书，1996.
[359] 霍然．唐代美学思潮［M］．吉林：长春出版社，1997.
[360] 洪兴祖．楚辞补注［M］．北京：中华书局，1983.
[361] 刘兆伟．屈骚异说［M］．沈阳：辽宁大学出版社，1986.
[362] 马茂元．楚辞选［M］．北京：人民文学出版社，1958.
[363] 陈子展．楚辞直解［M］．南京：江苏古籍出版社，1988.
[364] 李兴，蒋金流．屈原颂［M］．长沙：湖南文艺出版社，1991.
[365] 李元洛．楚诗词艺术欣赏［M］．武汉：长江文艺出版社．1984.
[366] 姜亮夫．楚辞通故［M］．济南：齐鲁书社，1985.
[367] 张正明．楚文化史［M］．上海：上海人民出版社，1995.
[368] 周秉高．风骚论集［M］．呼和浩特：内蒙古大学出版社，1995.
[369] 赵逵夫．屈骚探幽［M］．北京：中华书局，1998.
[370] 颜翔林．楚辞美论［M］．上海：学林出版社，2001.
[371] 蔡靖泉．楚文化流变史［M］．湖北：湖北人民出版社，2001.
[372] 游国恩．游国恩楚辞论著集［M］．北京：中华书局，2001.
[373] 毛庆．屈骚艺术研究［M］．武汉：湖北人民出版社，2006.

[374] 戴伟华. 唐代文学综论 [M]. 北京：商务印书馆，2006.
[375] 陈怡良. 屈骚审美与修辞 [M]. 北京：中华书局，2008.
[376] 周秉高. 楚辞原物 [M]. 呼和浩特：内蒙古大学出版社，2008.
[377] 郭绍虞. 中国历代文论选 [M]. 上海：上海古籍出版社，2009.
[378] 刘永济. 屈赋通笺：附笺屈余义 [M]. 北京：中华书局，2010.
[379] 周秉高. 楚辞解析 [M]. 呼和浩特：内蒙古大学出版社，2003.
[380] 姜亮夫. 重订屈原赋校注 [M]. 天津：天津古籍出版社，1987.
[381] 吴广平. 楚辞 [M]. 长沙：岳麓书社，2011.
[382] 李诚著. 楚辞论稿 [M]. 北京：华龄出版社，2013.
[383] 龚红林，何轩. 屈原文化版图考 [M]. 南京：南京大学出版社，2017.
[384] 李明，龚红林. 屈原文化研究丛书 [M]. 南京：南京大学出版社，2017.
[385] 朱益红.《离骚》琴曲集成 [M]. 南京：南京大学出版社，2017.
[386] 吴广平. 屈原赋通释 [M]. 南京：南京大学出版社，2017.
[387] 李泽厚. 美的历程 [M]. 北京：文物出版社，1981. 03.
[388] 司马迁. 史记 [M]. 北京：中华书局，1982.
[389] 刘石林. 读骚拾零 [M]. 南京：南京大学出版社，2017.
[390] 王国维人间词话 [M]. 上海：上海古籍出版社，1998.
[391] 余国瑞. 中国文化历程 [M]. 北京：中华书局，2004.
[392] 游国恩. 中国文学史 [M]. 北京：人民文学出版社，1963.
[393] 吴调公. 中国古典美学之建构 [M]. 北京：北京师范大学出版社，2000.
[394] 蔡栋编. 湖湘文化访谈 [M]. 长沙：湖南人民出版社，2005.
[395] 刘旭主. 湖湘文化概论 [M]. 长沙：湖南人民出版社，2000.
[396] 钱基博. 二十世纪名人自述系列·钱基博自述 [M]. 合肥：安徽文艺出版社，2013.
[397] 张学军. 文学的情思 [M]. 济南：山东友谊出版社，2008.
[398] 吴功正. 唐代美学史 [M]. 陕西：陕西师范大学出版社，1999.
[399] 黄伯思. 宋本东观余论 [M]. 北京：中华书局，1988.
[400] 陈寅恪. 唐代政治史述论稿 [M]. 上海：上海古籍出版社，1997.
[401] 巫瑞书. 南方传统节日与楚文化 [M]. 湖北：湖北教育出版社，1999.

